KB069778

모파상
단편선

모파상
단편선

Contes
choisis

열린책들 세계문학
모노 에디션

기 드 모파상 지음 임미경 옮김

CONTES CHOISIS
by GUY DE MAUPASSANT (1890)

시몽의 아빠

정오 종이 울렸다. 교문이 열리고, 아이들이 서로 먼저 나가려고 뒤엉켜 쏟아져 나왔다. 하지만 집에 가서 점심을 먹기 위해 곧바로 흩어지던 평소의 모습과는 달리, 아이들은 몇 걸음 가다가 멈춰 무리를 짓더니 자기들끼리 뭔가 속닥거리기 시작했다.

그날 아침, 라 블랑쇼트의 아들 시몽이 처음으로 학교에 왔다.

라 블랑쇼트에 대해서는 아이들 모두 집에서 식구들끼리 주고받는 말을 통해 알고 있었다. 그 여자가 사람들로부터 대놓고 박대를 당하는 일은 없다 해도 어머니들끼리는 그 여자에게 얼마간의 경멸감을 동정심과 섞어 내비치는 터라, 아이들은 이유를 전혀 모르면서도 어느새 그런 분위기에 물들어 있었다.

시몽에 대해서는 아는 게 없었다. 사실 시몽은 집 밖으로 나와 놀지도 않았고, 아이들과 어울려 동네 골목길이나 강둑을 뛰어다니는 일도 없었다. 그렇다 보니 아이들은 시몽이

7

별로 마음에 들지 않았다. 그래서 한 아이가 다음과 같은 말을 했을 때, 이어서 자기들끼리 그 말을 옮기면서 아이들은 큰 놀라움과 함께 묘한 즐거움을 느꼈다. 나이도 더 많이 먹어서 열네댓 살쯤이고, 눈을 찡긋하며 말하는 품새로 보아 사정을 잘 아는 듯한 그 아이가 한 말은 바로 이것이었다.

「너희들 아냐…… 시몽은…… 말이야, 아빠가 없대.」

바로 그런 라 블랑쇼트의 아들이 이제 교문을 나서는 게 보였다.

일고여덟 살쯤 됐고, 얼굴은 하얀 편이며, 차림새는 아주 깔끔했다. 수줍음이 많아서 보기에 갑갑할 정도였다.

집을 향해 가는 시몽에게 학교 아이들이 서서히 무리를 지어 곁으로 따라붙었다. 아이들은 계속 속닥거리면서 못된 짓을 꾸밀 때 내보이는 그 교활하고 잔인한 눈빛으로 시몽을 힐끔거리더니, 마침내 시몽을 완전히 에워쌌다. 시몽은 아이들이 무슨 짓을 하려는지 알 수 없어 놀라고 당황한 채 한가운데 둘러싸여 서 있었다. 앞서 그 중요한 소식을 물어 온 큰 아이가 자신이 이미 이룩한 성취에 우쭐해져서 시몽에게 물었다.

「이름이 뭐야, 너?」

그가 대답했다. 「시몽.」

「무슨 시몽인데?」 상대방이 다시 물었다.

그는 당황해서 다시 같은 대답을 했다. 「시몽이야.」

상대방은 냅다 소리를 질렀다. 「시몽 뒤에 뭐라고 있을 거 아냐…… 성이 있어야지…… 시몽은 성이 아니잖아.」

시몽은 거의 울음이 터질 것 같은 얼굴이 되어 세 번째 대답을 내놓았다.

「나는 시몽이야.」

악동들이 웃음을 터뜨렸다. 큰 아이는 의기양양해서 목소리를 높였다. 「자 봐, 얘는 아빠가 없잖아.」

한순간 개구쟁이들이 조용해졌다. 한 아이에게 〈아빠가 없다〉니, 이 이상하고 믿을 수 없고 괴이쩍은 일에 아이들은 아연실색했고, 시몽을 어떤 희귀한 현상을 보듯이, 자연법칙을 벗어난 생명체를 보듯이 바라보았다. 그러면서 그들은 그때까지 영문을 몰랐던 어머니들의 반응, 라 블랑쇼트에 대한 그 경멸감이 자신들 안에서도 불쑥 자라나는 걸 느꼈다.

시몽은 주저앉지 않으려고 나무둥치에 몸을 기댔다. 회복할 수 없는 어떤 재앙과 맞닥뜨린 기분이었다. 아이들을 향해 설명하려고 했다. 하지만 할 말을, 아빠가 없다는 이 끔찍한 사실이 거짓이라고 반박할 말을 찾을 수 없었다. 얼굴이 한층 더 새하얗게 질린 시몽은 결국 아이들을 향해 되는 대로 소리를 질렀다. 「아냐, 나 아빠 있어.」

「어디 있는데?」 큰 아이가 물었다.

시몽은 대답을 못 했다. 그도 몰랐으니까. 아이들은 기고만장해서 낄낄거리며 웃어 댔다. 이 시골 아이들은 뭐랄까 짐승에 더 가까워서, 닭장 속 암탉들 중 어느 한 마리가 상처를 입으면 곧바로 공격해 죽이려 들 때처럼 잔인한 욕구에 사로잡히곤 했다. 문득 시몽은 이웃에 사는 아이를 알아보았다. 과부의 아들이었다. 그 아이도 자기처럼 엄마와 단둘이 사는 걸 시몽은 늘 보아 왔다.

「너도 없으면서.」 시몽이 항의했다. 「너도 아빠가 없잖아.」

「아냐, 있어.」 이웃집 아이가 대답했다.

「어디 있는데?」 시몽도 반격했다.

「돌아가셨어.」 이웃집 아이는 무척 뻐기면서 대답했다. 「무덤에 있어, 우리 아빠는.」

과부 아들이 내보인 이 자부심이 매우 마땅한 것이라는 데 저마다 동의를 표하느라 아이들이 웅성거렸다. 아버지가 죽어서 무덤에 누워 있다는 사실이 아버지가 아예 없는 아이의 코를 납작하게 만들어 버릴 정도로 대단한 자랑거리이기나 한 것 같았다. 대개는 성질이 사납고 술주정뱅이에 도둑들이며, 걸핏하면 아내에게 주먹을 휘두르는 아버지를 둔 그 악동들이 자기들끼리 어깨를 부딪치며 점점 포위망을 좁혀 왔다. 어쨌거나 자연법칙의 적자들인 만큼, 이 법칙에서 벗어난 천덕꾸러기를 숨이 끊어지도록 짓눌러 버리려는 것 같았다.

아이 하나가 시몽에게 바싹 다가온 순간, 갑자기 메롱 하고 혀를 쏙 내밀어 보이며 약을 올렸다.

「아빠가 없대! 아빠가 없대!」

시몽은 두 손으로 그 아이의 머리끄덩이를 움켜잡고 다리를 마구 걸어찼다. 상대편 아이도 시몽의 뺨을 인정사정없이 깨물었다. 그야말로 난장판이었다. 뉘엉켜서 치고받던 두 아이가 마침내 서로 떨어졌다. 시몽은 두들겨 맞아 찢기고 멍든 채 땅바닥에 나뒹굴었다. 아이들이 주위를 빙 둘러싸고 환호하며 야유를 보냈다. 이윽고 시몽이 흙투성이 손을 무심코 셔츠에 문질러 닦으며 몸을 일으키는데, 한 아이가 외쳤다.

「네 아빠한테 가서 일러.」

시몽은 가슴속에서 뭔가 콰르릉 무너지는 걸 느꼈다. 아이들은 시몽보다 힘이 셌고, 그래서 시몽은 그들에게 맞았다. 시몽은 아이들에게 대답할 수도 없었다. 자기에게 아빠가 없다는 말이 사실이라는 걸 아니까. 자존심이 강한 시몽은 솟구치는 눈물을 붙잡아 놓으려고 잠시 안간힘을 썼다. 하지만 억눌린 눈물로 이내 목이 메더니 세찬 흐느낌이 터져 나왔다. 시몽은 소리 없이 어깨를 들썩이며 울기 시작했다.

시몽이 울자 적들의 진영에서는 반대로 잔인한 기쁨이 솟구쳐 올랐다. 난폭한 즐거움에 취한 야만인들이 그러듯이, 아이들은 자연스레 서로 손을 이어 잡고 시몽의 주위를 돌며 춤을 추면서 후렴구처럼 외쳐 댔다. 「아빠가 없대! 아빠가 없대!」

갑자기 시몽이 울음을 뚝 그쳤다. 분노가 그를 작은 미치광이로 만들었다. 발아래 돌멩이가 널려 있었다. 그 돌멩이들을 주워 눈앞의 박해자들을 향해 있는 힘껏 던졌다. 두세 명이 그 돌을 맞고 소리쳐 울며 달아났다. 시몽의 기세가 너무도 맹렬해서 아이들은 주눅이 들었다. 겁을 먹은 아이들은 이제 오합지졸이었고, 분격해서 펄펄 뛰는 사람과 마주한 오합지졸이 대개 그러듯이 뿔뿔이 흩어져 도망쳐 버렸다.

혼자 남게 되자 아빠 없는 이 아이는 들판을 향해 내달리기 시작했다. 어떤 기억 하나가 머릿속에 떠올라 만능 해결

책을 알려 주었기 때문이다. 아이는 강으로 가서 빠져 죽을 생각을 했다.

사실 시몽이 떠올린 기억은 일주일 전, 구걸로 연명하던 불쌍한 사람 하나가 돈이 없다는 이유로 강물에 몸을 던진 일이었다. 마침 시몽은 사람들이 시신을 건져 올리는 자리에 있었다. 그 불쌍한 남자는 평소 시몽의 눈에 비참하고 더럽고 추한 모습으로 비쳤는데, 그 순간에는 두 볼이 새하얗고 긴 수염은 물에 젖어 말쑥하며 두 눈은 지극히 고요히 활짝 열려 얼마나 평온해 보이던지 깜짝 놀랄 정도였다. 주위에 있던 어떤 사람이 말했다. 「죽었어.」 누군가가 말을 받았다. 「이제는 행복해지겠군.」 그래서 시몽도 강물에 빠져 죽고 싶었다. 그 가엾은 남자에게 돈이 없었던 것처럼 자신에게는 아빠가 없으니까.

강으로 온 시몽은 물가에 바짝 붙어 서서 흘러가는 강물을 바라보았다. 투명한 물속에서 물고기 몇 마리가 요리조리 재빠르게 헤엄치다가 이따금 폴짝 뛰어올라 수면 위에서 붕붕거리는 파리를 덥석 삼키곤 했다. 시몽은 그 광경에 정신이 팔려 울음을 멈췄다. 아주 재미난 구경거리였다. 하지만 그러다가도 그 생각, 〈강에 빠져 죽을 테야, 아빠가 없으니까〉라는 생각이 이따금 떠올라 가슴께에 찌릿한 아픔을 일으키곤 했는데, 그건 폭풍우가 잠시 멎을 때마다 느닷없이 돌풍이 일어 나뭇가지를 후려치고 지평선으로 사라지는 것과 같은 이치였다.

날은 무척 덥고 화창했다. 따스한 볕이 풀밭을 데우고 있었다. 강물이 거울처럼 반짝였다. 시몽은 문득 어떤 충만감에, 한바탕 눈물을 쏟은 뒤에 오는 나른함에 젖어 들었다. 풀밭 위에서 그 따스함에 잠겨 잠들고 싶은 마음이 간절해졌다.

초록색의 작은 개구리 한 마리가 발밑에서 뛰어올랐다. 시몽은 개구리를 잡으려 했다. 개구리는 시몽의 손을 피해 빠져나갔다. 따라가며 연달아 세 번이나 덮쳐 보았지만 번번이 놓쳤다. 마침내 뒷발 끝을 붙잡을 수 있었다. 빠져나가려고 버둥거리는 개구리의 움직임이 우스워 웃음이 나왔다. 개구리는 두 뒷다리를 접어 몸을 잔뜩 움츠렸다가 급작스레 쭉 뻗어 뒷다리를 두 개의 막대기처럼 빳빳하게 폈고, 그러면서 금빛 테두리를 두른 눈을 뒤룩거리며 손으로 허공을 헤집듯이 앞다리를 나부댔다. 그 모습을 보자 가느다란 나무 판들을 지그재그로 엇갈리게 붙여 놓은 어떤 장난감이 생각났다. 그 나무판들을 차례로 당기면 그 위에 걸어 놓은 작은 병정 인형이 영락없이 이 개구리처럼 움직였다. 작은 병정 인형을 떠올리는 바람에 집 생각이 났다. 엄마 생각도 났다. 그러자 몹시 슬퍼져서 다시 울기 시작했다. 팔다리가 떨려 왔다. 아이는 잠자기 전에 하듯이 무릎을 꿇고 기도문을 외기 시작했다. 하지만 끝마칠 수 없었다. 울컥 솟구친 울음이 걷잡을 수 없이 아이를 사로잡았다. 아무 생각도 할 수 없었다. 주위에 있는 그 어떤 것도 눈에 들어오지 않았다. 아이는 그저 우는 일에 빠져들었다.

별안간 묵직한 손 하나가 아이의 어깨 위에 놓이면서 굵은 목소리로 물었다.「우리 꼬마, 무슨 일인데 이렇게 울어?」

시몽은 뒤를 돌아보았다. 검은 머리카락과 검은 턱수염이 아주 고불고불한, 덩치 큰 노동자가 다정한 얼굴로 그를 내려다보고 있었다. 시몽은 눈물이 그렁그렁한 채 울먹이는 소리로 대답했다.

「아이들이 때렸어요…… 내가…… 아빠가 없다고…… 아빠가 없다고 때렸어요…….」

「저런.」 남자가 빙긋 웃으며 말했다. 「그렇지만 아빠는 누구나 있는 법인데.」

아이는 서러움이 북받쳐 더 힘차게 흐느끼면서 간신히 말을 이었다. 「나는…… 나는…… 없거든요.」

그러자 노동자의 얼굴이 진지해졌다. 아이가 라 블랑쇼트의 아들임을 짐작할 수 있었다. 남자는 이 마을에 온 지 오래되지는 않았지만, 그 여자의 이야기는 들어서 대충 알고 있었다.

「자, 그만 울어, 우리 꼬마.」 남자가 말했다. 「가자, 엄마한테 데려다줄게. 아빠도…… 어떻게든 하나 구해 보자.」

덩치 큰 남자가 아이의 손을 잡았다. 그들은 길을 따라 걸어갔다. 남자는 또다시 빙긋 웃고 있었다. 이 마을에서 제일 예쁘다고 들었던 그 라 블랑쇼트를 볼 수 있다는 게 싫지 않았다. 어쩌면 그의 마음 깊숙이, 처녀가 한번 몸을 허락했으면 또다시 허락할 수 있는 법이라는 생각이 있었는지도 몰랐다.

그들은 작고 아주 깨끗한 흰 집 앞에 이르렀다.

「여기예요.」 아이는 이렇게 말하고 집을 향해 소리쳤다.

「엄마!」

한 여자가 나타났다. 남자의 얼굴에 떠돌던 웃음기가 싹 사라졌다. 키가 크고 얼굴색이 하얀 그 젊은 여자를 보는 순간, 자신이 수작을 붙여 볼 상대가 아니라는 사실을 남자는 곧바로 알아차렸다. 여자는 이미 한번 남자에게 배신당해 본 만큼 그 어떤 남자에게도 이 집 문턱을 허락하지 않겠다는 듯 냉랭한 태도로 문간에 버티고 서 있었다. 남자는 소심해 져서 모자를 벗어 손에 들고 더듬거렸다.

「저기, 부인, 아드님을 데려왔습니다. 강가에서 길을 잃었 나 봅니다.」

하지만 시몽은 엄마에게 달려가 목을 끌어안고는 또다시 울음을 터트리며 말했다.

「아냐, 엄마, 강물에 빠져 죽으려고 했어. 아이들이 나를 때렸거든…… 나를 때렸어…… 아빠가 없다고.」

젊은 여자의 양 볼이 새빨개졌다. 여자는 뼈를 에는 듯한 아픔을 느끼며 아이를 품에 꼭 끌어안았다. 어느새 눈물 두 줄기가 두 뺨 위로 주르르 흘러내렸다. 남자는 가슴이 먹먹 해져서 우두커니 서 있었다. 어떤 방식으로 작별 인사를 건 네고 그 자리를 떠나야 할지 난감했다. 그때 별안간 시몽이 남자를 향해 달려오더니 말했다.

「아저씨가 내 아빠가 되어 줄래요?」

무거운 침묵이 흘렀다. 라 블랑쇼트는 수치심에 몸을 떨 며 두 손을 가슴 위에 모아 쥔 채 말없이 벽에 등을 기댔다. 아이는 남자가 아무 대답도 하지 않자, 다시 말했다.

「아빠가 되어 주지 않겠다면 난 다시 빠져 죽으러 갈래요.」

남자는 이 상황을 우스개로 모면하려고 껄껄 웃으며 대답했다.

「좋아, 아빠가 되어 줄게.」

그러자 아이가 물었다.

「아저씨 이름이 뭐예요? 아이들이 아빠 이름을 물어보면 대답해 주어야죠.」

「필리프야.」남자가 대답했다.

시몽은 잠시 말없이 그 이름을 머릿속에 새겨 넣었다. 그러고는 아주 기분이 좋아져서 남자를 향해 두 팔을 뻗으며 말했다.

「그럼 이제 필리프 아저씨는 내 아빠예요!」

남자는 아이를 안아 올려 양쪽 뺨에 부리나케 입을 맞춘 뒤 빠른 걸음으로 성큼성큼 멀어져 갔다.

다음 날 시몽이 학교에 가자, 심술궂은 웃음이 그를 맞았다. 수업이 끝나고 교문을 나서는데, 그 큰 아이가 다시 약을 올렸다. 시몽은 마침 돌멩이가 있었다면 그걸 던졌겠지만, 대신 큰 아이의 머리를 향해 이 말을 힘껏 던졌다. 「필리프야, 내 아빠 이름은.」

사방에서 요란한 웃음소리가 터져 나왔다.

「필리프라고? ……무슨 필리프? ……필리프라니 대체 누구? ……어디서 주워 온 거냐, 그 필리프는?」

시몽은 대꾸하지 않았다. 이제 든든한 자신감을 얻은 그가 아이들을 똑바로 노려보았다. 꽁무니를 보이며 도망치느니 차라리 두들겨 맞겠다는 배짱이 생겼다. 마침 선생님이 나온 덕분에 시몽은 아이들에게서 풀려나 집으로 돌아왔다.

석 달 동안, 덩치 큰 노동자 필리프는 라 블랑쇼트의 집 근처를 자주 지나다녔다. 이따금 그 여자가 창가에 앉아 바느질하는 모습이 보이면 용기를 내어 말을 걸기도 했다. 라 블랑쇼트는 예의 바르게, 변함없이 정중하게 대답했다. 가벼운 우스갯말이라도 그와 웃음을 섞는 적은 없었고, 그를 집 안에 들이는 일도 없었다. 그렇지만 모든 남자가 그렇듯이 다소 자신을 과신하는 면이 있는 필리프는 라 블랑쇼트가 그와 이야기를 나눌 때면 평소보다 조금 더 얼굴을 붉히는 편이라고 생각했다.

하지만 세간의 평판이란 한번 땅에 떨어지면 주워 담기 힘들고, 또 언제라도 쉽게 상처가 나는 법이라서, 라 블랑쇼트가 몹시 몸을 사리는데도 불구하고 마을에는 이미 뒷말이 돌고 있었다.

시몽은 마침내 얻은 이 아빠를 무척 좋아해서, 거의 매일 저녁 그가 하루 일을 끝마치면 여기저기 함께 다녔다. 시몽은 학교에 열심히 다녔고, 아이들 사이를 아주 의젓하게 뚫고 지나갔으며, 그들이 아무리 시비를 걸어 와도 대꾸하지 않았다.

하지만 어느 날, 첫날부터 시몽을 골리려 들었던 큰 아이가 말했다.

「넌 거짓말을 했어. 너는 아빠가 없어. 필리프라는 사람은 네 아빠가 아니야.」

「어째서?」 시몽은 가슴이 철렁해서 물었다.

큰 아이가 두 손을 마주 비볐다. 그러고는 입을 열었다.

「네게 아빠가 있다면 네 엄마의 남편일 텐데, 아니잖아.」

시몽은 상대방의 말이 맞는 것 같아서 혼란스러웠지만 그래도 대답했다.

「어쨌거나 우리 아빠야.」

「그럴 수도 있겠지.」 큰 아이가 코웃음을 치며 말했다. 「그렇더라도 완전하게 아빠라고 할 수는 없어.」

라 블랑쇼트네 꼬마는 머리를 떨구고 생각에 잠긴 채 루아종 영감의 대장간 쪽으로 발걸음을 옮겼다. 거기가 필리프의 일터였다.

대장간은 울창한 나무 아래 파묻히다시피 자리하고 있었다. 안으로 들어가자 무척 어두컴컴했다. 무시무시하게 달아오른 화덕의 붉은 불빛만이 다섯 명의 대장장이가 팔뚝을 걷어붙이고 굉음을 내며 모루 위를 내리치는 모습을 비춰 주었다. 악마처럼 발갛게 물든 그 윤곽들이 버티고 서서 뜨거운 쇳덩이를 눈으로 못 박아 놓은 채 두드려서 벼리고 있었다. 그들이 잡아 쥔 망치가 위로 쳐들렸다가 아래로 떨어질 때마다 그들의 무거운 생각도 올라갔다가 다시 떨어지곤 했다.

시몽이 들어오는 것을 아무도 보지 못했다. 시몽은 살그머니 다가가 필리프의 팔뚝을 잡았다. 그가 돌아보았다. 망치질이 별안간 중단되고, 대장장이들의 이글이글한 눈빛은 모두 아이에게 쏠렸다. 느닷없는 이 정적 속에서 시몽의 작고 가는 목소리가 울렸다.

「필리프 아저씨, 미쇼네 큰 아이가 좀 전에 내게 말했는데,

아저씨가 완전하게 내 아빠가 아니래요.」

「어째서?」 필리프가 물었다.

아이는 천진하게 대답했다.

「아저씨가 우리 엄마의 남편이 아니기 때문이래요.」

아무도 웃지 않았다. 필리프는 모루 위에 거꾸로 세워 든 망치 자루에 두 손을 포개 올린 채, 그 큼직한 손등 위에 우두커니 이마를 괴고 서 있었다. 그렇게 그는 생각에 잠겼다. 그런 그를 동료 대장장이 넷이 바라보았다. 이 거구의 장정들 사이에서 자그마한 시몽이 조바심을 내며 기다리고 있었다. 동료 가운데 한 사람이 문득 입을 열어 모두의 생각을 대표하듯 필리프에게 말했다.

「아무튼 라 블랑쇼트는 착하고 정직한 여자야. 불운을 겪었지만 씩씩하고 반듯해. 성실한 남자한테 어울리는 좋은 아내가 될 거야.」

「그건 맞는 말이야.」 나머지 세 사람이 맞장구쳤다.

그 대장장이는 말을 이어 나갔다.

「몸을 망친 게 어디 그 여자 잘못인가? 결혼하겠다고 약속을 받았으니까 그랬던 거지. 같은 실수를 했지만 지금 대접받으며 사는 여자가 내가 알기로도 한둘이 아니라고.」

「그것도 맞는 말이야.」 나머지 세 사람은 합창하듯 동의를 표했다.

그의 말은 계속되었다. 「그 가엾은 여자가 혼자 아이를 키우느라 얼마나 고생을 했겠어. 교회에 갈 때 말고는 외출도 하지 않고 지내며, 또 울기는 얼마나 울었겠어. 그 아픈 속을 오직 하느님이나 헤아리실까.」

「맞는 말이고말고.」 남은 세 사람이 말했다.

그러고는 한동안 화덕 불을 지피는 풀무 소리밖에 들리지 않았다. 별안간 필리프가 시몽에게로 몸을 기울였다.

「가서 어머니께 오늘 밤 내가 드릴 말씀이 있어서 찾아뵐 거라고 전해 드려.」

이렇게 말하고 나서 그는 아이의 어깨를 떼밀어 내보냈다.

그가 하던 일로 되돌아가자, 대번에 다섯 개의 망치가 다시금 일제히 모루 위로 떨어졌다. 그 다섯 개의 망치는 어둠이 깔릴 때까지 그렇게 힘차게, 강력하게, 마음껏 두들기는 데서 오는 즐거움을 흩뿌리며 쇠를 두들겼다. 그런데 축제날 한꺼번에 울리는 여러 종소리 가운데 성당의 큰 종이 가장 또렷한 소리를 뽑아내듯, 유독 필리프의 망치가 다른 망치들을 누르고 매 순간 귀가 먹먹해지는 굉음을 만들어 내고 있었다. 사방으로 퍼져 나가는 불티 한가운데 서서 그는 눈에 불꽃을 담고 열정적으로 쇠를 벼렸다.

필리프가 라 블랑쇼트를 찾아와 현관문을 두드렸을 때는 밤하늘에 별이 가득 깔려 있었다. 그는 새 셔츠에 외출복을 갖춰 입고, 수염을 말끔하게 다듬은 모습이었다. 라 블랑쇼트가 문간에 나타나 난처한 표정으로 말했다.

「이렇게 밤중에 찾아오시는 건 옳지 않아요, 필리프 씨.」

그는 대답하려고 몇 마디 웅얼거렸고, 그러다 말이 막히는 바람에 그만 어찌할 바를 모르고 그 여자 앞에 서 있었다.

라 블랑쇼트가 말을 이었다.

「이해하시겠지만 저에 관한 이야기가 사람들의 입에 오르내리는 게 싫어요.」

그러자 그가 불쑥 말했다.

「그건 제 아내가 되어 주신다면 상관없는 일이잖아요!」

아무 대답도 들리지 않았다. 대신 어둑한 집 안에서 몸이 풀썩 쓰러지는 소리가 들려온 것 같았다. 그는 다급히 안으로 들어갔다. 시몽은 이불 속에 들어가 있다가 설핏 어떤 입맞춤 소리를 들었다. 어머니가 나지막한 소리로 뭔가 속삭이고 있었다. 그러고는 별안간 필리프의 두 손이 아이를 들어올렸다. 필리프는 튼튼한 두 팔로 아이를 안아 들고는 큰 소리로 말했다.

「친구들에게 말해 줘, 우리 아빠는 대장장이 필리프 레미라고. 한 번만 더 괴롭히면 우리 아빠가 전부 혼내 줄 거라고 말해 줘.」

다음 날 모두가 등교해서 수업이 시작되려고 할 때, 시몽이 자리에서 벌떡 일어났다. 긴장해서 얼굴이 새하얘지고 입술이 떨렸지만, 〈우리 아빠는……〉이라고 말을 꺼내는 목소리는 또랑또랑했다. 「대장장이 필리프 레미야. 나를 괴롭히면 우리 아빠가 혼을 내줄 거라고 했어.」

이번에는 어느 친구도 키득거리지 않았다. 아이들은 전부 대장장이 필리프 레미를 잘 알고 있었고, 또 그가 자기 아빠라면 누구라도 무척 자랑스러울 것이기 때문이었다.

비곗덩어리

　패주하는 군대가 며칠 연달아 이 도시를 통과해 지나갔다.
이제는 군대라기보다 그저 흩어져 도망치는 무리였다. 덥수
룩하게 자란 수염은 흙먼지로 덮이고 군복은 누더기가 된 이
들이 발걸음만 맥없이 앞으로 옮겨 놓았다. 깃발도 대열도
없었다. 하나같이 기가 죽고 기진맥진해서 생각이든 결정이
든 한다는 건 어림없어 보였고, 그저 관성에 따라 발을 떼어
놓다가 멈춰 서는 순간 짓누르는 피로감에 맥을 놓곤 했다.
소총 무게를 못 이겨 등이 구부정한 병사들이 특히 눈에 띄
었는데, 싸움은 구경도 못 해본 채 연금을 받으며 조용히 살
다가 군대에 소집된 이들이었다. 나이 어린 국민 유격대원들
은 행렬 속에서도 목을 빼고 사방을 두리번거렸는데, 순식간
에 열광하는 것만큼이나 쉽게 겁먹는 이 어린 국민병들은 공
격할 때 그랬듯이 도주할 때도 재발랐다. 무리 속에 보이는
붉은색 바지들은 큰 전투에서 사단이 궤멸하는 바람에 뿔뿔
이 흩어진 패잔병들이었다. 잡다한 이 보병들과 함께 우중충
한 군복의 포병들이 줄지어 지나갔다. 이따금 용기병의 번쩍

거리는 투구도 하나씩 보였는데, 용기병이 천근만근 옮겨 놓는 발걸음에 비하면 앞서 걸어가는 최전선 보병들의 걸음걸이가 차라리 가뿐했다.

의용대들도 이 패주 행렬에 끼어 있었다. 〈패전 복수단〉, 〈무덤에서 나온 민병대〉, 〈섬멸 부대〉 같은 영웅적 호칭으로 불렸던 그들이지만, 이제 도둑 떼 같은 인상을 풍겼다.

그들 비정규 의용대의 지휘관들은 이전에 포목상이나 곡물상 혹은 라드 장수, 비누 장수였던 자들로, 전쟁이 터지자 의용대에 들어와 돈이 많아서든 아니면 콧수염이 길어서든 각자 명분을 내세워 장교가 된 사람들이었다. 그들은 플란넬 군복에 계급장과 무기를 주렁주렁 달고, 목청을 있는 대로 높여 작전 계획에 대해 떠들어 댔으며, 죽어 가는 프랑스를 떠받치고 있는 것은 오로지 자기들의 어깨뿐이라고 허세를 부리며 떠벌리곤 했다. 하지만 그들은 때때로 자기 밑의 병사들을 두려워했는데, 전직 불한당들인 이 의용병들이 지나치게 용맹하고 약탈과 방탕에 능한 탓이었다.

프로이센 군대가 이제 곧 루앙으로 밀고 들어올 거라는 말이 돌았다.

국민 위병들은 두 달 전부터 인근 숲에서 아주 신중하게 정찰을 돌다가 같은 위병을 향해 방아쇠를 당기기도 하고, 덤불 아래 토끼 한 마리가 움직여도 전투태세에 돌입하더니만, 지금은 모두 집으로 돌아가고 없었다. 최근까지 주변 12킬로미터 이내 국도의 경계석 정도는 위협했던 그들의 무기, 제복, 그 살상용 농기구들도 별안간 흔적 없이 모습을 감추었다.

프랑스군 패잔병 행렬의 꼬리까지 마침내 센강을 다 건너왔다. 이들은 생스베르와 부르아샤르를 거쳐 퐁토드메르로 향하고 있었다. 행렬 맨 뒤에서는 절망한 장군이 눈앞의 오합지졸로는 뭔가 시도해 볼 엄두도 내지 못하고, 그 자신도 이 대대적인 패주에 그저 넋이 나간 채 부관 두 명 사이에 끼여 걸어갔다. 그동안 승리에 익숙했던 이 나라는 그 대단한 용맹이 무색하게도 무참하게 패한 것이다.

그러고 나서 깊은 정적이, 겁먹어 말소리 하나 들리지 않는 기다림이 이 도시를 떠돌았다. 장사 수완을 부리다 보니 혈기가 말라 버린 배불뚝이 부르주아들은 정복군을 초조하게 기다리면서 혹시 자기 집 주방의 꼬치구이용 쇠꼬챙이나 큼지막한 부엌칼들이 무기로 비치지나 않을까 걱정했다.

삶이 멈추어 버린 것 같았다. 상점들은 문을 닫았고, 거리는 적막했다. 이따금 주민 하나가 이 적막감에 지레 움츠러들어 담장에 몸을 바싹 붙이고는 빠른 걸음으로 지나갔다.

기다림의 불안을 견디다 못한 사람들은 차라리 어서 적이 나타났으면 하는 심정이었다.

프랑스 군대가 떠난 다음 날 오후, 프로이센 창기병 몇 사람이 어디선가 튀어나와 빠르게 시내를 가로질렀다. 그러고는 잠시 후 검은 무리가 생트카트린 방면에서 내려오더니, 또 다른 두 무리가 각각 다르네탈 방향과 부아기욤 방향의 가도를 통해 모습을 드러냈다. 이 세 부대의 전위대가 정확히 같은 시각에 시청 앞 광장에 집결했다. 이어서 인근의 길이란 길은 모조리 독일군으로 메워졌다. 그들은 절도 있는 걸음으로 박자에 맞춰 포석을 딱딱 울려 대며 이 도시로 들어오고 있었다.

목구멍을 긁어 소리를 내는 낯선 언어의 구령들이 길게 늘어선 가옥들을 따라 거리를 거슬러 올라갔다. 집들은 쥐죽은 듯 인기척이 없었지만, 숨은 눈들은 닫힌 덧문들 뒤에서 이 승리자들을 지켜보았다. 이제 이들은 이 도시의 주인으로, 〈교전권〉에 따라 이 도시 안의 재산과 생명을 좌우할 수 있었다. 주민들은 빛을 가린 방 안에 들어앉아 공황에 빠졌다. 천재지변을 만날 때, 땅이 쩍쩍 갈라지고 사람들이 죽어 나가는 대재앙과 맞닥뜨려 그 어떤 지혜나 힘도 무용지물일 때 사람들은 그런 공황을 느끼곤 한다. 사실 이런 심리 상태는 만물의 기존 질서가 뒤집힐 때, 어디서도 안전을 기대할 수 없을 때, 인간의 법이든 자연의 법이든 법의 보호를 받던 모든 것이 미쳐 날뛰는 잔혹한 폭력의 손아귀에 굴러떨어질 때면 나타나기 마련이다. 집들이 무너져 내려 마을이나 도시 주민 전체가 그 파편 더미에 파묻히고 마는 지진, 범람한 강물이 농부들을 삼키고 죽은 소며 지붕에서 뽑혀 나온 들보까지 한꺼번에 뒤섞어 휩쓸어 가는 홍수, 혹은 승리한 군대가 방어에 나선 사람들을 살육하고 남은 사람은 포로로 끌고 가면서 무훈을 내세워 약탈하고 대포를 울려 신에게 감사를 올리는 전쟁, 이런 것 역시 그와 같은 참화들이다. 교육은 우리에게 하늘의 보호를 믿고 인간의 이성을 믿으라고 가르치지만, 이런 것들을 보면 그 모든 믿음이 날아가고 만다. 영원한 정의를 믿어 봤자 뒤통수나 얻어맞는 것이다.

집집마다 소규모 분견대가 들이닥쳐 문을 두드렸고, 이어서 집 안으로 사라졌다. 침략 다음 순서는 점령이었다. 점령당한 자들이 짊어져야 할 의무가 시작되었다. 점령자들을 향해 상냥한 태도를 보여야 한다는 의무였다.

어느 정도 시간이 지나 처음의 공포감이 가라앉자 새로어떤 평온이 자리를 잡았다. 많은 가정이 프로이센 장교의 식사를 책임져야 했다. 장교들 중에는 간혹 배운 사람도 있어서, 밥을 얻어먹는 예의상 프랑스를 동정하며 자신도 이런 전쟁에 끼어들게 된 게 진절머리가 난다고 말했다. 그러면 듣는 사람은 그처럼 동정과 진절머리를 느껴 주는 데 대해 감사를 표하면서, 뭔가 보호막이 필요한 참에 조만간 이 장교의 힘을 빌릴 수도 있겠다는 생각을 했다. 장교의 식탁을 계속 떠맡는 편이 아무래도 식객 수를 줄이는 데 도움이 될 것이고, 게다가 생사여탈권을 쥔 점령군인데 그의 기분을 상하게 할 이유가 없지 않은가? 그렇게 한다면 그건 용감하기보다는 무모한 행동일 것이다. 사실 무모함이라는 이 결점은 이제 루앙의 부르주아들한테서는 찾아보기 어려웠는데, 그도 그럴 것이 이 도시가 영웅적 방어로 이름을 날리던 시절은 이미 가고 없는 것이었다. 이윽고 사람들은 프랑스적 세련미에 바탕을 둔 탁월한 사고력을 발휘해 다음과 같은 결론에 도달했다. 밝을 때 대로에서 외국 군인과 스스럼없이 누낙거리는 모습만 보이지 않는다면 집 안에서야 성심껏 예의를 차려도 괜찮다는 것이었다. 이렇게 해서 주민과 군인이 공개된 장소에서 서로 아는 척하는 일은 없어도, 집 안에서는 기꺼이 말을 트고 지냈다. 그러면서 독일 장교가 매일 저녁 거실 벽난로 앞에서 불을 쬐는 시간도 점차 길어졌다.

이 도시 역시 점차 평소의 모습을 되찾아 갔다. 프랑스인들은 여전히 바깥나들이를 피했지만, 대신 프로이센 병사들이 거리로 몰려나와 우글거린 덕분이었다. 게다가 푸른 수레국화 색깔의 제복을 입은 그 프로이센 경기병 장교들은 허리에 내려 찬 긴 검 끝으로 거만하게 포석을 훑고 다니기는 해도, 한 해 전 같은 카페에 앉아 음료를 홀짝이던 프랑스 엽기병(獵騎兵) 장교들보다 일반인을 더 멸시하는 것 같지는 않았다.

그렇지만 대기 속에는 뭔가가 떠돌았다. 미묘하고 낯선 어떤 것, 참아 줄 수 없는 이방의 공기가 섞여 들어 냄새처럼 퍼져 나갔다. 그것은 침략의 냄새였다. 그 냄새가 집집마다 스며들고 광장들을 채웠다. 그것은 음식의 맛을 변질시켰고, 사람들에게 아주 먼 곳, 위험한 야만족의 땅에 와 있는 것 같은 불편함을 느끼게 했다.

정복군은 돈을 요구했다. 아주 많이 요구했다. 주민들은 매번 주머니를 열었다. 또 그럴 만큼 부자들이기도 했다. 하지만 노르망디의 장사꾼은 부자가 될수록 자기 주머니에서 뭔가 빠져나가는 것에 고통받기 마련이다. 자기 재산에서 떼어 낸 돈 꾸러미가 다른 사람의 손으로 넘어가는 걸 지켜볼 때마다 더욱 괴로운 심정이 되는 것이다.

그런 한편, 이 도시에서 흐르는 강물을 따라 크루아세, 디에프달 혹은 비에사르 쪽으로 10킬로미터쯤 내려가면, 선원이나 어부들이 물속에서 퉁퉁 불어 제복이 미어지는 독일군

시체를 건져 올리는 일이 빈번했다. 칼이나 뭔가에 찔려 죽었거나, 돌에 맞아 머리가 깨졌거나, 아니면 다리 위에서 떼밀려 떨어지는 바람에 익사한 것 같았다. 어둠 속에서 벌어지는 이런 야만스럽고 정당한 복수를 강바닥의 진흙이 파묻어 주었다. 이름 없는 사람들이 영웅적으로 벌이는 이 소리 없는 습격 작전은 백주의 전투보다 더 큰 위험을 짊어져야 했지만, 그렇더라도 그들에게 돌아갈 명예는 없었다.

어떤 이념을 위해 죽을 각오가 되어 있다는 몇몇 대담한 사람들에게 매번 무기를 쥐여 주는 것은, 사실 이와 같은 이방인에 대한 증오심이다.

마침내 사람들은 배짱이 생겼다. 침략자들이 그들의 엄격한 규율을 이 도시에 부과하기는 했어도, 정복자로서 행군해 오면서 저질렀다는 온갖 만행에 대한 소문이 무색하게도 그리 잔인한 모습을 보이지 않은 덕분이었다. 그렇다 보니 장사에 대한 욕구가 이 지방 상인들의 가슴에 또다시 불을 질렀다. 몇몇 상인은 아직 프랑스군이 장악한 르아브르에 수익률이 아주 좋은 투자를 해놓은 참이기도 해서 그 항구 도시로 가볼 생각을 했다. 디에프까지 육로로 간 다음, 그곳에서 배를 타고 가면 될 거라는 계산이었다.

그동안 친분을 쌓은 독일군 장교들의 힘을 이용해서, 그들의 총사령관으로부터 떠나도 좋다는 허가를 받아 냈다.

이렇게 해서 네 필의 말이 끄는 대형 승합 마차가 이 여정을 위해 확보되었고, 열 사람이 승객 명부에 이름을 올렸다. 화요일 아침 동트기 전에 출발하기로 결정이 났다. 승객이

한 사람이라도 더 늘어나는 걸 피하려면 그 시각이 좋았다.

이미 얼마 전부터 서리가 내려앉아 땅이 얼어붙더니, 월요일 3시쯤엔 북쪽에서 먹구름이 눈을 몰고 와서 저녁부터 시작해 밤새도록 쉼 없이 쏟아부었다.

새벽 4시 30분, 승객들이 승합 마차 탑승 장소인 노르망디 여관 앞마당에 모였다.

그들은 아직 잠이 덜 깬 상태였고, 모포로 몸을 휘감은 채 추위에 떨었다. 어두워서 서로의 모습을 분간하기 어려웠다. 더구나 두꺼운 겨울옷을 몇 겹씩 껴입은 터라 하나같이 긴 사제복을 입은 뚱뚱한 성직자처럼 보였다. 하지만 두 남자가 서로를 알아보았고, 이어서 세 번째 남자가 그들에게로 다가가 말을 주고받기 시작했다. 그들 가운데 한 남자가 말했다. 「아내와 함께 갑니다.」「나도 그렇소.」「나도요.」 처음 말을 꺼냈던 남자가 덧붙였다. 「루앙에는 이제 돌아오지 않을 생각입니다. 프로이센군이 르아브르에까지 밀고 들어오면 그땐 영국으로 건너가야죠.」 모두가 같은 계획을 품고 있었다. 기질이 같으니 생각도 같았다.

그러나 아직 마차에 말을 매지 않은 상태였다. 이따금 작은 초롱불이 마구간 일꾼의 손에 들려 어두운 어느 문에서 나왔다가 곧장 다른 문으로 들어가곤 했다. 말들이 발굽으로 땅을 찼다. 바닥에 깔아 놓은 짚이 발굽 소리를 흡수하며 둔한 울림만 남겨 놓았다. 이어서 말들에게 욕설을 섞어 무슨 말인가 외쳐 대는 한 남자의 목소리가 건물 안에서 들려왔다. 방울 소리가 희미하게 울리는 것으로 봐서 마구를 매기 시작한 것 같았다. 어렴풋이 들리던 방울 소리는 곧이어 또렷해지면서, 잠깐씩 멈췄다가 별안간 술렁거리며 바닥을 차는 둔탁한 말편자 소리와 리듬을 맞춰 끊이지 않고 이어졌다.

문이 별안간 닫혔다. 소리도 뚝 그쳤다. 부르주아 승객들도 벌써 입을 다문 채 추위에 얼어붙었다. 그들은 그 자세로 뻣뻣하게 굳은 채 꼼짝도 하지 않았다.

흰 눈송이들이 끝없는 장막처럼 지상을 향해 펼쳐지며 펄럭거렸다. 이 눈의 장막이 세상의 형상을 지우고 사물마다 얼음 거품을 덮어씌웠다. 겨울에 감싸여 가라앉은 이 도시의 광활한 적막 속에서 들리는 소리라고는 쏟아지는 눈송이들이 허공에서 나부대는 소리, 어떤 것이라고 표현할 말이 없는 그 희미한 바스락거림이 전부였다. 그것은 소리라기보다는 느낌이었다. 뒤섞여 흩날리는 가벼운 티끌들이 온 천지를 가득 채운 듯했고, 세상이 그 흩날림으로 뒤덮인 것 같았다.

앞서 안으로 들어갔던 남자가 초롱불을 들고 다시 나왔다. 한 손에 말 한 필을 끌고 있었다. 고삐를 붙잡힌 말은 끌려 나오기 싫은지 시무룩했다. 남자는 말을 마차 축에 붙여 세워 놓고 줄을 묶은 뒤, 말 주위를 돌며 마구를 확인하느라 한참을 꾸물거렸다. 사실 한 손에 초롱을 든 탓에 나머지 한 손밖에는 쓸 수 없었다. 남자가 두 번째 말을 데리러 들어가다가 승객들이 모두 흰 눈을 뒤집어쓴 채 꼼짝 않고 있는 것을 보았다. 남자가 그들을 향해 말했다. 「마차에 오르지 않고 왜 그러고들 계십니까? 어쨌거나 눈은 맞지 않을 텐데요.」

승객들은 그 생각을 미처 하지 못했던 게 분명했다. 서둘

30

러 마차로 돌진했으니까. 세 남자가 각자 아내를 좌석 안쪽으로 먼저 태우고 자기도 올라탔다. 이어서 뚜렷하게 알아볼 수 없는 다른 흐릿한 형체들이 남은 자리에 각각 올라앉았다. 그러는 동안 모두 말 한마디 서로 주고받지 않았다.

마차 바닥에는 짚이 깔려 있어 발이 푹푹 빠졌다. 안쪽 자리를 차지하고 앉은 부인들은 활성탄을 연료로 쓰는 휴대용 작은 구리 난로를 챙겨 온 터라 저마다 난로를 꺼내 불을 붙이며, 이 도구가 얼마나 유용한지에 대해 잠시 낮은 소리로 말을 주고받았다. 누구나 아는 오래된 이야기의 되풀이였다.

마침내 마차에 말을 다 맸다. 네 필이 아니고 여섯 필이었다. 날씨 탓에 운행이 더 힘들 걸 예상한 조치였다. 마차 바깥쪽에서 목소리 하나가 물었다. 「다들 타셨습니까요?」 안쪽의 목소리 하나가 대답했다. 「다 탔소.」 일행은 출발했다.

마차는 느리게, 느리게, 말의 보폭을 바싹 좁혀서 앞으로 나아갔다. 푸짐하게 쌓인 눈 속으로 바퀴가 계속 빠져들었다. 차체 전체가 신음을 흘리듯이 묵직하게 삐걱거렸고, 말들은 눈밭에 미끄러지면서 숨을 헐떡거리고 콧김을 내뿜었다. 마부의 어마어마한 채찍이 쉴 새 없이 철썩거리며 떨어졌다. 채찍은 가느다란 뱀처럼 똬리를 틀었다가 활짝 풀렸다가 이쪽저쪽으로 날아다니며 불룩한 어느 엉덩짝을 느닷없이 후려쳤고, 그러면 그 엉덩짝은 기운을 있는 대로 쥐어 짜내느라 더 팽팽하게 씰룩거리곤 했다.

어느새 날이 밝아 오고 있었다. 루앙 토박이인 한 승객의 표현대로 목화솜을 들이붓는 것 같았던 그 가벼운 눈송이는 이제 흩날리지 않았다. 무겁게 내리깔린 짙은 먹구름 사이로 빛줄기 하나가 흐릿하게나마 새어 나오고 있었다. 그 짙은 먹구름을 배경에 두고 보니 들판의 순백색이 한층 더 두드러졌다. 어느 때는 키 큰 나무들이 눈꽃을 피운 채 줄을 잇다가, 또 어느 때는 초가집 한 채가 눈 두건을 둘러쓰고 나타났다.

마차 안의 승객들은 바깥에서 스며들어 오는 이 빈약한 여명에 의지해 호기심을 품고 서로를 쳐다보았다.

안쪽 제일 좋은 자리에는 그랑퐁 거리에서 포도주 도매상을 하는 루아조 내외가 마주 앉아 졸고 있었다.

루아조는 처음에는 그 도매상에서 점원으로 일했는데, 주인의 사업 실패를 기회로 영업권을 인수해서 재산을 모았다. 그와 거래하는 시골 소매상들은 아주 품질 나쁜 포도주를 아주 좋은 값으로 매입할 수 있었고, 그런 만큼 지인과 친구들은 그를 약아빠진 장사꾼, 잔꾀 많고 쾌활한 진짜배기 노르망디 사람으로 인정했다.

약아빠졌다는 면에서 루아조가 나름 확고한 명성을 쌓다 보니, 어느 날 저녁 도지사 관저의 한 사교 모임에서는 다음과 같은 일도 있었다. 우화도 쓰고 노래도 짓는 작가이자 신랄하고 예리한 재사의 면모를 지녀 이 지역의 자랑인 투르넬 씨가 살롱에 앉아 졸고 있는 부인들을 보고 〈*L'oiseau vole*(새가 날아간다)〉 놀이를 하자고 제안했는데, 이 말이 〈*Loiseau vole*(루아조가 훔쳐 간다)〉로 들리는 바람에, 이 놀이 이름이 새 대신 날아올라 도지사의 살롱 손님들 사이를 한 바퀴 돈 뒤 이 도시의 모든 사교 모임을 골고루 돌아다녀 결과적으로

이 지방 사람들 모두가 한 달 동안 턱이 빠지게 웃어 댔다.

그 밖에도 루아조는 온갖 종류의 익살, 유쾌하거나 짓궂은 농담으로도 이름이 높았다. 그에 대해 말하는 사람들은 어김없이 한마디 덧붙일 수밖에 없었다. 「루아조 그 사람 참 별나죠.」

그의 체구에 대해 말하자면 옹색한 몸에 배만 공처럼 볼록 튀어나왔고, 그 둥근 배 위로 불그레한 얼굴이 올라앉았는데, 양쪽 뺨은 이제 희끗희끗해지기 시작한 구레나룻으로 덮여 있었다.

루아조의 아내는 체구가 큰 여자였다. 억세고 강단 있는 성격에 목청이 크고 판단력도 빨라서, 루아조가 쾌활한 언동으로 분위기를 풀어 놓는 상점에서 질서 반장과 회계 역할을 도맡아 했다.

그들의 옆자리에는 품위로 보나 계층으로 보나 그들 내외보다 윗길인 카레라마동 씨가 앉아 있었다. 방적 공장 세 군데를 운영하는 면직물 업계의 거물로 레지옹 도뇌르 수훈자이자 도의원이었다. 제정기 내내 물러터진 야당 당수 자리나마 지킨 덕분에 공화정으로 넘어오면서 몸값을 꽤 올린 게 고작이었지만, 당시 처신을 해명하는 본인의 표현에 따르면 그 자신은 공화국의 대의명분을 위해 싸우는 데 언변이라는 궁정풍 무기를 썼을 뿐이었다. 카레라마동 부인은 남편보다 훨씬 젊어서, 루앙 주둔 부대에 배속된 명문가 출신 장교들은 이 부인에게서 위안을 얻고 있었다.

남편과 마주 앉은 카레라마동 부인은 아주 귀엽고 예쁜

여자로, 그 예쁜 얼굴로 모피 속에 쏙 들어앉아 구질구질한 마차의 내부를 못마땅한 눈으로 바라보고 있었다.

그들의 옆자리는 위베르 드 브레빌 백작 부부로, 노르망디에서 가장 유서 깊고 고귀한 가문 사람이었다. 백작은 풍채 좋은 노신사로, 매번 몸단장 기교를 발휘해 자신이 앙리 4세와 닮았다는 걸 부각하려 했다. 가문으로서는 영광인 한 전설에 따르면, 드 브레빌 가문의 한 부인이 앙리 4세와의 사이에서 아이를 잉태하는 바람에 그 남편이 백작의 작위를 받고 지방 총독이 된 거라고 했다.

카레라마동 씨와 마찬가지로 도의원인 위베르 백작은 도내 오를레앙 당 대표였다. 그가 낭트의 한 소규모 선주(船主)의 딸과 어쩌다 결혼까지 하게 되었는지는 여전히 풀리지 않는 수수께끼였다. 하지만 백작 부인은 태도가 당당하고 살롱에서 대화를 풀어 나가는 솜씨도 세련된 데다 루이 필리프의 어느 아들로부터 구애를 받았다는 소문까지 떠돌아서 귀족들로부터 환영을 받았다. 부인의 살롱도 이 지방 사교계에서 첫손가락에 꼽혔다. 유일하게 옛 시절의 우아한 예법을 지키는 곳으로, 아무나 초대받는 데가 아니었다.

브레빌 가문의 재산은 대개 부동산으로, 듣기로는 그 부동산에서 나오는 수입이 연간 50만 리브르에 달한다고 했다.

마차 안쪽 자리를 차지한 이 여섯 사람이 여유 있고 유력한 삶을 사는 부유층으로, 종교와 도덕을 앞세워 올바르고 성실한 사람으로 행세할 권한을 부여받은 이들이었다.

묘한 우연으로 여자들은 전부 같은 쪽 좌석에 앉아 있었다. 백작 부인 옆으로 수녀 두 사람이 나란히 앉아 긴 묵주를 세며 각자 〈파테르(하느님 아버지)〉 주기도문과 〈아베마리아〉 성모송을 웅얼거렸다. 두 수녀 가운데 한쪽은 나이가 꽤 들었는데, 천연두로 잔뜩 얽은 얼굴이 바로 가까이에서 정통으로 산탄총이라도 맞았나 싶을 정도였다. 다른 쪽 수녀는 아주 허약해 보였고, 예쁜 얼굴에는 폐결핵으로 인한 병색이 어른거렸다. 열렬한 신앙심이라는 것은 순교도 하게 만들고, 망상인지 계시인지를 눈앞에 어른거리게도 만들지만, 또한 그 예쁜 얼굴 아래 폐도 갉아 놓는 모양이었다.

두 수녀와 마주 보고 앉은 남자와 여자가 모두의 시선을 끌었다.

남자는 나름 유명인이자 이름 뒤에 민주 투사라는 꼬리표까지 붙은 코르뒤데라는 사람으로, 명망 있는 인사들의 기피 대상이었다. 그는 20년 전부터 공화파 카페마다 돌아다니며 그 무성한 다갈색 턱수염을 맥주잔에 적셔 왔다. 당과 제조업자인 부친에게 물려받은 꽤 많은 재산을 민주의 형제, 자유의 동지들과 더불어 깨끗이 말아먹은 뒤 공화정이 되기를 초조하게 기다렸는데, 그렇게만 되면 그동안 자신이 혁명적으로 소비한 맥주량에 부응하는 자리 하나는 얻을 수 있을 것으로 기대했기 때문이었다. 9월 4일,[1] 그는 누군가가 장난으로 건넸을 게 분명한 거짓말에 속아 넘어가서 자신이 도지

---

1 제3공화국이 선포된 날. 나폴레옹 3세가 스당 전투에서 프로이센군에 참패해 포로가 되자, 쥘 트로슈를 위시한 공화 세력은 쿠데타를 일으켜 제정을 무너뜨리고 국민 방위 정부를 세워 항쟁을 이어 나갔다.

사로 임명되었다고 믿었다. 도청으로 달려가서 취임하려고 했지만, 유일하게 피난을 가지 않고 남아 있던 사환들이 그를 도지사로 인정해 주기는커녕 코웃음을 치는 바람에 물러날 수밖에 없었다. 그렇지만 그는 심성이 선량하고 남을 해치기보다는 도와주기를 좋아하는 터라 후방의 방어선을 구축하는 일에 열성적으로 뛰어들었다. 농부들을 지휘해서 들판에 구덩이를 파게 하고, 인근 숲에서 만만한 굵기의 나무들을 전부 베어 내 눕히고, 길이란 길에는 빠짐없이 덫을 뿌려 놓게 했다. 그러고는 적군이 다가오자 자신이 준비해 놓은 것들에 만족해하며 재빨리 이 도시로 도망쳐 왔다. 지금 그는 바야흐로 새 방어 진지가 필요해질 르아브르로 가서 보다 유용한 존재가 될 생각을 하고 있었다.

여자는 화류계 사람으로, 나이보다 일찍 살이 오른 몸매 덕분에 명성을 얻었는데, 비곗덩어리라는 별명도 그래서 생긴 것이었다. 자그마한 체구는 어딜 봐도 토실토실 탐스럽게 영글었고, 통통한 손가락은 마디마디 잘록한 모양이 마치 짤막한 소시지를 묵주 구슬 꿰듯 이어 놓은 것 같았다. 윤기 도는 팽팽한 피부와 옷 밑에서 불룩 솟아오른 풍만한 젖가슴으로도 아무튼 군침이 넘어갈 만큼 탐나는 여자였고, 그 싱싱함이 보는 이의 눈을 즐겁게 하는 만큼 인기도 많았다. 얼굴은 발그레한 사과, 이제 막 봉오리를 터뜨리려는 작약 송이였다. 그 작약 송이 위쪽에 두 개의 아름다운 검은 눈이 열려 있었고, 그 둘레를 감싸듯 길고 촘촘한 속눈썹이 그늘을 드리웠다. 아래쪽에는 매혹적인 작은 입술이 키스하기 좋도록 촉촉이 젖어 있었고, 반짝이는 작은 치아가 살짝 드러나 보였다.

사람들 말로는, 그 여자에게는 눈에 보이는 그런 것들 말고도 값을 매길 수 없는 어떤 자질들이 한 아름 있다고 했다.

여자를 알아보자마자 정숙한 부인들 사이에 수군거림이 일었고, 그 속에서 〈창녀〉나 〈공공의 수치〉 같은 말들이 툭툭 비어져 나오면서 여자가 고개를 들었다. 여자가 한판 해보자는 듯 도전적이고 대담한 눈길로 주위 여인네들을 훑어보는 바람에 수군거림은 곧바로 잦아들어 마차 안은 조용해졌다. 모두가 눈을 내리깔고 있었는데, 유달리 루아조만은 그 여자를 곁눈질하며 은근히 기분을 냈다.

하지만 곧이어 세 부인은 다시 말을 주고받기 시작했다. 그 여자의 존재 덕분에 셋은 별안간 친구가 되어 거의 속마음까지 털어놓을 지경이었다. 그들로서는 그래야만 할 것 같았는데, 부끄러움을 모르는 그 매춘부와 마주한 상황인 만큼 정식 배우자로서 각자의 위엄을 하나로 묶어 내세워야 한다는 생각인 듯했다. 사실 합법적인 사랑은 자유롭게 법을 빗겨난 사랑을 늘 멸시하는 법이다.

코르뉘데의 출현에 움찔한 세 남편들 역시 보수당원으로서의 그 본능 덕분에 서로 급격히 가까워졌다. 그들이 주고받는 대화의 주제는 돈이었고, 목소리에서는 가난한 자들에 대한 멸시가 묻어 나왔다. 위베르 백작은 프로이센 군대가 자신에게 끼친 피해, 가축을 도둑맞고 수확을 망치는 바람에 입은 손실에 대해 이야기했는데, 그 정도의 손실은 1년이면

회복할 수 있는 어마어마한 백만장자 귀족의 자신감이 넘치는 말투였다. 면직물 업계에서 잔뼈가 굵은 카레라마동 씨는 앞날을 미리 대비하느라 60만 프랑을 영국에 송금해 놓았다면서, 목마를 때면 언제든지 꺼내 먹을 수 있는 배를 저장해 놓은 셈이라고 자랑했다. 루아조 씨는 미처 팔지 못하고 지하 저장고에 쌓아 놓았던 저질 포도주를 수완 좋게 전량 프랑스군 병참부로 넘겼고, 그래서 이제 르아브르에 가면 국가로부터 막대한 액수의 포도주 판매 대금을 챙기게 될 거라고 말했다.

이런 대화를 주고받은 다음, 이 세 남자는 한순간 흘깃 서로에게 호의의 눈길을 던졌다. 처지는 달랐어도 금전을 통해 서로가 형제임을 느낀 것이다. 가진 자들의 유대감, 바지 주머니에 손을 찔러 넣으면 금화가 짤랑거리는 사람들끼리의 동지 의식이었다.

마차의 속도가 얼마나 느린지 아침 10시가 되었는데도 16킬로미터밖에 전진하지 못했다. 언덕길이 나올 때마다 남자들은 벌써 세 번이나 마차에서 내려 걸어 올라갔다. 걱정이 고개를 들기 시작했다. 일정대로라면 토트에 가서 점심을 먹어야 했지만, 지금 사정으로 봐서는 밤이 되기 전에 그곳에 도달하는 것도 어려웠다. 길가에 간단히 요기할 주막이라도 있을까 저마다 두리번거렸는데, 승합 마차가 눈구덩이에 빠지는 바람에 다시 끌어내느라 두 시간을 보냈다.

배고픔이 심해지면서 승객들도 심란해졌다. 싸구려 식당 하나, 포도주 상점 한 군데도 눈에 띄지 않았다. 프로이센 군대는 다가오고, 그에 앞서 굶주린 프랑스 군대가 지나가는 통에 모두가 겁을 먹고 생업을 접은 탓이었다.

남자들은 요깃거리를 구하려고 길가 농가로 달려가 보았지만 빵 한 조각 찾아볼 수 없었다. 경계심 많은 농부가 식량을 병사들에게 빼앗길 게 걱정되어 모조리 감춰 놓았기 때문이었다. 사실 병사들은 눈이 뒤집힐 만큼 배가 고프다 보니 먹을 게 보이기만 하면 강탈했다.

오후 1시경 루아조가 정말이지 위장이 텅텅 비어 쪼그라든 것 같다고 대놓고 말했다. 모두가 한참 전부터 같은 고충을 겪는 참이었다. 뭔가를 먹어야겠다는 욕구가 더욱 격렬해지면서 우선 대화가 잡아먹혔다.

이따금 누군가 하품을 하면, 거의 동시에 다른 누군가가 하품을 했다. 저마다 돌아가면서 성격과 몸에 붙은 태도와 지위에 따라 턱뼈가 떨어지게 입을 벌리거나, 아니면 조심스레 입을 벌렸다가 흰 김이 퍼져 나오는 입 구멍을 재빨리 손을 들어 가렸다.

비곗덩어리는 여러 번 몸을 굽혀 뭔가를 찾아 몇 겹의 속치마 아래를 더듬었다. 그러고는 잠시 망설이듯 주위 사람들을 슬며시 둘러보다가 아무 일도 없었다는 듯 그냥 몸을 세웠다. 승객들은 창백한 얼굴로 굳은 표정을 짓고 있었다. 루아조가 불쑥 입을 열어 햄 한 조각을 구할 수 있다면 천 프랑이라도 내놓고 싶다고 말했다. 그러자 그의 아내가 화들짝 놀라 손을 내저어 남편을 나무랐고, 이어서 다시 기죽은 얼굴이 되었다. 이 여자는 돈 쓰는 일에 관한 그 어떤 이야기를 들어도 고통스러워했고, 그 주제에 대해서라면 농담조차 이해할 수 없었다. 백작이 중얼거렸다. 「그러고 보니 몸이 좀 힘들어지는군. 먹을거리 챙겨 올 생각을 왜 못 했을까?」 모두가 같은 생각으로 자책하고 있었다.

코르뉘데는 수통에 럼주를 가득 채워 온 참이었다. 그가 럼주를 권했다. 다들 싸늘하게 거절했다. 루아조만이 수통을 받아 두 모금 마신 뒤 다시 돌려주면서 말로 인사치레를 했다. 「그래도 좋네요, 몸을 데워 주고 허기도 잊을 수 있으니.」 술기운이 돌자 기분이 나아진 루아조가 농담이랍시고 노랫말 속의 작은 배에서처럼 해보자고 제안했다. 그 노랫말은 승객 가운데 제일 살찐 사람을 잡아먹는다는 내용이었다. 돌려서 한 말이긴 했지만, 비곗덩어리를 암시하는 그 농담은 교양 있는 양반네들을 질색하게 했다. 모두가 못 들은 척 대답하지 않았다. 코르뉘데 혼자만 실실 웃었다. 두 수녀는 묵주 세는 일을 이미 접어 버린 터라 넓은 소맷자락 속에 두 손을 찔러 넣은 채 미동도 없이 앉아 있었다. 고집스레 눈을 내리깐 품새로 보아 코르뉘데가 그들에게 던져 준 고통을 하늘에 바치는 중인 게 분명했다.

3시쯤, 마을이라고는 그림자도 찾아볼 수 없는 끝없는 들판을 가로질러 가는데, 마침내 비곗덩어리가 재빨리 몸을 굽히더니 좌석 밑에서 흰 상보를 덮은 큰 바구니를 꺼냈다.

여자는 바구니에서 우선 작은 자기 접시와 은제 잔을 꺼내고, 이어서 큼직한 도기 단지를 꺼냈다. 닭 두 마리를 토막 내어 요리한 냉육이었다. 차게 식혀서 몽글몽글해진 육즙이

고깃덩어리 사이를 넉넉히 채우고 있었다. 바구니 안에는 함께 싸온 뭔가 다른 맛있는 것들, 파테, 과일, 사탕 과자가 들어 있었다. 그렇게 음식을 준비해 온 것으로 보아 사흘간의 여행 중에 여인숙 음식에는 손도 대지 않을 작정이었던 것 같았다. 뭉치로 싸놓은 음식들 사이로 술병 네 개가 주둥이를 삐죽 내밀었다. 여자는 닭 날개를 하나 들더니 섬세한 입맛을 과시하듯 작은 빵을 곁들여 먹기 시작했다. 노르망디에서 〈레장스〉라고 부르는 빵이었다.

모두의 눈이 여자에게로 모였다. 음식 냄새가 퍼져 나가면서 콧구멍들의 치수를 넓혀 놓았고 입 안에는 침이 흥건히 고이게 했다. 다들 침이 넘어가지 않도록 귀 아래 턱관절을 고통스럽게 수축시켜야 했다. 그러잖아도 이 여자를 향해 있던 부인네들의 경멸감은 이제 사나워지기까지 해서, 여자를 죽여 버리든가 아니면 덥석 들어 그 은제 잔이며 바구니며 음식물과 함께 마차 바깥 눈 더미 위에 메다꽂아 버리고 싶을 정도였다.

루아조는 그 닭 냉육을 눈으로 삼키고 있었다. 그가 말했다. 「준비를 잘해 오셨네요. 우린 부인만큼 대비하지는 못했지 뭡니까. 언제나 모든 것에 대비할 줄 아는 사람이 있는 법이죠.」 여자가 고개를 들어 그를 바라보았다. 「좀 드실래요? 아침부터 계속 빈속이니 힘드시겠어요.」 루아조가 반색하며 대답했다. 「그렇죠, 솔직히 어떻게 사양하겠습니까. 못 하죠. 전쟁 때는 전쟁 때답게 살아야 하는 게 아니겠습니까, 부인?」 그러고는 주위를 힐끔 돌아보면서 덧붙였다. 「이렇게 난처한 상황일 경우 누군가에게서 도움을 받을 수 있다면 기쁜 일이죠.」그는 바지에 얼룩을 만들지 않으려고 갖고 있던 신문을 펼치더니, 주머니에 늘 넣고 다니는 칼을 꺼내 육즙이 듬뿍 묻은 넓적다리 하나를 칼끝으로 찍어 들고 이로 살점을 쭉 찢어 입 안 가득 우물거리면서 만족스러워했다. 그 만족감이 얼마나 노골적이었는지 마차 안 여기저기에서 탄식의 소리가 비어져 나왔다.

비곗덩어리가 겸손하고 다정한 목소리로 맞은편 수녀들을 향해 음식을 함께 들자고 권했다. 말이 떨어지자마자 수녀들은 음식을 받아 감사의 말 비슷한 것을 웅얼거린 뒤 눈도 들지 않고 재빨리 먹기 시작했다. 코르뉘데 역시 옆자리 여자가 음식을 권하자 사양하기는커녕 신문을 척척 펼쳐 무릎 위에 깔았고, 그럼으로써 맞은편 수녀들과 더불어 이제 한 상 벌려 놓은 형국이 되었다.

입들이 쉴 새 없이 열렸다 닫히면서 맹렬하게 욱여넣고 씹고 삼켜 댔다. 루아조는 자기 자리에 앉아 열심히 우물거리다가 목소리를 낮춰 아내에게 저 상차림에 끼어들라고 부추겼다. 아내는 한참을 버텼는데, 버티느라 배 속에 경련까지 일으키다가 결국 굴복했다. 그러자 남편은 말투를 한껏 둥글려 그 〈상냥한 길동무〉에게 자기 아내에게도 작은 고기 조각을 하나 줄 수 있겠느냐고 물었다. 길동무가 대답했다. 「그럼요, 물론이죠.」그러면서 다정한 미소와 함께 냉육이 담긴 단지를 내밀었다.

난처한 문제가 하나 생겼다. 첫 번째 보르도 포도주 병을 땄을 때였다. 잔이 은제 잔 하나뿐이었던 것이다. 한 명씩 포도주를 마신 뒤 잔을 닦아 다른 사람에게 돌렸다. 다만 코르뉘데는 옆자리 여자의 입술 자국이 여전히 촉촉하게 남은 자리에 자기 입술을 냉큼 갖다 댔는데, 이웃을 친절하게 대하려는 일념으로 그런 게 분명했다.

이렇게 해서 음식을 먹는 사람들에게 포위되고, 음식물이 풍기는 냄새에 공략당한 브레빌 백작 부부와 카레라마동 부부는 탄탈로스의 이름이 붙은[2] 이 끔찍한 형벌에 고통스러워했다. 별안간 방적 공장주의 젊은 아내가 한숨을 푹 내쉬었다. 사람들이 일제히 고개를 돌려 그 여자를 쳐다보았다. 낯빛이 마차 바깥의 눈만큼이나 새하얘져 있었다. 두 눈이 스르르 감기더니 고개가 앞으로 꺾였다. 기절해 버린 것이다. 남편은 당황해서 사람들에게 도움을 청했다. 각자 허둥거리는 사이에 나이 든 수녀가 기절한 여자의 머리를 손으로 받치고 비곗덩어리의 은잔을 여자의 입술 사이로 기울여 포도주 몇 방울을 흘려 넣었다. 예쁜 부인이 움찔거리더니 눈을 뜨고 미소를 지으며 죽어 가는 목소리로 이제 괜찮다고 말했다. 수녀는 여자가 다시 기절할까 봐 포도주 한 잔을 다 마시게 한 뒤 덧붙였다. 「속이 비어서 그래요. 달리 이유가 없죠.」

그러자 비곗덩어리가 얼굴이 발개지도록 당황해서는 배를 곯고 앉은 네 승객을 향해 말을 더듬거렸다. 「어쩌면 좋아, 제가 이 신사 숙녀 분들께 감히 권해도 될는지…….」 그러

---

2 그리스 신화에서 탄탈로스는 신들을 시험한 죄로 지하 세계에 떨어져 영원히 목마름과 굶주림에 시달리는 형벌을 받았다.

더니 자기 말을 혹시 모욕으로 받아들일까 봐 말을 뚝 멈췄다. 루아조가 나섰다. 「그럼요. 자, 부인들, 체면치레는 넣어두시고 호의를 받아들이세요, 어서! 밤을 보낼 집을 찾을 거라는 보장이나마 있나요? 지금처럼 간다면 내일 정오 전에 토트에 도착하기는 글렀어요.」 그렇지만 그 〈신사 숙녀 분들〉은 망설였다. 어느 한 사람도 〈잘 먹겠습니다〉라면서 음식을 먼저 받아 드는 책임을 떠맡을 엄두를 내지 못했다.

마침내 백작이 이 문제를 해결했다. 주눅이 들어 눈치를 보는 비곗덩어리를 향해 몸을 돌려 나무랄 데 없는 신사의 태도로 말했다. 「호의를 감사히 받겠습니다, 부인.」

첫걸음을 떼어 놓기가 어려웠을 뿐이었다. 일단 루비콩강을 건너자, 모두 망설임 없이 먹어 댔다. 바구니가 바닥을 보였다. 그래도 거위 간 파테, 종달새 고기 파테, 훈제 소 혓바닥 한 조각, 크라산 배 몇 알, 퐁레베크 치즈 한 덩이, 쿠키 몇 조각이 남아 있었고, 오이 양파 피클도 한 보시기 있었는데, 사실 비곗덩어리도 여자들이 대개 그렇듯이 이런 야채를 좋아했다.

음식을 얻어먹으면서 음식 주인인 그 여자에게 인사를 건네지 않을 수는 없는 노릇이었다. 그래서 말을 나눴는데, 처음에는 주저하면서, 이어서 비곗덩어리가 응대를 싹싹하게 잘해 주는 덕분에 훨씬 더 편안하게 말을 건넸다. 사교계에서 살아남는 법을 연마한 브레빌 백작 부인과 카레라마동 부인은 우아함을 곁들여 친절한 태도를 보여 주었다. 특히 백작 부인은 아주 고귀한 부인들이 상대가 아랫사람일 경우 기어이 베풀고야 마는 그 관대한 호의를 과시하여 다정하기까지 했다. 하지만 굳센 루아조 부인은 여장부 기질이 있는 터라 떨떠름한 표정을 유지했고, 말도 거의 하지 않으면서 먹기는 많이 먹었다.

말을 주고받는 중에 이번 전쟁에 대해서도 자연스레 이야기가 흘러나왔다. 프로이센군이 저질렀다는 흉악한 짓거리들, 프랑스군의 용감한 행동들이 열거되었다. 어쨌거나 모두 프로이센군을 피해 길을 떠난 처지인 만큼 타인의 용기에 대해서는 경의를 표했다. 이어서 화제는 개인사로 방향을 잡았다. 비곗덩어리는 자신이 어째서 루앙을 떠나게 되었는지 감정이 진정 북받쳐 이야기했다. 말 속에 젊은 여성들이 자연스러운 격정을 표현할 때 이따금 내보이는 열기가 배어 있었다.
「처음에는 저도 남아 있을 수 있겠다고 생각했죠. 집에 식량도 잔뜩 쌓아 놓았겠다, 병사 몇 명 먹여 주는 편이 살던 곳을 놓아두고 어디론가 떠나는 것보다 나을 듯했어요. 하지만 그 놈들, 그 프로이센 놈들을 보는 순간 참을 수 없었어요. 속에서 열불이 나더라고요. 그러고는 치욕감 때문에 온종일 울었지 뭐예요. 오! 남자로 태어났더라면 한판 붙어 보는 건데! 저는 그놈들, 철모에 뾰족한 뿔을 달고 다니는 그 살찐 돼지들을 창문으로 지켜보고 있었죠. 하녀는 제가 방 안의 집기들을 집어 그놈들의 등짝에 내던질까 봐 제 손을 붙들고 있었어요. 그러다가 놈들이 저의 집에 묵겠다면서 찾아왔어요. 저는 처음에 들어서는 놈의 목을 노리고 달려들었죠. 그놈들 목이라고 해서 다른 놈들 목보다 조르기가 더 어려운 건 아

니니까요! 누군가 제 머리끄덩이를 잡아당기지만 않았다면
제 손에 목을 잡힌 그놈은 그날이 제삿날이 되었을걸요. 그
일을 벌이고 나니 몸을 숨겨야만 하겠더군요. 그러다가 기회
가 오기에 떠나기로 했고, 그래서 지금 여기 있는 거고요.」

칭찬이 듬뿍 쏟아졌다. 길동무들은 그렇게까지 겁 없이
용감하지는 못했으므로 그들에게 비친 비곗덩어리의 모습
은 위대한 무엇이었고, 그들이 쏟아 낸 칭찬에 여자는 우쭐
해졌다. 코르뉘데는 비곗덩어리의 이야기를 들으며 민주주
의 사도로서 지지와 호의를 담아 빙그레 웃음을 지었는데,
그런 웃음은 독실한 신자가 신을 찬양하는 소리를 들을 때
신부의 얼굴에 떠오르는 표정과 닮은 데가 있었다. 사실 수
단을 입은 신부들이 믿음을 자기네 전유물로 생각하듯이 수
염 기른 민주 투사들도 애국심을 자기네 전유물로 여기는 경
향이 있었다. 이번에는 코르뉘데가 진리를 설파하는 말투로
이야기를 시작해서 날마다 나붙는 선언문에서 배운 과장법
을 구사해 보인 뒤 한 자락 웅변으로 끝맺이했는데, 웅변의
내용인즉 저 〈비열한 바댕게〉[3]에 대한 준엄한 비난이었다.

그렇지만 비곗덩어리가 곧장 발끈하고 나섰다. 사실 이 여
자는 보나파르트 지지자였다. 여자는 얼굴이 버찌보다 더 빨
개졌고, 분개해서 말을 더듬었다. 「여러분이 그분 위치에 있
었다면 어떻게 하셨을지 보고 싶네요. 아주 볼만했겠죠, 아
무렴요! 그분을 배빈한 건 바로 이런 분이에요. 이분 같은 부

3 나폴레옹 3세. 1846년 화가 바댕게로 위장해 영국으로 도주한 일화를
끌어들여 조롱하는 이름.

랑아들이 프랑스를 다스리게 된다면 그땐 떠날 수밖에요!」
코르뉘데는 아무렇지도 않은 척 얼굴에서 웃음기를 거두지
않았다. 상대를 얕잡아 보듯 거만한 미소이기는 했지만, 욕
설 몇 마디가 그의 입에서 곧 튀어나올 참이라는 게 느껴졌
다. 그 순간 백작이 끼어들어 화가 단단히 난 비곗덩어리를
간신히 진정시켰다. 진지한 의견이라면 무엇이든 존중받아
야 한다고 위압적인 말투로 선언한 효과였다. 하지만 백작
부인과 공장주의 부인은 품위 있는 계층답게 공화국을 맹목
적으로 증오하고 있던 데다, 또 화려하게 치장된 전제 군주
정에 여성이라면 본능적으로 품게 마련인 애정으로 인해 이
당당한 매춘부에게 본의 아니게 마음이 끌렸다. 이 매춘부가
느끼는 감정이 자기네들과 무척 비슷하다는 건 분명했다.

바구니가 바닥을 드러냈다. 열 명이 게 눈 감추듯 내용물
을 비워 버렸다. 그러면서 바구니 크기가 더 크지 않다는 걸
아쉬워했다. 먹는 일을 멈춘 뒤에도 대화는 한동안 이어졌지
만 다소 김빠진 모양새였다.

밤이 왔다. 어둠이 차츰 깊어졌다. 음식물이 소화되는 동
안은 몸이 추위에 한층 민감해지는 법이라서 비곗덩어리는
투실투실한 몸집에도 불구하고 찬 공기에 오슬오슬 떨었다.
그러자 브레빌 백작 부인이 아침부터 여러 차례 활성탄을 갈
아 주어서 온기가 남아 있는 휴대 난로를 내밀었다. 발이 꽁
꽁 언 느낌이었던 비곗덩어리는 냉큼 그 호의를 받아들였다.
카레라마동 부인과 루아조 부인도 각자 난로를 수녀들에게
건넸다.

바깥의 마부는 이미 초롱에 불을 밝혀 놓은 참이었다. 환한 초롱불에 비친 말들의 엉덩이가 땀에 젖어 뿌연 김이 피어 올랐다. 길 양편에 쌓인 눈은 앞으로 움직이며 가는 빛무리를 따라 몸을 펼쳐 놓는 것 같았다.

마차 안은 이제 완전히 어두워 눈앞 분간도 되지 않았다. 별안간 어떤 움직임이 비곗덩어리와 코르뉘데 중간쯤에서 감지되기는 했다. 어둠 속을 눈으로 훑던 루아조는 그 긴 수염의 사내가 어떤 소리 없는 일격이라도 받은 듯 화들짝 물러앉는 걸 본 것 같았다.

전방에 불빛이 작은 점처럼 나타났다. 토트였다. 열한 시간을 달리고, 중간중간 말에게 귀리를 먹이고 숨을 고르게 하느라 네 차례 멈춰 두 시간을 보냈으니, 모두 열세 시간에 걸친 여정이었다. 읍내로 들어가 호텔 뒤 코메르스라는 여인숙 앞에 마차를 세웠다.

마차 문이 열렸다! 익숙한 어떤 소리에 승객 모두가 움찔했다. 검집이 바닥에 끌리는 소리였다. 곧이어 뭐라고 외치는 독일인의 목소리가 들려왔다.

승합 마차는 멈춰 선 지 꽤 되었지만, 마차 문 바깥으로 발을 내디디면 학살당하기라도 하는 것처럼 누구도 내릴 기색이 없었다. 그때 마부가 초롱불 하나를 빼 들고 문간에 나타났다. 불빛이 느닷없이 마차 안쪽까지 비추는 바람에 두 줄로 나란히 앉은 겁먹은 얼굴들이 훤히 드러났다. 입들은 저마다 헤벌어지고, 눈들은 놀라움과 두려움으로 둥그렇게 확장되어 있었다.

마부 옆 환한 빛 속에 한 독일 장교가 서 있었다. 키가 크고 비쩍 마른 금발의 젊은이였다. 코르셋을 졸라맨 여자처럼 허리가 꽉 끼는 군복을 입은 장교는 밀랍 먹인 납작한 군모를 비스듬히 쓰고 있어서 영국의 호텔 사환처럼 보였다. 거창한 콧수염은 길고 곧은 터럭들이 양옆으로 뻗어 나가며 한없이 가늘어지다가 마지막에는 너무 가늘어서 끝을 찾을 수 없는 한 오라기 금빛 터럭으로 끝나면서 그 어마어마한 무게로 양쪽 입꼬리를 짓누르는 것 같았다. 게다가 뺨이 수염 무게를 못 이겨 아래로 처지다 보니 입술에도 한 가닥 늘어진 주름이 잡혀 있었다.

　장교는 알자스 억양의 뻣뻣한 프랑스어로 승객들을 마차에서 내리게 했다. 「내리실까요, 신사 숙녀분들?」

　수녀 두 사람이 믿음에 헌신한 결과 모든 종류의 복종에 길든 사람들다운 고분고분한 태도로 제일 먼저 그 지시를 따랐다. 이어서 백작과 백작 부인이 마차 문밖으로 몸을 내밀었고, 공장주와 그의 아내가 뒤따랐다. 이어서 루아조가 몸집 큰 자기 배필을 앞세우고 떠밀다시피 마차에서 내렸다. 루아조는 발을 땅에 딛자마자 장교에게, 예의가 있어서라기보다는 유비무환 감각의 발로로 인사를 건넸다. 「안녕하세요, 장교님.」 독일 장교는 무소불위의 권력자들이 그렇듯 거만하게, 한마디 대꾸도 없이 상대를 힐끗 쳐다보았다.

　비곗덩어리와 코르뉘데는 문에서 가장 가까운 자리에 있었는데도 가장 늦게 내리면서 적군 앞에서 위엄 있고 고고한 태도를 내보였다. 토실토실한 여자는 울분을 억누르며 침착하려고 애썼고, 민주 투사는 비통한 손으로 다갈색 긴 수염을 잡아 꼬았다 풀었다 했는데, 그 손은 조금 떨리고 있었다. 두 사람은 이런 식으로 적과 마주칠 때 각자가 어느 정도는 자기 나라의 얼굴이 된다는 점을 아는 터라 긍지를 지키고자 했다. 또 두 사람 모두 마차를 함께 타고 온 길동무들이 기개 없이 고개를 수그리는 게 마땅찮아서, 비곗덩어리는 옆의 부인네들, 말하자면 정숙한 부인네들보다 한층 더 고고해 보이려 했고, 코르뉘데는 자기가 모범을 보여야 한다는 생각에서 어떤 태도로든 자신의 저항 의무, 방어 진지를 구축하겠다고 길바닥을 파헤칠 때 스스로 떠맡은 그 의무를 계속 수행해 나갔다.

모두 함께 여인숙의 넓은 식당으로 들어갔다. 독일 장교는 총사령관의 서명이 들어간 여행 허가증을 보자고 했다. 거기에 승객 각각의 이름과 인상착의, 직업이 적혀 있었다. 장교는 긴 시간을 들여 승객을 한 사람 한 사람 유심히 훑어보며 허가증에 적힌 인적 사항과 일일이 대조했다.

그가 불쑥 말했다. 「됐습니다.」 예의 그 뻣뻣한 억양이었다. 그러고 나서 장교는 사라졌다.

모두가 한숨 돌리는 기색이었다. 또다시 배가 고팠으므로 식사를 주문했다. 준비하려면 30분은 기다려야 한다고 했다. 여인숙의 두 하녀가 먹을 것을 장만하는 동안 일행은 잠자리를 둘러보러 갔다. 침실은 긴 복노를 사이에 두고 늘어서 있었다. 복도 끝에 유리문 하나가 있었는데, 문에 붙은 번호를 보니 용도가 짐작이 갔다.

마침내 식탁으로 가서 앉으려는 참에 여인숙 주인이 직접 얼굴을 내밀었다. 한때 말 장수였던 뚱뚱한 남자로, 천식을 앓아서 숨 쉴 때마다 기적 소리가 났고, 목은 쉬었으며, 목구멍에선 가래 끓는 소리가 올라왔다. 그가 부친으로부터 물려받은 이름은 폴랑비였다.

폴랑비가 물었다.

「엘리자베트 루세 양이 어느 분이시오?」

비곗덩어리가 소스라쳐 뒤돌아보았다.

「전데요.」

「프로이센 장교가 지금 즉시 드릴 말씀이 있답니다.」

「저에게요?」

「엘리자베트 루세 양이시면 그렇죠.」

여자는 당황해서 잠시 생각하다가 잘라 말했다.

「그럴 수도 있겠지만, 전 가지 않겠어요.」

둘러앉은 사람들이 술렁거렸다. 장교의 의도가 뭘지 저마다 궁리해 보면서 말을 거들었다. 백작이 비곗덩어리에게 다가왔다.

「그건 잘못된 방법입니다, 부인. 지시를 따르지 않으면 상당히 곤란한 일이 생길 수 있어요. 부인뿐만 아니라 마차 승객 모두가 낭패를 당할 수 있어요. 칼자루를 쥔 사람에게는 맞서지 말아야 하는 법이거든요. 저 지시를 따라도 별 위험은 없을 거예요. 분명 서류상으로 뭔가 누락된 내용이 있어서겠죠.」

모두가 백작의 말에 동조해서 비곗덩어리를 달래고 압박

하고 훈계한 끝에 결국 여자를 구워삶는 데 성공했다. 사실 모두가 걱정하는 것은 여자가 섣부르게 뻗대다가 일을 복잡하게 꼬아 놓는 상황이었다. 여자가 말했다.

「네, 여러분을 생각해서 가볼게요!」

백작 부인이 비곗덩어리의 손을 잡았다.

「우리로선 고맙지요.」

비곗덩어리가 일어나서 나갔다. 여자가 돌아온 다음에 식탁에 앉기로 하고 모두들 기다렸다. 저마다 머릿속으로 저욱하는 성질의 과격한 여자 대신 자신이 불려 가는 편이 나았을 거라고 생각했다. 자신이 불려 갈 차례를 대비해 상대의 심기를 거스르지 않을 만한 말 몇 마디를 준비해 놓는 일도 잊지 않았다.

하지만 10분 뒤 돌아온 여자는 숨 막히게 새빨개진 얼굴로 분해서 씩씩거렸다. 여자가 웅얼웅얼 욕을 퍼부었다. 「오, 비열한 놈! 비열한 놈!」

모두 궁금해하며 설명을 재촉했지만, 여자는 화가 난 이유에 대해 입을 다물었다. 백작이 끈질기게 캐묻자 아주 의젓하게 한마디 할 뿐이었다. 「아뇨, 여러분과는 상관없는 일이에요. 말씀드릴 수 없어요.」

그때 양배추 냄새가 솔솔 풍기는 바닥이 깊은 수프 그릇이 식탁 한가운데에 놓이는 바람에 모두가 둘러앉았다. 방금 울린 위험 신호에도 불구하고 식사는 즐거웠다. 능금주가 맛있다고 해서 루아조 부부와 수녀들은 그걸 주문했는데, 양쪽 다 돈을 절약하려는 계산이었다. 다른 사람들은 포도주를 마셨다. 코르뉘데는 맥주를 달라고 했다. 그가 맥주를 다루는 방식은 독특해서, 우선 병마개를 따서 거품이 일도록 잔에 따른 다음 잔을 기울여 그 액체를 응시하다가, 등잔불을 향해 잔을 쳐들어 색깔을 음미했다. 그러고 나서 맥주를 마시는데, 그때는 좋아하는 이 음료와 색깔이 같은 그 긴 수염까지 애정에 사무쳐 부르르 떠는 것 같았다. 맥주잔에서 한시라도 시선을 떼지 않으려는 바람에 그의 두 눈은 사시가 되었고, 그가 지금 수행하는 일이 그 자신의 유일한 기능이자 천부적 소명인 듯 보였다. 아마도 그는 살아오는 동안 자신이 흠뻑 빠져 있는 페일 에일과 혁명, 이 두 가지 위대한 열정 간의 어떤 상관관계, 일종의 친화성을 정신에 수립해 놓은 듯했다. 그렇다 보니 맥주를 음미하는 일이 혁명을 생각하는 일이 되어 버린 것이다.

폴랑비 내외가 식탁 맨 끝자리에서 식사를 하고 있었다. 남편은 과열된 기관차처럼 헐떡거리느라 폐가 바빠서 식사 도중에 이야기를 나눌 여력이 없었지만, 아내는 한시도 말을 멈추지 않았다. 프로이센군이 왔을 때 자신이 어떤 인상을 받았는지, 그들이 어떤 행동을 하고 무슨 말을 했는지 전부 늘어놓을 기세였다. 요컨대 프로이센군이 싫다는 말이었는데, 그들에게 돈이 들어간다는 게 첫 번째 이유였고, 아들 둘이 군대에 가 있다는 게 그다음 이유였다. 여자는 말을 할 때 주로 백작 부인을 쳐다보았고, 그러면서 귀부인과 이야기를 나눈다는 자부심에 부풀었다.

여인숙 안주인이 중간에 목소리를 낮췄다. 자기 딴에는

조심스러운 이야기를 해보겠다는 표시였다. 남편이 한두 번 아내를 말리려고 〈입 다무는 게 낫지 않을까, 폴랑비 부인〉이라면서 끼어들었지만, 안주인은 아랑곳하지 않고 이야기를 이어 나갔다.

「네, 부인, 그들은요, 그저 먹기만 하는데, 감자와 돼지고기를 먹고, 그런 다음에 돼지고기와 감자를 먹는답니다. 게다가 그들이 깨끗하다는 건 말도 안 돼요. 오, 말도 안 되고 말고요! 이런 말을 입 밖에 낸다는 게 면구한데, 그 작자들은 볼일을 아무 데서나 보더라고요. 그들이 몇 시간이고 몇 날이고 훈련하는 모습을 보셔야 하는데. 모두 들판에 모이거든요. 그러고는 앞으로 가, 뒤로 가, 이쪽으로 돌아, 저쪽으로 돌아, 이러고 있답니다. 하다못해 밭이라도 갈든가, 아니면 자기네 나라로 가서 길이라도 닦든가 할 일이지! 그들이 그럴 주변머리가 있나요. 부인, 이 군인이라는 작자들은 아무에게도 도움이 안 돼요. 그런 놈들을 이 가난뱅이 민초가 먹여 살려야 하다니, 그래 봤자 사람 죽이는 법이나 배울 뿐인데! 저는 배운 게 없는 늙은이지만 그들이 아침부터 저녁까지 제자리에서 발을 구르느라 녹초가 되는 걸 보면서 어떤 생각이 들었냐면요, 어떤 사람들은 많은 발명을 해서 도움을 주는데, 또 누구는 훈련이랍시고 저 고생을 해서 해를 끼치는구나! 정말이지 프로이센군이든 영국군이든, 아니면 폴란드군이든 또 프랑스군이든 간에 사람을 죽인다는 건 끔찍한 일 아닌가요? 누가 자길 해코지한 누군가에게 복수한다고 해봐요. 그건 나쁜 일이라고 하죠. 그래서 처벌하잖아요. 그런데 우리 아이들을 사냥감 잡듯이 총으로 쏴 죽인다고 해봐요. 그건 좋은 일이라는 거죠. 제일 많이 죽인 자에게 훈장을 주잖아요? 세상에나, 도무지 이해할 수 없는 일이지 뭐예요!」

코르뉘데가 목소리를 높였다.

「전쟁은 평화로운 이웃을 공격하면 만행이고, 조국을 지키는 것이라면 신성한 의무죠.」

여인숙의 늙은 안주인은 고개를 숙였다.

「그렇죠. 지키기 위한 전쟁은 다른 문제죠. 반면에 즐기기 위해 전쟁을 하는 왕들이라면 모조리 단두대로 보내야 하는 것 아닙니까?」

코르뉘데의 눈에 불꽃이 일었다.

「만세, 공화국 시민 동지!」 그가 외쳤다.

카레라마동 씨는 골똘히 생각에 빠져들었다. 비록 그는 유명 장군들에게 열광하긴 했지만, 이 촌부의 말도 일리는 있어서, 전쟁을 한답시고 군사들을 무위도식하게 놓아두고, 그 결과 먹여 살리느라 어마어마한 돈이 들어가는, 비생산적인 상태로 보유하고만 있는 그 군사력을 큰 공장의 노동력으로 사용한다면 한 나라에 얼마나 이익이 될 것인가 하는 생각이 들었다. 큰 공장들은 앞으로 수백 년간은 여전히 노동력이 필요할 터였다.

그런데 루아조가 자리에서 일어나 여인숙 주인에게로 가서 낮은 목소리로 뭔가 말을 건넸다. 뚱뚱한 주인은 웃음을 터뜨리더니, 기침 발작을 일으켰다가 가래를 뱉어 냈다. 거대한 배가 루아조의 농담에 즐거움으로 출렁거렸고, 결국 주인은 루아조에게서 보르도 포도주 여섯 통을 샀다. 다가올 봄을 대비해서라는데, 그때쯤엔 프로이센군은 떠나고 없을 거란 계산이었다.

식사가 끝나자마자 모두 피로에 절어 객실로 자러 들어갔다.

하지만 루아조는 이제까지 돌아가는 상황을 지켜보던 참이라 방에 들어가서도 아내를 먼저 잠자리에 들게 해놓고, 열쇠 구멍에 귀를 댔다가 눈을 댔다가 하면서 자신이 〈복도 요지경〉이라고 이름 붙인 것을 찾아내려고 애썼다.

한 시간쯤 지나 옷자락 스치는 소리가 들려왔다. 재빨리 열쇠 구멍에 눈을 갖다 대자 비곗덩어리가 보였다. 가장자리에 흰 레이스를 댄 푸른 캐시미어 가운을 몸에 두르고 있어서 한층 포동포동했다. 그 여자는 한 손에 촛대를 들고 복도 끝 화장실을 향해 가고 있었다. 옆의 어느 객실 문 하나가 빼꼼 열렸다. 얼마 뒤 여자가 자기 방으로 되돌아가는데, 웃옷은 벗어 놓고 멜빵을 드러낸 코르뉘데가 뒤에 따라붙었다. 두 사람은 목소리를 낮춰 말을 주고받다가 딱 멈춰 섰다. 비곗덩어리가 자기 방문을 완강하게 막아서고 있는 것 같았다. 아쉽게도 두 사람의 말이 들리지 않다가 막판에 둘의 언성이 높아진 덕분에 루아조는 몇 마디 얻어들을 수 있었다. 코르뉘데가 기세 좋게 졸라 대는 중이었다. 그가 말했다.

「나 참, 어리석군. 그게 당신과 무슨 상관이오?」

비곗덩어리는 발끈한 듯이 되받았다.

「안 돼요, 이보세요. 이런 일은 때를 가릴 줄 알아야 해요.

게다가 이런 곳에서라니, 낯 뜨겁잖아요.」

그는 수긍이 되지 않는 듯 왜냐고 물었다. 그러자 비곗덩어리의 목소리가 더 올라가며 화를 냈다.

「왜냐고요? 왜인지 몰라요? 이 집 안에, 어쩌면 바로 옆방에 프로이센군이 있을 텐데요?」

그는 입을 다물었다. 이 창녀가 몸을 사리는 이유가 적이 가까이 있는 상황에서는 결코 몸을 흐트러뜨리지 않겠다는 애국심의 발로라는 걸 알자, 시들어 가던 위엄이 가슴속에서 새로 눈을 뜬 모양이었다. 그래서 남자는 비곗덩어리를 한번 껴안아 보기만 하고, 살금살금 걸어 자기 방으로 되돌아갔다.

방 안에 있던 루아조는 몹시 달아올랐고, 열쇠 구멍에서 눈을 떼고는 펄쩍 뛰어올라 무용수처럼 공중에서 두 발을 마주쳤다. 그러고는 머릿수건을 둘러쓴 뒤 아내의 억센 몸뚱이가 누워 있는 이불 속을 들추고 〈날 사랑해, 여보?〉 하고 중얼거리며 키스를 해서 아내의 잠을 깨웠다.

이제 여인숙 전체가 고요해졌다. 하지만 얼마 지나지 않아 어디선가, 다락 쪽일 수도 있고 지하실 쪽일 수도 있고, 정확히 어디라고 말할 수 없는 방향에서 우렁차게 코 고는 소리가 들려왔다. 단조롭고 규칙적이면서 둔하고 길게 끄는 소리로, 증기압을 내뿜는 보일러의 진동을 동반하고 있었다. 잠든 폴랑비 씨가 내는 소리였다.

다음 날 아침 8시에 출발하기로 정해 놓은 터라 모두가 주방에 모였다. 하지만 마차는 덮개에 눈 지붕을 고스란히 인 채 마당 한가운데에 덩그러니 서 있었다. 말도 없었고, 마부도 보이지 않았다. 마부를 찾아 마구간으로 가보고, 건초 더미 사이를 기웃거려 보고, 차고에도 가보았지만 허사였다. 마을로 나가 마부를 찾아보기로 하고, 남자들은 모두 여인숙을 나섰다. 광장으로 가보니 광장을 가로질러 맞은편에 성당이 있고, 그 양편으로 나지막한 집들이 늘어서 있었다. 집 안에서 움직이는 프로이센 병사들을 알아볼 수 있었다. 처음 눈에 들어온 병사는 감자를 깎고 있었다. 조금 떨어진 곳의 두 번째 병사는 이발소를 물청소하는 중이었다. 눈언저리까지 수염이 덥수룩한 또 다른 병사가 우는 어린애를 안아 무릎 위에 올려놓고 흔들며 달래 주는 모습이 보였다. 남편을 〈전시 징집〉으로 군대에 보낸 몸집이 푸짐한 아낙들이 이 정복군 병사들에게 손짓으로 할 일을 가리켜 보이면, 병사들은 그 지시에 따라 고분고분 장작을 패거나 수프에 빵을 적시거나 커피콩을 갈았다. 병사 한 사람은 거동이 어려운 주인 노파의 속옷을 빨기까지 했다.

　백작은 놀라서 마침 사제관에서 나오는 성당지기를 붙잡고 물었다. 나이 든 그 성당지기가 대답했다. 「오! 저 군인들은 나쁜 사람들이 아닙니다. 들리는 말로는 프로이센 사람들이 아니라 더 먼 곳에서 왔다더군요. 어딘지는 모르겠어요. 모두 고향에 아내와 아이들을 놓아두고 왔겠지요. 저 사람들도 좋을 리가 있나요, 이 전쟁이! 거기서도 저들을 떠나보내놓고 분명 눈물을 흘리고 있겠죠. 이 전쟁으로 우리나 거기나 이제 허기진 배를 졸라매야 할 판입니다. 그래도 이곳은 지금 당장은 그리 힘든 상황이 아니에요. 저 병사들이 패악을 부리지 않고, 또 저렇게 자기 집 일처럼 도와주고 있으니까요. 아무렴요, 가난한 사람들끼리는 서로 돕고 살아야죠⋯⋯. 전쟁은 높은 분들이 하라고 하고요.」

코르뉘데는 정복군과 피정복민 사이에 만들어진 이 화목한 분위기에 분개한 나머지 여인숙에 틀어박혀 있는 게 낫겠다며 돌아갔다. 루아조가 웃자고 한마디 던졌다. 「시린 옆구리들을 채워 주는군요.」 카레라마동 씨는 정색하며 말했다. 「그렇게라도 배상을 해야지.」 어쨌거나 마부의 모습은 보이지 않았다. 마침내 그를 찾아냈을 때, 그는 장교 당번병과 함께 마을 카페에 앉아 화기애애한 시간을 보내고 있었다. 백작이 마부에게 자초지종을 물었다.

「8시에 떠날 수 있도록 말을 매어 놓으라고 들었을 텐데?」

「그랬습죠. 하지만 그러고 나서 또 다른 지시가 내려왔거든요.」

「다른 지시라니?」

「절대로 말을 매어 놓지 말라는 지시입죠.」

「누가 그런 지시를 내렸는데?」

「그야 프로이센 지휘관입죠!」

「그가 왜?」

「제가 어찌 알겠습니까요. 가서 물어보셔야죠. 저야 말을 매지 말라고 해서 매지 않았을 뿐입니다요.」

「지휘관이 나와서 직접 그렇게 지시한 거요?」

「아닙니다, 나리. 여인숙 주인이 지휘관 명령이라면서 전달해 주었습죠.」

「언제?」

「어젯밤에요. 잠자리에 들려고 하는데 와서 말해 주더구먼요.」

세 남자는 아주 불안한 심정이 되어 돌아왔다.

주인 폴랑비 씨를 보자고 청했다. 하녀의 대답은 주인이 천식 때문에 10시 이전에는 자리에서 일어나는 법이 없다는 것이었다. 불이 난 경우가 아니라면 그 시간 전에는 깨우지 말라고 아예 못 박아 두었다고 했다.

장교를 만나 보고자 했지만, 같은 여인숙에 묵고 있어도 그건 절대 불가능하다고 했다. 민간인과 관련된 문제로 장교에게 면담을 요청하는 일도 오로지 폴랑비 씨에게만 허락되어 있었다. 그래서 기다리기로 했다. 여자들은 각자 침실로 다시 올라가 이런저런 하찮은 일들로 시간을 때웠다.

코르뉘데는 주방 벽난로의 발치에 자리를 잡았다. 높은 벽난로에서는 불길이 기세 좋게 타올랐다. 그는 카페용 작은 탁자와 맥주 한 병을 자기 자리로 가져오게 하고는 파이프 담배를 꺼냈다. 그 파이프는 민주주의자들 사이에서 코르뉘데만큼이나 존중의 대상이었는데, 그 파이프가 코르뉘데에게 봉사하니까 조국에 봉사하는 셈이라고 생각하는 모양이었다. 담뱃진이 멋들어지게 배어든 고급 해포석 파이프로, 주인의 치아 색깔만큼 거무스름했지만 향기가 났고, 우아하게 휘어진 무리와 반들반들한 윤기로, 또 손에 착 감기는 품으로 주인의 외양을 완성해 주고 있었다. 그는 꼼짝도 하지 않고 앉아 벽난로 불꽃에 눈길을 던지거나 맥주잔 가장자리를 두른 거품을 응시했고, 그러다가 잔을 들어 한 모금 마실 때면 만족한 표정을 지으며 마르고 긴 손가락으로 길고 기름진 머리카락을 쓸어 넘기면서 수염에 묻은 거품을 빨아먹었다.

루아조는 뻣뻣해진 다리를 푼다는 핑계로 마을로 나갔다. 주류 소매상들을 찾아가 포도주를 팔아 보려는 것이었다. 백작과 공장주는 이런저런 말을 주고받다가 정치 이야기로 접어들었다. 두 사람은 프랑스의 미래를 전망했다. 한 사람은 오를레앙 당에 희망을 걸었고, 다른 한 사람은 미지의 구원자를 기대했다. 이러다가 나라 꼴이 절망적인 지경이 되면 어떤 영웅이 등장할 것이라는 예측이었다. 뒤 게클랭[4]이나 잔 다르크 같은 인물, 아니면 또 다른 나폴레옹 1세가 나타나지 않을까? 아! 황태자가 그렇게 어리지만 않았어도! 코르뉘데는 두 사람이 주고받는 이야기를 들으면서 이 나라의 운명을 안다는 듯이 빙그레 웃었다. 그가 피워 문 파이프 담배 냄새가 주방에 퍼져 나갔다.

시계가 10시를 알리자 폴랑비 씨가 나타났다. 서둘러 그에게 캐물었다. 하지만 그는 다음과 같은 대답을 두세 번, 한마디도 바꾸지 않고 되풀이하는 것 외에는 대답할 말이 없었다.

「그 장교가 한 말은 이겁니다. 〈폴랑비 씨, 내일 저 승객들이 탈 마차에 말을 매지 못하게 하시오. 내 허락 없이 저들을 떠나게 해서는 안 되오. 내 말 알아들었을 거요. 그럼 됐소.〉」

그래서 장교를 만나 보려 했다. 백작이 자기 명함을 장교

---

4 Bertrand du Guesclin(1320~1380). 백 년 전쟁 당시 프랑스를 승리로 이끈 장군.

에게 보냈다. 거기에 덧붙여 카레라마동 씨도 자신의 이름과 맡은 직위 전부를 함께 적어 보냈다. 프로이센 장교로부터 자기가 점심 식사를 마친 후인 1시 무렵 면담을 위해 두 사람이 찾아와도 좋다는 허락이 내려왔다.

부인들이 방에서 나오고, 모두 불안감은 있었지만 얼마간 식사를 하기는 했다. 비곗덩어리는 어딘가 아픈 듯했고, 무척이나 동요하는 눈치였다.

일행이 커피를 다 마셔 갈 즈음, 당번병이 와서 두 신사를 찾았다.

루아조도 앞의 두 사람을 따라나섰다. 이 교섭 행차에 더 장중한 분위기를 입히고 싶어서 코르뉘데에게도 함께 가자고 청했지만, 그는 독일인들과는 결코 말을 섞지 않겠다고 거만하게 선언하더니 맥주 한 병을 더 주문하고는 다시 벽난로로 돌아가서 자리를 잡고 앉았다.

세 남자는 안내를 받아 여인숙에서 가장 좋은 방으로 올라갔다. 그들을 맞이한 장교는 안락의자에 거의 드러눕다시피 앉아 두 발을 벽난로 위에 올려놓고 길쭉한 도자기 파이프를 피우고 있었다. 실내복 차림이었는데, 어느 취향 나쁜 부르주아가 버리고 떠난 가옥에서 슬쩍 집어 왔을 법한 번쩍거리는 옷감이었다. 장교는 몸을 일으키지도 않았고, 인사를 건네지도 않았으며, 세 남자에게 눈길을 주지도 않았다. 전승국 장교가 취하기 마련인 거만함의 멋진 표본이었다.

얼마간 말없이 시간을 흘려보낸 뒤 마침내 장교가 입을 열었다.

「왜 보자고 하셨습니까?」

백작이 얼른 대답했다. 「출발했으면 좋겠는데요.」

「안 됩니다.」

「왜 안 되는지 여쭤 봐도 될까요?」

「내가 원하지 않습니다.」

「총사령관님으로부터 디에프행 여행 허가증을 발급받아 왔다는 점을 헤아려 주셨으면 합니다. 저희는 아무 짓도 한 게 없는데, 이런 가혹한 처분을 받는 이유를 모르겠습니다.」

「내가 원하지 않아요…… 그게 전부입니다…… 그만 돌아 가시오.」

세 사람 모두 머리 숙여 인사하고 물러 나왔다.

그날 오후에는 모두 풀이 죽어 지냈다. 일행은 저 독일 장교가 왜 이런 변덕을 부리는지 이해가 되지 않았다. 오만 가지 생각들이 머릿속을 어지럽혔다. 모두 주방에 모여 끝없이 대책을 세우고, 밑도 끝도 없는 가설을 늘어놓았다. 인질로 붙잡아 두려는 것일까요? 그러는 목적이 뭔데요? 포로로 끌고 가려는 걸까요? 아니면 몸값으로 거액을 요구하려는 게 아닐까요? 생각이 여기에 미치자 두려움이 덮쳐 왔다. 부유할수록 느끼는 두려움도 컸다. 목숨을 건지기 위해 자루에 금화를 가득 채워 와서 저 오만한 군인의 손에 넘겨주어야 할 자신의 처지가 벌써 눈앞에 선했다. 그들은 머리를 쥐어 짜서 그럴듯한 거짓말을 꾸며 냈다. 그래서 자신의 부유함을 감추고 가난해 보이도록, 찢어지게 가난해 보이도록 해야 했다. 루아조가 시곗줄을 풀어 주머니 속에 감추었다. 저녁 어스름이 내리자 불안감이 더욱 커졌다. 등잔에 불을 밝혔다. 저녁 식사까지는 아직 두 시간을 더 기다려야 했으므로 루아조 부인이 31 카드놀이를 제안했다. 기분 전환이 될 것 같아 모두 찬성했다. 코르뉘데마저 예의를 차려 파이프 담배를 끈 다음 놀이판에 끼어들었다.

백작이 카드를 섞은 뒤 한 장씩 돌렸다. 비곗덩어리가 단숨에 31점을 만들었다. 이 카드놀이에 몰두하면서 일행의 머릿속을 어지럽히던 두려움도 곧바로 엷어졌다. 코르뉘데는 루아조 내외가 한 패가 되어 속임수를 부리고 있음을 알아차렸다.

일행이 식탁으로 옮겨 자리 잡으려 할 때쯤 폴랑비 씨가 다시 얼굴을 내밀었다. 그가 쉰 목소리로 말했다. 「프로이센 장교가 엘리자베트 루세 양에게 아직도 마음이 바뀌지 않았는지 물어보랍니다.」

때마침 일어서 있던 비곗덩어리가 움직임을 딱 멈추었다. 얼굴이 하얗게 변하더니 순식간에 진홍빛이 되어서는 솟구치는 분을 못 이겨 잠시 말문을 열지 못했다. 이윽고 여자는 분통을 터뜨리며 펄펄 뛰었다. 「그 비열한 놈, 그 더러운 놈, 그 망종 프로이센 놈에게 가서 전하세요. 절대로 그럴 일 없을 거라고. 아셨죠, 절대로, 절대로, 절대로 없다고!」

뚱보 여인숙 주인이 나갔다. 일행은 비곗덩어리 주위로 모여들어 방금 있었던 일에 대해 꼬치꼬치 캐물었다. 장교가 불러서 갔을 때 그로부터 어떤 요구가 있었는지도 이야기해 달라고 졸랐다. 비곗덩어리는 처음에는 말할 수 없다고 버텼지만, 속에서 치미는 울화를 억누를 수 없었는지 돌연 털어놓고 말았다. 「그자가 뭘 요구했냐고요? 그자가 뭘 요구했냐고요? 나와 자고 싶다는군요!」 비곗덩어리가 버럭 소리를 질렀다. 이런 민망한 표현이 거슬린 사람은 없었다. 그만큼 분개하는 마음이 컸다. 코르뉘데는 식탁에 맥주병을 거칠게 내려놓다가 그만 깨뜨리고 말았다. 비곗덩어리가 강요받은 희생을 자신들도 각자 어느 정도는 강요받은 것처럼 모두가 입을 모아 그 저열한 군인 나부랭이를 비난하고, 분노를 터뜨리고, 한마음으로 저항을 다짐했다. 백작은 역겨움을 참을 수 없다는 표정으로 저들의 행동은 고대 야만인과 다를 바 없다고 선언했다. 부인들이 특히 비곗덩어리를 향해 격렬하고 살가운 동정심을 드러냈다. 식사 시간에만 모습을 보이는 수녀들은 고개를 숙인 채 아무 말이 없었다.

어쨌거나 일행은 저녁 식사를 했다. 처음의 분노는 어느 정도 가라앉았다. 하지만 거의 말이 없었고, 각자 뭔가를 생각하는 모습이었다.

부인들은 일찍 자리를 떴다. 남자들은 담배를 피우며 에카르테 카드놀이판을 벌이고는 폴랑비 씨에게 함께하자고 권했다. 그 프로이센 장교의 고집을 꺾으려면 어떤 방법을 써야 할지 은근슬쩍 물어볼 속셈이었다. 하지만 이 여인숙 주인은 카드 패에만 정신이 팔려 무엇을 묻든 귓등으로 흘리며 대답이 없었다. 그러면서 계속 중얼거리기만 했다. 「카드를 합시다, 여러분, 카드를 합시다.」 그가 카드놀이에 얼마나 집중했던지 가래를 뱉어 내는 일도 깜박 잊어버리는 바람에,

가슴에서 늘임표를 붙인 듯 길게 끄는 오르간 소리가 났다. 증기가 새듯 식식거리는 그의 폐는 깊숙이 가라앉은 저음부터 홰를 치며 목청을 뽑는 팔팔한 수탉들의 새된 고음에 이르기까지 천식 환자의 음계 전체를 펼쳐 보였다.

쏟아지는 잠을 이기지 못한 여인숙 안주인이 와서 그만 들어가자고 하는데도 그는 손사래를 쳤다. 안주인은 남편을 내버려 두고 혼자 방으로 향했다. 사실 안주인은 아침에 기운이 나는 사람이어서 늘 동틀 때부터 일어나 움직였지만, 남편은 밤이 되어야 기력을 찾는 터라 언제라도 함께 어울릴 사람만 있으면 밤을 새울 태세가 되어 있었다. 남편이 방으로 가는 아내의 등을 향해 큰 소리로 말했다. 「레드풀[5] 한 잔 만들어 벽난로 불 앞에 갖다 놔줘.」 그러고는 다시 카드놀이 판에 코를 박았다. 여인숙 주인에게서 쓸모 있는 정보를 얻어 내기 어렵다는 걸 알아차린 일행은 그만 잠자리에 들 시간이라고 말하고는 저마다 방으로 들어가 버렸다.

다음 날 일행은 마찬가지로 꽤 이른 시간에 일어났다. 저마다 막연한 희망, 떠나고 싶다는 한층 더 커진 욕망, 이 너절한 여인숙에서 또 하루를 보내야 한다는 데 대한 두려움을 품고 있었다.

어쩌나! 말들은 여전히 마구간 안에 있었고, 마부의 모습은 보이지 않았다. 모두 하릴없이 마차 주위를 한 바퀴 돌았다.

점심 식사는 우울했다. 일행이 비곗덩어리를 대하는 태도에 어떤 냉기가 돌았다. 밤이란 조언자 역할도 하는 만큼, 그

5 에그노그. 브랜디나 럼주에 달걀노른자와 우유, 설탕이 들어가는 음료.

새 판단이 얼마간 달라진 탓이었다. 이제 사람들은 이 여자를 거의 원망하고 있었다. 비곗덩어리가 밤사이 그 프로이센 장교를 몰래 만나러 가지 않은 것에 대한 원망이었다. 그랬더라면 아침에 눈을 떴을 때 길동무들에게 반가운 선물을 안겨 주지 않았겠는가? 그보다 더 간단한 일이 어디 있는가? 게다가 그랬다고 한들 누가 알아차렸겠는가? 일행이 상심하는 게 마음 아파서 생각을 바꾸었다고 둘러댄다면 이 여자도 장교한테 그리 체면을 깎이는 건 아닐 것이다. 둘러대는 일이야 이 여자한테는 식은 죽 먹기일 텐데!

하지만 이런 생각을 아직은 누구도 내비치지 않았다.

오후를 보내며 몹시 지루해졌다. 백작이 산책하러 가자고 나섰다. 마을 주변을 한 바퀴 돌아보자고 했다. 추위에 대비해 저마다 꼼꼼하게 몸을 감싼 뒤 작은 무리를 이루어 출발했다. 코르뉘데는 벽난로 옆에 붙어 있는 게 더 좋았고, 수녀들은 온종일 성당이나 사제관에 틀어박혀 지내는 터라 일행에 합류하지 않았다.

추위 탓에 귀와 코가 떨어져 나갈 듯 시렸다. 하루하루 추위가 더 심해지고 있었다. 발이 얼어붙어 한 걸음 옮겨 디딜 때마다 고통스러웠다. 들판이 보이는 곳까지 나왔지만, 끝없이 흰색으로 뒤덮인 그 풍경이 얼마나 끔찍하게 음울했던지 모두 영혼이 얼어붙고 심장이 쭈뼛해져서 돌아가려고 이내 발걸음을 돌렸다.

네 여자가 앞장서서 걷고, 세 남자가 조금 뒤처져서 따라갔다.

일이 돌아가는 낌새를 꿰뚫어 본 루아조가 불쑥 입을 열었다. 앞에 가는 저 〈매춘부〉가 그들을 이런 상황에 얼마나 더 오랫동안 붙잡아 둘 것 같으냐고 물었다. 백작은 이번에도 역시 궁정풍으로 우아하게 대답하기를, 한 여자에게 그런 고통스러운 희생을 요구할 수는 없으니 그 여자가 스스로 결심하기를 기다리는 수밖에 없다고 했다. 그러자 카레라마동 씨가 말을 받아, 만약 점쳐 본 대로 프랑스군이 디에프에서 회군해 반격해 온다면, 양편이 마주쳐 일전을 벌일 지점은 토트일 수밖에 없다는 생각을 꺼내 놓았다. 그 생각을 하자 다른 두 남자도 걱정으로 초조해졌다. 「걸어서라도 이곳을 벗어나야죠.」 루아조가 자신이 생각한 해법을 이야기했다. 백작이 어깨를 으쓱 추어올렸다. 「그런 생각을 하다니. 이 눈밭을 걸어서 간다고요? 안사람들을 데리고? 게다가 곧바로 추격이 따라붙어 10분 안에 모두 붙잡힐 텐데요. 포로로 묶여 저 군인들의 처분만 기다리는 신세가 되겠죠.」 맞는 말이었다. 모두 입을 다물었다.

여자들의 화제는 몸치장에 대한 것이었는데, 이야기를 나누면서도 뭔가 거북한 게 있는지 말이 겉돌고 있었다.

별안간 길 끝에 그 장교의 모습이 보였다. 지평선 끝까지 펼쳐진 눈 위로 말벌처럼 허리를 졸라맨 제복 차림의 멀대 같은 형체가 나타나더니 이쪽으로 다가왔다. 두 무릎 사이를 떼이시 걸었는데, 깔끔하게 광을 낸 군화에 얼룩을 만들고 싶지 않을 때 나오는 군인 특유의 동작이었다.

장교는 부인들을 빗겨 지나가면서 가볍게 고개를 숙였고,

이어서 남자들을 향해 거만한 눈길을 던졌다. 남자들은 비록 루아조가 모자에 손을 갖다 대고 슬쩍 들어 올리는 시늉을 했지만, 어쨌거나 누구도 모자를 벗지 않을 만큼의 자존심은 있었다.

비곗덩어리는 얼굴이 붉어지다 못해 귀까지 빨개졌다. 세 부인은 이 여자와 함께 있을 때 장교와 마주치게 되자 큰 모욕을 받은 느낌이었다. 저 군인이 그토록 함부로 취급한 여자와 동행한 참이니 그럴 만도 했다.

일행들 사이에서 장교에 대한 말이 오갔다. 그의 풍채, 외모에 대해서도 한마디씩 했다. 장교들을 많이 알고 지내서 그들의 외양에 대해 전문가적 안목이 있는 카레라마동 부인은 그 프로이센 장교의 용모가 꽤 훌륭하다고 평가했다. 심지어 프랑스군이 아닌 걸 애석해했는데, 만약 그랬다면 어느 여자든 홀딱 반해 버릴 아주 멋진 경기병이 되었을 거라는 게 이유였다.

일단 여인숙으로 돌아오자 이제 또 무엇을 해야 할지 막막했다. 심지어 사소한 일을 두고도 주고받는 말에 날을 세울 지경이었다. 저녁 식사는 모두 침묵하는 분위기에서 금방 끝났고, 시간을 죽이는 데는 잠이 상책인지라 각자 방으로 자러 올라갔다.

다음 날 아침, 주방으로 내려온 일행의 얼굴에는 피곤이 묻어 있었고 가슴에는 울화가 들끓었다. 부인들은 비곗덩어리에게 거의 말을 건네지 않았다.

종소리가 울렸다. 성당에서 세례식이 있는 모양이었다.

비곗덩어리에게는 아이가 하나 있었는데, 이브토의 농가에 맡겨 기르고 있었다. 1년에 한 번 얼굴을 볼까 말까 한 데다 아이 생각을 하는 적도 없었지만, 누군가의 아이가 세례를 받는다고 생각하자 급작스레 자기 아이에 대한 애정이 세차게 솟구치면서 지금 열리는 세례식에 꼭 가보고 싶었다.

비곗덩어리가 성당으로 떠나자마자 남은 사람들은 서로 눈길을 주고받더니 의자를 바싹 당겨 모여 앉았다. 마침내 뭔가 결정을 내려야겠다고 느낀 탓이었다. 루아조가 방법을 하나 생각해 냈다. 비곗덩어리 한 사람만 남기고 다른 이들은 떠나게 해달라고 프로이센 장교에게 청해 보자고 했다.

폴랑비 씨가 또다시 심부름을 맡아 장교의 방으로 올라갔지만, 잠시랄 것도 없이 곧바로 내려왔다. 인간의 마음이 배고플 때와 배부를 때 다르다는 걸 모르지 않는 독일 장교는 그런 제안을 들고 온 심부름꾼을 내쫓아 버렸다. 자기가 원하는 게 채워지지 않는 한 모두를 붙잡아 두겠다는 의미였다.

일이 이렇게 되자, 루아조 부인의 상스러운 기질이 폭발했다. 「어쨌거나 여기서 늙어 죽을 수는 없잖아요. 아무 남자하고나 자는 게 저 여자, 저 매춘부의 직업이에요. 그러니 저 여자가 누구는 받고 다른 누구는 마다한다는 게 말이 안 되죠. 도대체 어지간해야지 글쎄, 저 물건은 루앙에서 누구와도, 심지어 마부들하고도 그 짓을 했다는군요! 네, 부인, 도청의 마부하고요! 제가 그 작자를 잘 알아요, 포도주를 우리 가게에 와서 사 가니까요. 지금처럼 우리를 곤경에서 끌어내 줘야 할 판국에 저 여자가 새침 떠는 꼴 좀 보세요, 못된 계

70

집애 같으니! ……제가 보기에 그 장교는 행실이 바른 사람이에요. 아마 오랫동안 여자 없이 지내 왔나 보죠. 마음이 끌리는 대로라면 우리 세 사람을 택했겠지만, 그런 욕심일랑 접고 임자 없는 저 여자로 만족하려는 것만 봐도 알 수 있죠. 결혼한 여자는 존중하겠다는 거잖아요. 생각해 보세요, 여기서 그는 뭐든 자기 마음대로 할 수 있는 사람이에요. 그저 〈그리고 싶다〉라고 말하기만 했어도 우리를 강제로 손에 넣을 수 있었다고요. 자기 병사들을 동원해서.」

나머지 두 여자가 슬그머니 몸서리를 쳤다. 예쁘장한 카레라마동 부인의 두 눈이 반짝이면서 뺨이 조금 창백해졌는데, 그 장교가 자신을 강제로 범할 때의 느낌이 벌써 상상이 되는 모양이었다.

남자들이 조금 떨어져서 서로 머리를 맞대고 있다가 여자들 쪽으로 다가왔다. 루아조는 〈저 천한 계집〉의 손발을 묶어 장교에게 넘겨주자고 노기등등해서 말했다. 하지만 백작은 3대에 걸쳐 외교 사절을 배출한 가문 출신인 데다 타고난 풍채도 이미 외교관에 어울리는 만큼 협상 기술을 발휘하자는 쪽으로 기울어 있었다. 「저 여자가 마음을 돌리게 만들어야 합니다.」 백작이 말했다.

그래서 방법을 짜내기로 했다.

여자들이 서로 거리를 좁혀 앉아 남자들에게 자리를 내주었다. 목소리가 낮아졌다. 남자 여자 구별 없이 함께 머리를 맞대고 저마다 생각을 꺼내 놓았다. 그러면서도 예의는 무척이나 차렸다. 여자들은 아주 낯 뜨거운 내용을 입에 올리면서도 절묘하게 돌려 말하고, 섬세한 표현들을 매혹적으로 구사했다. 만약 누군가 사정을 모르는 사람이 옆에서 들었더라면 무슨 말인지 전혀 이해하지 못했을 것이다. 그만큼 그들은 조심하고 또 조심해서 말을 포장했다. 하지만 사교계 여성이 저마다 몸에 두르고 있는 정숙이라는 그 얇은 너울은 표면만을 덮어 가릴 뿐이어서, 그들은 이런 음탕한 사건 앞에서 자신의 본성에 딱 맞는 뭔가를 만난 듯 편안한 기분으로 그 어느 때보다 활짝 피어나서는, 이 잠자리 연애사를 주물러 대며 속으로 후끈 달아올라 즐겼는데, 이런 주제를 다루는 그들의 태도에는 식도락가 요리사가 타인의 저녁거리를 조리하며 맛보는 관능이 스며 있었다.

분위기가 저절로 유쾌해졌다. 그만큼 이런 이야기가 그들로서는 사실 아주 재미있었다. 백작은 다소 아슬아슬한 농담들을 풀어놓으면서도 선을 슬쩍 넘었다가 능치고 넘어가는 기술을 발휘해 모두를 웃게 했다. 이번에는 루아조가 나서서 몇 마디 외설적인 말들을 요령도 없이 뱉어 놓았지만, 그렇다고 기분이 상한 사람은 없었다. 조금 전 그의 아내가 거칠게 내질러 놓은 말이 모두의 머릿속을 사로잡고 있었다. 〈아무 남자하고나 자는 게 저 여자의 직업인데, 누구는 받고 다른 누구는 마다하는 건 대체 무슨 이유랍니까?〉 사랑스러운 카레라마동 부인은 만약 자신이 비곗덩어리 입장이라면 여느 남자보다는 오히려 이 남자를 받아들일 거라는 생각까지 해보는 것 같았다.

일행은 요새를 공략할 때처럼 긴 시간 공들여 포위 작전을 세웠다. 각자 어떤 역할을 맡을지, 어떤 논리를 들이대고 어떤 수법을 부려야 할지 숙지했다. 비곗덩어리라는 살아 있는 이 성채가 적을 자기 안에 받아들이도록 공격 작전을 세우고, 사용할 전략을 정하고, 그리하여 기습 공격으로 나아가자고 낙착을 보았다.

하지만 코르뉘데는 이 작전 회의에 끼어들 생각이 아예 없는지 따로 떨어져 앉아 있었다.

모두 계획을 짜는 데 정신이 팔리다 보니 비곗덩어리가 돌아오는 소리를 전혀 듣지 못했다. 다만 백작이 가볍게 〈쉿〉 소리를 낸 덕분에 일제히 눈을 들어 쳐다볼 수 있었다. 비곗덩어리가 어느새 와 있었다. 다들 황급히 입을 다문 탓에 처음에는 비곗덩어리에게 말도 건네지 못하고 허둥거렸다. 사교계의 위선적 행동 방식이 누구보다 유연하게 몸에 밴 백작 부인이 비곗덩어리를 향해 말을 걸었다. 「세례식은 재미있던가요?」

비곗덩어리는 여전히 감동에 젖은 채 보고 온 것을 전부 쏟아 놓았다. 세례식에 누가 왔고 그들이 어떤 행동을 어떻게 했으며, 아울러 성당의 어느 구석이 어떤 모습이었는지까지 구구절절 이야기했다. 그러고는 덧붙였다. 「이따금 가서 기도를 올리는 일도 참 좋네요.」

한편, 부인네들은 점심 식사 때까지 본론은 미루어 두고 이 여자를 그저 다정하게 대하기만 했다. 신뢰감을 키워 자신들이 준비한 충고를 순순히 따르게 하려면 그럴 필요가 있었다.

식탁에 둘러앉자 공략이 시작되었다. 헌신에 관한 알쏭달

쏱한 대화로 첫 포문이 열렸다. 고대에서 끌어내 온 사례들이 나열되었다. 유디트와 홀로페르네스[6]가 인용되고, 이어서 아무 맥락 없는 루크레티아와 섹스투스[7]가 거론되더니, 클레오파트라까지 적의 장군들 모두와 잠자리를 해서 그들을 노예처럼 복종하게 했다는 설명이 붙어 끌려 나왔다. 그런 다음에는 허무맹랑한 이야기 하나가 펼쳐졌는데, 이 무식한 갑부들의 상상력 속에서 피어난 그 이야기의 내용인즉, 로마의 양갓집 여인들이 카푸로 가서 한니발을 품에 안아 잠들게 했으며, 그뿐 아니라 한니발의 부관들과 그의 보병을 구성하는 외국인 용병들도 가슴에 품어서 재워 주었다는 것이었다. 정복자들의 앞을 가로막아 선 여자들, 자신의 육체를 전투의 장으로, 지배 수단으로, 무기로 삼았던 여자들, 추악하거나 가증스러운 존재들을 영웅적인 애무를 활용해 무찌른 여자들, 또 복수를 위해 정절을 희생함으로써 헌신을 입증한 여자들이 전부 언급되었다.

심지어 어떤 무서운 전염병에 감염된 뒤 보나파르트에게 병을 옮기려 했던 그 영국 명문가 여인의 이야기까지 넌지시 꺼내 놓았다. 보나파르트가 별안간 몸이 불편해져서 약속한 밀회 시간을 지키지 못한 덕분에 그 전염병이 옮는 걸 기적적으로 피할 수 있었다고 했다.

6 구약 성서의 외경(外經) 「유딧기」에 등장하는 과부 유디트는 아시리아군 공격 시 적진에 뛰어들어 적장 홀로페르네스를 유인하여 그 목을 잘라 버렸다.
7 고대 로마의 여성 루크레티아는 로마 왕자 섹스투스에게 능욕을 당한 후 남편에게 복수를 구하고 자살하였다. 그러자 민중이 들고일어나 왕정이 끝나고 로마 공화정이 수립되었다.

이런 이야기들을 끌어다 대면서도 그 말투는 예의 바르고 태도는 점잖았다. 비곗덩어리에게 경쟁심을 불러일으킬 의도로 간간이 열광적인 감탄을 터뜨리기도 했다.

이런 식이다 보니 끝에 가서는 이 세상에서 여성이 떠맡을 유일한 역할이란 자신을 끊임없이 내어 주는 일, 군인의 흑심에 자신을 부단히 맡겨 버리는 일이라고 믿을 수도 있을 판이었다.

두 수녀는 깊은 생각에 잠겨 말소리가 전혀 들리지 않는다는 듯한 태도였고, 비곗덩어리는 아무 말도 하지 않고 있었다.

그날 오후 일행은 비곗덩어리가 혼자 생각해 보도록 내버려 두었다. 그렇지만 이 여자에게 지금까지 사용되어 온 〈부인〉이라는 호칭이 그저 〈아가씨〉로 바뀌어 있었는데, 이유는 누구도 정확히 몰랐지만, 어쩌면 이제까지 과분하게 부여된 존중을 한 단계 끌어내림으로써 자랑스러울 수 없는 그 처지를 실감하게 해주려는 의도 같기도 했다.

포타주를 내올 때 폴랑비 씨가 다시 얼굴을 내밀고 전날과 동일한 질문을 되풀이 전했다. 「프로이센 장교가 엘리자베트 루세 양에게 아직도 마음이 바뀌지 않았는지 물어보랍니다.」

비곗덩어리가 쌀쌀맞게 대답했다. 「네, 바뀌지 않았어요.」

그런데도 저녁 식사 때는 합동 공략 작전이 지지부진했다. 루아조는 문장 세 개를 꺼내 놓았는데, 효과가 신통치 않았다. 참신한 예를 끌어오려고 각자 머리를 짜내 봐도 아무것도 찾지 못하고 있을 때였다. 백작 부인이, 아마도 느닷없이 떠오른 것일 테지만, 종교에 경의를 표할 막연한 필요성을 느꼈고, 그래서 두 수녀 중 나이 많은 쪽을 향해 성인들의 위대한 삶의 행적들에 대해 질문을 던졌다. 알다시피 성인들 가운데 많은 사람이 우리 눈에 범죄로 비칠 만한 행동을 저질렀지만, 그런 행동이 신의 영광이나 이웃의 행복을 위해 행해졌을 경우 교회는 그 죄를 기꺼이 용서한다. 이런 예시는 그 여자를 설득하기에 아주 효과적인 논거였으므로 백작 부인은 놓치지 않고 이것을 이용했다. 그러자 나이 많은 수녀는 성직자의 옷을 걸치면 탁월하게 연마하기 마련인 암묵적인 동조의 태도, 그 은근한 아부 능력 때문인지, 아니면 그저 몰이해에서, 어리석음에서 나온 말인데도 요행히 도움이 되었는지는 알 수 없지만, 일행의 합동 작전에 어마어마한 힘을 보태 주었다. 소심한 줄 알았던 그 수녀는 알고 보니 대담하고, 말도 많고, 과격했다. 옳고 그름을 구별하는 문제에서도 결의론[8]의 조심스러운 모색과는 아예 담을 쌓은 사람이었다. 그 수녀가 따르는 교리는 쇠막대기 같았다. 믿음은 망설임이 없었고, 양심은 가책을 몰랐다. 그 수녀가 보기에 아브라함이 행한 희생은 지극히 당연한 일이었다. 사실 하늘의 지시만 있었다면 수녀 역시 곧바로 자기 부모를 제물로 바쳤을 것이다. 수녀가 보기에는 어떤 행동이든 의도가 칭찬할 만한 것이라면 주님이 마땅치 않게 여길 리가 없었다. 백삭 부인은 일행의 작전에 예기치 않게 힘을 보태 주는 이 공모자의 신성한 권위를 활용해 볼 심산으로 〈목적은 수단을

8 도덕 문제를 해결하기 위한 이성적 추론의 과정.

정당화한다〉라는 도덕 명제를 설파하도록 유도했다.

백작 부인은 짐짓 수녀에게 물었다.

「그렇다면 수녀님, 동기가 순수하다면 하느님께선 어떤 방법도 용납하시고 또 행위도 용서하신다고 생각하시는 거죠?」

「그걸 의심하는 사람도 있나요, 부인? 그 자체로는 비난받을 행동일지라도 그걸 빚어낸 생각이 칭찬받을 만하다면 그 행동도 대개는 칭송받아 마땅한 법이죠.」

이런 식으로 두 여자는 계속해서 이야기를 이어 가면서 신의 의지를 밝혀내고, 신의 결정을 예측하고, 신과는 실상 별 상관없는 것들을 신과 연관 지었다.

이 작전은 시종 은밀히, 교묘하게, 신중하게 수행되었다. 하지만 깔때기 모양의 수녀모를 쓴 이 성스러운 자매의 한마디 한마디는 매춘부의 분노에 찬 저항을 풀 죽게 했다. 목에 묵주를 건 이 성스러운 자매는 이어서 대화를 슬쩍 옆길로 빼더니 자기가 속한 교단의 수녀원, 수녀원장, 자기 자신의 이야기를 늘어놓고, 이 여행길에 함께 나선 예쁜 수녀 생니세포르에 대해서도 언급했다. 두 사람은 르아브르의 병원으로부터 와달라는 부탁을 받고 가는 길이라고 했다. 천연두에 걸린 수백 명의 병사를 간호해 달라는 부탁이었다. 수녀는 그 병사들의 가엾은 몰골을 그려 보이고, 그들이 앓고 있을 병증에 대해서도 구구절절 늘어놓았다. 그 두 수녀가 저 프로이센 장교의 욕심 때문에 이렇게 도중에 발이 묶여 있는 동안, 상당수의 프랑스 병사가 죽어 나갈 수도 있다는 말이었다. 그곳에 도착했더라면 분명 살려 낼 수 있었을 텐데! 군인을 간호하는 일이 늙은 수녀의 특기라고 했다. 크리미아, 이탈리아, 오스트리아 전선에 가본 적이 있다고 했다. 그 전쟁터의 이야기를 늘어놓으면서 늙은 수녀는 어느새 북과 나팔의 수녀가 되어 있었다. 전투의 소용돌이에서 부상병들을 거두어 돌보는 일이 자신들의 소명이라는 듯, 군대를 따라 전선을 옮겨 다니며 규율 없는 거구의 병사들을 지휘관보다 더 강력하게, 그저 말 한마디로 고분고분 따르게 만들 수 있는 수녀 말이다. 말하자면 진정 훌륭한 종군 수녀로서, 우묵우묵 셀 수 없는 마맛자국들로 얽은 그 황폐한 얼굴이야말로 전쟁의 황폐함을 형상으로 보여 주는 것 같았다.

늙은 수녀의 말이 끝나자 더는 공략에 나서는 사람이 없었다. 그만큼 수녀의 말이 거둔 효과는 확실해 보였다.

식사가 끝난 뒤 사람들은 재빨리 방으로 올라갔고, 다음 날 아침 꽤 늦은 시간에야 다시 내려왔다.

점심 식사 때는 다들 조용했다. 전날 뿌린 씨앗이 싹을 틔워 열매를 맺을 시간을 주려는 계산이었다.

백작 부인이 산책으로 오후 시간을 보내자는 제안을 꺼냈다. 모두 채비하고 나섰을 때 백작은 미리 짜놓은 대로 비곗덩어리에게 다가가 팔짱을 끼고는 걸음을 늦춰 둘이 함께 다른 사람들 뒤로 처졌다.

그는 비곗덩어리를 〈어린 아가씨〉라고 친근하게 부르며 말을 걸었다. 분별 있는 남자들이 나이 어린 여사를 대할 때 사용하는 보호자인 양하면서 다소 얕잡는 말투였다. 자신의 사회적 지위와 확고한 명망을 부각시킴으로써 상대를 자기보다 낮은 위치에 두려는 의도가 내비치는 말투이기도 했다. 그는 말을 돌리지 않고 곧장 본론으로 들어갔다.

「그러니까 아가씨는 늘 베풀어 오던 그 호의를 또 한 번 베풀기보다 우리를 이곳에 묶어 두는 편이 낫다는 건가요? 프로이센군의 어떤 좌절로 인해 유발될 온갖 횡포에 우리를, 또 아가씨 자신까지도 고스란히 희생시킬 작정인가요?」

비곗덩어리는 아무 대답도 하지 않았다.

백작은 온화한 태도로, 논리로, 감수성으로 비곗덩어리를 공략했다. 필요할 경우 풍류남의 면모를 내보이면서 입에 발린 찬사로 상대를 녹이려 들었고, 하여간 다정한 남자로 행세하면서도 〈백작 나리〉의 위엄을 지킬 줄 알았다. 그는 비곗덩어리가 일행에게 베풀어 줄 친절을 찬양하고, 그렇게 되었을 때 그들이 쏟아 낼 감사에 대해서도 길게 풀어놓았다. 그러고는 느닷없이 말을 놓으며 무람없이 유쾌하게 기분을 냈다. 「보게나, 이 친구야, 그 장교는 자랑거리를 하나 얻게 되는 거야. 자기 나라에서는 구경도 못 할 예쁜 여자를 맛보았다는 자랑 말이야.」

비곗덩어리는 대답 없이 다시 일행에 섞여 들어갔다.

그러고는 여인숙으로 돌아오자마자 자기 방으로 올라가 얼굴을 보이지 않았다. 일행은 극도의 불안감을 느꼈다. 저 여자는 어쩌려는 걸까? 저런 식으로 계속해서 버틴다면 이 낭패를 어쩔 것인가!

종소리가 저녁 식사 시간을 알렸다. 비곗덩어리가 내려오기를 기다렸지만, 여자는 모습을 보이지 않았다. 그때 폴랑비 씨가 들어오면서 루세 양은 몸이 불편하다고 하니 다들 먼저 식사를 하라고 말했다. 일행은 일제히 귀를 쫑긋 세웠다. 백작이 여인숙 주인에게 다가가 목소리를 낮췄다. 「됐소?」「됐습니다.」 백작은 체통을 챙기느라 입을 꾹 다물고 그저 공모자들을 향해 가볍게 고개를 끄덕여 보이기만 했다. 그러자 또 일제히 안도의 한숨이 터져 나왔다. 얼굴마다 환희의 빛이 떠올랐다. 루아조가 외쳤다. 「얼씨구나! 이곳에 샴페인이 있다면 내가 한턱내지요.」 그러자 루아조 부인은 번민에 빠졌는데, 하지만 그것도 한발 늦어서 이미 여인숙 주인은 샴페인 네 병을 양손에 들고 온 다음이었다. 저마다 별안간 말이 많아지고 소란스러워졌다. 가슴마다 질펀한 기쁨이 넘쳐흘렀다. 백작은 카레라마동 부인이 사랑스러운 여자임을 느낀 것 같았고, 공장주는 백작 부인을 향해 찬사를 늘어놓았다. 대화는 활기를 띠었다. 오가는 말은 유쾌했고 재치가 반짝였다.

별안간 루아조가 불안하게 얼굴을 구기며 두 팔을 번쩍 치켜들고 외쳤다. 「조용!」 모두 놀라서 입을 다물었다. 거의 질겁한 표정들이었다. 루아조는 〈쉿!〉 하면서 두 손을 귀에 갖다 댔다. 그 자세로 귀를 기울이고, 눈을 들어 천장을 쳐다보고, 또다시 귀를 기울이고, 그러다가 평소 목소리로 돌아와 말했다. 「안심하세요, 잘되어 가고 있어요.」

그의 행동을 어떻게 해석해야 할지 머뭇거리던 사람들이 곧 소리 없는 웃음을 피워 올렸다.

루아조는 15분쯤 지나 다시 똑같은 익살을 부렸고, 저녁 내내 그런 행동을 수시로 되풀이했다. 또 위층에서 가상의 누군가를 불러내 이 포도주 행상의 머리로 짜낸 중의적 표현을 활용해 충고를 하는 시늉을 했다. 이따금 그는 슬픈 표정으로 한숨을 내쉬며 〈가엾은 여자〉라고 탄식하거나, 혹은 분한 듯이 이를 악물고는 〈저 동냥아치 프로이센 놈!〉이라고 중얼거렸다. 몇 번인가 사람들은 잠시 그 일을 잊은 참인데도 기어이 떨리는 목소리로 〈그만해! 그만해!〉라고 되풀이 외치고 혼잣말하듯 덧붙였다. 「저 여자를 다시 볼 수 있어야 할 텐데, 저 동냥아치가 여자를 너무 죽여주지는 말아야 할 텐데, 그동안 너무 굶었어!」

이런 농담들은 상스럽고 저열한 취향을 드러내는 것이었지만 모두 재미있어했고, 아무도 기분 상해 하지 않았다. 사실 기분이 상한다는 건 모든 일이 그렇지만 분위기에 달린 것으로, 그들도 일행을 둘러싸고 서서히 형성된 분위기가 외설적인 생각들로 눅진히 흐드러진 덕을 보았다.

디저트를 내올 때쯤에는 여자들도 재치 있는 말에 은밀한 암시를 담아 꺼내 놓았다. 다들 눈빛이 번들거렸다. 술을 많이 마신 상태였다. 백작은 과감하게 기분을 낼 때조차 무게 있어 보이려는 노력만은 포기하지 않았고, 그런 만큼 아주 고상한 비유를 찾아냈다. 일행의 입장을 북극 지방에서 조난되어 겨울을 난 이들이 봄이 와서 남쪽으로 가는 길이 열리는 걸 볼 때 느끼는 기쁨에 비유한 것이다.

루아조는 잔뜩 흥이 올라 샴페인 잔을 손에 들고 벌떡 일어섰다. 「우리의 해방을 위해!」 모두 일어나 그를 향해 환호를 보냈다. 두 수녀 역시 부인네들이 권하자 못 이기는 척하며 샴페인에 입술을 적셨다. 거품이 이는 그 술은 두 수녀가 지금까지 맛본 적 없는 것이었다. 두 사람은 그 술이 탄산 레몬수와 비슷하지만 감칠맛이 더 있다는 평을 내놓았다.

루아조가 상황을 요약했다.

「피아노가 없는 게 유감이군요. 카드리유를 한 판 춰야 하는 건데.」

코르뉘데는 그때까지 한마디도 하지 않았고, 별 움직임도 없었다. 아주 진지한 생각에 빠진 것 같기도 했고, 이따금 긴 수염을 맹렬하게 잡아당기는 품이 그 수염을 더 길게 늘이고 싶은 듯도 했다. 어쨌거나 자정 무렵, 각자 헤어져 방으로 올라가려 할 때쯤 루아조가 갈지자걸음으로 다가와 별안간 코르뉘데의 배를 두드리며 혀가 꼬인 목소리로 물었다. 「오늘밤은 영 재미가 없으시네, 한마디도 안 하시는 거요, 시민 동지?」 그러자 코르뉘데는 별안간 머리를 쳐들어 번쩍이는 무서운 눈빛으로 일행을 한 바퀴 둘러보았다. 「내가 모두에게 말해 두는데, 당신네들은 파렴치한 짓을 저지른 거요!」 그는 벌떡 몸을 일으켜 문으로 가더니 한 번 더 소리쳤다. 「파렴치한 짓이라고!」 그러고는 사라졌다.

처음에는 찬물을 뒤집어쓴 것 같은 분위기였다. 루아조는 어리둥절해서 잠시 멍한 표정이더니 곧바로 태연함을 되찾았다. 그리고는 벌어진 배를 움켜잡고 웃어 내면서 몇 번이고 같은 말을 중얼거렸다. 「신 포도라 이 말이지, 이봐 친구, 따먹지 못하면 그거야 다 신 포도지.」 영문을 모르는 일행에게 그는 그 〈복도 요지경〉을 누설했다. 그러자 모두 재미있어서 또다시 어쩔 줄 몰랐다. 부인네들은 희희낙락거리다 보니 점잖지 못한 여자들처럼 보일 지경이었다. 백작과 카레라마동 씨는 눈물까지 닦아 내며 웃었다. 믿어지지 않는다는 말도 한마디씩 뱉어 냈다.

「뭐라고요! 확실한가요? 그가 몸이 달아서…….」

「제가 봤다니까요.」

「그리고 그 여자는 그를 내쳤고…….」

「왜냐하면 그 프로이센 장교가 옆방에 있었거든요.」

「정말요?」

「틀림없다니까요.」

백작은 웃어 젖히다가 숨이 막혔다. 공장주는 두 손으로 배를 움켜잡았다. 루아조는 말을 계속했다.

「그러니 이제 아시겠죠, 오늘 밤 그가 즐길 수 없는 사정이었다는 걸. 즐기다니 어림없지.」

세 남자 모두 또 한 번 폭소를 터뜨렸다. 배 속이 꼬이고, 숨은 헐떡거리고, 그렇게 웃다가 중간중간 기침을 해댔다.

그러고 나서 그들은 헤어졌다. 하지만 천성이 쐐기풀처럼 가시가 돋은 루아조 부인은 잠자리에 눕자마자 남편에게 카레라마동의 새파란 아내, 그 〈까탈 맞은〉 여편네가 그날 저녁 내내 웃고 있긴 했어도 소태를 삼킨 표정이더라고 빈정거렸다. 「당신도 알잖아, 그런 여자들이란 제복에 홀딱 빠졌다 하면 프랑스군이건 프로이센군이건 애당초 가리는 법이 없다니까. 정말 민망한 일이지 뭐야, 맙소사!」

그날 밤 내내 어둠에 잠긴 복도에는 어떤 가벼운 흔들림 같은 것이 돌아다녔다. 한숨 소리, 맨발로 바닥을 스치는 소리, 숨죽여 문을 여닫는 소리 같은, 겨우 들릴락 말락 한 가벼운 소리도 돌아다녔다. 방마다 문 아래 틈으로 빛줄기가 오랫동안 새어 나온 점으로 보아 사람들은 아주 늦게야 잠이 든 게 분명했다. 그런 것이 샴페인의 효과이다. 샴페인을 마시면 잠을 설치게 된다는 말이 있다.

다음 날 화창한 겨울 햇살이 흰 눈에 반사되어 눈이 부셨다. 승합 마차는 마침내 말을 매고 문 앞에서 출발을 기다리고 있었다. 흰 비둘기 한 무리가 두툼한 깃털로 감싼 가슴을 한껏 내밀어 거드름을 부리면서 말 여섯 필의 다리 사이를 거닐었다. 그 새들은 말들이 뿌려 대는 뜨끈한 말똥을 헤집으며 검은 동자가 점처럼 찍힌 장밋빛 눈으로 먹을 것을 찾았다.

마부는 양가죽으로 몸을 감싸고 마부석에 올라앉아 파이프 담배를 피우는 중이었다. 누구라 할 것 없이 환한 얼굴로 내려온 승객들은 음식물을 서둘러 포장해 달라고 주문했다. 남은 여정 중에 먹을 것들이었다.

이제 비곗덩어리가 내려오기만을 기다렸다. 그 여자가 나타났다.

비곗덩어리는 조금 불안해 보였고 부끄러워하는 것 같았다. 여자가 일행을 향해 소심하게 다가왔다. 그러자 모두 일제히 고개를 돌렸다. 마치 거기에 여자가 없는 것처럼, 눈에 띄지도 않는 것처럼 외면했다. 백작은 근엄하게 자기 아내의 팔을 잡더니 조금 떨어진 곳으로 자리를 옮겨 갔다. 행여 불순한 것에 닿을까 몸을 피한다는 식이었다.

비곗덩어리는 당황해서 그 자리에 딱 멈춰 섰다. 잠시 후 밑바닥의 용기까지 모두 그러모아 공장주의 아내에게로 다가가서 머뭇거리며 공손하게 인사를 했다.「좋은 아침이네요, 부인.」그러자 상대방은 자신의 정숙함에 들러붙으려는 오물을 대하듯 힐끔 쳐다보면서 인사를 받는 둥 마는 둥 거만하게 고개를 한 번 까닥해 보였다. 모두가 자기 일에 바쁘다는 듯이 등을 돌리고 그 여자로부터 거리를 두었다. 여자가 치맛자락에 어떤 전염병이라도 묻혀 온 것 같았다. 그러더니 다들 서둘러 가서 마차에 몸을 실었다. 여자는 홀로 뒤쳐져 맨 마지막에 말없이 올라탔다. 앞서 앉아 왔던 그 자리였다.

일행은 그 여자가 보이지 않는 것처럼, 보이긴 해도 누군지 모르는 것처럼 행동했다. 하지만 루아조 부인은 멀찍이 떨어진 자리에서 분개한 눈으로 여자를 훑어보며 남편에게 낮은 소리로 말했다.「저 여자 옆자리가 아니라서 다행이야.」

승합 마차가 육중한 몸을 흔들었다. 여행이 다시 시작되었다.

처음에는 모두 말이 없었다. 비곗덩어리는 눈을 들지도 못했다. 이 여자는 옆에 앉은 이들 모두에게 화가 나면서도 동시에 자신이 부끄러웠다. 일행이 위선을 부리며 자신을 그 프로이센 장교의 품속으로 밀어 넣긴 했어도 어쨌거나 자신이 굴복했다는 사실이, 그래서 지난 하룻밤으로 인해 더럽혀졌다는 사실이 수치스러웠다.

그렇지만 이 불편한 침묵은 백작 부인이 카레라마동 부인을 향해 몸을 돌리면서 곧 깨어졌다.

「데트렐 부인을 아시죠?」

「네, 알고 지내는 사이예요.」

「정말 매력적인 여성이에요!」

「멋진 여자죠! 일류의 격을 타고난 사람이에요. 게다가 식견도 넓고, 손가락 끝까지 예술가죠. 노래도 꾀꼬리처럼 잘하고, 그림 솜씨도 나무랄 데 없고요.」

공장주는 백작과 이야기를 나누고 있었다. 마차 유리창이 덜컹거리는 소리에 섞여 이따금 〈배당권〉이니 〈지불 기한〉, 〈할증금〉, 〈만기〉 같은 단어들이 튀어 올랐다.

루아조는 여인숙에서 슬쩍 챙겨 온 낡은 카드 한 벌을 꺼내 자기 아내와 베지그 놀이를 했다. 잘 닦지 않은 테이블 위를 5년 동안 굴러다니느라 기름때가 잔뜩 낀 카드들이었다.

수녀들은 허리끈에 매단 긴 묵주를 집어 들고 함께 성호를 그었다. 별안간 그들의 입술이 조급하게 달싹거리기 시작했다. 달싹거리는 속도가 점점 더 빨라지면서 그 모호한 웅얼거림에 박차를 가하는 품이 마치 둘이 기도하기 경주라도 벌인 것 같았는데, 그러다가 이따금 메달에 입을 맞추고 다시 성호를 그었으며, 그러고는 빠르고 끝없는 그 웅얼거림을 다시금 시작했다.

코르뉘데는 생각에 잠겼는지 꼼짝도 하지 않았다.

세 시간가량 길을 갔을 때 루아조가 펼쳐 놓은 카드를 거둬들이며 말했다. 「배꼽시계가 울리네.」

그러자 그의 아내가 노끈으로 묶은 꾸러미 하나를 풀어 송아지 냉육 한 덩어리를 꺼냈다. 아내가 그것을 정성스레 저며 얇고 반듯한 조각으로 만들어 놓은 뒤 둘은 먹기 시작했다.

「우리도 요기해 볼까요?」 백작 부인이 말했다. 동의가 돌아오자 부인은 부부 두 쌍이 먹으려고 준비해 온 음식물을 펼쳤다. 길쭉한 모양의 단지가 하나 있었는데, 도자기 토끼가 붙은 뚜껑으로 보아 안에는 토끼 고기 파테가 들어 있는 듯했다. 뚜껑을 열자 과연 사냥해 온 산토끼의 갈색 살코기에 또 다른 고기를 잘게 다져 섞어 넣은 요리 위로 흰색 지방층이 실개천 같은 줄무늬를 만들어 내고 있었다. 네모로 잘라 낸 먹음직스러운 그뤼예르 치즈 덩어리는 신문지로 둘둘 말아 온 탓에 연한 속살 단면에 〈사회면〉이라는 글자가 찍혀 있었다.

두 수녀는 마늘 냄새가 풍기는 둥그런 소시지를 꺼내 놓았고, 코르뉘데는 외투 양쪽에 달린 큼직한 호주머니 속으로 두 손을 동시에 깊숙이 찔러 넣더니 한쪽에서는 삶은 달걀 네 개, 다른 쪽에서는 딱딱한 빵 조각을 꺼냈다. 그는 달걀 껍데기를 벗겨 발밑에 깔린 짚에 던져 버리고 알맹이를 곧장 이로 베어 물었다. 풍성한 수염 위로 떨어져 내린 선명한 노른자 부스러기들이 덤불 속에 박힌 별들 같았다.

비곗덩어리는 아침에 눈을 뜨자마자 당황해서 어쩔 줄 몰랐고, 그런 가운데 출발을 서두르느라 먹을 것을 챙길 정신이 없었다. 편안하게 입속으로 먹을 것을 밀어 넣는 주위 사람들을 바라보면서 이 여자는 숨이 턱 막힐 만큼 화가 났다. 처음에는 속이 끓어올라 주먹을 꽉 쥐고 몸을 바르르 떨었다. 입을 열어 그들이 하는 짓거리에 욕을 퍼부어 주려고 했다. 사실 욕설이 물줄기처럼 입술까지 치밀어 올라왔다. 하지만 목소리가 나오지 않았다. 격렬한 분노가 목을 졸라맨 탓이었다.

아무도 이 여자에게 눈길을 주지 않았다. 이 여자를 생각하지도 않았다. 비곗덩어리는 행세만 번듯한 저 파렴치한들에게 자신이 철저히 멸시당하고 있음을 느꼈다. 저들은 자신을 희생물로 이용했고, 그런 다음에는 더럽혀져서 쓸모없어진 물건처럼 멀찍이 내쳐 버렸다. 여자는 자신의 큰 바구니를 생각했다. 그 바구니 가득 채워 온, 저들이 게걸스레 먹어 치워 없앤 그 맛난 음식들을 생각했다. 몽글몽글한 육즙에 잠겨 윤기가 흐르던 닭 두 마리, 파테, 배, 보르도 포도주 네 병을 생각했다. 그러자 별안간 분노가 가라앉았다. 팽팽하게 당겨진 밧줄이 견디지 못하고 결국은 툭 끊어지는 것과 같은 이치였다. 여자는 울음이 터져 나올 것만 같았다. 울지 않으려고 애썼다. 참으려고 안간힘을 쓰다 보니 온몸이 뻣뻣해졌지만, 그래도 흐느낌이 치미는 족족 아이처럼 목구멍으로 꿀꺽꿀꺽 삼켰다. 그래도 눈물은 솟구치고 있었다. 처음에는 눈꺼풀 가장자리에 맺혀 반짝이더니, 곧이어 굵은 눈물방울 두 개가 눈에서 떨어져 나와 뺨을 따라 천천히 굴러 내렸다. 그 뒤를 이은 또 다른 눈물방울들은 속도가 조금 더 빨라서, 바위에서 새어 나오는 물방울들처럼 흘러내려 가슴의 불룩한 곡선 위로 일정하게 떨어졌다. 여자는 꼿꼿하게 앉아 창백하게 굳은 얼굴로 앞만 바라보았다. 그러면서 자신의 모습이 사람들 눈에 띄지 않기를 바랐다.

하지만 백작 부인이 눈치를 채고 남편에게 힐끔 눈짓을 보냈다. 남편이 어깨를 으쓱해 보였다. 〈어쩌라고, 내 잘못도 아니잖아〉라는 의미 같았다. 루아조 부인이 의기양양하게 소리 없는 웃음을 지으며 속닥였다. 「창피해서 우는 거예요.」

두 수녀가 다시 기도하기 시작했다. 먹고 남은 소시지를 종이에 말아 치운 다음이었다.

그때 코르뉘데가 달걀을 소화시키고 있다가 긴 다리를 맞은편 좌석 아래로 쭉 뻗고 눕듯이 몸을 뒤로 젖히면서 팔짱을 꼈다. 그러고는 방금 재미난 장난을 찾아낸 사람처럼 싱긋 웃더니 「라 마르세예즈」를 휘파람으로 불기 시작했다.

모두 안색이 흙빛이 되었다. 그런 민중의 노래가 이 길동무들의 마음에 들 리 없었다. 이들은 신경을 곤두세우며 거북해했다. 개들이 손풍금 소리를 들을 때처럼 금방이라도 짖어 댈 것 같은 얼굴이었다. 코르뉘데는 일행의 그런 기색을 알아차리고도 휘파람을 멈추지 않았다. 간간이 노랫말을 흥얼거리기까지 했다.

신성한 애국심이여,
이끌어라, 떠받쳐라, 복수에 나선 우리의 두 팔을,
자유여, 사랑하는 자유여,
함께 싸우자, 그대의 수호자들과 함께!

눈이 다져져 노면이 한층 단단해진 덕분에 달리는 마차에 속도가 붙었다. 디에프에 도착할 때까지의 그 길고 지루한 여정 동안, 울퉁불퉁한 길을 따라 요동치는 마차의 덜그럭거림 사이로, 저물녘의 어스름 속에서, 이어서 마차 안의 깊은 어둠에 잠겨, 코르뉘데는 복수를 다짐하는 그 단조로운 가락을 사나울 만큼 고집스럽게 휘파람으로 계속 불어 댔다. 그러는 바람에 승객들은 지겹고 짜증이 나면서도, 머릿속으로 그 가락을 처음부터 끝까지 따라가며 한 소절 한 소절 해당하는 노랫말을 떠올려야 했다.

비곗덩어리는 여전히 울고 있었다. 휘파람 노래 한 절이 끝나고 또 한 절이 시작될 때마다 이따금 억누르지 못한 흐느낌 한 줄기가 어둠 속으로 스며들었다.

달빛

쥘리 루베르 부인은 언니 앙리에트 레토레 부인이 도착하기를 기다렸다. 언니는 스위스 여행에서 돌아오는 길이었다.

레토레 부부가 여행을 떠난 것은 거의 5주 전으로, 칼바도스에 있는 그들의 소유지에 수익과 관련된 문제가 있어서 남편이 가봐야 할 상황이 되자, 앙리에트 부인은 남편을 혼자 돌려보낸 뒤 자신은 파리 여동생의 집에 들러 며칠 지내기로 했다.

해가 저물었다. 기다림이 이어지면서 루베르 부인은 저녁 어스름이 깔린 부르주아 저택의 작은 거실에서 책을 읽었는데, 집중을 못 한 탓에 바스락거리는 소리만 들려도 책에서 눈을 떼곤 했다.

마침내 대문의 초인종이 울리더니, 머리부터 발끝까지 여행 복장을 한 언니가 들어왔다. 자매는 미처 서로를 제대로 쳐다볼 겨를도 없이 얼싸안았다. 입을 맞추기 위해 포옹을 풀었다가도 곧바로 다시 부둥켜안곤 했다.

이어서 두 사람은 이야기를 나누었다. 서로의 건강과 가

91

족의 안부, 수천 가지 소소한 일을 물으며 재잘거렸다. 쉼 없이 쏟아 내던 말들은 뭔가 다른 게 궁금해지는 바람에 뚝 끊겼다가 다른 이야기로 건너뛰어 또다시 이어졌는데, 그런 중에 앙리에트는 여행용 모자의 매듭을 조심스럽게 풀어 냈다.

사방은 어둑해져 있었다. 루베르 부인이 종을 울려 램프를 가져오게 했다. 불빛으로 주위가 밝아지자 동생은 언니를 바라보며 한 번 더 입을 맞추려고 했다. 그 순간 동생은 멈칫하더니 당황해서 말문을 잃었다. 레토레 부인의 양쪽 관자놀이 위 머리카락이 타래 채로 하얗게 새어 있었다. 양쪽의 그 흰머리를 제외한 나머지 머리카락은 윤기가 흐르는 칠흑처럼 검은 머리였다. 하지만 머리 양옆으로 오로지 그 자리에만 두 줄기 은빛 강물이 흐르다가 검은 머리카락들 속으로 사라졌다. 언니는 고작 스물네 살이었고, 이 흰머리는 스위스로 떠나 있는 중에 별안간 생긴 것이었다. 루베르 부인은 아연실색해서 꼼짝 않고 언니를 쳐다보았다. 알 수 없는 어떤 끔찍한 불행이 자신의 동기에게 덮쳐 오기라도 한 듯 금방이라도 눈물을 쏟을 기색이었다.

「어떻게 된 거야, 앙리에트 언니?」

상대방은 슬픈 미소를, 어두운 미소를 지으며 대답했다.

「아무 일도 없어. 정말이야. 내 흰머리 때문에 그러는 거지?」

하지만 루베르 부인은 언니의 양어깨를 꽉 잡고 빤히 쳐다보며 다시 물었다.

「어떻게 된 건데? 무슨 일인지 이야기해 봐. 언니가 아무리 둘러대도 내 눈에는 다 보여.」

자매는 잠시 서로를 마주 보았다. 그러다 앙리에트 부인은 금방이라도 기절하는 게 아닐까 싶을 정도로 창백해지며 동생의 시선을 피해 눈을 아래로 내리깔았다. 눈가에 눈물이 맺히고 있었다.

동생이 다시 캐물었다.

「어떤 일이 있었는데? 무슨 문제야? 내게 이야기해 줄래?」

그러자 상대방은 체념한 듯한 목소리로 웅얼거렸다.

「나…… 애인이 있어.」

앙리에트 부인은 동생의 어깨에 얼굴을 묻고 흐느껴 울었다.

얼마간 시간이 흘러 흐느낌이 진정되고 세차게 들썩이던 가슴도 차분히 가라앉자, 앙리에트 부인은 별안간 입을 열어 그 비밀을 자기 안에서 떼어 내버리려는 듯, 그 고통을 비워 평온한 심정으로 돌아가려는 듯 이야기를 시작했다.

자매는 서로의 손을 부여잡고 거실 어둑한 구석에 놓인 긴 의자로 가서 주저앉았다. 동생은 언니의 목에 팔을 둘러 가슴에 끌어안고 이야기에 귀를 기울였다.

*

오! 나는 변명도 할 수 없어. 나 자신도 내가 이해되지 않아. 그날 이후로 나는 제정신이 아니야. 조심해, 너도 조심해. 우리 여자들은 너무 연약하거든! 쉽게 굴복하고, 순식간에 사랑에 빠지거든! 어쩌다 보면 아무것도 아닌 아주아주 하찮은 일로도 감정에 파문이 일고, 마음속에 느닷없이 우수가 스치면서 팔을 벌려 끌어안고, 쓰다듬고, 입 맞추고 싶은 욕구를 느끼잖아. 우리 누구나 품고 있는 그 욕구를 말이야.

넌 내 남편을 알지. 내가 얼마나 그를 사랑하는지도 알 거야. 하지만 그이는 너무 신중하고 또 이치를 따지기 좋아해. 그러니 사랑에 빠진 여자의 마음이 얼마나 복잡하고 미묘한지, 그 감정의 떨림을 전혀 이해하지 못한단다. 그이는 한결같아. 늘 같은 모습이야. 늘 선량하고, 늘 웃는 얼굴이고, 늘 친절하고, 늘 흠잡을 데 없는 태도를 보여 주곤 해. 오! 이따금 그이가 나를 품에 와락 끌어안고 키스해 주기를 얼마나 바랐는지. 두 사람을 하나로 녹아들게 하는 길고 감미로운 그런 키스야말로 말 없는 고백과도 같은 것이잖아. 그이가 그렇게 절제를 허물고 연약함을 노출하기를, 나를, 내 손길을, 내 눈물을 갈망하기를 얼마나 바랐는지!

이 모두 어리석은 생각이지. 하지만 우리 여자들이 그렇잖아. 그런 걸 어쩌겠어?

아무리 그렇다 해도 그이를 속일 생각은 들지 않았을 텐데. 지금은 그렇게 되어 버렸고, 사랑도 명분도 아무것도 남은 게 없구나. 하룻밤 루체른 호수 위를 비춘 달빛 때문에 말이야.

우리가 함께 여행한 한 달 내내 남편은 그 무심하고 침착한 태도로 내 감흥을 깨고, 들뜬 기분에 찬물을 끼얹곤 했지. 언젠가 해 뜰 무렵 우리는 말 네 필이 끄는 마차를 타고 언덕을 내려가고 있었어. 투명한 아침 안개를 뚫고 긴 계곡과 숲, 강과 마을들이 한눈에 들어오더구나. 나는 황홀한 기분이 되어 손뼉을 치며 그에게 말했지. 「아름답기도 해라. 그러니 여보, 내게 키스해 줘요!」 그는 어깨를 가볍게 추어올리더니 친절하면서도 냉랭한 미소를 띠고 대답했어. 「저 풍경이 당신의 마음에 든다는 사실이 키스를 나눌 이유가 되진 않소.」

그 말을 듣자 나는 심장까지 얼어붙는 것 같았어. 그렇지만 서로 사랑하는 사람끼리는 감동적인 것을 보았을 때 서로를 향한 사랑의 갈망이 더 커지기 마련 아니겠니.

하여간 내 안에는 시정(詩情)이 끓어오르는데 남편은 그걸 억눌러 버리는 거야. 어떻게 표현해야 할까? 증기가 가득 들어찼는데 틈 하나 없이 밀폐된 보일러실, 내 처지가 거의 그 짝이었어.

어느 날 저녁(우리는 나흘째 플뤼렌의 한 호텔에 머물고 있었지), 두통이 조금 있는 로베르가 식사를 마친 후 누워야겠다면서 곧바로 방으로 올라가는 바람에 나는 혼자 호숫가를 산책하러 나갔단다. 하늘 한가운데 보름달이 떠 있었어. 눈 덮인 높은 산들은 은빛 모자를 덮어쓴 것 같았고, 호수는 잔물결을 일렁이며 반짝였지. 대기는 온화했고 그 포근함이 몸속으로 스며드는 느낌이었어. 그럴 때 우리는 녹진해지면서 깜박 정신을 놓기도 하고, 이유 없이 가슴이 뭉클해지기도 하잖아. 하지만 그런 순간에 영혼은 얼마나 예민하고 생생해지는지! 그럴 때 영혼의 떨림은 얼마나 급작스럽고 또 그 감각은 얼마나 강렬한지!

나는 풀밭에 앉아 애상을 불러일으키는 그 매혹적인 호수를 바라보았단다. 내 안에 어떤 묘한 것이 일고 있었어. 채워

지지 않는 사랑의 갈망, 암울할 만큼 단조로운 내 삶에 대한 반항심이 일렁인 거야. 달빛에 잠긴 호숫가를 따라 사랑하는 남자의 품속으로 달려가는 일이 내겐 결코 없을 테지? 신이 사랑을 위해 마련해 놓은 듯한 이런 아늑한 밤에 서로가 나누는 그 깊고 감미롭고 아찔한 키스가 내게 와닿는 걸 느껴 볼 일은 아예 없을 테지? 여름밤 백야의 환한 어둠 속에서 격정에 달아오른 두 팔에 뜨겁게 안기는 일이 나에겐 영영 없겠지?

그런 생각을 하자 미친 여자처럼 울음이 터져 나왔어.

그때 내 뒤에서 어떤 소리가 들리더구나. 한 남자가 나를 바라보며 서 있었던 거야. 내가 고개를 돌려 쳐다보자, 그가 몸짓으로 인사를 건네고는 내게 다가왔어.

「울고 계신 건가요, 부인?」

어머니와 함께 여행 중인 젊은 변호사였어. 우리는 여러 번 마주친 적이 있었지. 그때마다 그의 눈은 스쳐 가는 나를 따라오곤 했었어.

나는 너무 당황해서 어떻게 대답해야 좋을지 몰랐어. 머릿속이 텅 빈 기분이었지. 몸을 일으켜 일어서서는 그에게 단지 몸이 좀 불편하다고 둘러댔단다.

그는 나를 따라 나란히 걷기 시작했어. 자연스러우면서도 정중한 태도였지. 우리의 여행에 대해 이런저런 이야기를 꺼내너구나. 내가 느꼈던 모든 것을 그는 말로 표현했어. 나를 감동으로 떨게 했던 것을 나처럼, 아니 나보다 더 정확히 이해하고 있더구나. 별안간 그가 내게 시를 읊어 주었어. 뮈세

의 시였지. 나는 형언하기 어려운 감동에 사로잡혀 숨이 가
빠 왔단다. 주위에 둘러선 산봉우리들, 눈앞의 호수, 그 달빛
이 말할 수 없이 감미로운 노래를 불러 주는 것 같았어.

그러고는 어떻게 된 건지, 어째서 그렇게 된 건지는 모르지
만, 난 어떤 환각 속에서……

그 남자는…… 다음 날 출발할 때에야 다시 볼 수 있었어.

자기 명함을 내게 건네주고 떠나더구나…….

*

레토레 부인은 동생의 품에 쓰러지듯 안긴 채 거의 울음
같은 탄식을 토해 냈다.

그러자 진지한 표정으로 생각에 잠겨 있던 루베르 부인이
다정하게 위로했다.

「봐요, 언니, 우리 여자들은 한 남자를 사랑한다고 하면서
사랑을 사랑할 때가 종종 있어. 그날 밤 언니가 사랑을 나눈
진짜 애인은 달빛인걸.」

의자 갈이 하는 여자

레옹 에니크에게

새로 열린 사냥 시즌을 축하하기 위해 베르트랑 후작이 자택에서 연 만찬이 끝나 갈 무렵이었다. 사냥에 나선 열한 명의 인사 외에 젊은 여인 여덟 명과 그 마을 의사 한 사람이 환하게 불을 밝힌 큰 테이블에 둘러앉아 있었다. 테이블 위에는 과일이 풍성히 놓이고 꽃들이 흐드러져 있었다.

주고받는 이야기의 주제가 사랑으로 옮겨 갔다. 저마다 생각을 꺼내 놓으면서 대화에 불이 붙었다. 진정한 사랑은 딱 한 번만 가능한지, 아니면 여러 번 가능한지를 놓고 끝없는 도돌이표 같은 토론이 이어졌다. 일생에 단 한 번 진지한 사랑을 한 사람들의 사례가 제시되고, 그 반대의 예로 종종 기회만 되면 격렬하게 사랑을 한 사람들도 거론되었다. 테이블에 둘러앉은 이들 가운데 남자들은 대체로, 열정이란 질병과 같은 것이라서 한 사람이 여러 번 열정을 앓을 수 있다는 주장을 지지했다. 뇌 실병이 그렇듯 열정도 사람을 죽음에 이르게 할 수 있는데, 그런 일은 열정에 사로잡힌 사람이 어떤 장애물에 가로막히는 경우 생기는 법이라고 했다. 이런

98

관점에 이의를 달기란 무리였지만, 그래도 여자들은 관찰을 근거로 판단하기보다 시적인 정취에 의지하는 편이다 보니 사랑, 진정한 사랑, 즉 위대한 사랑은 사람이 사는 동안 단 한 번 만날 수 있을 뿐이라는 주장을 꺾지 않았다. 그런 사랑은 벼락같은 것이고, 그 벼락에 맞은 가슴은 그야말로 모든 것이 불타 버려 황량하고 텅 빈 폐허가 되는 탓에, 거기서 어떤 강렬한 감정이, 심지어 그저 꿈에 불과한 것일지언정 새로 싹을 틔우기란 어렵다는 말이었다.

후작은 사랑을 많이 해본 사람이라서 여자들의 이런 주장을 서슴없이 반박했다.

「말씀드리건대 온 힘을 다해 온 마음으로 사랑하는 일은 여러 번 가능합니다. 한 번 이상은 불가능하다는 증거로 사랑 때문에 목숨을 끊은 사람들의 예를 드시는데, 그 점에 대해 저는 만약 그들이 목숨을 끊음으로써 다시 사랑에 빠질 기회를 스스로 박차 버리지만 않았더라면 분명 씻은 듯이 회복되었을 거라고 대답하고 싶습니다. 그랬더라면 다시 사랑했을 테지요. 늙어 죽을 때까지 언제든 다시 시작할 수 있었을 겁니다. 세상에는 주정뱅이들이 있듯이 사랑꾼들도 있는 겁니다. 술은 마셔 본 사람이 마신다는 말처럼, 사랑도 해본 사람이 하는 거예요. 이건 기질 문제거든요.」

갑론을박하던 사람들은 파리에서 은퇴해 시골로 온 나이든 의사가 중재자가 되어 주기를 기대하며, 그에게 의견을 들려달라고 청했다.

마침 그는 이 문제에 대해 확실한 의견을 갖고 있지 않았다.

「후작님의 말씀처럼 이건 기질상의 문제이지요. 그런데 제가 아는 어떤 사랑이 있기는 합니다. 그 사랑은 단 하루도 쉬지 않고 55년 동안 이어졌고, 결국 죽어서야 끝이 났죠.」

후작 부인이 손뼉을 쳤다.

「아름답기도 해라! 그런 사랑을 받다니 꿈같은 일이네요! 55년간이나 그처럼 마음을 파고드는 격렬한 사랑 속에서 산다는 건 얼마나 큰 행복일까! 그런 사랑을 받는 남자라면 정말이지 행복해서 삶을 축복했을 거예요!」

의사가 빙그레 웃었다.

「사실을 말씀드리자면 부인, 그 점은 바로 맞히셨습니다. 사랑받은 쪽이 남자였다는 점 말입니다. 부인께서도 그 남자를 아실 텐데, 슈케 씨라고 이 읍내의 약사지요. 또 여자 쪽도 아실 거예요. 매년 후작님의 성에 와서 의자 속의 짚을 새로 갈아 놓고 가던 그 나이 든 여자거든요. 조금 더 자세하게 이야기해 드려야겠군요.」

잔뜩 감동하고 있던 여자들이 차게 식었다. 불쾌한 기색이 역력한 그들의 얼굴에서 〈피!〉 하는 경멸을 읽을 수 있었다. 고상하고 탁월한 사람들이나 상류층 인사의 관심을 끌 자격이 있는 만큼, 오로지 그런 사람들만 사랑의 열병을 앓아야 했는데, 그렇지 않아서 유감인 모양이었다.

의사가 말을 이었다.

석 달 전, 왕진 요청이 와서 그 늙은 여자가 임종을 기다리는 침상에 갔었지요. 마차를 집 삼아 떠돌이로 살아가던 그 여자는 늙다리 말 한 필이 끄는 그 마차로 전날 도착한 참이라고 했어요. 늙은 말은 늘 데리고 다니던 놈이니, 부인께서도 보신 적이 있을 겁니다. 또 길동무이자 경비 노릇을 하던 큰 검정개 두 마리도 함께 있었어요. 신부님은 이미 거기 와 계시더군요. 그 여자는 신부님과 저에게 유언 집행자가 되어 달라고 부탁했어요. 그러고는 자신이 남긴 유언의 의미를 우리가 이해할 수 있도록 이야기를 들려주었어요. 그 여자가 살아온 이야기였지요. 그보다 더 특이하고, 그보다 더 가슴을 에는 이야기를 저는 들어 본 적이 없답니다.

그 여자의 아버지와 어머니는 의자 갈이를 업으로 삼은 사람들이었답니다. 그러니 여자는 어느 한 곳에 집을 가져 본 적이 없었죠.

아주 어려서부터 떠돌이 생활을 했고, 옷은 누더기에 이가 버글거렸으며 더러웠죠. 가족은 이 마을 저 마을로 떠돌다가 또 어느 마을 입구에 이르면 도랑 옆에 마차를 세웠답니다. 풀어놓은 말은 풀을 뜯고, 개는 앞발을 모아 주둥이를 얹고 잠이 들었죠. 길가 느릅나무 그늘에서 아버지와 어머니가 그 마을을 돌며 받아 온 갖가지 낡은 의자들을 수선하는 동안, 여자아이는 풀밭 위를 뒹굴며 놀았고요. 이 떠돌이 가족은 서로 간에 거의 말이 없었답니다. 우리도 잘 아는 그 소리 〈의자 같아요!)를 이 집 저 집을 향해 외치면서 마을을 한 바퀴 돌고 올 사람을 정할 때만 필요한 몇 마디 말을 했을 뿐, 그러고 나면 마주 앉거나 나란히 앉아 짚을 꼬기 시작하는 게 다였으니까요. 아이가 너무 떨어진 곳까지 나아가거나 그 마을 어느 개구쟁이와 말을 트기라도 할라치면 아버지의 성난 목소리가 아이를 불러들이곤 했죠. 「어서 이리 오지 못해, 이 망할 것아!」 이런 말이 여자아이가 들은 유일한 애정 표현이었어요.

조금 더 자랐을 때 부모는 아이를 마을로 들여보내 망가진 의자 좌판을 모아 오게 했어요. 아이는 이 골목 저 골목에서 뛰어노는 개구쟁이들과 몇 번 얼굴을 맞댈 경우가 생겼죠. 그러자 이번에는 새로 사귄 친구들의 부모가 자기 아이를 성난 목소리로 불러들였죠. 「어서 썩 이리 오지 못해, 이 말썽쟁이! 저런 비렁뱅이들과 말을 나누는 게 한 번만 더 눈에 띄기만 해봐!」

사내아이들이 돌을 던질 때도 종종 있었어요.

부인네들이 여자아이에게 푼돈을 쥐어 주는 적도 있어서 아이는 그 돈을 몰래 모아 두었다고 해요.

여자아이가 열한 살이었던 어느 날, 이 마을을 지나다가 어린 슈케를 만나게 되었답니다. 마침 그 남자아이는 반 친구에게 농전 2리야르를 빼앗기고 묘지 뒤에서 울고 있었어요. 찢어지게 가난한 여자아이의 빈약한 생각에 마을에 번듯한 집이 있는 아이들은 늘 기분이 좋고 즐거워하는 줄만 알았는데, 그런 아이 하나가 울고 있는 걸 보자 혼란스럽고 당황했죠. 여자아이는 남자아이에게 다가갔어요. 그가 우는 이유를 알고 나서는 자신이 모아 둔 돈 7수를 모두 그의 손에 쏟아부어 주었다는군요. 어린 슈케는 물론 그 돈을 받아 들었고, 눈물을 닦았죠. 그러자 여자아이는 정신이 아득해질 만큼이나 기뻐서 대담하게도 남자아이를 끌어안고 입을 맞추었어요. 어린 슈케는 난데없이 손에 들어온 돈에 정신이 팔려 여자아이가 하는 대로 내버려 두었지요. 여자아이는 그가 자신을 밀쳐 내지도 않고 때리지도 않는 걸 보자, 또다시 용기를 냈어요. 두 팔 가득히, 온 가슴 가득히 그를 끌어안고 다시 입을 맞춘 거죠. 그러고는 달아났어요.

그 가련한 머릿속에 무슨 일이 일어났던 걸까요? 그 꼬마에게 애착을 품게 된 이유가 떠돌이의 전 재산을 바쳤기 때문일까요? 아니면 첫 입맞춤의 상대였기 때문일까요? 사랑이 알 수 없는 조화를 부리는 건 어른에게나 아이에게나 마찬가지입니다.

그 뒤로 몇 달 동안 여자아이는 묘지 뒤편 구석진 그 자리를, 그 남자아이를 꿈꾸었어요. 그를 다시 만날 희망으로 부모로부터 돈을 빼돌렸어요. 의자 같이를 해서 받는 품값에서, 혹은 식료품을 사 오라고 준 심부름 돈에서 이렇게 한 푼, 저렇게 한 푼 따로 챙긴 거죠.

다시 이 마을에 들렀을 때 여자아이는 2프랑을 모아 가지고 있었어요. 하지만 그 아이는 남자아이를 그 아버지의 약방 유리창 너머로 볼 수 있을 뿐이었어요. 약방에 진열해 놓은 붉은빛 표본병과 거기에 담긴 촌충 한 마리 사이로 비쳐 보이는 남자아이는 아주 깔끔한 모습이었답니다.

여자아이는 붉은빛이 감도는 그 멋진 액체, 찬란하게 반짝이는 유리병들에 매혹되었어요. 감동해서 황홀해졌죠. 그러니 그 남자아이를 더욱더 사랑하게 될 수밖에요.

이 선명한 추억을 여자아이는 가슴 깊이 간직했어요. 이듬해 학교 뒤에서 반 친구들과 구슬치기하는 남자아이를 만났을 때, 여자아이는 그에게 달려들어 두 팔로 감싸 안고 격렬하게 입을 맞추었어요. 그 바람에 남자아이는 겁을 먹고 울음을 터뜨렸죠. 동네가 떠나가도록 울어 젖히는 남자아이를 달래기 위해 여자아이는 돈을 주었어요. 이번에는 무려 3프랑 20수, 남자아이는 그 거액을 보고는 눈이 휘둥그레졌죠.

남자아이는 돈을 챙기고 여자아이가 그를 마음대로 쓰다듬고 어루만지게 내버려 두었어요.

그로부터 4년간 여자아이는 돈을 모아 남자아이의 손에 전부 쏟아 놓았고, 그러면 남자아이는 그 돈을 꼼꼼하게 챙겨 주머니에 넣고 대신 입맞춤을 허락해 주었어요. 한 해는 30수, 다음 해는 2프랑, 또 그다음 해에는 12수(여자아이는 그 초라한 금액이 괴롭고 부끄러워서 울었죠. 그해는 벌이가 좋지 않았거든요), 그리고 마지막 해에는 5프랑짜리 한 닢이 있었는데, 남자아이는 그 큼직한 둥근 동전을 보고 만족해서 씩 웃었답니다.

이제 여자아이의 머릿속에는 온통 그 남자아이 생각뿐이었어요. 남자아이는 여자아이가 해마다 마을로 돌아올 때를 조바심 내면서 기다리다가 나타나면 그 앞으로 달려갔고, 그러면 여자아이의 가슴은 마구 두방망이질했죠.

그러다가 남자아이의 모습이 보이지 않게 되었어요. 그는 중학교 기숙사로 들어갔거든요. 여자는 마을 사람들에게 재 주껏 말을 돌려 물어보았고, 마침내 그런 사실을 알아냈죠. 그래서 이번에는 부모가 의자 갈이 순회 여정을 바꾸도록 수 없이 잔꾀를 부렸고, 그리하여 마침내 마차가 여름 방학 기간에 맞춰 이 마을에 들르도록 만들었죠. 성공은 했지만, 갖가지 책략을 부리는 데 1년이라는 시간을 쏟아부은 뒤에야 얻어 낸 성과였어요. 그러니까 여자는 2년 동안이나 남자를 보지 못하고 지낸 거죠. 여자는 그를 겨우 알아보았어요. 그만큼 그의 모습이 바뀌어 있었거든요. 키도 자랐고 외양도 꽤 꾸민 데다 금 단추 달린 교복 덕분에 늠름해 보이기까지 했죠. 그는 여자를 못 본 체하고 거만하게 옆을 지나쳐 갔어요.

그래서 여자는 꼬박 이틀을 울었어요. 그때부터 여자의 끝없는 고통이 시작된 거죠.

여자는 매년 이 마을에 들렀지만, 그와 마주쳐도 인사를 건넬 용기를 내지 못한 채 그냥 스쳐 지나가곤 했답니다. 그는 여자에게 눈길조차 주지 않았으니까요. 여자는 그를 미친 듯이 사랑하고 있었어요. 여자가 저에게 말한 적이 있답니다. 「이 세상에서 제 눈에 보인 남자는 그 사람뿐이에요, 의사 선생님. 저는 다른 남자들이 세상에 있는지조차 몰라요.」

부모가 세상을 떠났어요. 여자는 부모가 하던 일을 계속 했고, 그러면서 개를 한 마리 더 늘려 두 마리를 데리고 다녔어요. 사람들이 가까이 다가올 엄두도 내지 못할 만큼 사나워 보이는 놈들이었지요.

어느 날, 여자는 자신의 심장을 떼어 놓은 이 마을로 다시 들어서다가 한 젊은 여자가 자신이 사랑하는 남자와 팔짱을 끼고 슈케 약방에서 나오는 걸 보았습니다. 남자의 아내였어요. 그가 결혼한 거죠.

그날 밤 여자는 면사무소 주위의 공터에 있는 늪에 몸을 던졌어요. 밤늦게 집으로 돌아가던 술꾼 하나가 여자를 건져 내어 둘러업고 약방으로 갔죠. 슈케 약방 집 아들이 실내복 차림으로 내려와 환자를 살펴보았어요. 여자를 알아본 내색은 하지 않았지만 젖은 옷을 벗기고 몸을 문질러 준 후, 냉랭한 훈계조로 한마디 던지더랍니다.「정신 나갔구먼! 이런 멍청한 짓을 해서는 안 되지!」

여자가 다시 살아갈 힘을 내는 데는 그 말 한마디만으로 충분했답니다. 그가 여자에게 말을 건네줬거든요! 여자의 행복감은 오래갔어요.

슈케는 치료비를 받지 않겠다고 했어요. 여자가 돈을 내겠다고 하는데도 한 푼도 받지 않으려 했다는군요.

여자의 한평생이 이런 식으로 흘러갔어요. 여자는 의자같이 삯일을 하면서 슈케를 생각했지요. 매년 약방 창문 너머로 그의 모습을 바라볼 수 있었고요. 또 매번 그의 약방에서 이런저런 자질구레한 약을 사서 마차에 쌓아 놓곤 했지요. 이렇게 해서 그를 가까이에서 보고, 그에게 말을 건네고, 그러고는 또다시 예전처럼 돈을 쥐여 줄 수 있었던 거죠.

처음 이야기를 시작할 때 말씀드렸듯이, 여자는 지난봄에 죽었어요. 지금 들려드린 슬픈 이야기를 저에게 전부 털어놓은 뒤 여자는 저에게 한 가지 일을 부탁했죠. 자신이 그처럼 오랜 세월 지긋한 사랑을 바쳐 온 남자에게 평생 일해서 모은 돈 전부를 전해 달라는 것이었어요. 그 여자가 말하기를, 사실 자신은 오로지 그를 위해 일했다는군요. 그에게 줄 돈을 모으느라 굶기까지 했대요. 그 남자가 자신을 적어도 한 번은, 자신이 죽고 나면 그때 한 번은 분명 생각해 줄 거라는 희망으로 돈을 모은 거죠.

그렇게 해서 여자가 제게 맡긴 돈이 2,327프랑이었어요. 장례 미사 비용으로 신부님께 27프랑을 드리고, 남은 돈은 여자가 마지막 숨을 거둔 뒤 제가 가져왔습니다.

다음 날 저는 슈케 약방으로 갔지요. 내외가 마주 앉아 점심 식사를 막 마친 참이었어요. 둘 다 투실투실하게 살집이 잡히고 혈색도 불그레하니 좋았습니다. 몸에서는 환약 냄새와 고약 냄새가 풍겼고, 거드름을 피우며 자만하는 태도가 몸에 배었더군요.

권하는 대로 자리에 앉았더니 키르슈[1] 한잔을 내어 오기에 받아 들었죠. 제가 무슨 이유로 찾아왔는지 이야기를 꺼내 놓는데, 그만 울컥하며 목소리가 떨려 나오더군요. 저는 그들이 제 이야기를 들으면 눈물을 흘릴 거라고 지레 넘겨짚었거든요.

슈케는 그 떠돌이 여자, 의자 갈이 삯일이나 하며 평생을

1 버찌 브랜디.

산 그 여자가 자신을 사랑했다는 사실을 알게 되자 자신의 평판, 점잖은 사람으로 존중받는 위치와 정신적인 명예를, 자기로서는 생명보다 소중하지만 대놓고 말하기는 곤란한 뭔가를 그 여자한테 도둑맞기나 한 듯이 분개해서 펄펄 뛰었어요.

그의 아내 역시 남편만큼이나 격분해서 같은 말을 주절대기만 했어요. 「그 비렁뱅이 년이! 그 비렁뱅이 년이! 그 비렁뱅이 년이!」 그 욕설 말고는 다른 말이 생각나지 않았나 봅니다.

슈케가 벌떡 몸을 일으켜 식탁 뒤편으로 가서는 보폭도 크게 왔다 갔다 하는데, 머리에 올려놓은 빵모자가 기울어 한쪽 귀를 덮더군요. 그가 우물거리며 말했어요. 「이게 말이나 되는 일인가요, 선생님? 이건 남자한테 그야말로 악몽 같은 일이라고요! 이 일을 어찌하면 좋습니까? 오! 이 사실을 그 여자가 살아 있는 동안에 알았더라면 진작에 손을 썼을 텐데. 헌병대가 그 여자를 붙잡아 감옥에 처넣게 만들어야 했다고요. 그랬다면 그 여자는 평생 거기서 썩었을걸요, 암요!」

저로서는 성심을 가지고 한 일인데, 그런 결과가 나오자 아연실색하고 말았습니다. 무슨 말을 해야 할지, 어떻게 대처해야 할지 막막했어요. 그래도 어쨌거나 맡은 일은 끝까지 해내야 했습니다. 다시 입을 열어 말했죠. 「그 여자가 저축한 돈을 선생에게 전해 달라고 제게 맡겼어요. 조금 전 알려 드린 사실에 선생의 기분이 몹시 언짢아진 것 같으니, 그 돈은 가난한 사람들에게 주는 게 제일 좋은 방법일 듯하군요.」

그들, 남편과 아내가 별안간 움직임을 딱 멈추고 저를 빤히 쳐다보는데, 어지간히도 얼빠진 얼굴들이더군요.

저는 여자에게 받아 온 돈, 가슴 아픈 그 돈을 주머니에서 꺼냈습니다. 금화와 동전이 뒤섞인, 이 고장 저 고장에서 온, 온갖 표지의 돈이었어요. 제가 물었죠. 「어떻게 하시렵니까?」

먼저 대답한 쪽은 슈케 부인이었어요. 「그러니까 그게 그 여자의 마지막 뜻이라는 데야…… 우리로서는 거절하기 어려울 것 같네요.」

남편이 냉큼 말을 받는데, 그래도 손톱만큼은 민망한 표정이더군요. 「우리를 위해서는 아니더라도 우리 아이들을 위해서는 이 돈으로 뭔가를 사줄 수도 있겠지요.」

저는 냉랭하게 대답했습니다. 「그럼 그러시든가.」

그가 허겁지겁 말을 이었어요. 「아무튼지 주십시오. 맡겨 놓은 돈이잖아요. 그 돈을 뭔가 좋은 일에 사용할 방법은 우리가 찾아보겠습니다.」

저는 돈을 건네주고, 작별 인사를 한 뒤 나와 버렸습니다.

다음 날 슈케가 저를 찾아왔어요. 문을 들어서자마자 다짜고짜 묻더군요. 「이 마을에 마차를 놓아두었을 텐데, 그러니까 그…… 그 여자가요. 그건 어떻게, 그 마차는 어떻게 처리하셨나요?」

「어떻게도 하지 않았습니다. 원하시면 가져가세요.」

「잘됐네요. 그렇게 하겠습니다. 그걸 가져다 우리 텃밭에 놓아두고 원두막으로 쓰려고요.」

그가 돌아가려고 몸을 돌렸어요. 나는 그를 다시 불러 세웠습니다. 「늙은 말과 개 두 마리도 남겼는데, 가져가시렵니까?」 그가 발을 멈추더니 어처구니없는 말을 들었다는 듯 정색을 하며 대답했습니다. 「아! 아뇨, 천만에요. 제가 가져가서 뭘 하겠습니까? 그것들은 선생님 마음대로 처분하세요.」 그가 껄껄 웃더군요. 그러고는 손을 내밀어 악수를 청하기에 저도 마주 잡았습니다. 어쩌겠어요? 한 마을에서 의사와 약사가 서로 얼굴을 붉히는 사이로 지낼 수는 없잖아요.

개들은 제가 거두었습니다. 신부님이 마침 넓은 마당이 있어서 말을 데려가셨죠. 마차는 슈케네 밭에서 원두막으로 쓰이고 있고요. 슈케는 그 돈으로 철도 공사 채권 다섯 장을 샀다더군요.

자, 제가 살면서 만나 본 일생 단 한 번의 깊은 사랑은 이렇습니다.

*

이야기를 마친 의사가 입을 다물었다.

그러자 후작 부인이 두 눈에 눈물을 그렁그렁 달고 한숨을 내쉬었다. 「그렇다니까요, 사랑할 줄 아는 건 여자들뿐이라고요!」

시골살이

그 두 초가집은 언덕 밑에 나란히 자리 잡고 있었다. 소규모 온천지에서 가까운 시골 마을이었다. 두 농부는 각각 자식들을 먹여 살리느라 척박한 그 땅에서 억척스럽게 일했다. 두 집에는 아이가 각각 넷씩 있었다. 서로 이웃한 두 개의 문 앞은 아침부터 저녁까지 아이들로 복닥거렸다. 두 집 모두 맏이는 여섯 살이고, 막내의 나이는 15개월가량이었다. 이 두 집은 결혼도, 이어진 네 차례 출산도 거의 같은 시기에 치러 왔다.

두 초가집의 어머니들은 뒤섞여 노는 아이들 속에서 자기 아이들을 겨우 분간해 냈다. 아버지들은 매번 헷갈렸다. 이름 여덟 개가 머릿속에서 춤을 추며 끊임없이 뒤섞였다. 그래서 한 아이의 이름을 불러야 할 때 아버지들은 대개 이름 세 개를 연달아 외쳐 보고 나서야 원래 부르려던 이름을 찾아낼 수 있었다.

롤포르 온천에서 오다 보면 앞에 보이는 초가집이 튀바슈 가족이 사는 집으로, 딸이 셋이고 아들이 하나였다. 그 뒷집

이 발랭 아범네인데, 딸이 하나고 아들이 셋이었다.[1]

그들은 모두 근근이 먹고살았다. 수프와 감자, 그리고 전원의 공기가 그들이 먹는 전부였다. 아침 7시와 정오, 그리고 저녁 6시에 두 어머니는 거위 치는 사람이 거위들을 불러 모으듯 자기 아이들을 불러 모아 먹을 것을 주었다. 아이들은 50년이나 사용해 와서 반들반들해진 나무 식탁 앞에 나이순으로 줄지어 앉았다. 맨 끝에 앉은 막내는 입 높이가 겨우 식탁에 닿았다. 감자를 삶아 낸 물에 담가 불린 빵 조각, 양배추 반 통, 양파 세 개를 담은 우묵한 접시 하나가 아이들 앞에 놓였다. 아이들 모두가 달려들어 먹고 나면 허기는 채워졌다. 막내는 어머니가 떠먹여 주었다. 일요일마다 스튜에 조금씩 넣는 고기는 모두에게 일종의 잔치였다. 그런 스튜가 나오면 아버지는 식탁에 눌러앉아 같은 말을 서너 번씩 중얼거렸다.
「매일 이렇게 먹으면 좋겠구먼.」

8월의 어느 날 오후, 말 한 필이 끄는 이륜마차 한 대가 길을 가다가 별안간 두 채의 초가집 앞에 멈춰 섰다. 마차를 직접 몰던 젊은 여자가 옆에 앉은 신사에게 말했다.

「오! 저기 좀 봐, 앙리. 저기 아이들이 모여 있어! 저렇게 흙먼지 속에서 복닥거리고 있으니 귀엽네!」

남자는 아무 대답도 하지 않았다. 이런 종류의 호들갑스러운 감탄에 익숙하기도 했고, 또 이 감탄이 그로서는 고통이자 거의 그에 대한 비난으로 들리는 탓이었다.

1 원서의 오류로 보인다. 내용상 튀바슈 가족이 딸 하나 아들 셋, 발랭 가족이 딸 셋 아들 하나를 두고 있다.

젊은 여자가 다시 외쳤다.

「가서 저 아이들을 안아 주어야겠어! 오! 나도 아이가 하나 있으면 얼마나 좋을까. 저기, 제일 작은 아이가 내 아이였으면.」

여자는 마차에서 내려 아이들에게로 달려가서는 가장 어린 두 아이 가운데 하나, 튀바슈네 막내를 붙잡아 품에 안고 꼬질꼬질한 그 양쪽 뺨에, 흙먼지가 덕지덕지 엉긴 금발 곱슬머리에, 성가신 품속을 벗어나려고 버둥거리는 그 작은 손에 좋아 죽겠다는 듯 뽀뽀를 퍼부었다.

그러고 나서 여자는 다시 마차에 올라타고 빠른 속도로 말을 몰아 떠나갔다. 하지만 그다음 주에 다시 나타나더니 이번에도 튀바슈네 막내를 끌어안고 땅바닥에 주저앉아 과자를 잔뜩 먹여 주고, 다른 아이들에게도 모두 사탕을 나누어 주었다. 그러고는 마치 자신도 어린 시절로 되돌아간 듯 그 아이들과 어울려 놀았다. 그러는 동안 여자의 남편은 바람이 불면 날아갈 것 같은 그 이륜마차 안에서 참을성 있게 기다렸다.

여자는 또다시 찾아와 부모들과 인사를 나누었고, 그러고 나서부터는 하루도 빠짐없이 주머니를 군것질거리와 동전으로 불룩하게 채워서 나타나곤 했다.

여자는 앙리 뒤비에르 부인이었다.

어느 날 아침, 마차가 와서 멎고 남편이 여자와 함께 내렸다. 그러고는 여자를 알아보고 반기는 아이들을 그대로 지나쳐 농부의 집 안으로 들어갔다.

아이들의 부모는 수프를 끓이기 위해 장작을 쪼개는 중이었다. 깜짝 놀라 몸을 벌떡 일으킨 그들은 의자를 찾아 내민 뒤 방문자가 입을 열어 말하기를 기다렸다. 젊은 여자는 떨리는 목소리로 용건을 꺼냈다. 말이 군데군데 갈라졌다.

「제가 이렇게 찾아온 이유는 뭐냐 하면…… 제가…… 이 댁의…… 그러니까 이 댁의 막내를 데려가고 싶어서예요…….」

농부 내외는 깜짝 놀라 머릿속이 멍해졌는지 아무 대답이 없었다.

젊은 여자는 숨을 고른 뒤 계속 말을 이었다.

「우리는 아이가 없어요. 남편과 저, 둘뿐이랍니다…… 괜찮으시다면 이 댁의 막내를 데려가 키울게요…… 어떠세요?」

농부의 아낙은 그제야 말뜻을 어느 정도 알아듣고는 되물었다.

「우리한테서 샤를로를 데려가겠다굽쇼? 아이고, 안 되지요, 안 될 말이고말고요.」

그러자 뒤비에르 씨가 나섰다.

「제 아내가 설명을 제대로 못 한 것 같군요. 우리는 댁의 아이를 양자로 들이려는 겁니다. 하지만 아이가 두 분을 찾아뵙도록 할 테니 아이와 헤어지게 된다는 걱정은 하지 않으셔도 됩니다. 아이가 훌륭히 자란다면, 물론 모든 점으로 보아 그러리라 생각됩니다만, 아무튼 그렇게 된다면 우리는 그를 상속자로 삼겠습니다. 혹시 우리에게 아이가 생기더라도 두 분의 아이는 동등하게 상속받을 겁니다. 하지만 만일의 경우 두 분의 아이가 기대와는 달리 우리의 정성에 부응하지 못한다면 그가 성년이 되는 해에 2만 프랑을 주고, 그의 명의로 곧바로 공증인에게 맡기도록 하죠. 두 분에 대한 보상도 생각해 두었는데, 돌아가실 때까지 매달 1백 프랑씩 드리겠습니다. 어떠신가요?」

농부의 아내는 화를 내며 벌떡 몸을 일으켰다.

「당신들한테 우리 샤를로를 팔라는 말인가요? 아! 절대 안되지. 그런 건 어미한테 할 수 있는 말이 아니지요, 도저히! 아! 안 되고말고! 있을 수도 없는 일이라고.」

농부는 아무 말도 하지 않았는데, 뭔가 생각에 잠긴 듯 심각한 표정이었다. 하지만 아내가 펄펄 뛰며 말을 쏟아 내는 동안, 동의한다는 의미로 연신 고개를 끄덕이고 있었다.

뒤비에르 부인은 실망해 울음을 터뜨리고는 남편을 향해 울음이 잔뜩 섞인 목소리, 원하는 건 뭐든지 들어주며 오냐오냐 키운 어린애의 목소리로 징징거렸다.

「안 된대, 앙리, 안 된대!」

한 번 더 설득해 보려는 노력이 이어졌다.

「잘 생각해 보세요. 아이의 장래를 생각하셔야죠. 그 아이에게 어느 쪽이 행복하겠느냐, 또 어느 쪽이……」

이 시골 아낙은 격분해서 말을 잘랐다.

「그만 됐다잖아요, 더 들어 볼 것도 생각해 볼 것도 없다고요…… 썩 돌아가요. 그리고 다시는 이 집에 얼쩡대지 말라고요. 남의 새끼를 데려갈 생각을 하다니 염치도 좋네!」

집을 나서던 뒤비에르 부인은 아주 어린 아이가 둘이었던 걸 생각해 냈다. 눈물 바람 중이긴 했지만, 고집불통에 제멋

대로인 데다 원하는 건 당장 손에 넣어야 직성이 풀리는 여자의 끈기를 발휘해서 한마디 더 물었다.

「그런데 다른 꼬마는 이 댁의 아이가 아닌가요?」

배웅 삼아 따라 나왔던 농부 튀바슈가 대답했다.

「우리 애가 아니에요, 이웃집 애죠. 그쪽에 생각이 있으면 한번 가보쇼.」

그러고는 아내가 분을 못 이겨 여전히 소리를 질러 대고 있는 집 안으로 다시 들어갔다.

발랭 부부는 식탁에 마주 앉아 식사를 하던 중이었다. 가운데에 놓인 접시에서 버터를 나이프 끝에 조금 찍어 빵 조각에 최대한 얇게 펴 발라서 천천히 씹어 먹었다.

뒤비에르 씨는 앞서 옆집에 했던 제안을 다시 한번 꺼내 놓았는데, 이번에는 좀 더 은근하고 신중하게 돌려서 말했다.

농부와 그의 아내는 거절의 뜻으로 고개를 저었다. 하지만 한 달에 1백 프랑을 받을 수 있다는 말을 듣자, 서로 마주 보며 눈짓으로 생각을 물었다. 무척 동요하는 기색이었다.

두 사람은 한참 동안 고민하고 망설이면서 침묵을 지키고 있었다. 마침내 농부의 아내가 남편을 향해 물었다.

「어쩔 생각이에요?」

농부가 젠체하는 목소리로 대답했다.

「내가 볼 때는 아예 귓구멍으로 흘려버릴 말씀은 아니다 싶구먼.」

그러자 초조하게 마음을 졸이던 뒤비에르 부인이 나서서 아이의 장래며 행복에 대해, 또 아이 덕분에 훗날 그들이 얻게 될 돈에 대해 이야기했다.

농부가 물었다.

「1년에 1천2백 프랑을 준다는 약속은 공증으로 딱 못 박아 놓는 게죠?」

뒤비에르 씨가 대답했다.

「그럼요, 내일 당장 공증해 드리겠습니다.」

농부의 아낙은 머릿속이 잠시 분주해 보이더니 다시 입을 열었다.

「우리한테서 막둥이를 데려가는 값으로 한 달에 1백 프랑은 절대 충분하지 않아요. 그 애도 몇 년 있으면 일을 해서 돈을 벌 텐데. 그러니까 우리한테 120프랑은 주셔야 할 것 같네요.」

뒤비에르 부인은 조바심이 나서 발을 동동 구를 지경이었으므로 상대의 요구를 두말없이 받아들였다. 그러고는 아이를 바로 데려가고 싶어서 선물이라며 1백 프랑을 더 얹어 주었고, 그러는 사이 남편은 계약서를 만들었다. 즉시 불러온 동네 이장과 이웃 사람 하나가 기꺼이 증인이 되어 주었다.

젊은 여자는 세상이 떠나가라 울어 젖히는 아이를 가슴에 안고 원하던 장난감을 상점에서 사 가는 사람처럼 환한 얼굴로 떠났다.

튀바슈 내외가 문간에 서서 이웃집 아이가 떠나는 모습을 말없이 지켜보고 있었다. 비난하듯 차갑게 굳은 표정이었는데, 어쩌면 자신들이 거절한 데 대해 후회하는 것일지도 몰랐다.

꼬마 장 발랭의 소식은 들리지 않았다. 아이의 부모는 매 달 공증인을 찾아가 120프랑씩 받아 왔다. 그들은 이웃과 얼 굴을 붉히는 사이가 되었는데, 튀바슈네 아낙이 이 집 저 집 돌아다니며 자식을 팔아먹는 걸 보니 인간 같지 않다는 둥, 그런 짓이야말로 가증스럽고 더럽고 썩어 빠진 일이라는 둥, 그들에 대해 끊임없이 욕을 해댔기 때문이었다.

때때로 튀바슈의 아내는 보란 듯이 샤를로를 품에 안아 올리고는 아이가 말귀를 알아듣기나 하는 것처럼 큰 소리로 외치곤 했다.

「나는 널 팔아먹지 않았단다. 그럼, 팔아먹지 않았지, 귀한 내 새끼. 나는 자식을 팔아먹는 짓은 안 해. 그럼, 부자는 못 돼도 내 자식을 팔아먹는 짓은 안 하고말고.」

몇 해가 가고 또 몇 해가 흘러도 이런 모습은 하루하루 똑 같았다. 튀바슈네 아낙은 매일 문 앞으로 나와서 이웃에 들 리도록 은근한 욕설들을 퍼부어 댔다. 그러다 보니 이 아낙 은 자신이 그 고장에서 가장 훌륭한 사람이라는 생각을 품게 되었는데, 샤를로를 팔아먹지 않았다는 사실이 그런 우월감 의 근거였다. 게다가 사람들이 그 여자에 대해 하는 말도 다 르지 않았다.

「누가 들어도 솔깃한 제안이었지. 그런데도 그 여자는 어 미의 도리를 지킨 거야.」

동네 어니서든 튀바슈네 아낙을 징찬했다. 그러니 그런 칭찬을 귀에 못이 박이도록 들으며 자라 이제 열여덟 살이 된 샤를로는 또래 그 누구에 대해서든 우월감을 지니고 있었다. 자신은 팔려 나가지 않은 자식이라는 게 그 근거였다.

발랭네 가족은 매달 받는 돈 덕분에 살림에 꽤 윤기가 돌았다. 여전히 입에 풀칠하기 바쁜 튀바슈네가 끊임없이 이웃욕을 해대는 것도 그 때문이었다.

튀바슈네 맏아들은 군대에 갔다. 둘째 아들은 죽었다. 두 집을 통틀어 젊은 일손이라고는 샤를로뿐이어서 그는 늙은 아버지의 일을 도와 어머니와 밑으로 생긴 두 누이동생을 부양했다.

샤를로가 스물한 살이 되던 해였다. 어느 날 아침 멋진 마차 한 대가 두 초가집 앞에 와서 멈췄다. 금 시곗줄을 늘어뜨린 젊은 신사가 마차에서 내리더니 손을 내밀어 백발의 노부인을 부축해 내리게 했다. 노부인이 젊은 신사에게 말했다.

「이 집이란다. 애야. 여기 두 번째 집.」

그러자 신사는 제집에 온 것처럼 스스럼없이 발랭네 누추한 초가집으로 들어갔다.

늙은 아낙은 앞치마를 빨던 참이었다. 몸이 불편한 발랭 영감은 아궁이 옆에서 졸고 있었다. 두 노인이 고개를 들어 쳐다보았다. 젊은이가 말했다.

「안녕하셨어요, 아버지, 어머니?」

그들은 깜짝 놀라 몸을 일으켰다. 농부 아낙은 감격해서 물속에 비누를 떨어뜨리고는 더듬거리며 물었다.

「뉘여, 내 새끼? 정말 내 새끼여?」

신사는 늙은 아낙을 끌어안고 입을 맞추며 다시 말했다.

「네, 엄마.」 그러는 사이 발랭 영감은 몸을 부들부들 떨면서
도 언제나처럼 느긋하게 말했다. 「이제 왔냐, 장?」 한 달간 여
행을 떠났던 아들을 맞이하는 듯한 말투였다.

서로의 안부를 확인한 뒤, 부모는 온 동네에 자랑하고 싶
어서 곧바로 아들을 데리고 나갔다. 그들은 이장네, 부이장
네, 신부님, 학교 선생님을 차례로 찾아다녔다.

샤를로는 자기 집 문간에 서서 이웃집 아들이 지나가는
것을 쳐다보았다.

그날 저녁 식탁에 앉았을 때, 그가 부모에게 말했다.

「발랭네 아이를 데려가게 하다니, 어째서 그렇게 어리석
은 짓을 하신 건가요!」

어미가 고집스럽게 대답했다.

「자기 새끼를 팔아먹는 짓 따위는 난 절대 못 하지.」

아비는 말이 없었다. 아들이 다시 입을 열었다.

「그렇게 팔려 가는 게 불행한 일은 아니라고요.」

그러자 튀바슈 영감이 화난 목소리로 말했다.

「너를 보내지 않았다고 우리를 원망할 참이구나.」

그러자 아들의 목소리가 별안간 높아졌다.

「그래요, 내 부모가 그저 꽉 막힌 사람들이라서 원망스러
워요. 두 분 같은 부모가 자식을 불행하게 만드는 거예요. 제
가 떠나더라도 그건 두 분이 자초한 일이에요.」

이미는 울면서 음식을 먹었다. 수프를 떠서 반은 흘리면
서도 꾸역꾸역 입 안에 밀어 넣었다. 그러고는 신음처럼 웅
얼거렸다.

「자식을 키운 게 죄라는 거구나!」

그러자 아들은 퉁명스럽게 대꾸했다.

「이렇게 살 바에야 태어나지 않는 편이 나아요. 오늘 오후에 그를 봤을 때 저는 피가 거꾸로 솟았다고요. 〈내가 지금 저 모습이었을 텐데〉 하는 생각만 들었어요.」

그는 자리에서 벌떡 일어났다.

「아무래도 떠나는 편이 낫겠어요. 이 집에 있어 봤자 아침부터 밤까지 두 분을 원망하기만 할 거고, 그래서 두 분을 고통스럽게 할 거예요. 저를 팔지 않은 걸 도저히 용서하지 못할 거라고요!」

두 늙은이는 충격으로 말을 잃고 눈물만 짜내고 있었다.

아들이 말을 이었다.

「그래요. 그렇게 되면 너무 괴로울 거예요. 제가 다른 곳으로 떠나서 사는 게 낫겠어요.」

그는 문을 열었다. 떠들썩한 목소리가 들려왔다. 발랭 내외가 돌아온 아들과 함께 사람들을 초대해 잔치를 벌이고 있었다.

순간 샤를로가 발로 땅을 거칠게 찼다. 그러고는 부모를 향해 돌아서며 소리쳤다.

「꽉 막힌 시골뜨기들!」

그러고는 어둠 속으로 사라졌다.

두 친구

  파리가 봉쇄되고, 주민들은 굶주림으로 허덕였다.[1] 지붕
위 참새들은 어디로 사라졌는지 보이지 않았고, 하수구에 살
던 쥐들조차 자취를 감추었다. 사람들은 무엇이든 닥치는 대
로 먹으며 버텼다.

  1월 어느 맑은 아침, 직업은 시계상이고, 시국이 이렇다 보
니 지금은 팡투플라르[2]인 모리소 씨가 제복 바지 주머니에
양손을 찔러 넣은 채 굶주린 배를 달래며 파리 외곽 대로를
따라 힘없이 걸음을 옮겨 놓고 있었다. 문득 그는 마주 오는
동료 한 사람을 알아보고 발을 멈추었다. 친구인 소바주 씨였
는데, 두 사람은 강에 낚시하러 다니면서 알게 된 사이였다.

  1 보불 전쟁 당시인 1870년 9월 19일, 프로이센군은 파리를 봉쇄해 물자
와 인력의 보급을 차단했다. 이 봉쇄는 1871년 1월 휴전 협정이 체결될 때까
지 4개월간 이어졌는데, 그 기간에 식량이 바닥난 파리에서는 쥐를 잡아먹는
능 피해가 컸다.
  2 〈실내화〉. 국민 방위 대원의 별명. 파리 봉쇄 중 국민 방위 정부가 기존
의 국민 위병을 주축으로 만든 파리 경비대 구성원들로, 전투는커녕 실내화
를 신고 집에서 빈둥거리기만 한다는 의미로 붙은 이름이다.

전쟁이 나기 전 일요일이면 모리소는 먼동이 트자마자 한 손에 대나무 낚싯대를 들고, 등에 양철통을 짊어진 채 집을 나서곤 했다. 아르장퇴유행 기차를 타고 가다가 콜롱브에서 내려 거기서부터 마랑트섬까지는 걸어갔다. 그가 생각하는 최고의 낚시 명소에 다다르자마자 낚싯대를 드리웠다. 낚시는 밤중까지 계속되곤 했다.

일요일마다 그는 그곳에서 키가 작고 뚱뚱하며 유쾌한 남자 소바주 씨를 만났다. 소바주 씨는 노트르담 드 로레트 거리의 잡화상이었고, 마찬가지로 낚시광이었다. 두 사람은 종종 나란히 강둑에 올라앉아 낚싯대를 드리우고 발을 건들거리며 반나절을 보냈고, 그러다 보니 서로에게 우정을 느끼게 되었다.

어떤 날은 두 사람 모두 말없이 낚시만 했다. 또 어떤 날은 이런저런 이야기를 나누기도 했지만, 그들은 취미도 같고 느끼는 것도 비슷해서 별말 주고받지 않아도 서로 잘 통했다.

봄날 아침 10시쯤이면 새로 태어난 해가 잔잔한 강물 위로 엷은 안개를 일으켜 물결에 실어 보내며, 이 두 낚시광의 등에 따스한 볕을 내리쏟곤 했다. 그럴 때면 모리소가 옆에 앉은 친구에게 말했다. 「아! 기분 좋네.」 그러면 소바주는 대답했다. 「이보다 더 좋을 수는 없지.」 두 사람이 서로를 이해하고 존중하는 데는 그런 식으로 오가는 말 한마디면 충분했다.

가을 해 질 녘이면 석양으로 붉게 물든 하늘이 강물 속에 진홍색 구름 그림자를 던져 넣어 강물까지 온통 붉게 물들이고, 지평선에도 불을 놓고, 두 친구의 얼굴까지 불꽃처럼 발그레 달아오르게 한 다음, 벌써 거무스레한 갈색으로 바뀌어 겨울 오한에 떠는 나무들에도 새삼 황금빛을 입혀 주곤 했다. 그럴 때면 소바주는 미소 띤 얼굴을 모리소에게로 돌리며 이렇게 말했다. 「멋지네!」 그러면 모리소는 여전히 눈길이 찌에 붙들린 채로 함께 감탄하며 대답했다. 「시내에 있는 것보다 훨씬 좋지, 응?」

서로 상대를 알아보자마자 두 사람은 손을 힘껏 맞잡았다. 이처럼 달라진 상황에서 만나게 된 게 가슴 뭉클하면서도 착잡했다. 소바주가 한숨을 내쉬며 혼잣말처럼 중얼거렸다. 「살다 보니 이런 일을 다 겪는군!」 모리소는 침울한 얼굴로 한탄했다. 「게다가 날씨까지 사람을 힘들게 하네! 오늘은 새해 들어 처음으로 보는 맑은 하늘이야.」

그의 말대로 하늘은 파랗고, 사방이 빛으로 가득했다.

두 사람은 나란히 걷기 시작했다. 각자 생각에 잠겨 있었고 우울했다. 모리소가 다시 입을 열었다. 「또 낚시는 어땠고? 아! 정말 좋았는데!」

소바주가 물었다. 「언제쯤 그곳에 다시 갈 수 있을까?」

그들은 작은 카페에 들어가 압생트를 한 잔씩 마셨다. 그러고는 다시 거리로 나와 걷기 시작했다.

모리소가 문득 멈춰 섰다. 「한 잔 더 할까, 어때?」 소바주도 찬성했다. 「그러자고.」 그들은 또 다른 술집으로 들어갔다.

술집에서 나올 때는 두 사람 모두 빈속에 부어 넣은 술에 취해 정신이 얼떨떨했다. 내리쬐는 볕은 감미로웠다. 산들바람이 얼굴을 간지럽혔다.

훈훈한 대기와 만나 한층 취기가 오른 소바주가 발을 멈추었다.

「갈까?」

「가다니, 어디를?」

「낚시하러 말이야.」

「그렇지만 어디로?」

「우리 섬으로 가야지. 프랑스군 초소가 콜롱브 근처에 있어. 내가 뒤물랭 대령을 알거든. 우리한테 방법을 마련해 줄거야.」

모리소는 갈망으로 몸이 저릿했다. 「좋아, 가자고.」 그들은 각자 집으로 가서 낚시 도구를 챙겨 왔다.

한 시간 뒤, 두 사람은 큰길을 나란히 걷고 있었다. 그들은 소바주가 말한 대령이 숙소로 사용 중인 집으로 찾아갔고, 부탁을 들은 대령은 느닷없이 절실해진 그들의 욕구를 웃음띤 얼굴로 이해해 주었다. 두 사람은 통행증을 손에 넣고 다시 걸었다.

얼마 뒤 초소를 무사히 통과한 그들은 인적이 끊어진 콜롱브 마을을 가로질러 작은 포도밭 가장자리에 이르렀다. 거기서 경사면을 내려가면 센강이었다. 시간은 오전 11시쯤이었다.

강 건너편의 아르장퇴유 마을은 쥐 죽은 듯 고요했다. 오르주몽 언덕과 사누아 언덕이 우뚝하니 그 지역 일대를 굽어보고 있었다. 낭테르까지 이어지는 넓은 평원은 앙상한 가지를 드러낸 벚나무들과 맨땅을 드러낸 잿빛 지대뿐 휑하게,

아주 휑하게 비어 버린 모습이었다.

소바주는 손가락으로 언덕 꼭대기를 가리켜 보이며 중얼거렸다. 「프로이센 군인들이 저 위에 있어!」 두 친구는 인적 없는 마을을 마주 보면서 엄습해 오는 불안감으로 몸이 굳어지는 느낌이었다.

「프로이센 놈들!」 그들은 아직 프로이센군을 본 적이 없었다. 하지만 몇 달 전부터 프로이센군이 파리를 에워싸 모든 길을 틀어막고 있다는 사실은 알았다. 눈으로 볼 수는 없지만 아주 강력하다는 그 군대는 약탈하고, 학살하고, 굶주림을 떠안기며 프랑스를 짓밟았다. 그 낯선 승리자 군대를 향해 두 사람이 품은 증오심에는 이제 일종의 미신적 공포까지 곁들여졌다.

모리소가 말을 더듬었다. 「에고! 저놈들과 마주치면 어떡하지?」

소바주는 어떤 상황에서도 일단 한마디 비웃고 보는 파리 사람의 기질을 발휘해서 대답했다.

「생선이나 한 마리 튀겨 주지 뭐.」

그러면서도 그들은 들판으로 발을 들여놓기를 망설였다. 지평선을 사방으로 짓누르는 적막이 그들을 소심하게 만들었다.

마침내 소바주가 결단을 내렸다. 「자, 가보세! 그래도 조심해야 해.」 그들은 포도밭 사면을 타고 내려가 몸을 반으로 접다시피 하여 허리를 숙이고, 덤불에 몸을 숨겨 가며 땅에 바싹 붙어 살금살금 전진했다. 그들의 불안한 눈이 사방을 살폈고, 귀는 쫑긋 섰다.

강가에 도달하기까지 이제 남은 과제는 풀 한 포기 없는 맨 모래밭을 가로질러 가는 일이었다. 그들은 냅다 내달렸다. 강둑에 이르자 마른 갈대 사이로 몸을 숨겼다.

모리소가 땅에 귀를 갖다 댔다. 주위에 돌아다니는 사람이 있는지 확인하려는 것이었다. 아무 소리도 들리지 않았다. 아무도 없었다. 정말이지 그들뿐이었다.

두 친구는 마음을 놓고 낚싯대를 드리웠다.

맞은편에 마랑트섬이 있어서 강 건너편에서 날아오는 시선이 그들의 모습을 볼 수 없도록 가려 주었다. 인적이 끊긴 그 섬의 작은 식당은 닫혀 있었다. 마치 여러 해 전부터 방치되어 오기라도 한 듯 스산한 몰골이었다.

소바주가 먼저 모래무지 한 마리를 낚아 올렸다. 이어서 모리소도 한 마리 낚았다. 그들은 연달아 낚싯줄을 당겨 올렸고, 그때마다 줄 끝에는 은빛의 작은 물고기가 파닥거렸다. 황홀할 만큼 성공적인 낚시였다.

두 사람은 잡은 물고기들을 촘촘한 그물망 자루에 조심스레 넣어 발아래 물속에 담가 두었다. 감미로운 기쁨이 차올랐다. 소중한 즐거움을 오랫동안 빼앗겼다가 다시금 맛볼 때면 벅차게 밀려드는 그런 기쁨이었다.

따사로운 볕의 열기가 그들의 양어깨 가운데 골을 타고 흘렀다. 이제 두 사람의 귀에는 아무 소리도 들리지 않았다. 그 어떤 생각도 나지 않았다. 낚시하는 그 순간 말고는 세상의 나머지 일들을 모두 잊었다.

별안간 둔한 소리가 울렸다. 땅속에서부터 나는 듯한 그 소리에 지표가 흔들렸다. 대포 소리였다.

모리소가 고개를 들어 돌아보았다. 강둑 너머 왼편으로 몽발레리앵산의 두툼한 윤곽이 보였다. 산 앞머리에 흰 깃털 같은 것이 걸려 있었다. 방금 토해 낸 포연이었다.

곧이어 요새 꼭대기에서 두 번째 연기가 피어올랐고, 몇 초 뒤 새로운 포성이 울렸다.

포성은 계속 이어졌다. 그 산은 시시각각으로 죽음의 숨결을 뿜어내면서 뿌연 연기를 피워 올렸고, 그 연기는 고요한 하늘로 서서히 올라가 구름이 되어 산 위에 걸렸다.

소바주가 어깨를 으쓱해 보이며 말했다. 「또 시작했네.」

모리소는 깃털을 매달고 연거푸 물속으로 자맥질하는 찌의 움직임을 긴장해서 지켜보다가 별안간 분노에 사로잡혔다. 조용히 살고 싶은 사람이 서로 핏대를 세우며 치고받는 사람들을 향해 느끼는 분노였다. 그가 투덜거렸다. 「어지간히 바보들이니 저렇게 서로를 죽이려 들지.」

소바주가 맞장구쳤다. 「짐승들도 저렇게 어리석지는 않아.」

결국 잉어를 한 마리 낚아 올린 모리소가 선언하듯 생각을 꺼내 놓았다. 「정부라는 것이 존재하는 한 늘 저 꼴일 테지.」

소바주가 그 생각에 반박했다. 「공화국이 한발 앞서 들어섰더라면 선전 포고를 하지는 않았을 텐데······.」[3]

모리소가 친구의 말 중간에 다시 나섰다. 「군주가 통치할 때는 외국과 전쟁을 하고, 공화국을 세워 놓으면 나라 안에

---

3 보불 전쟁은 나폴레옹 3세의 선전 포고로 시작되었다.

서 전쟁을 하지.」

서로가 담담한 가운데 토론이 벌어졌다. 두 친구는 유순하면서 생각은 외골수인 사람들 나름의 건전한 어떤 이성을 발휘하여 정치적 난제들을 풀어 나갔고, 그러다가 다음과 같은 생각에서는 의견의 일치를 보았다. 바로 어떤 정치 체제에서든 인간은 자유로울 수 없을 거라는 비관론이었다. 그러는 사이에도 몽발레리앵산 요새에서는 계속해서 포성이 울렸다. 그 포탄 한 발 한 발은 프랑스의 집을 부수고, 삶을 무너뜨리고, 생명을 죽이고, 수많은 꿈, 기쁨의 기대, 행복의 소망들을 끝장내면서, 한편으로는 저쪽 다른 나라에 있는 아내와 딸과 어머니들의 가슴에 끝나지 않을 고통의 샘을 팠다.

「사는 게 그런 거지.」 소바주가 말했다.

「죽는 게 그런 거라고 말해야지.」 모리소가 고쳐 말하며 웃었다.

별안간 그들은 소스라쳤다. 뒤편에서 누군가 걸어오는 소리가 들린 것이다. 눈을 돌려 보니 등 뒤에 네 남자, 키가 크고 수염이 덥수룩하며 하인처럼 제복을 갖춰 입고 납작모자를 쓴 무장한 네 남자가 두 친구의 뺨을 총구로 겨냥하며 서 있었다.

두 친구의 손에서 떨어져 내린 낚싯대 두 개가 강물을 타고 둥둥 떠내려갔다.

순식간에 그들은 붙잡혀 포박된 채 끌려갔다. 남자들은 그들을 나룻배 한 척에 실어 마랑트섬으로 데려갔다.

비어 있는 줄 알았던 작은 식당 건물 뒤편에 스무 명가량의 프로이센군이 보였다.

털북숭이 거인이라고 할 만한 남자가 큼직한 도자기 파이프를 입에 물고 의자에 앉아 있다가 유창한 프랑스어로 두 친구에게 물었다. 「여어, 두 분, 좀 낚으셨소?」

병사 한 사람이 물고기가 가득한 어망을 놓치지 않고 챙겨 와 장교의 발치에 내려놓았다. 프로이센 장교가 빙긋 웃었다. 「아이고! 아이고! 손맛을 꽤 보셨겠네. 하지만 지금 문제는 따로 있소. 들어 보시오, 떨지는 말고.

우리는 당신들 두 사람이 정탐하러 나온 첩자라고 보고 있소. 그래서 이렇게 체포해 온 거고. 이제 총살해야지. 당신들은 낚시하러 온 척했지만 그건 의도를 숨기려는 눈속임이었어. 이렇게 내 손에 걸려들었으니 당신들한테는 안된 일이지만, 어쩌겠소, 전쟁인데.

다만 당신들이 프랑스군 초소를 통과해 온 걸 보면 분명 돌아갈 때 사용할 암호도 알고 있을 거요. 그 암호를 알려 주면 목숨은 살려 주겠소.」

두 친구는 얼굴이 납빛으로 변한 채 말없이 나란히 서 있었다. 긴장한 탓에 그들 자신도 모르는 사이 손이 떨렸다.

장교가 말을 이었다. 「이 일은 아무도 모를 거요. 당신들은 그저 돌아가기만 하면 돼. 그러면 아무 일 없었던 게 되는 거요. 만약 거부하겠다면, 그럼 죽어야지, 지금 이 자리에서. 그러니 선택하시오.」

두 사람은 입을 꽉 다문 채 움직임이 없었다.

프로이센 장교는 여전히 침착하게 손을 뻗어 강물을 가리켜 보이며 말했다. 「생각해 봐요, 5분 뒤엔 저 물속에 가라앉는 거요. 5분 뒤에는! 두 사람에게도 부모님이 계실 텐데?」

몽발레리앵산은 계속해서 포성을 울렸다.

두 낚시꾼은 꼼짝 않고 서서 침묵을 지켰다. 독일 장교가 자기 나라 언어로 뭔가 명령을 내렸다. 그러고는 의자를 들어 이 포로들에게서 조금 거리를 띄워 옮겨 앉았다. 병사 열두 명이 스무 걸음쯤 떨어진 위치에 줄 맞춰 서서 〈세워총〉 자세를 취했다.

장교가 다시 말했다. 「1분 더 시간을 주지, 단 1분.」

그러고는 벌떡 일어나 두 프랑스인에게로 다가오더니, 모리소의 팔을 잡아 한쪽 옆으로 데려가서는 목소리를 낮춰 구슬렸다. 「빨리 말해 봐, 암호가 뭔가? 자네가 말했다는 걸 저 친구에게 비밀로 하겠네. 자네를 동정해서 풀어 주는 척할 테니까.」

모리소는 대답하지 않았다.

그러자 프로이센 장교는 이번에는 소바주를 데리고 가서 같은 질문을 했다.

소바주도 대답하지 않았다.

두 사람은 다시 나란히 세워졌다.

장교가 명령을 내렸다. 병사들이 총을 들어 올렸다.

그 순간 모리소의 눈길이 몇 걸음 떨어진 풀밭 위에 놓인 어망에 우연히 가닿았다. 어망 속에는 모래무지들이 가득 들어차 있었다.

그 물고기들은 여전히 살아서 햇빛 아래 비늘을 반짝이며 파닥거렸다. 갑자기 온몸의 힘이 쭉 빠져나갔다. 참으려고 애를 썼지만, 눈물이 솟구쳐 눈앞이 흐려졌다.

그가 더듬더듬 작별 인사를 했다. 「잘 가게, 소바주.」

소바주도 마주 인사를 보내 왔다. 「잘 가게, 모리소.」

그들은 머리끝에서 발끝까지 걷잡을 수 없이 와들와들 떨면서도 서로의 손을 잡아 쥐었다.

장교가 소리쳤다. 「발사!」

열두 발의 총성이 단 한 발처럼 동시에 터졌다.

소바주는 단번에 꼬꾸라져 땅에 코를 박았다. 키가 더 큰 모리소는 휘청거리다가 빙그르르 돌아 얼굴을 하늘로 향한 채 친구의 몸 위로 비스듬히 쓰러졌고, 그러는 사이 가슴께가 뚫린 그의 웃옷에서는 피가 뿜겨져 나왔다.

프로이센 장교가 다시 지시를 내렸다.

부하들이 흩어지더니 밧줄과 돌을 가지고 와서 시신 두 구의 발에 매달았다. 이어서 시신들을 들어 강둑으로 날랐다.

몽발레리앵 요새는 계속해서 포성을 토해 냈고, 그 바람에 이제 자욱한 연기가 둘레를 휘감고 있었다.

두 병사가 각각 모리소의 머리와 다리를 잡아 들어 올렸다. 다른 두 병사도 같은 방식으로 소바주를 들어 올렸다. 그들은 시신을 몇 번 흔들어 반동을 붙여 멀리 내던졌다. 시신들은 포물선을 그리며 날아가, 떨어지는 순간에는 돌을 매단 발이 먼저 수면에 닿으며 선 자세로 강물 속으로 잠겨 들어갔다.

물이 튀어 오르고 소용돌이치고 파문을 만들어 내더니, 곧이어 잔잔해지면서 남은 잔물결이 강둑까지 번져 나갔다.

얼마간의 피가 물결에 실려 흘러갔다.

장교는 한결같이 담담한 태도로 나지막이 말했다. 「이제 물고기들이 판을 벌일 차례지.」

그는 식당 건물 쪽으로 돌아왔다.

풀밭에 놓인 모래무지 어망이 불현듯 눈길을 붙잡았다. 그는 어망을 들어 올려 안을 들여다보고 싱긋 웃더니 소리쳤다. 「빌헬름!」

병사 한 사람이 흰 앞치마를 두른 채 달려왔다. 프로이센 장교는 그 병사에게 방금 총살당한 두 사람이 낚아 놓은 물고기들을 던져 주며 지시했다. 「이 작은 놈들을 지금 즉시 튀겨서 가져와. 산 채로 튀겨야 해. 맛이 좋을 거야.」

그러고는 다시 파이프를 피워 물었다.

보석

랑탱 씨는 자기 상관의 집에서 열린 한 파티에서 그 아가씨를 만난 뒤 올가미에 걸리듯 사랑에 빠졌다.

그 아가씨는 몇 년 전 세상을 떠난 지방 세무 관리의 딸이었다. 아버지를 여읜 아가씨는 어머니와 함께 곧 파리로 왔고, 그 구역의 몇몇 부르주아 가정과 교유하며 결혼 상대를 만날 희망을 키우고 있었다. 그 어머니와 딸은 재산은 없지만 품위가 있었고, 성품이 조용하고 온화했다. 그 아가씨는 정숙한 여성의 전형이었는데, 현명한 젊은 남자라면 그런 유형의 여자와 결혼하기를 꿈꾸는 법이다. 그 수수한 아름다움에는 천사 같은 수줍은 매력이 있었고, 입가에 보일 듯 말 듯 늘 감도는 미소는 다정한 마음씨를 보여 주는 것 같았다.

모두가 그 아가씨를 칭찬했다. 한 번이라도 인사를 나눈 적이 있는 남자들은 한결같이 이렇게 말했다. 「그런 여자를 아내로 맞는 남자는 행운아지. 그보다 더 좋은 여자를 어디서 찾겠어.」

그 시절 내무부 사무직원으로 일하며 연봉 3천5백 프랑을 받고 있던 랑탱 씨는 그 아가씨에게 청혼해서 결혼에 이르렀다.

아내와 함께 지내면서 그는 믿을 수 없을 만큼 행복했다. 아내는 살림 솜씨가 얼마나 좋은지 절약을 하는데도 호사스러워 보이는 생활을 할 수 있었다. 남편에게는 무한한 배려와 살가움과 애교를 퍼붓는 여자였다. 그러면서도 얼마나 매력적인지 아내에 대한 그의 사랑은 처음 만났을 때보다 6년이 지난 지금 훨씬 더 깊어져 있었다.

그가 아내에게 불평할 거리를 굳이 찾아낸다면 두 가지 취향에 대해서였다. 아내는 극장에 가는 것을 즐겼고, 모조 보석을 좋아했다.

아내는 친구들(하급 관리의 아내 몇 사람과 알고 지냈다)로부터 번번이 인기 있는 연극의 초대권을 얻었고, 심지어 개막 공연의 초대권을 얻을 때도 있었다. 그러면 좋든 싫든 간에 남편을 데리고 연극을 보러 갔는데, 그렇게 따라간 연극 구경 탓에 그러잖아도 온종일 일하고 돌아온 남편은 완전히 녹초가 되곤 했다. 그래서 그는 아내에게 연극을 보러 갈 때는 친하게 지내는 어느 부인과 함께 가고, 공연이 끝나면 그 부인에게 집으로 데려다 달라고 부탁하는 게 좋겠다고 간곡하게 말했다. 아내는 그런 방식이 적절치 않다면서 남편의 간절한 청을 한참이나 마다하다가 결국 남편을 배려해 수락했고, 그런 아내에게 남편은 무척 고마웠다.

그런데 아내의 연극 관람 취미는 곧 장신구에 대한 욕구를 불러일으켰다. 사실 아내의 몸단장은 여전히 무척 소박했다. 품위는 한결같았지만 검소한 차림새였다. 그 여자의 온유한 아름다움, 겸손함과 미소까지 덧붙여져 누구든 반할 수밖에 없는 그 우아함은 담백한 옷차림과 어우러져 새로운 멋을 빚어내는 것 같았다. 하지만 그런 여자가 이제 다이아몬드를 흉내 낸 큼직한 수정 귀걸이를 양쪽 귀에 늘어뜨리고, 모조 진주 목걸이를 걸고, 모조 금팔찌를 손목에 차고, 머리에는 천연 보석처럼 보이는 형형색색의 유리 세공품을 박아 넣은 빗을 꽂았다.

남편은 아내가 조악한 모조 보석에 보이는 애착에 다소 충격을 받아 종종 이렇게 말했다. 「여보, 진짜 보석을 살 수 없으면 자신의 아름다움과 우아함이라는 장신구만을 걸쳐도 돼요. 그게 훨씬 더 귀한 보석이에요.」

하지만 아내는 다정하게 미소를 지으며 대답하곤 했다. 「그렇지만 어쩌겠어요? 난 이게 좋은걸. 내 악취미죠. 당신 말이 옳다는 걸 알아요. 하지만 고칠 수 없는걸요. 내게도 진짜 보석이 있었다면 그걸 사랑했겠죠!」

그러고는 모조 진주 목걸이를 염주 세듯 손가락으로 돌돌 굴려 보고, 세공한 유리 단면을 빛에 비춰 보면서 이렇게 되뇌었다. 「이것 좀 봐요, 얼마나 잘 만들었는지. 꼭 진짜 같네.」

이번에는 그가 미소를 지으며 놀리듯이 말했다. 「당신은 취향만 보면 집시 여자야.」

이따금 저녁에 두 사람이 난롯가에 마주 앉아 있을 때면, 아내는 모로코 가죽을 씌운 함을 들고 와서 차탁 위에 올려 놓곤 했다. 랑탱 씨가 〈싸구려〉라고 부르는 것들을 담아 두는

함이었다. 아내는 은밀하고도 깊은 어떤 쾌락을 음미라도 하듯 열기를 띠고 집중해서 그 모조 보석들을 살펴보았고, 그러다가 남편의 목에 목걸이 하나를 기어이 걸어 주고는 배를 잡고 깔깔대며 외쳤다. 「당신 모습이 정말 재미있잖아!」 그러고는 그의 품으로 뛰어들어 미친 듯이 입을 맞추었다.

어느 겨울밤 아내는 오페라 극장에 갔다가 추위로 오들오들 떨면서 돌아왔다. 다음 날 기침을 했고, 일주일 뒤 폐렴으로 사망했다.

랑탱 씨는 절망해서 아내를 따라 무덤 안으로 들어갈 뻔했다. 절망이 얼마나 컸는지 머리카락이 한 달 만에 하얗게 세어 버렸다. 그는 아침부터 저녁까지 울었다. 견딜 수 없는 고통으로 마음이 찢기고, 죽은 아내에 대한 기억과 그 미소, 목소리, 그 모든 매력이 매 순간 머릿속에 떠올라 떨어 버릴 수가 없었다.

시간이 흘러갔지만, 그의 고통은 무뎌지지 않았다. 사무실에서 동료들과 그날 있었던 일에 대해 몇 마디 주고받다가도 그는 별안간 뺨이 씰룩거리고 코에 주름이 잡히다가 두 눈에 눈물이 가득 차오르는 모습을 보이곤 했다. 그렇게 얼굴을 온통 찡그리고는 결국 오열을 터뜨렸다.

그는 아내의 방을 치우지 않고 놓아두고는, 집에 돌아오면 매일 그 방에 틀어박혀 아내 생각만 했다. 가구며 옷가지들이 아내가 그의 곁을 떠나던 날과 똑같은 모습으로 그 자리에 놓여 있었다.

그렇지만 매정한 삶은 그의 사정을 봐주지 않았다. 아내가 살림을 할 때는 그가 받는 월급으로 넉넉한 생활을 누리기에 충분했었지만, 이제는 그가 혼자 지내기에도 부족했다. 죽은 아내는 어떤 솜씨를 부렸기에 그에게 매일 고급 포도주를 마시게 해주고, 맛있는 음식을 먹게 해줄 수 있었던 것인지 그는 놀라웠다. 아내가 없으니 그의 조촐한 월급으로 그런 음식을 식탁에 올리기란 어림도 없는 일이었다.

그는 얼마간 빚을 졌다. 늘 돈에 쪼들리다 보니 그때그때 임시방편으로 구멍 난 주머니를 메우는 게 일이었다. 어느 날 아침, 그는 결국 땡전 한 푼 없는 지경에 처했다. 월말이 되려면 아직 일주일은 더 버텨야 했으므로 그는 뭔가를 내다 팔 생각을 했고, 그러다가 아내의 그 〈싸구려〉 장신구들을 처분해 버리자는 데 생각이 미쳤다. 사실 그는 예전부터 거북살스러웠던 그 〈가짜〉들을 내심 원망하고 있었다. 하루하루 눈에 띄는 것만으로도 사랑했던 아내의 추억을 조금씩 망가뜨려 놓곤 했으니까.

그는 아내가 남기고 간 모조 보석들을 들춰 보았다. 아내는 세상을 떠나기 직전까지 거의 매일 밤 새로운 모조품을 집으로 들고 올 정도로 그것들을 끈질기게 사 모았고, 그 바람에 수북하게 쌓인 그 모조품들을 뒤적여 보는 데도 긴 시간이 걸렸다. 그는 아내가 유독 좋아하는 듯이 보였던 큼직한 목걸이를 골라 들었다. 이건 값이 좀 나갈 수도 있겠군, 하고 그는 생각했다. 6~8프랑은 받을 수 있지 않을까. 사실 그 목걸이는 가짜치고는 정말이지 무척 공들여 만든 물건이었다.

그는 목걸이를 주머니에 넣고 내무부를 향해 대로를 따라

걸으면서 믿을 만한 보석상이 있는지 살펴보았다.

마침내 보석상 한 곳이 눈에 들어왔다. 상점 안으로 발을 들여놓았다. 이런 식으로 자신의 가난을 드러내며 몇 푼 안 되는 물건을 팔아 보려고 한다는 것이 조금 부끄럽게 느껴졌다. 상점 주인에게 말했다.

「주인장, 이 물건의 값이 얼마나 나가는지 알고 싶소만.」

주인은 목걸이를 받아 꼼꼼히 살펴보고, 뒤집어 보고, 무게를 달아 보고, 돋보기를 대고 한 번 더 살펴본 뒤 점원을 불러 아주 낮은 목소리로 몇 마디 건넸다. 그러고는 목걸이를 카운터 위에 내려놓더니 전체적인 모양과 광채를 가늠해 보려는 듯 멀찍이 떨어져서 바라보았다.

랑탱 씨는 보석상의 이런 거창한 행동이 겸연쩍어서 결국 입을 열어 말했다. 「오! 이 목걸이가 값나가는 물건이 아니라는 건 잘 압니다.」

그러자 주인이 대답했다. 「손님, 1만 2천에서 1만 5천 프랑 정도 합니다. 하지만 이 물건을 어떻게 손에 넣으셨는지 명확히 밝혀 주셔야만 우리 상점에서 이것을 매입할 수 있습니다.」

이 홀아비는 눈이 휘둥그레지고 입이 쩍 벌어졌다. 보석상의 말이 이해되지 않았다. 이윽고 더듬거리며 되물어 보았다. 「뭐라고요? ……확실한 말씀인가요.」

보석상은 랑탱 씨의 놀란 표정을 오해하고 무뚝뚝하게 대답했다. 「다른 상점을 찾아가서 물어보셔도 됩니다. 값을 더 쳐주겠다는 곳이 있는지 알아보세요. 우리 상점에서는 최고로 불러서 1만 5천까지 드릴 수 있어요. 더 많이 주겠다는 곳을 찾지 못하시면 다시 와주세요.」

랑탱 씨는 완전히 얼이 빠져 목걸이를 다시 집어 들고 보석상을 나섰다. 머릿속이 복잡한 와중에도 어딘가 혼자 있을 곳을 찾아 생각을 정리해 보고 싶었다.

하지만 거리로 발을 내딛자마자 배 속에서 걷잡을 수 없이 웃음이 올라왔다. 그는 속으로 중얼거렸다. 〈바보! 오! 바보! 시치미 뚝 떼고 저 보석상의 제안을 받아들였어야 했는데! 진짜 보석과 가짜 보석을 구별 못 하는 보석상이 다 있네!〉

그는 라페 거리 입구에 있는 다른 보석상으로 들어갔다. 주인인 보석 세공사는 랑탱 씨가 내민 목걸이를 보자마자 외쳤다. 「아! 그럼요, 잘 아는 목걸이인걸요. 우리 상점의 물건이에요.」

랑탱 씨는 무척 당혹스러운 기분으로 물었다. 「값이 얼마나 되죠?」

「손님, 이 목걸이를 판매한 가격은 2만 5천 프랑이었어요. 만약 파시겠다면 1만 8천에 기꺼이 되사겠습니다. 대신 법규상 이 목걸이를 소지하게 된 경위를 밝혀 주셔야 합니다.」

랑탱 씨는 이번에는 자리에 주저앉았다. 놀라움 때문에 정신이 멍했다. 그가 다시 말했다. 「하지만…… 하지만 좀 더 꼼꼼하게 살펴보세요, 주인장. 지금까지 제가 알기로 이 목걸이는…… 모조품이거든요.」

세공사가 말했다. 「손님의 성함을 여쭤 봐도 될까요?」

「그럼요. 랑탱입니다. 내무부에 근무하고, 주소는 마르티르 거리 16번지입니다.」

주인은 장부를 열어 페이지를 뒤적여 보더니 말했다. 「말
씀대로 이 목걸이는 랑탱 부인의 주소인 마르티르 거리 16번
지로 보내 드렸던 거네요. 1876년 7월 20일이었어요.」

두 남자는 서로의 눈을 바라보았다. 내무부 사무직원은 얼
이 나갈 만큼 놀라서였고, 보석 세공사는 혹시 목걸이를 도둑
질해 온 게 아닌지 냄새를 맡기 위해서였다.

주인이 다시 입을 열었다. 「이 물건을 만 하루 동안만 제게
맡겨 주시겠습니까? 대신 인수증을 써드리겠습니다.」

랑탱 씨가 어물어물 대답했다. 「그러죠. 그러고말고요.」
그러고는 받아 든 인수증을 접어 주머니 속에 넣으며 상점을
나왔다.

그는 길을 건넌 다음 위쪽으로 거슬러 올라가다가 방향을
잘못 잡았다는 걸 깨닫고 다시 튈르리 쪽으로 내려왔다. 센
강을 지난 뒤 또다시 길을 잘못 들었다는 사실을 알아차렸
다. 그렇지만 이번에도 아무 생각 없이 다시 샹젤리제 대로
로 갔다. 머릿속이 텅 비어 있었다. 생각을 정리해 보려고,
자신에게 일어난 일을 이해해 보려고 애썼다. 아내는 그런
값나가는 물건을 살 여윳돈이 없었다. 〈없었고말고, 그건 확
실해. 그렇다면 선물받은 것이겠군! 그런데 그런 선물을 아
내에게 줄 사람이 누구지? 무슨 이유로?〉

그는 걸음을 멈추었다. 거리 한복판이었지만 그대로 서
있었다. 무서운 의심이 머리를 스쳤다. 〈아내가? 그렇다면
다른 보석들도 전부 선물받은 거라는 말이잖아!〉 발밑의 땅

이 무너져 내리며 눈앞에서 나무 한 그루가 기우뚱 쓰러지는 것 같았다. 그는 도움을 청하듯 두 팔을 쭉 뻗고는 의식을 잃고 쓰러졌다.

정신을 차리고 보니, 어느 약방 안이었다. 지나가던 행인들이 그를 들쳐 업어 약방에 데려다 놓은 것이었다. 그는 집으로 데려다 달라고 부탁했고, 돌아오자 방문을 닫고 틀어박혔다.

밤이 될 때까지 그는 넋을 놓고 울어 댔다. 통곡 소리를 내지 않으려고 대신 손수건을 물어뜯었다. 그러고는 피로와 슬픔에 짓눌려 침대로 가서 깊은 잠에 곯아떨어졌다.

햇살 한 줄기가 그를 깨웠다. 내무부에 출근하기 위해 느릿느릿 자리를 털고 일어났다. 그런 충격을 받았는데도 일하러 나가자니 힘이 들었다. 양해를 구해 하루 쉴 수도 있겠다는 생각이 들어 상관에게 편지를 썼다. 보석상에 다시 가봐야 한다는 데 생각이 미쳤다. 그러자 수치심에 얼굴이 확 달아올랐다. 한참을 미적거리며 궁리해 보았다. 어쨌거나 목걸이를 보석상에 계속 맡겨 놓을 수는 없었다. 그는 옷을 챙겨 입고 집을 나섰다.

날이 화창했다. 푸른 하늘이 머리 위로 펼쳐진 이 도시가 그에게 미소를 보내는 것 같았다. 산책을 나온 사람들이 한가롭게 두 손을 호주머니에 찔러 넣은 채 그의 앞에서 어슬렁거리고 있었다.

링딩 씨는 지나가는 그들을 바라보며 혼잣말로 중얼거렸다. 「돈이 많은 사람은 얼마나 행복한가. 돈이 있으면 슬픔도 털어 버릴 수 있을 테니. 가고 싶은 곳에 갈 수 있고, 여행하며 살 수 있고, 기분 전환도 할 수 있고, 오! 내가 부자라면 좋을 텐데!」

문득 배가 고팠다. 그저께 이후로 아무것도 먹은 게 없었다. 하지만 그의 주머니는 비어 있었다. 다시 그 목걸이를 생각했다. 〈1만 8천 프랑이라고 했어! 1만 8천 프랑!〉 이건 그야말로 한밑천이었다!

라페 거리에 이르렀다. 그는 건너편 보도에서 보석상을 마주 바라보며 어슬렁거리기 시작했다. 〈1만 8천 프랑이야.〉 그는 몇 번이나 상점 안으로 들어갈 뻔했다. 하지만 수치심이 번번이 그를 붙잡았다.

그렇지만 배가 고팠다. 배가 어마어마하게 고팠고, 주머니에는 땡전 한 푼 없었다. 불현듯 마음을 정했다. 다시 생각해 볼 여지를 남기지 않으려고 뛰다시피 길을 건너서 상점 안으로 몸을 던져 넣었다.

그가 나타나자 주인은 반갑게 맞이하며 정중한 태도에 소리 없는 웃음까지 덧붙여 자리를 권했다. 점원들도 모여들어 랑탱 씨를 곁눈질로 바라보았다. 그들의 눈과 입술에 웃음기가 어른거리고 있었다.

보석상이 입을 열었다. 「제가 조회를 해봤습니다, 선생님. 지금도 같은 의향이시면 제가 어제 제안했던 금액을 즉시 지불해 드리겠습니다.」

내무부 직원이 우물쭈물 대답했다. 「그렇게 해주세요.」

보석상은 서랍에서 1천 프랑짜리 지폐 열여덟 장을 꺼내 세어 본 뒤 랑탱에게 내밀었다. 랑탱 씨는 영수증에 서명하고 떨리는 손으로 그 돈을 집어 주머니에 넣었다.

그러고는 상점을 나서려다가 여전히 얼굴에 웃음기를 흘리고 있는 보석상을 향해 몸을 돌렸고, 눈길을 떨구며 물었다. 「저한테…… 다른 보석들이…… 들어온 게 있는데, 그러니까…… 그러니까 마찬가지로 상속받은 것들이죠. 그것들도 도로 사가실 의향이 있으신지?」

보석상이 짐짓 몸을 숙여 보이며 대답했다. 「물론입니다, 선생님.」 웃음을 참다못한 점원 한 사람이 실컷 웃을 수 있는 곳을 찾아 부리나케 뛰어나갔다. 또 다른 점원은 세차게 코를 풀었다.

랑탱 씨는 얼굴이 붉어졌지만 태연한 척 진지한 표정으로 말했다. 「그것들을 가져오겠습니다.」

그는 삯마차를 잡아타고 보석들을 가지러 갔다.

한 시간 뒤, 상점으로 돌아왔을 때도 그는 여전히 허기를 해결하지 못한 상태였다. 그가 가져온 보석들이 차례차례 감정을 받아 값이 매겨졌다. 거의 모두 그 보석상이 판매한 것들이었다.

이제 랑탱 씨는 감정가가 하나씩 나올 때마다 이의를 달고, 분개하고, 그것을 판매했을 당시의 장부를 보여 달라고 요구했다. 감정가가 올라갈수록 그의 목소리도 높아졌다.

큼직한 브릴리언트 다이아몬드 귀걸이 한 쌍이 2만 프랑이었고, 팔찌들이 3만 5천 프랑, 브로치, 반지, 메달들이 1만 6천 프랑, 에메랄드와 사파이어 장신구 세트가 1만 4천 프랑, 금줄에 목걸이처럼 매달아 놓은 외알박이 다이아몬드 한 알은 무려 4만 프랑이었다. 감정가를 모두 합해 보니 액수가 19만 6천 프랑에 달했다.

보석상이 친절함에 조롱기를 섞어 말했다. 「이 물건들을 남겨 준 고인은 생전에 번 돈을 전부 보석에 쏟아부었나 봅니다.」

랑탱 씨가 정색을 하고 대답했다. 「그것도 돈을 투자하는 방법 가운데 하나죠.」 그는 다음 날 재감정을 해보기로 보석상과 합의한 뒤 그 자리를 떠났다.

거리로 나와 방돔 탑[1]을 쳐다보았다. 탑을 기어오르고 싶은 욕구가 일었다. 축제 때처럼 꼭대기까지 기어 올라가 보물이 담긴 박을 터뜨려야 할 것 같은 기분이었다. 저 높이 하늘에 자리 잡은 황제의 동상 위에서 말 뛰기 놀이라도 할 수 있을 만큼 몸이 가볍게 느껴졌다.

그는 식사를 하기 위해 부아쟁으로 갔고, 그 식당에서 한 병에 20프랑짜리 포도주를 주문해 마셨다.

그런 다음 삯마차를 타고 불로뉴 숲을 한 바퀴 돌았다. 그는 주위의 마차 행렬을 바라보며 뭔가 얕잡아 보는 심정이 되었다. 아무나 지나가는 사람을 붙잡고, 다음과 같이 외치고 싶은 욕망이 솟구쳐 숨이 가빴다. 〈나도 부자가 됐어, 나도 말이야. 나에겐 20만 프랑이 있다고!〉

자신이 근무하는 내무부가 떠올랐다. 마부에게 그곳으로

---

1 나폴레옹 1세가 1805년 오스트리아와의 전투에서 거둔 승리를 기념하여 제작한 청동 탑으로, 꼭대기에는 로마 카이사르 복장을 한 나폴레옹 1세의 동상이 있다.

가달라고 했다. 그는 결연한 걸음으로 상관의 방으로 들어가 말했다. 「사표를 내러 왔습니다. 30만 프랑을 상속받았거든요.」 그는 이제 옛 동료가 되어 버린 사람들에게로 가서 악수를 나누며 자신이 새로운 인생을 설계하고 있다는 말을 늘어놓았다. 그런 다음 카페 앙글레로 가서 저녁 식사를 했다.

옆 테이블에 앉은 남자의 고급스러운 차림새를 보자 입이 근지러워 참을 수 없어진 그는 남자에게 자신이 최근 40만 프랑을 상속받았다고, 어느 정도 말솜씨를 부려 가며 떠벌렸다.

살면서 처음으로 극장에 가서 지루함을 느끼지 않았고, 그러고 나서 남은 밤은 매춘부들과 보냈다.

6개월 후 그는 재혼했다. 두 번째 아내는 지극히 정숙했지만, 성격이 까탈스러웠다. 새 아내와 함께 지내면서 그는 많은 괴로움을 겪었다.

여로에서

귀스타브 투두즈에게

1

열차는 칸에서부터 만원이었다. 승객들은 서로 안면을 트고는 이야기꽃을 피웠다. 타라스콩을 지날 때 누군가 말했다. 「살인자가 출몰하는 곳이 바로 여기요.」 그러자 사람들은 잡히지 않은 그 정체불명의 살인자 이야기를 하기 시작했다. 2년 전부터 이따금 나타나 여행자의 생명을 빼앗는 자였다. 승객들은 각자 가설을 세우고 추론을 펼쳤다. 여자들은 객실 문에 행여 사람의 머리가 불쑥 나타날까 봐 유리창 너머 짙은 어둠 쪽을 쳐다보며 부르르 몸서리를 쳤다. 이어서 사람들은 자신이 아는 무서운 이야기를 풀어놓기 시작했다. 위험한 인물과 마주친 경험, 특급 열차를 타고 가는데 맞은편 좌석에 미치광이가 앉아 있었던 기억, 범죄 용의자와 몇 시간 얼굴을 맞대고 있었던 일화들이었다.

내세울 만한 이야기가 각자 하나씩은 있다 보니, 모두 뜻하지 않은 상황을 만나 정신을 바짝 차리고 찬탄할 만한 대담성을 발휘해 어느 악당의 기를 꺾고, 때려눕히고, 꽁꽁 묶어 버린 사람이 되었다. 매년 남부로 와서 겨울을 보낸다는 한 의사는 차례가 돌아오자 자신도 들려주고 싶은 이야기가 있다면서 나섰다.

*

저는 그런 종류의 일과 마주쳐 용기를 시험해 볼 기회는 없었습니다. 대신 아주 기이한 일을 겪은 한 여성을 알지요. 제가 진료한 환자였는데, 지금은 세상을 떠나고 없어요. 그 여성이 경험한 일은 그야말로 수수께끼 같은 데다 아주 감동적이기도 해요.

그 여성은 마리 바라노프 백작 부인이라는 러시아인이었어요. 키가 무척 크고, 섬세한 아름다움이 느껴지는 분이었죠. 러시아 여성들이 얼마나 아름다운지는 잘 아실 겁니다. 적어도 우리 눈에는 아름답지요. 콧날은 고상하고 입매는 섬세해요. 눈은 크고 한마디로 정의할 수 없는 색깔인데, 청회색이랄까요. 게다가 그 차가운, 은근히 냉혹한 아름다움을 보세요! 러시아 여성들은 뭐랄까 매정하면서도 유혹적이고, 도도하면서도 다정하고, 상냥하면서도 엄격해서 프랑스 남자로서는 흠뻑 빠져들 수밖에요. 사실 그들에게서 이처럼 많은 매력을 찾아내게 되는 건 단지 종족이 다르고 유형이 다르기 때문일지도 모르죠.

마리 바라노프 백작 부인은 폐병을 앓았는데, 수년간 그 병증을 지켜본 주치의가 요양을 권했습니다. 프랑스 남부로 가서 지내는 게 좋겠다는 것이었죠. 그렇지만 그 여성은 고집스럽게 페테르부르크를 떠나지 않았어요. 그러다가 결국 지난해 가을, 주치의는 백작 부인이 병에서 회복될 가망이 없다고 판단해 백작에게 알렸고, 백작은 아내에게 즉시 망통으로 떠나라고 강하게 재촉했죠.

백작 부인은 열차에 몸을 실었습니다. 그 객실에는 부인혼자 탔고, 시중드는 사람들은 다른 칸에 탔어요. 부인은 얼마간 서글픈 심정으로 창가에 기대어 밖으로 스쳐 가는 들판과 마을들을 바라보았어요. 세상에 홀로 버려진 느낌이었죠. 아이도 없고 친척도 거의 없는 데다, 사랑이 식은 남편은 여행에 동행해 주기는커녕 병든 하인을 병원으로 보내 버리듯자신을 세상 끝으로 실어 보낸 것이니까요.

열차가 정거장에 설 때마다 하인 이반이 와서 주인마님에게 뭔가 불편한 게 없는지 물었어요. 이 나이 든 하인은 맹목적일 만큼 충성스러워서 주인의 명이라면 무엇이든 따르곤했답니다.

밤이 되었고, 열차는 전속력으로 달렸죠. 백작 부인은 신경이 극도로 예민해져 잠을 이루지 못하고 있었습니다. 문득열차가 출발하기 직전 남편이 건네준 프랑스 금화들이 떠올랐어요. 액수가 얼마인지 세어 봐야겠다는 생각이 들었죠. 작은 주머니를 꺼내 반짝이는 금화들을 무릎 위 치마폭에 쏟아부었습니다.

별안간 찬 바람 한 줄기가 마리 백작 부인의 얼굴을 때렸어요. 백작 부인은 놀라서 고개를 들었습니다. 찬바람은 방금 객실 문이 열린 탓이었어요. 부인은 기겁해서 황급히 숄을 집어 방금 치마폭에 쏟아 놓은 금화를 덮었죠. 그러고는 기다렸어요. 몇 초가 흘렀고, 한 남자가 부인의 눈앞에 나타났습니다. 정장 차림이었는데 모자는 쓰지 않았고, 손에 상처를 입은 채 숨을 가쁘게 몰아쉬고 있었어요. 남자는 문을 닫고 자리에 주저앉아 번득이는 눈으로 부인을 응시했습니다. 그러다가 손수건을 꺼내 피가 흐르는 자신의 손목을 동여맸어요.

그 여성은 겁이 나서 정신이 아득해질 지경이었습니다. 이 남자가 자신이 돈을 세는 모습을 본 게 틀림없다고 생각했어요. 이렇게 들이닥쳐 돈을 빼앗고 자신을 죽일 거라고 믿은 거죠.

남자는 여전히 백작 부인을 응시하고 있었습니다. 숨을 헐떡였고, 경련이 이는지 얼굴 근육을 실룩거렸어요. 이제 곧 달려들 참인 게 분명해 보였습니다.

그가 불쑥 말했어요.

「부인, 겁내지 마세요.」

백작 부인은 대답하지 않았어요. 몸이 굳어 입을 움직일 수도 없었거든요. 그저 자신의 심장이 요동치는 소리와 귓속에서 벌 떼가 붕붕거리는 소리만 들릴 뿐이었죠.

남자가 다시 말했습니다.

「저는 악당이 아닙니다, 부인.」

그 여성은 여전히 아무 대꾸도 할 수 없었어요. 하지만 몸을 움칠하는 와중에 두 무릎 사이가 좁혀지면서 금화들이 열차 바닥 깔개 위로, 마치 빗물받이 홈통에서 물이 흘러내리듯이 쏟아져 내렸어요.

남자는 쏟아져 내리는 그 금화들을 놀라서 쳐다보다가 별안간 몸을 굽혀 그것들을 주워 모으려 했어요.

백작 부인은 질겁하며 벌떡 몸을 일으켜 금화를 전부 바닥에 내팽개치고 문으로 달려갔죠. 선로 위로 뛰어내릴 참이었지만, 남자는 부인이 무슨 짓을 하려는지 알아차리고 몸을 날려 부인의 팔을 붙잡았습니다. 그러고는 억지로 자리에 다시 앉힌 뒤 양 손목을 붙잡고 말했어요. 「제 말을 들어 주세요, 부인. 저는 악당이 아닙니다. 제가 이 돈을 주워 부인께 돌려드리려 한 것만 봐도 아실 수 있잖아요. 하지만 전 이제 끝장입니다. 국경을 넘을 수 있도록 부인께서 도와주시지 않는다면 전 죽은 목숨이에요. 더 자세한 사정은 말씀드릴 수 없습니다. 한 시간 뒤 이 열차는 러시아 영토 내의 마지막 정거장에 도착할 겁니다. 한 시간 20분 뒤에는 러시아 국경을 넘을 것이고요. 부인께서 도와주시지 않으면 저는 끝장입니다. 그렇지만 부인, 저는 사람을 죽이지도, 도둑질을 하지도 않았습니다. 명예에 어긋나는 그 어떤 일도 하지 않았어요. 이 점은 맹세할 수 있습니다. 더 자세하게는 말씀드릴 수 없지만요.」

남자는 바닥에 무릎을 꿇더니 흩어진 금화들을, 좌석 아래로 들어간 것들부터 멀리 굴러간 것들까지 일일이 찾아내 주워 모았습니다. 그렇게 해서 작은 가죽 주머니에 다시 금

화를 채워 넣은 뒤, 그 주머니를 말없이 부인에게 내밀고는
객실 한쪽 구석에 앉았습니다.

　백작 부인도, 그 남자도 더는 몸을 움직이지 않았어요. 부
인은 앉은 채 입을 꼭 다물고 꼼짝도 하지 않았는데, 여전히
두려움 때문에 기절할 지경이었지만 점차 진정이 되었습니
다. 남자 쪽은 그야말로 어떤 몸짓 하나, 움직임 한 번도 없었
습니다. 시선은 앞쪽 어딘가를 향해 고정되어 있었고, 꼿꼿
이 앉아 있었지만 안색은 혹시 죽은 사람이 아닐까 싶을 정
도로 창백했습니다. 백작 부인은 이따금 그를 살짝 훔쳐보다
가 얼른 다시 눈길을 돌리곤 했죠. 그 남자는 서른 살쯤으로
보였는데, 무척 미남인 데다 겉 차림새만으로도 귀족임을 알
아볼 수 있었어요.

　열차는 밤을 뚫고 달리며 어둠 속으로 날카로운 점호를
던지곤 했고, 이따금 속도를 늦췄다가 다시금 전속력으로 달
려갔습니다. 그러다가 별안간 느려지더니, 몇 번 기적이 울
리고는 열차가 완전히 멈췄지요.

　이반이 객실 문에 나타나 지시할 일이 있는지 물었습니다.
부인의 목소리가 떨리고 있었어요. 자신의 특이한 길동무를
마지막으로 응시한 부인이 하인에게 불쑥 말했습니다.

　「이반, 백작님 곁으로 돌아가요. 내 곁에는 있을 필요 없
어요.」

　하인은 아연실색해 눈이 휘둥그레져서 말을 더듬었죠.

　「하지만…… 마님.」

　백작 부인이 다시 말했어요.

「아니, 따라오지 말아요. 생각이 바뀌었으니까. 러시아에 머물러 있도록 해요. 받아요. 이건 돌아갈 여비예요. 모자와 외투는 내게 벗어 놓고 가요.」

늙은 하인은 얼이 빠진 표정이었지만 상전들의 느닷없는 요구와 못 말리는 변덕에 이골이 난 터라, 역시나 말없이 순종하며 모자와 외투를 벗어 내밀었습니다. 그러고 나서 눈물이 그렁그렁한 눈으로 멀어져 갔죠.

기차는 다시 출발했고, 국경을 향해 내달렸습니다.

마리 백작 부인이 객실 안의 남자에게 말했어요.

「이 모자와 외투는 당신 것이에요. 이제부터 당신은 내 하인 이반이에요. 내 하인이 되는 데는 조건이 하나 있어요. 나에게 절대 말을 걸면 안 돼요. 감사의 말이건 무엇이건 나에게 단 한마디도 하지 말아요.」

낯선 남자는 말없이 몸을 숙여 복종했습니다.

열차가 다시 정차하고, 제복을 입은 국경 관리들이 객실로 올라왔습니다. 백작 부인은 그들에게 자신의 신분증을 내밀어 보이고, 객실 한쪽 구석에 앉은 남자를 가리키며 말했죠.

「제 하인 이반이에요. 여기 여권이 있어요.」

열차는 다시 출발했습니다.

밤새도록 그들은 말없이 서로를 마주 보고 있었지요.

아침이 되어 열차는 독일 영토 내 어느 역에 정차했어요. 남자가 열차에서 내리더니, 다시 나타나 객실 문에 서서 말했죠.

「약속을 어기는 걸 용서하세요, 부인. 하지만 저 때문에 하인을 잃으신 만큼 제가 대신 그 하인의 일을 해야 옳습니다. 뭔가 필요한 게 없으신가요?」

부인은 차갑게 대답했어요.

「내 하녀를 불러와요.」

남자는 하녀를 부르러 갔습니다. 그러고는 어디론가 모습을 감췄죠.

이따금 요기를 하기 위해 열차에서 내릴 때마다 백작 부인은 남자가 멀찍이 떨어져 자신을 바라보고 있다는 걸 알아차렸어요. 이윽고 그들은 망통에 도착했습니다.

2

의사는 이야기를 잠시 멈췄다가 다시 이어 나갔다.

어느 날 제가 진료실에서 환자들을 맞이하고 있는데, 키큰 청년이 들어왔습니다. 그가 말하더군요.

「선생님, 마리 바라노프 백작 부인의 소식을 여쭤보러 왔습니다. 부인은 저를 모르시겠지만, 저는 그분 남편의 친구입니다.」

제가 대답했습니다.

「부인은 회복될 가망이 없습니다. 러시아로 돌아갈 수 없을 거예요.」

그러자 남자는 별안간 흐느껴 울더군요. 그러다가 몸을 일으키고는 마치 술 취한 사람처럼 비틀거리며 진료실을 나갔습니다.

그날 저녁, 저는 백작 부인에게 낯선 사람이 찾아와서 부인의 병세를 묻고 갔다는 이야기를 했습니다. 부인은 감동하는 눈치였어요. 지금 여러분에게 들려드린 이야기를 저는 그때 부인에게 들었습니다. 이야기를 마친 후 부인은 덧붙였죠.

「그 미지의 남자는 지금도 저를 그림자처럼 따라다닌답니다. 바깥으로 나갈 때마다 저는 그와 마주치곤 해요. 그 남자는 저를 묘한 표정으로 쳐다보기만 할 뿐 말을 건네지는 않아요.」

부인은 잠시 생각에 잠기더니, 다시 말을 이었어요.

「그럼요, 지금도 그 사람은 저 창문 아래 있을 거라고 장담할 수 있어요.」

부인은 긴 의자에서 몸을 일으켜 창가로 가서 커튼을 걷었습니다. 그러고는 저에게 한 곳을 가리켜 보였어요. 정말로 그가, 저를 찾아왔던 그 남자가 부인의 방 쪽으로 눈길을 고정한 채 산책로 벤치에 앉아 있더군요. 그는 우리를 알아보고 일어서더니, 고개 한 번 돌려 바라보는 일도 없이 멀어져 갔습니다.

그렇게 해서 저는 놀랍고도 가슴 아픈 어떤 것을, 서로를 전혀 알지 못하는 두 사람의 말 없는 사랑을 목격했습니다.

그 남자는 부인을 헌신적으로 사랑했습니다. 짐승도 자기 생명을 구해 준 은인에 대한 고마움으로 죽음을 불사하며 헌신하지 않습니까. 제가 자신의 존재를 눈치챘음을 알고 난 뒤로 남자는 매일 저를 찾아와 물었어요.「부인의 상태는 좀

어떤가요?」 또 부인이 하루하루 더 쇠약해지고, 그 전날보다
더 창백해진 얼굴로 지나가는 모습을 볼 때마다 그는 가슴이
찢어지도록 울었습니다.

부인은 제게 말하곤 했어요.

「저는 그 묘한 사람과 단 한 번 이야기를 나누었을 뿐이에
요. 그런데도 20년 전부터 그와 알고 지낸 느낌이 들어요.」

서로 마주쳐 그가 말없이 인사를 건네면 백작 부인은 신
중하면서도 매혹적인 미소로 답례를 했어요. 저는 부인이 행
복해한다는 걸, 가족으로부터 버림받은 처지인 데다 자신의
생명이 꺼져 간다는 사실을 알면서도, 이런 사랑을 받는다는
사실에 행복해한다는 걸 느낄 수 있었죠. 그토록 정중하고
의연한 사랑, 넘치는 시정(詩情)을 무한한 헌신에 실어 보내
는 사랑을 말입니다. 그렇기는 해도 부인은 열기에 들떠 있
던 순간 내세운 그 고집에 충실했어요. 그를 집 안으로 맞아
들여 그의 이름을 묻고 그와 이야기 나누기를 한사코 거부한
거죠. 부인은 말했어요. 「아뇨, 그래서는 안 돼요. 그랬다가
는 이름 모를 이 우정도 끝나고 말 거예요. 그 사람과 저는
서로에게 모르는 사람으로 남아야 해요.」

그 남자도 마찬가지로 일종의 돈키호테인 건 분명했습니
다. 그 역시 백작 부인에게 다가가려는 어떤 시도도 하지 않
았거든요. 열차 안에서 했던 약속, 결코 말을 걸지 않겠다는
그 어리석은 약속을 끝까지 지키려 했지요.

산책도 어려울 만큼 극도로 쇠약해져 실내에서만 지내야
했던 긴 시간 동안 백작 부인은 종종 자리에서 몸을 일으켜

창가로 갔습니다. 커튼을 들추고 그가 창문 아래 그 자리에 있는지 보려는 것이었죠. 변함없이 그 벤치에 굳은 듯이 앉아 있는 그 남자의 모습을 확인하면, 부인은 입술에 미소를 띠고 다시 돌아와 누웠습니다.

어느 날 아침 10시경, 그 여성은 숨을 거두었지요. 제가 밖으로 나가자 그 남자가 다가왔습니다. 충격을 이기지 못하는 얼굴이었어요. 벌써 소식을 들은 것 같았습니다.

「잠시만이라도 부인을 볼 수 없을까요. 선생님께서 지켜보고 계셔도 됩니다.」

저는 그의 팔을 붙잡아 집 안으로 데리고 들어갔어요.

그를 망자의 침상 앞으로 안내했습니다. 그는 부인의 손을 잡아 입을 맞췄습니다. 끝없이 긴 입맞춤이었지요. 그러고 나서 그는 미치광이처럼 밖으로 뛰어나갔습니다.

*

의사는 또 한 번 침묵을 지키다가 다시 입을 열었다.

「자, 이것이 제가 아는 가장 기묘한 기차 여행 이야기입니다. 요컨대 세상에는 별별 미친 사람들이 다 있는 법이죠.」

한 여자가 낮은 소리로 중얼거렸다.

「그 두 사람은 당신이 생각하는 것만큼 미치지 않았어요. 그들은…… 그들은…….」

하지만 여자는 울음이 북받친 탓에 더는 말을 잇지 못했다. 사람들은 여자를 진정시키려고 화제를 바꾸었고, 그러다

보니 여자가 무슨 말을 하려고 했는지는 영영 알 수 없게 되었다.

쥘 삼촌

아실 베누빌 씨에게

수염이 허옇게 센 초라한 노인네가 우리에게 적선을 바라며 손을 내밀었다. 곁에 있던 친구 조제프 다브랑슈가 1백 수짜리 주화[1] 하나를 꺼내 주었다. 내가 놀라는 기색을 보이자 그가 말했다.

「저 불쌍한 노인네를 보니 어떤 일이 떠오르는군. 그 이야기를 해주겠네. 내 기억 속에 끊임없이 되살아나는 일이야. 자, 들어 봐.」

*

우리 가족은 대대로 르아브르에 뿌리내리고 살아왔는데, 부자는 아니었어. 겨우 먹고사는 정도였지. 아버지는 사무실에서 밤늦게까지 일하다 돌아오곤 했지만 벌이는 시원찮았네. 내 위로 누나가 둘 있었어.

어머니는 쪼들리는 살림 때문에 많이 힘들어하셨지. 사는

1 5프랑 동전.

159

형편에 대한 불만은 종종 뾰족한 말이 되어 아버지에게로 날아가곤 했네. 에둘러 말해도 듣는 사람에게는 상처가 되는 비난들이었어. 그럴 때마다 가엾은 아버지가 취하는 동작 하나가 내 마음을 아프게 했네. 손바닥으로 이마를 쓸어내리는 동작이었는데, 있지도 않은 땀방울을 닦아 내려는 듯이 보였지. 한마디 대꾸 없이 그저 이마를 쓸어내릴 뿐이셨는데, 그럴 때면 아버지의 무력한 고통이 내게도 전해졌다네. 우리 가족은 어떤 일에서든 절약이 일상이었어. 저녁 식사에 초대를 받아도 사양하곤 했는데, 초대받아 간 다음에는 우리 역시 답례로 초대해야 했기 때문이지. 생필품은 할인해서 파는 것들로, 진열대에서 오래 묵어 손때가 탄 것들로 샀네. 누나들은 옷을 직접 만들어 입었고, 미터당 15상팀 하는 장식 줄 값을 깎으려고 한참이나 흥정을 벌이곤 했지. 평소 가족의 식탁에는 비계를 넣어 끓인 수프와 싼값에 살 수 있는 소고기가 올라왔네. 질기긴 하지만 어떤 소스와도 그럭저럭 어울리거든. 건강하고 기운을 북돋는 음식인 것 같긴 한데, 그래도 다른 것을 먹을 수 있었으면 좋았을 거야.

어쩌다 단추를 잃어버리거나 바지가 찢겨서 오는 날이면 나는 호된 꾸중을 듣고 세상에 둘도 없는 불효자식의 자괴감에 젖어야 했다네.

그래도 일요일이 되면 우리 가족은 한껏 차려입고 부둣가로 산책을 나서곤 했네. 아버지는 프록코트를 입고 큰 모자를 쓰고 장갑을 긴 채 어머니에게 팔을 내밀었고, 어머니 역시 잔뜩 멋을 부린 모습이 축제 날을 맞아 형형색색의 작은 깃발로 장식된 선박 같았지. 누나들은 제일 먼저 외출 채비를 마치고 출발 신호를 기다리고 있었네. 하지만 막상 출발하는 순간에는 매번 아버지의 프록코트에서 잊고 있던 얼룩 하나가 눈에 들어왔고, 서둘러 헝겊에 벤젠을 묻혀 얼룩을 지워야 했지.

프록코트를 벗어서 내민 아버지는 큰 모자를 그대로 머리 위에 올려놓은 채, 셔츠 바람으로 이 얼룩 제거 작업이 끝나기를 기다렸어. 그사이 어머니는 돋보기안경을 찾아 쓰고 서둘러 손을 놀리면서도 장갑을 벗어 놓는 일은 잊지 않았네. 장갑을 망치지 않도록 말이지.

우리는 산책에 나서서도 격식을 차렸지. 두 누나가 서로 팔짱을 끼고 앞장서서 걸었네. 누나들이 혼기에 이른 터라 부모님은 기회만 되면 이 도시 사람들에게 누나들의 모습을 내보이곤 하셨어. 나는 어머니의 왼쪽에 붙어 걸어갔네. 오른쪽은 아버지 자리였지. 그런 식으로 일요일 산책에 나설 때마다 가엾은 내 부모가 보여 주던 그 점잔 빼는 모습, 뻣뻣하게 굳은 표정과 근엄한 발걸음이 아직도 눈에 선해. 두 분은 등을 꼿꼿이 세우고 다리를 일직선으로 펴서 위엄 있게 앞으로 걸음을 옮겨 놓곤 했지. 극히 중요한 어떤 일의 성패가 그들의 자세에 달려 있기라도 한 듯 조금도 흐트러지지 않으려 애쓰는 모습이었다네.

그렇게 일요일마다 거닐던 부둣가에서 아버지는 우리가 모르는 먼 나라들로부터 돌아오는 대형 선박을 볼 때마다 늘 같은 말씀을 하셨어.

「하! 저 배 안에 쥘이 타고 있다면 얼마나 반가울까!」

아버지의 동생인 쥘 삼촌은 우리 가족의 유일한 희망이었는데, 그렇게 되기 전 한때는 집안의 애물단지였다는군. 나는 어릴 적부터 쥘 삼촌에 대해 듣고 자란 덕분에 혹시 만나게 되면 한눈에 알아볼 수 있을 것 같았다네. 그럴 정도로 쥘 삼촌이 익숙하게 여겨졌던 거지. 삼촌이 미국으로 떠나기 이전의 행적을 이야기할 때면 집안사람 누구나 쉬쉬하면서 목소리를 낮추곤 했지만, 나는 그 시절 삼촌의 삶에 대해 온갖 자잘한 일들까지 알고 있었거든.

과거에 삼촌은 행실에 문제가 있었던 것 같아. 돈을 얼마간 말아먹었다는데, 그런 일은 가난한 집안에서는 대역죄에 해당하거든. 부잣집에서야 가족 하나가 돈을 펑펑 쓰면서 기분을 내도 그저 저지레를 한 정도일 테지. 난봉꾼 났다고 웃으며 타박하는 것으로 끝날 거야. 가난한 집에서는 사정이 달라. 아들이 사고를 쳐서 부모가 돈을 긁어모아 메우는 일이 벌어지면 그 아들은 떡잎부터 글러 먹은 망나니, 비렁뱅이 싹수, 그야말로 망종이 되고 말거든!

같은 행동을 저질렀다 해도 그에 대한 대우는 이처럼 차별이 있기 마련이야. 하나의 행동이 얼마나 위험하고 중한지는 오로지 그 행동의 결과에 따라 결정되니까.

아버지가 기대하던 유산은 쥘 삼촌 탓에 결국 형편없이 쪼그라들고 말았어. 삼촌 자신의 몫이야 그 이전에 이미 한 푼 남김없이 바닥난 상태였지.

삼촌은 미국행 배에 몸을 실어야 했어. 당시에는 그런 사람이 많았다는데, 르아브르에서 뉴욕으로 가는 상선이었다 더군.

일단 미국으로 건너간 삼촌은 어떤 종류의 것인지는 모르겠지만 장사를 했고, 그래서 얼마간 돈을 벌었으니 자신이 아버지에게 끼친 손해를 메우고 싶다는 내용의 편지를 보내 왔어. 그 편지를 받고 가족은 무척 감동했지. 시쳇말로 〈개발에 편자〉처럼 아무짝에도 쓸모없던 쥘이 별안간 성실하고 정 많은 남자, 받은 걸 갚을 줄 아는 다브랑슈 집안의 피를 이어받은 사람, 진정한 다브랑슈가 되었으니까.

어떤 선장이 우리에게 알려 준 소식 하나는 그런 사실에 한술 더 떠서 삼촌이 대형 점포를 세내어 대규모 교역을 하고 있다는 것이었어.

2년 뒤에 두 번째 편지가 왔는데, 이런 내용이었지. 〈필리프 형, 내 걱정은 하지 말라고 이렇게 편지를 쓰는 거야. 나는 건강하게 잘 지내. 사업도 잘 돌아가고 있어. 내일 남아메리카로 긴 여행을 떠나. 몇 년간은 소식을 전할 수 없을지도 몰라. 내게서 편지가 없더라도 염려하지 마. 한밑천 단단히 잡은 다음에 르아브르로 돌아갈 생각이야. 그때까지 시간을 너무 오래 잡아먹지 말아야 할 텐데. 하여간 우리는 다 함께 행복하게 살 수 있을 거야……〉

이 편지는 가족의 복음서가 되었네. 걸핏하면 편지를 꺼내 읽어 보고, 또 주위 사람들에게 내보이곤 했지.

실제로 10년이 흐르도록 쥘 삼촌은 소식이 없었어. 하지만 흘러가는 그 시간과 함께 아버지의 희망은 커져만 갔지.

어머니 역시 틈만 나면 읊조리곤 했네.

「쥘 도련님이 돌아오면 우리도 형편이 좀 필 텐데. 그이는 바다에 빠뜨려 놓아도 살아날 줄 아는 사람이라니까!」

이렇게 해서 일요일이면 먼 수평선으로부터 하늘을 향해 구불구불한 연기를 뿜어 올리며 항구로 들어오는 거무죽죽한 대형 증기선을 볼 때마다 아버지는 영원히 변하지 않을 그 말을 되뇌었지.

「하! 저 배 안에 쥘이 타고 있다면 얼마나 반가울까!」

그러면서 이제 곧 쥘 삼촌이 손수건을 꺼내 흔들며 〈어이! 필리프 형〉이라고 외치는 모습이 보이기라도 할 듯한 표정이 되곤 했다네.

모두 삼촌이 돌아오리라는 걸 믿어 의심치 않았으므로 그의 귀향을 바탕으로 수많은 계획을 쌓아 올렸지. 삼촌이 싸들고 올 돈으로 앵구빌 인근의 작은 별장을 매입할 생각까지 했을걸. 어쩌면 아버지는 그 매입 건으로 벌써 흥정에 들어가 있었을지도 몰라.

큰누나는 당시 스물여덟 살이었네. 작은누나는 스물여섯이었고, 두 사람 모두 결혼을 하지 못한 상태였고, 이는 모두에게 큰 근심거리였지.

마침내 작은누나에게 구혼자가 나타났네. 월급쟁이에 재산이 많은 건 아니지만 웬만큼 살 정도는 되는 사람이었지. 그가 망설임을 접고 결혼을 결심한 데는 어느 날 저녁 그에게 보여 준 쥘 삼촌의 편지가 결정적인 역할을 했을 거라는 내 생각은 여전히 변함이 없네.

우리 가족은 서둘러 그를 맞아들였어. 결혼식을 올린 후 온 가족이 함께 제르제섬으로 짧은 여행을 다녀올 계획도 세 웠지.

제르제섬은 가난한 사람들에게는 그야말로 최고의 여행 지라네. 거리가 그리 멀지 않잖나. 여객선에 올라 바다만 건 너면 다른 나라 땅, 영국령인 그 섬에 가닿지. 그러니 프랑스 에 사는 누구든 두 시간만 배를 타고 가면 이웃나라 사람이 살아가는 모습을 볼 수 있고, 영국풍 별장으로 뒤덮인 그 섬 의 한심한 풍습을 가까이서 겪어 볼 수 있지. 말을 솔직하게 하는 사람들의 평을 빌리자면 그렇다는 이야기네.

제르제섬 여행은 가족의 최고 관심사가 됐네. 우리는 오로 지 여행을 떠날 날만을 기다리며 매 순간 그 섬을 꿈꾸었지.

마침내 출발하는 날이 되었지. 지금도 나는 그날이 바로 어제 일인 것만 같아. 여객선이 그랑빌 부두를 향해 증기를 뿜어내고 있었어. 아버지는 더운 김이 솟자 질겁을 하면서도 우리 짐 세 개가 빠짐없이 화물칸에 실리는지 지켜보셨지. 어머니는 불안한 표정으로 큰누나의 팔을 붙잡고 계셨는데, 아직 결혼 못 한 큰누나는 동생이 떠난 뒤 늘 넋이 나간 얼굴 이었어. 한배의 새끼 중에 혼자 남겨진 병아리를 떠올리게 했지. 신혼부부는 우리 뒤에 있었어. 그들이 계속해서 뒤로 처지는 바람에 나는 수시로 고개를 돌려 그들이 따라오는지 확인해야 했네.

뱃고동 소리가 울려 퍼졌지. 우리는 모두 승선해 있었네. 배는 부두를 떠나 바다로 나아갔어. 잔잔한 바다는 녹색 대리석 테이블 같았네. 우리는 해안선이 점점 멀리 달아나는 모습을 바라보았네. 여행을 떠나 볼 기회가 거의 없는 사람들이 그런 순간에 다들 그렇게 되듯이, 우리도 기쁨과 자랑스러움에 젖어 들었지.

아버지는 배를 내밀고 가슴을 젖힌 자세로, 그날 아침 얼룩진 곳을 찾아내 일일이 지운 프록코트의 벤젠 냄새를 주위에 퍼뜨리고 계셨어. 외출하는 날이면 반복되던, 그래서 일요일이 돌아왔다는 걸 알려 주던 그 냄새 말일세.

문득 아버지의 눈에 우아한 두 부인의 모습이 들어왔네. 마침 두 명의 신사가 그 부인들에게 굴을 권하고 있었네. 누더기를 걸친 나이 든 선원이 칼로 굴 껍데기를 열어 신사들에게 건네주면 신사들은 그걸 부인들에게 정중하게 내미는 거야. 부인들은 그 굴을 아주 세련된 방식으로 먹었는데, 굴껍데기를 고급 손수건으로 받친 다음 입을 앞으로 쑥 내밀고 먹더군. 옷을 더럽히지 않으려는 것이지. 그러고는 굴 껍데기 안의 물까지 재빨리 홀짝 들이마신 다음, 남은 껍질은 바다로 던져 넣는 거야.

아버지는 운항 중인 배 위에서 굴을 먹는 그 탁월한 방식이 무척 마음에 들었던 것 같아. 그런 게 고급스러운, 세련되고 우월한 행동이라고 생각해서 어머니와 누나들에게로 가서 물었네.

「굴 좀 사줄까?」

어머니는 선뜻 대답하지 못하셨어. 돈을 써야 하는 일이었으니까. 하지만 누나들은 곧바로 반색하며 나섰지. 어머니는 유감이 섞인 목소리로 말씀하셨어.

「난 속이 부대낄 것 같아서 내키지 않아요. 아이들에게만 사줘요. 너무 많이는 말고요. 혹시 배탈이 나면 안 되니까.」

그러고는 나를 돌아보며 덧붙이셨지.

「조제프에게는 사줄 필요 없어요. 사내아이들은 너무 업어 키우면 안 돼요.」

그래서 나는 이런 식의 차별은 부당하다고 생각하면서 어머니 곁에 남았네. 그래도 내 눈은 아버지를 쫓아갔지. 아버지는 보란 듯이 두 딸과 사위를 데리고 누더기를 걸친 그 나이 든 선원에게로 갔네.

두 부인은 마침 자리를 떠난 뒤였어. 아버지는 두 딸에게 굴 먹을 때 물을 흘리지 않는 방법을 일러 주셨지. 몸소 시범까지 보여 주고 싶으셨는지 굴 하나를 냉큼 받아 들었어. 그러고는 그 부인들이 했던 대로 따라 하다가 곧바로 굴 물을 프록코트 위로 훌떡 엎고 말았네. 옆에서 어머니가 중얼거리는 소리가 들렸어.

「가만히 있으면 중간이라도 갈 텐데.」

그런데 문득 아버지의 표정이 불안해 보였어. 몇 걸음 뒤로 물러서더니 굴 까는 선원 주위에 모여 선 자신의 가족을 뚫어지게 바라보셨지. 그러고는 몸을 휙 돌려 어머니와 내가 있는 쪽으로 오셨네. 아버지의 얼굴이 거의 백지장 같더군. 눈빛도 이상했어. 아버지가 목소리를 낮춰 어머니에게 말했네.

「이상해. 굴을 까는 저 남자가 쥘을 닮았어.」

어머니는 어이없다는 기색으로 되물으셨지.

「쥘이라니 누구?」

「누구긴…… 내 동생 쥘을 말하는 거지…… 그 아이가 미국에서 번듯하게 살고 있지만 않았어도 저 남자가 내 동생인 줄 알았을 거야.」

어머니가 당황해서 말을 우물거리셨어.

「당신 미쳤나 봐! 쥘 도련님이 아니라는 걸 잘 알면서, 대체 왜 그런 멍청한 말을 하는 거예요?」

「가서 좀 보고 와요, 클라리스. 당신 눈으로 직접 확인하는 게 좋겠어.」

어머니가 몸을 일으켜 딸들이 있는 곳으로 갔네. 나도 그 남자를 바라보았어. 늙고, 더럽고, 온통 주름투성이였네. 눈길 한 번 드는 법 없이 그저 묵묵히 굴만 까더군.

어머니가 자리로 돌아오셨어. 몸을 떨고 계시는 게 눈에 보였네. 그러고는 말투가 아주 빨라지셨지.

「그이 맞는 것 같아. 선장한테 가서 좀 알아봐요. 제발 어설프게 굴지는 말고. 저 골칫덩어리를 우리가 떠맡을 수는 없는 노릇이잖아, 지금 와서!」

아버지가 자리를 떠났네. 나도 따라갔어. 가슴이 심상찮게 두근거렸거든.

선장은 키가 크고 마른 몸집에 구레나룻을 길게 기른 사람이었는데, 선교 위를 거들먹거리며 거니는 품이 마치 인도행 정기 여객선을 지휘하는 것 같더군.

아버지가 선장에게 다가가 지극히 정중하게 인사를 건네고는 그가 하는 일에 대해 찬사를 곁들여 가며 이런저런 질문을 던졌지.

「제르제섬은 규모가 어느 정도인요? 주로 무엇을 생산하고 있나요? 인구는요? 어떤 풍속이 있습니까? 특별히 지키는 관습들은 뭔가요? 토양은? 그리고 또…….」기타 등등.

옆에서 누가 들었다면 아버지의 궁금증을 폭발시킨 섬이 최소한 미국 정도의 규모는 되는 줄 알았을걸.

이어서 질문의 주제가 우리가 몸을 실은 여객선 렉스프레스호로 옮겨 갔고, 그런 다음 그 배의 선원들에 대해 물어볼 차례가 되었네. 마침내 아버지가 그 질문을 꺼내시더군. 불안하셨는지 꽉 잠긴 목소리였어.

「나이 든 선원 한 사람이 굴을 까주고 있던데, 궁금증이 일더군요. 그 사람에 대해 좀 아십니까?」

아버지와의 대화에 말려들었다가 결국은 짜증이 나 있던 선장이 퉁명스럽게 대답했네.

「프랑스 출신의 늙은 떠돌이예요. 지난해에 미국에서 봤고, 제가 배에 태워 데려왔지요. 르아브르에 본가가 있나 본데, 가족들한테는 돌아갈 마음이 없다더군요. 가족한테 빚진 게 있어서 그렇답디다. 이름이 쥘인데…… 쥘 다르망슈라던가 다르방슈라던가, 하여간 그런 이름일 겁니다. 미국에서는 한때 돈을 꽤 벌었던 적도 있는 것 같은데, 지금은 보시다시피 행색이 말이 아니죠.」

아버지는 얼굴이 납빛이 된 채 대답이랍시고 겨우 몇 마디를 쥐어짜 낼 수 있었네. 목이 졸린 것 같은 소리였어. 두 눈은 횅하고 넋이 달아난 듯했네.

「아! 아! 그렇군요…… 그렇겠죠…… 그렇고 그런 이야기
네요…… 그럼 감사합니다, 선장님.」

그러고는 아버지가 자리를 떠났네. 선장은 아버지가 멀어
져 가는 모습을 어이가 없다는 듯 바라보았지.

아버지는 어머니가 앉아 계신 곳으로 돌아오셨어. 한눈에
알아볼 만큼 얼빠진 표정인 터라 어머니가 말씀하셨지.

「자리에 앉아요. 이러다 아이들이 눈치채겠어요.」

아버지는 무너지듯 의자에 주저앉으며 더듬더듬 털어놓
으셨네.

「그 아이야, 그 아이가 맞아!」

그러고는 물으셨지.

「이제 우린 어떻게 해야 하지?」

어머니가 부리나케 대답하셨네.

「아이들을 떼어 놓아야죠. 일이 돌아가는 모습을 조제프
가 다 지켜봤으니, 조제프를 시켜 아이들을 데려오게 해요.
누구보다도 사위가 알지 못하게 막아야 한다고요.」

아버지는 충격을 이기지 못하시는 것 같았어. 혼잣말처럼
중얼거리시더군.

「이런 날벼락이 있나!」

어머니가 별안간 버럭 화를 내며 덧붙이셨지.

「어쩐지 계속 의심이 들더라니. 그 도둑놈이 뭔 일을 할 리
있겠나 했어. 저러다 또다시 우리를 등쳐 먹겠구나 싶더라니
까! 다브랑슈 집안에 뭘 기대했던 게 잘못이야!」

그러자 아버지는 아내가 비난을 쏟아 놓을 때면 늘 그래

170

왔듯 손바닥으로 이마를 쓸어내렸어.

어머니가 말씀을 이어 나가셨네.

「조제프에게 돈을 줘서 굴 값을 치르고 오라고 해요. 지금 그러라고요. 이 지경에서 한술 더 뜨느라 저 비렁뱅이까지 우리를 알아보면 참 가관이겠네. 이 배 위에서 우리 신수가 아주 활짝 펼 참이라니까. 어서 저쪽 끝으로 자리를 옮깁시다. 행여 저 인간이 가까이 오게 되면 낭패잖아!」

어머니가 벌떡 몸을 일으키셨어. 두 분은 내게 1백 수짜리 주화를 하나 쥐여 주고 저쪽으로 멀어져 갔네.

누나들이 아버지를 기다리고 있었네. 예기치 않은 상황에 어리둥절한 얼굴들이었지. 나는 어머니가 뱃멀미가 나서 몸이 좀 불편하다고 말하고 나서, 굴 까는 선원에게 물었네.

「얼마예요, 아저씨?」

나는 아저씨라는 모호한 호칭 대신 삼촌이라고 부르고 싶었지.

「2프랑 50상팀이오.」

1백 수를 건네자 그가 잔돈을 거슬러 다시 내게 내밀었네.

그의 손이 눈에 들어왔어. 쭈글쭈글하게 주름 잡힌 뱃사람의 가엾은 손이었어. 눈을 들어 그의 얼굴을 바라보았지. 늙고 불행한, 슬픔과 고통에 부대낀 얼굴이 거기 있었어. 나는 속으로 중얼거렸네.

〈이 사람이 삼촌이야. 아버지의 동생, 나의 삼촌!〉

나는 그에게 팁으로 10수를 주었어. 고마워하더군.

「복 받으시오, 어린 신사분!」

적선받을 때의 거지 말투와 똑같았네. 그가 미국에서도 구걸하며 살았을 거라는 생각이 들더군.

누나들이 나를 쳐다보고 있었어. 내가 팁을 뭉텅 내미는 걸 보고 질겁했던 거지.

남은 2프랑을 아버지에게 돌려드리자, 어머니가 놀라서 물었어.

「그게 3프랑어치였다고? 세상에.」

「10수는 팁으로 줬어요.」

어머니는 펄쩍 뛰며 야단칠 때의 눈으로 나를 바라보셨지.

「미쳤구나! 저런 인간, 저 비렁뱅이에게 10수를 주다니!」

어머니는 말을 뚝 멈추셨지. 아버지가 눈짓으로 사위 쪽을 힐끔 가리켜 보이셨거든.

그러고는 모두 입을 다물었네.

우리 앞에 펼쳐진 수평선에 자주색 그림자 하나가 바다로부터 솟구쳐 오른 것 같았네. 제르제섬이었지.

배가 부두로 다가갔을 때, 다시 한번 쥘 삼촌을 보고 싶다는 강렬한 바람이 속에서 솟구쳤네. 삼촌에게 다가가서 뭔가 다정한 위로의 말을 건네고 싶었지.

하지만 굴을 먹으려는 사람이 더는 나서지 않았던 탓에 그는 이미 자리를 접고 떠난 뒤였네. 악취 나는 배 밑바닥 화물창으로 내려갔을 테지. 그 가엾은 이는 그곳에서 숙식을 해설하고 있었을 테니까.

돌아올 때 우리는 생말로행 배를 탔네. 그와 다시 맞닥뜨리게 되는 상황을 피하기 위해서였지. 어머니는 불안감으로 줄곧 안절부절못하고 계셨어.

　내 아버지의 동생인 그를 다시는 볼 수 없었지!

　내가 떠돌이들에게 1백 수를 주는 모습이 이따금 자네 눈
에 띄는 건 바로 그런 사연이 있어서야.

손

예심 판사[1] 베르뮈티에 씨가 주위에 둘러앉은 사람들을 향해 생클루에서 벌어진 그 수수께끼 같은 사건의 수사 결과를 발표하고 있었다. 발생한 지 한 달째인 그 불가해한 사건은 줄곧 파리를 불안 속으로 밀어 넣었다. 누구도 도무지 이해할 수 없는 사건이었다.

베르뮈티에 씨는 벽난로를 등지고 서서 자신이 모은 증거들을 늘어놓고 몇 가지 견해를 제시했지만, 그러면서도 결론을 내리지는 못했다.

몇몇 여자는 자기 자리에서 벗어나 앞쪽 아주 가까운 데로 나와서 예심 판사의 입을 뚫어지게 쳐다보았다. 말끔히 면도한 이 사법관의 입에서 심각한 말들이 흘러나왔다. 여자들은 호기심 어린 두려움으로 바짝 긴장해서 공포에 대한 탐욕스럽고도 만족을 모르는 욕구, 영혼에 달라붙어 굶주림처럼 고문해 대는 그 욕구에 사로잡혀 바들바들 떨면서 몸서리를 쳤다.

1 경찰을 지휘해 사건을 수사하며 구속 영장을 발부하고 기소하는 판사.

예심 판사가 잠시 말을 멈춘 사이 그들 가운데 안색이 유난히 창백한 한 여자가 불쑥 말했다.

「끔찍해라. 이건 초자연적인 사건이에요. 진상을 밝히기란 불가능해요.」

예심 판사가 여자들 쪽을 돌아보았다.

「네, 부인. 진상을 밝히지 못할 수도 있죠. 하지만 방금 〈초자연적〉이라는 표현을 사용하셨는데, 이번 사건은 그런 종류의 것과는 아무 상관이 없습니다. 우리 앞에 있는 이 사건은 아주 치밀하게 계획되어 실행에 옮겨진 범죄일 뿐입니다. 수수께끼를 무척 능란한 솜씨로 덧씌워 놓은 탓에 우리가 사건의 정황을 파악하기 힘들고, 그렇다 보니 진상을 밝히는 데 어려움을 겪는 거죠. 반면 제가 예전에 수사한 어떤 사건이 있는데, 그 사건에는 정말이지 불가해한 뭔가가 있는 것 같았어요. 그걸 밝혀낼 도리가 없어서 수사를 포기할 수밖에 없었죠.」

사법관이 말을 마치자마자 여러 여자가 동시에 입을 여는 바람에, 마치 한 여자의 목소리로 외치는 것 같았다.

「오! 그 이야기를 해주세요.」

베르뮈티에 씨는 예심 판사라면 그런 식으로 웃어야 한다는 듯 엄숙하게 웃어 보이며 말을 이었다.

「그렇다 해도 제가 그 사건에서 한순간이라도 뭔가 인간의 영역 밖의 것을 상정했으리라고는 생각하지 마십시오. 제가 신뢰하는 것은 이성으로 설명이 가능한 정상적인 동기들뿐이니까요. 그래도 우리 인간이 이해할 수 없는 것이 있는 만큼 그런 것을 표현할 때는 이 〈초자연〉이라는 단어 대신에 그저 〈설명할 수 없다〉라고 하는 편이 좋을 것 같습니다. 어쨌거나 지금 이야기하려는 사건에서 저를 동요하게 했던 것은 무엇보다 사건을 둘러싼 정황, 그 사건이 일어나기까지의 사정입니다. 자, 말씀드리겠습니다.」

*

당시 저는 아작시오[2]에서 예심 판사로 근무했습니다. 아름다운 만(灣)에 면한 흰색의 소도시로, 높은 산봉우리가 사방을 둘러싸고 있었죠.

그곳에서 제가 주로 수사한 사건은 벤데타[3]들이었습니다. 그 지방에는 장엄하고, 무척이나 비극적이며, 잔혹하고 영웅적인 벤데타들이 있어요. 우리가 상상할 수 있는 가장 아름다운 복수, 잠시 누그러뜨릴 수는 있어도 결코 지울 수는 없는 해묵은 증오, 가증스러운 계략을, 살인이 일어났다 하면 대량 살육이 되고 거의 영웅적인 행동이 되는 경우를 그곳에서 볼 수 있지요. 그곳에서 근무한 2년 동안 제가 들은 것은 유혈이 낭자한 복수전, 모욕을 당하면 모욕을 준 당사자에게뿐 아니라 그 후손과 친족에게까지 복수해야 한다는 코르시카 사람들의 무서운 고정 관념을 보여 주는 이야기뿐이었어요. 노인들, 아이들, 사촌들이 복수에 희생되는 것을 보았고,

2 코르시카섬 남부의 도시.
3 코르시카, 시칠리아 등에서 집단 간에 지속되는 불화와 유혈 보복.

머릿속이 그런 이야기들로 점령당했죠.

그러던 어느 날, 한 영국인이 몇 해 머무를 예정으로 만이 깊숙이 들어간 위치에 자리 잡은 작은 별장 한 채를 세냈다는 사실을 알게 되었어요. 그 영국인은 프랑스인 하인 한 명을 데리고 왔는데, 이곳으로 오는 중에 마르세유에서 만나 고용했다고 하더군요.

얼마 지나지 않아 모두 그 특이한 인물에게 관심을 갖게 되었죠. 별장에서 그 남자는 혼자 지냈고, 사냥을 하거나 낚시를 할 때만 밖으로 나왔어요. 누군가에게 말을 거는 일도 없었고 시내에 나타나는 적도 없었는데, 다만 매일 아침 한두 시간 권총과 소총으로 사격 연습을 했죠.

그를 둘러싸고 몇 가지 소문이 돌았어요. 자기 나라에서 고위층이었는데 정치적인 이유로 도망쳤다는 말이 들렸죠. 이어서 끔찍한 범죄를 저지르고 달아나 몸을 숨기며 지내는 거라는 소리가 돌더군요. 사람들은 그런 소문을 입에 올리면서 상식 밖일 만큼 끔찍한 상황들까지 묘사했지요.

저는 범죄 사건을 조사하는 예심 판사로서 그 남자에 대해 얼마간 정보를 얻고자 했지만, 그가 자신을 존 로웰 경이라는 이름으로 소개했다는 사실 말고는 아무것도 알아낼 수 없었지요.

저는 그 남자를 가까이에서 감시하는 것으로 만족했어요. 사실 그에 대해 들어오는 보고들 가운데 수상쩍은 것은 전혀 없었죠.

그렇기는 해도 그에 대한 소문이 계속 돌고, 또 그런 말들이 점점 부풀어 올라 실제 사실처럼 되어 가는 바람에 저는 직접 그 이방인을 만나 보기로 마음먹었습니다. 그래서 사냥을 구실로 정기적으로 그의 별장 부근으로 가서 어슬렁거리기 시작했죠.

기회가 오기까지 꽤 오래 기다려야 했습니다. 마침내 자고새 한 마리 덕분에 그 기회를 얻었지요. 그 영국인의 코앞에서 자고새를 명중시켜 잡은 뒤, 내 개가 그 새를 물고 오자마자 냉큼 그걸 들고 그에게로 달려갔어요. 그러고는 존 로웰 경에게 내 무례함에 대해 사과하고 죽은 새를 받아 달라고 간청했습니다.

그는 머리카락과 턱수염이 붉은 덩치 좋은 남자로, 키가 크고 어깨도 떡 벌어진 모습이 온화하고 예의 바른 헤라클레스 같은 인상이었죠. 소위 말하는 영국인의 뻣뻣함이 그에게는 전혀 없었어요. 남자는 영국 억양이 섞인 프랑스어로 나의 배려에 열렬히 감사를 표하더군요. 그로부터 한 달 뒤에 우리는 이미 대여섯 번 이야기를 나눈 사이가 되어 있었습니다.

마침내 어느 날 저녁, 그의 별장 앞을 지나가다가 정원 의자에 앉아 파이프 담배를 피우는 그를 보았죠. 인사를 건넸더니 들어와서 맥주 한잔하자고 청하더군요. 말이 떨어지자마자 냉큼 응했죠.

그는 영국식의 세심한 예절을 갖춰 저를 맞아들여서는 프랑스에 대한, 코르시카에 대한 찬사를 늘어놓은 뒤 자신은 〈이런〉 고장, 〈이런〉 해안이 아주 마음에 든다고 했습니다.

그래서 저는 아주 조심스럽게, 그러면서 아주 궁금하다는 듯이 몇 가지 물어보았습니다. 지금까지 살아온 이야기며 앞으로의 계획을 슬쩍 건드려 본 것이었는데도 그는 난처한 기색 없이 술술 대답해 주더군요. 자신은 많은 곳을 여행했으며 아프리카, 인도, 아메리카를 다 돌아다녀 보았다고. 그러고는 웃으면서 덧붙였습니다.

「아주 많은 일을 겪었죠, 오! 그럼요.」

이어서 제가 사냥 이야기를 꺼내자 그는 하마, 호랑이, 코끼리, 심지어 고릴라 사냥에 이르기까지 아주 흥미로운 이야기들을 해주었어요.

제가 말했죠.

「모두가 무서운 짐승들이군요.」

그가 빙그레 웃더군요.

「오! 아뇨, 제일 흉악한 건 인간입니다.」

그는 껄껄 웃기 시작했어요. 뚱뚱한 영국인이 기분 좋게 터뜨리는 호탕한 웃음이었죠.

「저는 인간 사냥도 많이 해봤거든요.」

그러고 나서 그는 사냥 무기 이야기를 늘어놓더니, 작동 원리가 다양한 총기를 구경시켜 주겠다며 저에게 집 안으로 들어가자고 했어요.

그의 거실에는 검은 커튼이 드리워져 있었습니다. 금실로 수놓은 검은 비단 커튼이었어요. 큼직한 황금색 꽃들이 그 검은 비단 위에 펼쳐져 불꽃처럼 빛을 뿜어내고 있었죠.

그가 말해 주더군요.

「일본산 직물이죠.」

그런데 널찍한 널판 벽 한가운데서 뭔가 기이한 것이 제 눈길을 끌어당겼습니다. 붉은 벨벳을 씌운 네모난 판 위로 검은 물체 하나가 두드러져 보였거든요. 그 물체 가까이로 다가가 보았습니다. 손이었습니다. 사람의 손. 깔끔하게 육탈시켜 놓은 흰 손뼈가 아니라, 누런 손톱과 근육의 생살, 핏자국을 그대로 바짝 말린 검은 손이었어요. 오래되어 때처럼 보이는 그 핏자국은 잘린 뼈 위로 점점이 흩뿌려져 있었는데, 팔뚝 중간쯤을 도끼 같은 것으로 내리쳐 단숨에 잘라 낸 것 같더군요.

손목 둘레에 리벳과 용접으로 단단히 채워 놓은 아주 굵은 쇠사슬이 그 더러운 손을 벽에 박은 고리에 붙들어 매어 놓고 있었어요. 코끼리도 묶어 놓을 만큼 튼튼한 고리였죠.

제가 물었지요.

「이게 뭐죠?」

그 영국인이 느긋하게 대답했어요.

「가장 훌륭한 적수였죠. 미국 출신이었어요. 검이 그자의 몸통을 가르고 예리한 돌날이 피부를 벗겨 냈습니다. 그 상태로 마를 때까지 여드레 동안 볕에 널려 있었어요. 아, 저에겐 참으로 좋은 적수였는데, 이 친구.」

어느 거한의 것이었을 게 분명한 그 인체 파편을 만져 보았습니다. 괴상할 정도로 길이가 긴 손가락들이 아주 굵직한 힘줄에 엮여 제자리에 붙잡혀 있고, 군데군데 가느다란 가죽끈처럼 남은 피부가 그걸 지탱해 주고 있더군요. 그런 식으로 피부를 벗겨 낸 그 손은 보기에도 끔찍했어요. 어느 잔인한 복수가 저절로 머릿속에 떠오르더군요.

제가 말했죠.

「이 사람은 힘이 아주 셌을 것 같군요.」

영국인이 온화한 목소리로 대답하더군요.

「아, 그랬죠. 하지만 제가 더 강했습니다. 이렇게 쇠사슬을 채워 묶어 놓았잖아요.」

저는 그가 농담을 하고 있다고 생각했어요.

「쇠사슬은 이제 없어도 되겠는데요. 손이 달아날 리 없을 테니.」

존 로웰 경의 목소리가 낮게 가라앉았습니다.

「이 손은 늘 달아나려고 했어요. 쇠사슬이 꼭 있어야 했죠.」

저는 곁눈으로 힐끗 그의 얼굴을 살피며 생각했습니다.

〈이 남자는 미치광이일까, 아니면 고약한 농담을 즐기는 걸까?〉

하지만 그의 얼굴은 여전히 속을 헤아릴 수 없는 것만 빼면 느긋하고 친절했습니다. 저는 말을 돌려 다른 화제를 꺼냈고, 이어서 총들을 구경하며 감탄을 늘어놓았습니다.

그렇지만 저는 가구 위에 놓인 권총 세 벌이 장전된 상태라는 사실을 알아차렸죠. 혹시 이 남자가 누군가로부터 공격당할지도 모른다는 끊임없는 두려움에 사로잡혀 있는 게 아닐까 하는 의심이 들 정도였습니다.

그 후에도 여러 번 그의 집을 방문했어요. 그러다가 더는 가지 않게 되었습니다. 나를 포함해 사람들은 그의 존재에 익숙해졌고, 그렇다 보니 다들 그에게 무관심해진 거죠.

그렇게 꼬박 1년이 흘러갔습니다. 11월 말경의 어느 날 아침, 하인이 저를 깨우더니 존 로웰 경이 지난밤에 살해되었다는 사실을 알렸어요.

30분 뒤, 저는 경찰서장과 헌병 대위를 대동하고 그 영국인의 집으로 갔죠. 절망한 하인이 얼이 나간 채 문 앞에서 울고 있더군요. 저는 처음에 그 남자를 의심했지만, 그는 결백했습니다.

범인의 종적을 도무지 찾을 수 없었어요.

존 경의 거실로 들어서자, 방 한가운데 누운 시신을 첫눈에 알아볼 수 있었습니다. 바닥에 등을 대고 누운 자세였죠.

조끼가 찢겨 있고 한쪽 소매가 뜯겨 너덜너덜해진 모습으로 봐서 끔찍한 격투가 벌어졌던 게 분명했어요.

그 영국인의 사인은 교살이었습니다! 검게 부풀어 오른 무시무시한 얼굴이 어떤 격렬한 공포를 말해 주는 것 같더군요. 뭔가를 입 속에 품고 있는 듯 이를 악다물고 있었어요. 목에는 쇠침으로 뚫은 것 같은 구멍이 다섯 개 나 있었고, 그로 인해 피투성이가 되어 있었죠.

의사 한 사람이 달려왔습니다. 시신의 살갗에 난 손가락 자국들을 오랫동안 살펴보더니 묘한 말을 했어요.

「마치 해골이 와서 목을 조른 것 같구먼.」

순간 등골이 오싹해져서 벽을, 피부를 벗긴 끔찍한 손이 걸려 있던 그 자리를 쳐다보았죠. 손은 거기 없었습니다. 부서진 쇠사슬만 고리에 걸려 있더군요.

다시 몸을 굽혀 시신을 들여다보았습니다. 악다문 입속에서 찾아낸 것은 사라진 손의 손가락이었어요. 손가락 하나를 딱 두 번째 마디에서 이로 잘라 낸, 혹은 썰어 낸 조각이었죠.

사건 현장 조사에 들어갔습니다. 단서가 될 만한 것은 전혀 없었어요. 문은 강제로 연 흔적 없이 멀쩡했고, 창문도 마찬가지였습니다. 가구들을 샅샅이 살펴봐도 실마리는 보이지 않았죠. 집을 지키는 개 두 마리도 그날 밤에는 깬 적이 없다고 하더군요.

하인이 증언한 내용을 간추리면 다음과 같았습니다.

〈한 달 전부터 주인은 불안해 보였다. 편지가 많이 왔고, 그것들을 받는 족족 불태웠다.

광기와도 같은 어떤 분노에 사로잡혀 승마용 채찍을 집어 들고 그 말라붙은 손을 사정없이 내려치는 일도 자주 있었다. 벽에 붙들어 매놓았던 그 손은 어찌 된 영문인지는 모르겠지만, 살인이 일어난 그 시각에 누군가 훔쳐 가버렸다.

하여간 주인은 아주 늦게야 잠자리에 들었고, 침실 문을 몇 겹으로 잠그곤 했다. 무기를 늘 손 닿는 곳에 놓아두었다. 밤중에는 누군가와 다투기라도 하듯 언성을 높여 떠드는 일이 잦았다.〉

하인의 말에 따르면, 사건이 일어난 날 밤에는 우연인지 주인이 아무 소리도 내지 않았답니다. 존 경이 살해당했다는 사실은 창문을 열려고 들어와서야 알게 된 거죠. 누구의 소행인지 의심이 가는 사람도 없다더군요.

저는 죽은 사람에 대해 제가 아는 바를 관리들과 경찰 간부들에게 이야기했습니다. 코르시카섬 전역에 걸쳐 탐문 수사가 벌어졌죠. 하지만 아무 단서도 찾아내지 못했어요.

그런데 범행이 일어나고 석 달이 지난 어느 날 밤, 저는 무서운 악몽을 꾸었습니다. 꿈속에서 그 손을 본 것 같았어요. 그 흉측한 손이 흡사 전갈이나 거미처럼 커튼과 벽을 따라 기어다니고 있었죠. 저는 세 번 잠을 깼다가 세 번 다시 잠들었는데, 세 번 모두 꿈속에서 그 손을 보았어요. 그 끔찍한 신체 조각이 손가락들을 다리처럼 움직여 주위를 빠르게 돌며 내 방을 기웃거리더군요.

다음 날, 사람들이 그 손을 묘지에서 발견했다면서 저에게 가져왔습니다. 가족을 찾을 수 없어서 존 로웰 경을 그 마을 묘지에 매장했는데, 손이 그의 무덤 위에 놓여 있었다더군요. 손은 검지가 없었습니다.

자, 여러분, 제 이야기는 여기까지입니다. 그 이상은 저도 모릅니다.

*

여자들은 얼이 나간 듯 창백해져서 몸을 떨었다. 한 여자가 외쳤다.

「하지만 지금 이야기하신 그 사건은 결말도 없고, 전혀 설명도 되지 않는걸요! 실제로 무슨 일이 있었던 건지 생각하시는 바를 이야기해 주시지 않는다면 오늘 밤 우린 잠은 다 잤답니다.」

예심 판사는 빙긋 웃으면서도 엄격한 태도를 잃지 않았다.

「오! 여러분, 제가 아무래도 여러분의 밤잠을 망치겠군요. 저는 그 사건을 아주 단순하게 봅니다. 그 손의 적법한 소유자가 사실은 살아 있었고, 잘려 나간 손을 찾으러 왔고, 그에게는 한 손이 남아 있었다고 말입니다. 하지만 예컨대 범행 방식을 물으신다면 저로서는 알 수 없습니다. 그 사건은 일종의 벤데타라고 해야겠죠.」

한 여자가 중얼거렸다.

「아뇨, 그건 아닐 거예요.」

그러자 예심 판사는 여전히 웃음기를 잃지 않으면서 말을 끝냈다.

「제 설명이 여러분의 성에 차지 않을 거라고 이미 말씀드렸잖습니까.」

노인

　미지근한 가을 햇살이 도랑가의 키 큰 너도밤나무들을 넘어 농가 안마당을 비추었다. 암소들이 뜯어 먹은 풀밭의 흙은 얼마 전에 내린 빗물을 머금어 축축했고, 발을 디디면 푹 빠져들며 철벅철벅 소리가 났다. 열매를 잔뜩 인 사과나무들이 그 연초록 열매들을 진초록 풀밭 위에 흩뿌려 놓았다.

　암송아지 네 마리가 줄에 묶인 채 풀을 뜯다가 이따금 집 쪽을 향해 음매 하고 울었다. 축사 앞에서는 가금들이 부지런히 움직이며 잿빛 두엄 더미 위에 울긋불긋 깃털 색을 입히고 있었다. 암탉들이 땅바닥을 긁고 꼬꼬댁거리며 이리저리 돌아다니는 동안, 수탉 두 마리는 끊임없이 꼬끼오 노래를 부르면서 암탉들에게 줄 지렁이를 찾다가 뜻을 이루면 우렁차게 꾹꾹거리며 암탉들을 불렀다.

　나무 울타리가 열리더니 한 남자가 들어왔다. 나이는 마흔 살가량 된 듯했지만, 주름진 얼굴에 몸도 구부정한 데다 느릿느릿 멀찍이 떼어 놓는 걸음이 밀짚을 가득 채운 묵직한 나막신의 무게 탓에 둔해져서 겉으로 보기에는 예순 살쯤 되어 보였다. 지나치게 긴 두 팔이 몸 양쪽에서 흔들렸다. 그가 농가로 다가오자 큰 배나무 밑동에 줄로 매인 노란 발바리 한 마리가 개집 삼아 뉘어 놓은 작은 통 옆에서 반갑게 꼬리를 흔들어 대더니, 기쁨을 주체하지 못하고 낑낑거리기 시작했다. 남자가 외쳤다.

「앉아, 피노!」

개가 소리를 멈췄다.

농부 아낙이 집에서 나왔다. 허리를 졸라맨 모직 웃옷 아래로 앙상하면서도 널따랗고 납작한 몸이 드러나 보였다. 너무나 짤막한 잿빛 치맛자락이 목이 긴 파란 양말에 감싸인 정강이 중간쯤에서 달랑거렸다. 아낙 역시 짚을 채운 나막신을 신었다. 누르스름하게 바랜 흰색 두건이 머리통에 착 달라붙어 있는 약간의 머리카락을 감싸 덮었고, 거무튀튀한 얼굴은 야위고 못생긴 데다 이가 빠진 자리가 듬성듬성 보이는 탓에, 농부들의 얼굴에서 흔히 보이는 그 거칠고 투박한 인상을 고스란히 드러내고 있었다.

남자가 물었다.

「좀 어때?」

여자가 대답했다.

「신부님이 그러시는데 이제 끝이라네. 오늘 밤을 넘기지 못할 거래.」

그들은 집 안으로 함께 들어갔다.

부엌을 지나 두 사람은 방으로 갔다. 천장이 낮고 어두컴컴한, 노르망디 옥양목 천을 커튼 삼아 드리워 놓은 유리창 하나로 빛이 겨우 새어 들어오는 방이었다. 세월의 때가 내려 앉고 거무스름하게 연기에 그을린 천장의 굵직한 들보가 방을 이쪽에서 저쪽으로 가로지르며 다락의 얇은 나무 바닥을 떠받치고 있었고, 그 다락에서 쥐들이 밤낮으로 돌아다녔다.

고르지 못한 흙바닥은 축축하게 물기를 머금어 기름져 보였다. 방 안쪽 구석에 놓인 침대가 그 기름진 바닥 위로 희끄무레한 얼룩을 만들었다. 규칙적이고 거친 어떤 소음, 힘겹게 들이마셨다가 헐떡거리며 내쉬는 소리가 망가진 펌프에서 물이 꾸르륵거리는 듯한 소리와 함께 어둠에 잠긴 침대에서 흘러나왔다. 그 침대에서 한 노인, 아낙의 아버지가 마지막 숨을 몰아쉬는 중이었다.

농부와 아낙은 침대로 다가가서 빈사 상태의 그 노인을 체념한 눈으로 담담하게 쳐다보았다.

사위가 말했다.

「이번에는 끝나겠네. 밤까지 가지도 않겠는데.」

아낙이 말을 받았다.

「점심때부터 이런 소리를 내시네.」

그리고 두 사람은 입을 다물었다. 노인은 눈을 감고 있었다. 얼굴은 흙빛이었고, 살갗이 파삭하게 메말라 나무껍질처럼 보였다. 조금 벌어진 입에서 거칠고 물기 많은 숨소리가 새어 나왔다. 숨을 들이마시고 내쉴 때마다 회색 이불이 가슴께에서 오르락내리락했다.

한참 말이 없던 사위가 입을 열었다.

「이제 보내 드리고 끝내야지. 내가 할 수 있는 일은 없어. 그렇지만 강낭콩을 생각하면, 왜 하필 이때인가 싶네. 마침 날씨가 좋은 참이니 내일은 놓치지 않고 모종을 내야 하는데.」

이 말을 들은 그의 아내가 걱정스러운 표정을 지었다. 아낙은 잠시 생각해 보더니 말했다.

「돌아가셔도 어차피 토요일 이전에 장례를 치르지는 않을 테니까, 당신은 내일 강낭콩 모종을 내면 되겠네.」

농부가 생각하더니 대답했다.

「그래야지. 그래도 매장을 하자면 내일은 부고를 돌려야 해. 투르빌에서 마느토까지 한 바퀴 돌면서 집집이 알려야 할 텐데, 내가 낼 수 있는 짬은 대여섯 시간이 고작이야.」

아낙은 짤막한 궁리 끝에 묘안을 냈다.

「고작 3시도 안 됐어. 그러니 오늘부터 부고를 돌리기 시작해서 투르빌 쪽을 다 돌면 되지. 돌아가셨다고 말해도 되잖아. 어차피 오후가 넘어가면 끝나 있을 텐데.」

농부가 난감해하면서, 아내가 궁리해 낸 대로 할 경우의 결과와 이점을 잠시 따져 보고는 마침내 말했다.

「하여간 가볼게.」

그는 문을 나서려고 하다가 다시 몸을 돌리더니 몇 마디 덧붙였다.

「당신은 지금 손이 비었으니까 사과를 따. 그걸 졸여서 두용[1]을 네 다스 만들어 놔. 그걸로 장례에 오는 사람들을 대접하게. 모여서 배를 채울 거리가 있어야 할 테니. 화덕에 불을 피울 때는 압착기 창고 아래에 있는 나뭇단을 갖다 써. 나뭇

1 사과를 졸여 밀가루 반죽으로 싸서 구운 노르망디의 애플파이.

단이 잘 말랐어.」

그는 방을 나가 부엌으로 가서 찬장을 열고 6파운드짜리
빵 덩어리를 꺼내 공들여 한 조각 잘라 낸 다음, 테이블 위에
떨어진 빵 부스러기를 손바닥에 쓸어 모아 한 점도 버리는
법 없이 전부 입 안에 털어 넣었다. 그러고는 갈색 옹기 바닥
에서 소금 섞인 버터를 칼끝으로 조금 떠내 빵에 펴 바른 뒤
매사에 그러듯 천천히 먹었다.

그런 다음 다시 마당을 가로질렀고, 또다시 낑낑거리는
개를 달래 준 후 길로 나섰다. 길은 도랑을 따라 길게 이어지
고 있었다. 그는 투르빌 방향으로 멀어져 갔다.

아낙은 혼자 남아 일을 시작했다. 두옹에 쓸 반죽을 만들
기 위해 뒤주에서 밀가루를 꺼내어 뭉친 다음, 그 덩어리를
계속 뒤집어 가면서 오랫동안 이기고 짓누르고 치댔다. 노르
스름한 빛이 도는 큼직한 흰 공 모양의 반죽이 만들어지자,
그걸 테이블 한쪽 구석에 밀어 놓았다.

그런 다음 사과를 따러 갔다. 장대를 휘두르다 나무에 상
처를 낼까 봐 발판을 놓고 그 위로 올라서서 손을 뻗었다. 조
심스럽게 이 열매 저 열매 골라 잘 익은 것들만 따서 앞치마
에 수북이 담았다.

길 쪽에서 누군가 아낙을 불렀다.

「여보게, 시코네!」

아낙이 뒤를 돌아보았다. 동네 이장이자 이웃인 오심 파베
영감이었다. 영감은 자기 밭에 거름을 주러 가는 길이어서,

거름을 실은 마차에 올라앉아 두 다리를 덜렁거리고 있었다. 아낙이 몸을 돌린 채 대답했다.

「필요한 거라도 있으세요, 오심 영감님?」

「아버지는 좀 어떠신가 해서!」

아낙이 소리쳤다.

「거의 떠나시는가 싶네요. 장례는 토요일에 치르려고요. 7시예요. 강낭콩 모종 내는 일이 급해서요.」

이웃이 대답했다.

「알았네. 잘 보내 드리게! 자네들도 몸 잘 챙기고.」

아낙은 예의 바르게 대답했다.

「말씀 감사하네요, 영감님도요.」

그러고 나서 아낙은 다시 사과를 땄다.

집 안으로 다시 들어오자마자 아낙은 아버지를 보러 갔다. 지금쯤 숨을 거두었을 거라고 생각했다. 하지만 문지방에서 부터 그 헐떡거리는 숨소리가 한결같이 요란하게 들려오는 바람에, 침대로 가봤자 의미 없다고 판단하고 두용을 만들기 시작했다. 시간을 낭비하지 말아야 했다.

아낙은 사과를 하나하나 얇은 반죽으로 싸서 테이블 가장 자리에 줄지어 늘어놓았다. 그렇게 두용 마흔여덟 개를 빚어 열두 개씩 나란히 줄 맞춰 놓자, 저녁 식사를 준비해야 한다 는 데 생각이 미쳤다. 화덕 대신 화로에 냄비를 걸어 감자를 삶았다. 그날 저녁부터 불을 땔 필요는 없었다. 다음 날 하루 화덕에 불을 지펴도 빚어 놓은 두용을 다 구울 수 있겠다는 생각이 들었다.

남편은 5시쯤 돌아왔다. 문지방을 넘자마자 그가 물었다.

「돌아가셨어?」

아낙이 대답했다.

「아직은. 계속 꾸르륵 소리만 내고 계시네.」

그들은 병상을 살피러 갔다. 노인의 상태는 앞서와 똑같았다. 숨소리는 거칠었고 시계추처럼 규칙적이었다. 더 빨라지지도 더 느려지지도 않았다. 공기가 노인의 가슴으로 들어갔다 나왔다 할 때마다 숨소리도 톤만 조금 바꾸면서 매 순간 이어지고 있었다.

사위가 장인을 바라보더니 말했다.

「우리 모르게 돌아가시려는가 보네. 촛불도 안 보는 사이에 꺼지는 법이지.」

그들은 부엌으로 돌아가 아무 말 없이 저녁을 먹었다. 수프를 떠먹고 빵에 버터를 발라 먹은 다음, 곧바로 접시를 씻어 엎어 놓았다. 그러고는 노인이 임종을 기다리는 방으로 다시 들어갔다.

아낙이 심지에서 그을음이 피어오르는 작은 램프를 들어 아버지의 얼굴 앞에 비춰 보았다. 노인은 그 숨소리만 없다면 이미 세상을 떠났다고 믿을 만한 모습이었다.

부부의 침대는 방의 다른 쪽 끝, 쑥 들어간 구석에 있었다. 두 사람은 말 한마디 없이 불을 끄고 자리에 누워 눈을 감았다. 얼마 지나지 않아 두 사람이 불규칙하게 코를 고는 소리가 들려왔다. 하나는 좀 더 묵직하게 울리고, 다른 하나는 더 가늘었다. 이 두 개의 소리가 죽어 가는 노인의 끊임없는 헐떡거림에 나란히 반주를 넣고 있었다.

다락에서는 쥐들이 뛰어다녔다.

남편은 먼동이 희끄무레 터오자마자 잠에서 깼다. 장인은 아직 숨을 쉬고 있었다. 노인이 막상 이렇게까지 버티자 걱정이 된 그가 아내를 흔들어 깨웠다.

「이봐, 페미, 도무지 가실 마음이 없으시네. 어쩌지?」

그는 아내가 좋은 수를 내줄 거라는 걸 알았다.

아내가 대답했다.

「아무래도 오늘 해가 있는 동안에는 가지 않으실 것 같아. 하지만 걱정할 것 없어. 어쨌거나 내일 장례를 치른다는 데 이장 영감이 반대하지는 않을 거야. 저번에 한창 파종을 하는 중에 레나르 영감이 떠났을 때도 그런 식으로 했었잖아.」

그는 아내의 이 명확한 사리 판단을 믿고 밭으로 일하러 나갔다.

아내는 두용을 굽고, 이어서 농가의 온갖 일을 해냈다.

정오가 되었고, 노인은 눈을 감을 기미가 없었다. 일꾼들이 몰려왔다. 강낭콩 모종을 내기 위해 하루 일품을 사둔 참이었다. 일꾼들은 숨이 붙은 채 계속 시간을 끌고 있는 노인을 들여다보고는, 각자 한마디씩 보탠 뒤 밭으로 떠났다.

6시가 되어 밭에 나갔던 사람들이 돌아왔을 때도 영감은 여전히 숨을 쉬고 있었다. 사위는 마침내 불안감이 불쑥 솟구쳤다.

「어떡하지, 이 시간까지도 떠나지 않고 계시는데, 페미?」

아낙도 해결 방도가 없기는 마찬가지였다. 부부는 이장을 찾아갔다. 이장은 노인이 숨을 거두기만 하면 그다음 날 매장하는 걸 허용해 주겠다고 약속했다. 보건소 소장에게도 갔다. 소장 역시 시코네 일이니까 특별히 봐주겠다며, 사망 증명서를 하루 앞당긴 날짜로 써주겠다고 말했다.

부부는 걱정을 가라앉히고 차분해져서 돌아왔다.

그들은 잠자리에 들었고, 전날처럼 잠에 빠져들었다. 그들의 굵고 선명한 숨소리가 한층 더 가느다래진 노인의 숨소리와 뒤섞였다.

다음 날 부부가 잠에서 깨어났을 때도 노인은 살아 있었다.

그들은 아연실색했다. 침대 머리맡에 서서 노인이 그들에게 비열한 속임수를 쓰기라도 한 것처럼, 재미로 그들을 속이고 약을 올리기라도 한 것처럼 경계심 가득한 눈초리를 던졌다. 무엇보다 원망스러운 것은 노인 때문에 시간을 빼앗긴다는 점이었다.

사위가 물었다.

「이제 어떡하지?」

아낙도 뾰족한 수가 없어서 말을 웅얼거렸다.

「하여간 골치 아프네!」

앞서 돌려 놓은 부고를 없었던 일로 하기에는 이미 늦은 상황이었다. 조문객들은 시간 맞춰 들이닥칠 터였다. 그들이 도착하기를 기다려 자초지종을 설명하기로 결정을 보았다.

7시 10분 전쯤 첫 조문객들이 몰려왔다. 여자들은 검은 옷을 입고 머리에 큰 베일을 덮어쓴 채 슬픈 표정을 지으며 들어왔다. 남자들은 모처럼 꺼내 입은 모직 웃옷을 거북해하면서 두 사람씩 짝을 지어 이런저런 이야기를 나누며 짐짓 결연한 표정으로 다가왔다.

시코와 그의 아내는 당황했지만, 어쨌거나 비탄에 어린 표정으로 조문객을 받을 자세를 취했다. 그러다가 이 첫 번째 조문 무리와 마주하는 순간, 두 사람은 느닷없이 동시에 울기 시작했다. 부부는 사연을 설명하고, 그저 어찌할 바도, 몸 둘 바도 모르겠다는 이야기를 구구절절 늘어놓았다. 그들은 의자들을 끌어다 권하고, 몸짓까지 동원해 해명하고, 사과하고, 그러면서 같은 상황이라면 누구라도 자신들처럼 했을 거라는 사실을 입증하려고 별안간 수다쟁이가 되어 끝없이 이야기를 이어 나가는 바람에, 누구 한 사람 그들에게 대꾸하거나 맞장구를 쳐줄 겨를조차 없었다.

그들은 이 사람에게서 저 사람에게로 옮겨 다니며 연신 호소했다.

「저라도 이런 일은 절대로 믿지 못했을 것이구먼요. 아버지가 저렇게나 오래 끄셨다고 어떻게 믿을 수 있겠어요!」

조문객들은 어안이 벙벙한 데다 기대하던 의식을 놓친 사람처럼 다소 서운한 기분으로, 이제 어찌해야 할지 몰라 앉아 있거나 서 있었다. 몇몇 사람은 돌아가려고 몸을 일으키기도 했다. 시코가 그들을 붙잡았다.

「그래도 요기할 걸 내올게요. 두용을 구워 놨어요. 드시고 가세요.」

이 말에 사람들의 얼굴이 환해졌다. 낮은 목소리로 이런 저런 이야기가 오가기 시작했다. 마당은 점차 조문객들로 채 워졌다. 먼저 온 사람들이 뒤에 도착한 사람들에게 사정을 알려 주었다. 모두가 속닥거리며 이야기꽃을 피웠다. 두용을 먹을 생각으로 기분이 좋아진 덕분이었다.

여자들은 죽어 가는 노인을 보려고 방으로 들어가 침대 옆에서 성호를 긋고 기도문을 읊은 뒤 다시 나왔다. 남자들 은 그런 종류의 광경에는 다소 무덤덤한 터라 열린 창을 통 해 방 안으로 눈길만 한번 던지는 데 그쳤다.

시코의 아내가 그간의 경과를 설명했다.

「저러고 계신 지 이틀 되었어요. 더해지지도 덜해지지도 않고, 소리가 더 높아지지도 더 낮아지지도 않고, 물 빠진 펌 프 같지 않나요?」

노인을 보고 나온 뒤 이제 관심은 식사로 쏠렸다. 조문객 수에 비해 주방이 너무 비좁았으므로 테이블을 옮겨 문 앞에 내어놓았다. 황금빛으로 먹음직스럽게 구워진 두용 네 다스 가 두 개의 큰 쟁반 위에 놓여 모두의 눈길을 끌어당겼다. 혹 시 개수가 모자랄까 봐 저마다 서둘러 팔을 뻗었다. 하지만 네 개가 남았다.

시코가 한입 가득 두용을 우물거리며 말했다.

「장인어른이 우릴 보면 서운해하실 것 같네요. 평소에 두 용을 무척 좋아하셨으니.」

뚱뚱하고 쾌활한 한 농부가 목청을 돋웠다.

「어차피 이제는 드시지도 못할 텐데. 각자 자기 차례가 있는 거지.」

이런 말은 조문객들에게 슬픔을 상기시키기보다 즐거움을 안겨 주는 것 같았다. 그도 그럴 것이 이제는 그들이 두용을 먹을 차례라는 의미였으니까.

시코의 아내는 지출이 늘어나는 걸 안타까워하면서도 빈번히 저장고로 가서 사과술을 꺼내 왔다. 술병들이 손에서 손으로 건너가고 연거푸 비워졌다. 이제 모두 웃고 있었고, 목청을 높여 떠들었으며, 평소의 식사 때처럼 큰 소리로 외치기 시작했다.

죽어 가는 노인 곁에 머물러 있던 한 나이 든 촌부가 곁을 지켰다기보다 자신에게도 머지않아 닥칠 그 일에 대한 호기심과 두려움으로 발을 떼어 놓지 못하고 있다가, 별안간 창문 밖으로 얼굴을 내밀며 새된 소리로 외쳤다.

「갔네! 떠났어!」

모두 입을 다물었다. 여자들이 벌떡 일어나 보러 갔다.

과연 노인은 숨을 거둔 뒤였다. 거친 호흡이 멎어 있었다. 남자들은 서로 마주 보다가 꺼림칙한 기분 탓에 눈을 내리깔았다. 모두 두용을 베어 물었거나 우물거리던 중이었다. 고인은 떠나는 시간을 택하는 데서까지 어쩌면 이렇게 어깃장을 놓는지, 늙은이의 강짜였다.

막상 시코 부부는 우는 기색이 없었다. 이제야 다 끝난 것이다. 그들은 담담했다. 그저 이렇게 되풀이 중얼거리고만 있었다.

「오래 끌지 못하실 거라는 건 알았다니까요. 지난밤에만 떠나 주셨어도 이 난리를 부리지 않았을 텐데.」

그런 원망이 무슨 소용인가. 어쨌거나 다 끝난 것이다. 장례는 월요일에 치르기로 했고, 그게 전부였다. 그리고 일이 이렇게 된 만큼 두용을 한 번 더 먹게 될 터였다.

조문객들은 이번 상을 화제로 삼아 이야기를 나누며 돌아갔다. 어쨌거나 임종을 지켰고, 또 배를 채웠다는 사실에 다들 만족하고 있었다.

고인의 사위와 딸만 남게 되자, 두 사람은 서로를 마주 보았다. 아낙이 아쉬움으로 얼굴을 찡그리며 말했다.

「두용 네 다스를 다시 구워야만 할 텐데! 지난밤에 떠나기로 작정만 하셨어도 얼마나 좋아!」

그러자 남편이 한풀 체념한 표정으로 대답했다.

「살다 보면 그럴 수도 있는 거지. 늘 그런 건 아니잖아.」

전원시

모리스 를루아르에게

　기차는 조금 전 제노바[1]를 떠나 마르세유를 향해 가고 있었다. 길게 굽이치는 바위 해안을 따라 달리던 기차는 쇠로 만들어진 뱀처럼 바다와 산 사이로 미끄러져 들어갔다가, 잔잔한 파도가 금빛 모래밭 가장자리에 은빛 그물을 펼치는 해변으로 나와 구불구불 기어가다가는 별안간 짐승이 자기 굴로 들어가듯 터널의 검은 아가리 속으로 들어가곤 했다.

　기차의 마지막 칸에 몸집이 토실한 한 여자와 어떤 젊은 남자가 있었다. 그들이 앉은 자리는 서로를 마주 바라보는 방향이었지만, 두 사람 다 이따금 눈길을 앞으로 던질 뿐 아무 말이 없었다. 여자는 스물다섯 살가량으로 보였고, 창가 쪽에 앉아 바깥 풍경을 바라보고 있었다. 피에몬테의 시골 농촌 출신인 다부진 여자로 검은 눈, 풍만한 가슴, 통통한 두 뺨이 유난히 눈에 들어왔다. 여자는 몇 개의 짐 꾸러미를 나무 의자 밑으로 밀어 넣고 무릎 위에는 바구니 하나만 올려놓고 있었다.

1　이탈리아 북부의 항구 도시.

199

남자는 스무 살 정도로 보였고, 여윈 몸에 땡볕을 받으며 밭일하는 남정네들처럼 검게 그을린 안색이었다. 옆에 내려 놓은 보자기 안에 남자의 전 재산이 들어 있었다. 구두 한 켤레, 셔츠 한 장, 속옷 하나, 웃옷 한 벌. 남자 역시 나무 의자 밑에 뭔가를 깊숙이 밀어 놓아두었다. 끈으로 동여맨 삽 한 자루와 곡괭이 한 자루였다. 그는 일거리를 찾아 프랑스 땅으로 가는 길이었다.

태양은 하늘 한가운데로 기어 올라가 이 바닷가 위로 열기를 쏟아붓고 있었다. 5월이 끝나 갈 무렵이어서 대기에 떠도는 감미로운 향기가 열어 놓은 차창을 통해 객실 안으로 흘러 들어왔다. 오렌지 나무와 레몬 나무에 만발한 꽃들이 평온한 하늘을 향해 달착지근한, 아주 부드러우면서도 강렬한 관능을 자극하는 향을 뿜어 올려 대기 속의 장미 향기와 뒤섞였는데, 그러고 보니 장미가 철길을 따라 초목이 흐드러진 정원에, 오두막집 문간에, 또 들판에, 온 사방에 풀이 돋아나듯 피어 있었다.

이 해안 지역은 그야말로 장미의 고장이다! 장미는 이곳을 강렬하고도 가벼운 향기로 채우고, 대기로 사탕 과자를, 포도주보다 감미롭고 포도주만큼 취기를 부르는 무엇인가를 빚어낸다.

기차는 이 정원을, 이 나른한 공간을 벗어나고 싶지 않다는 듯 속도를 늦추어 천천히 나아가고 있었다. 작은 역에, 어느 하얀 역사 앞에 수시로 멈춰 섰다가 기적을 길게 울린 뒤 다시금 께느른하게 출발했다. 새로 열차에 오르는 승객은 없었다. 이런 따뜻한 봄날 아침나절에는 세상 모두가 졸음에 겨워서 어디론가 자리를 옮겨 갈 엄두를 내지 못하는 게 아닐까 싶었다.

육덕진 여자는 이따금 눈을 감았다가 퍼뜩 다시 뜨곤 했는데, 그때마다 무릎 위의 바구니가 바닥으로 떨어질 듯 기우뚱 미끄러져 내려갔다. 여자는 재빠르게 바구니를 붙잡아 올린 뒤, 잠시 바깥 풍경을 내다보다가 다시 졸음에 빠져들었다. 여자의 이마에 땀방울이 맺혔다. 숨소리가 거칠었다. 뭔가에 세차게 짓눌려 고통스러워하는 모습처럼 보였다.

젊은 남자는 고개를 한쪽으로 떨어뜨린 채 시골 사람답게 정신없이 잠들어 있었다.

어느 작은 역에 정차했던 기차가 다시 출발하는 순간, 그 시골 여자가 별안간 잠을 깬 듯 부스럭거리더니 바구니를 열어 빵 한 덩이, 삶은 달걀 몇 개, 포도주 한 병을 꺼내고, 탐스러운 빨간 자두도 몇 알 꺼내 먹기 시작했다.

이번에는 남자가 별안간 잠에서 깨어났다. 그러고는 여자를, 여자의 무릎을 떠나서 입으로 들어가는 음식들을 한 입도 놓치지 않고 바라보았다. 팔짱을 낀 채 한순간도 눈을 떼지 않았다. 양쪽 볼이 움푹 꺼지고 입술은 일자로 꽉 다물린 얼굴이었다.

여자는 먹성 좋은 튼실한 사람답게 꿀떡꿀떡 잘도 먹다가, 삶은 달걀을 먹을 때는 목구멍으로 잘 내려가게 하려고 곧바로 포도주 한 모금을 꿀꺽 들이켠 뒤, 잠시 숨을 돌리려는 듯 멈추곤 했다.

빵, 달걀, 자두, 포도주가 모두 여자의 목구멍 속으로 넘어
가 보이지 않게 되었다. 여자의 식사가 끝나자 남자는 다시
눈을 감았다. 그때 몸이 좀 거북한 느낌이 든 여자가 윗옷의
단추를 풀기 시작했고, 남자도 문득 눈을 떠 다시 여자를 바
라보았다.

여자는 남자의 시선에 신경 쓰지 않고 계속 단추를 풀었
다. 그러자 꽉 조여 있던 젖가슴이 풀려나며 옷깃이 벌어졌
고, 열린 옷깃 사이 점점 벌어지는 틈새로 하얀 속옷 자락과
살갗이 얼마간 드러났다.

시골 여자는 몸이 한결 편해지자 이탈리아어로 중얼거렸
다. 「날이 너무 더우니까 숨쉬기가 좀 힘드네요.」

젊은 남자가 같은 언어로, 같은 억양으로 대답했다. 「여행
을 떠나기엔 좋은 날씨지요.」

여자가 물었다. 「피에몬테가 고향인가요?」

「아스티요.」

「난 카잘레예요.」

서로 이웃한 마을 출신들이었다. 두 사람은 말을 주고받
기 시작했다.

평범한 시골 사람들이 끊임없이 되풀이하는 그렇고 그런
이야기들, 느릿하고 시야도 좁은 그들의 머리를 채우기에는
충분한 이야기들이 길게 이어졌다. 두 사람은 자기가 살던
마을 이야기를 했다. 그러다 보니 둘이 공통으로 아는 사람
들이 있었다. 그런 사람들의 이름을 대다가 둘 다 본 적 있는
인물이 새로 추가되면서 둘 사이에 동질감이 생겼다. 그들의

입에서 빠른 말, 급한 말들이 끝음절마다 따라붙는 유성음들과 함께 이탈리아어 가락에 실려 쏟아졌다. 그런 다음 두 사람은 서로에 관해 물었다.

여자는 결혼해서 벌써 아이가 셋으로, 아이들을 언니에게 맡겨 놓고 오는 길이라고 했다. 유모 자리를 얻었기 때문인데, 마르세유에 있는 프랑스 부인 댁이고, 조건이 후하다고 했다.

남자는 일자리를 찾는 중이었다. 그 역시 마르세유로 가면 공사판이 많으니까 일을 얻을 수 있을 거라는 말을 들었다고 했다.

그러고 나서 그들은 입을 다물었다.

더위가 극성스러워지면서 객실 지붕 위로 열기가 쏟아져 내렸다. 먼지구름이 기차 꽁무니에서 흩날리다가 객실 안으로 스며 들어왔다. 오렌지 꽃과 장미 내음이 한층 강렬한 향기를 띠면서 짙어지고 묵직해진 것 같았다.

객실의 두 승객은 다시 잠이 들었다.

둘은 거의 동시에 눈을 떴다. 해가 바다를 향해 기울면서 쏟아부어진 빛으로 그 푸른 수면이 환히 빛나고 있었다. 대기는 한결 청량했고, 한결 더 가벼워진 것 같았다.

새로 얻은 유모 자리를 찾아가는 길이라는 여자가 블라우스 앞섶을 열어 놓은 채 가쁜 숨을 몰아쉬었다. 두 볼이 생기 없이 처진 데다 눈빛도 흐릿했다. 여자가 가슴이 짓눌린 듯한 목소리로 말했다.

「어제부터 젖을 물리지 못했어요. 그래서 이렇게 머리가 멍해지네요. 이러다간 기절할 것 같아요.」

　남자는 어떻게 대답해야 좋을지 몰라서 아무 말도 하지 않았다. 여자가 다시 입을 열었다.

　「나처럼 젖이 나올 때는 하루에 세 번 젖을 물려야 해요. 그러지 못하면 젖이 불어서 아파요. 가슴에 묵직한 것이 턱 얹혀 숨을 틀어막고, 팔다리도 떨어져 나갈 것 같죠. 젖이 이렇게 많이 나는 건 괴로운 일이랍니다.」

　남자가 말했다. 「그렇군요. 안됐네요. 힘들어 보여요.」

　여자는 실제로 아파 보였고, 저렇게 괴로워하다가 정신을 잃는 게 아닌가 싶었다. 여자가 중얼거렸다. 「살짝 눌러 주기만 해도 젖이 샘처럼 솟아 나오거든요. 보고 있으면 정말 신기해요. 눈으로 보기 전에는 아무도 믿지 않을걸요. 카잘레에서는 이웃들이 전부 구경하러 오곤 했어요.」

　남자가 장단을 맞추었다. 「아! 정말요.」

　「그럼요, 정말이죠. 샘처럼 솟는 걸 보여 드릴 수는 있는데, 그래 봤자 나에게는 아무 도움이 안 될 거예요. 그렇게 해서는 충분히 젖을 짜내지 못하거든요.」

　여자는 말을 멈췄다.

　기차가 어느 역에 잠시 멈춰 섰다. 건널목 차단기 근처에 한 여자가 아이를 품에 안고 서 있는 모습이 보였다. 아이가 울고 있었다. 여자는 체구가 앙상했고, 누더기를 걸치고 있었다.

　젖이 분 여자가 누더기를 걸친 여자를 건너다보며 말했다. 동정심이 묻어나는 말투였다. 「저기 내가 도와줄 수도 있는 한 여자가 있네요. 그리고 저 어린것 역시 나를 도와줄 수 있을 테고요. 보다시피 나는 부자가 아니에요. 그러니 내 집을, 내 식구를, 내 막둥이를 놓아두고 일자리를 얻어 떠나잖아요. 그렇지만 저기 저 아이에게 10분만이라도 젖을 물릴 수 있다면 5프랑이라도 당장 내놓을 것 같아요. 그러면 저 아이는 배를 채워 편안해질 거고, 나는 젖을 비워 편안해질 텐데요. 죽다 살아난 느낌일 거예요.」

여자는 다시 말문을 닫았다. 그러고는 진땀이 흐르는 이마를 몇 번이나 뜨거운 손으로 훔쳤다. 신음을 섞어 웅얼거렸다. 「더 못 참겠어. 죽을 것 같아.」 그러면서 무의식적으로 손을 놀려 옷섶을 활짝 풀어헤쳤다.

오른쪽 젖이, 아주 크고 팽팽하게 부푼 젖이 드러났다. 산딸기 같은 갈색 젖꼭지가 솟아 있었다. 가엾은 여자는 거의 우는 소리를 냈다. 「아! 하느님! 아! 하느님! 어떡하지?」

다시 출발한 기차가 온화한 저녁에 짙은 향기를 내뿜는 꽃들 사이로 계속 달려갔다. 이따금 고깃배 한 척이 푸른 바다 위에서 잠이 든 것 같았고, 움직임 없는 그 흰 돛은 물에 비쳐 마치 또 다른 배가 물속에 거꾸로 떠 있는 듯한 모습을 만들어 냈다.

젊은 남자는 불안해 보이는 얼굴로 더듬더듬 말했다. 「저…… 그런데…… 내가…… 도와드릴 수도…….」

여자가 기진맥진한 목소리로 대답했다. 「네, 그래 준다면야 무척 도움이 될 거예요. 이젠 더 견딜 수가 없네요. 더는 못 참겠어요.」

남자가 여자 앞으로 가서 무릎을 꿇자, 여자는 상체를 기울여 젖을 먹일 때의 동작으로 짙은 색 젖꼭지를 남자의 입에 갖다 댔다. 남자의 입을 향해 젖을 내미느라 두 손으로 잡기만 했는데도 벌써 젖 방울이 유두 끝에 맺혔다. 남자가 그 한 방울을 급히 삼키며 마치 과일을 베어 물 때처럼 입술을 벌려 그 묵직한 젖을 입에 물었다. 그러고는 탐욕스럽게, 또한 일정한 박자로 젖을 빨기 시작했다.

그는 두 팔을 뻗어 여자의 허리를 감싸 자기 쪽으로 바싹 끌어당겼다. 그러고는 아이들이 젖을 빨 때 그러듯이 목울대를 움직이며 젖을 쭉쭉 빨아 마셨다.

별안간 여자가 말했다. 「이쪽은 됐어요. 이제 다른 쪽을 해 줘요.」

그래서 남자는 얌전히 다른 쪽 젖을 입술로 물었다.

여자는 어느새 그의 등에 두 손을 올려놓고 있었다. 기차가 달리면서 객실 안으로 바람에 섞인 꽃향기가 밀려 들어왔다. 여자는 이제 생기 있게, 행복하게 그 꽃향기를 들이마셨다.

여자가 말했다. 「이쪽 동네는 꽃향기가 아주 좋네요.」

남자는 대답 없이 계속해서 몸의 샘물을 마시면서, 그 맛을 더 잘 음미하고 싶은 듯 두 눈을 지그시 감았다.

하지만 여자가 그를 부드럽게 밀어냈다.

「이제 됐어요. 한결 낫네요. 다시 기운이 나요.」

남자가 손등으로 입술을 닦으면서 몸을 일으켰다.

여자가 가슴을 불룩하게 부풀리는 그 두 개의 살아 있는 호리병을 다시 옷 안으로 집어넣으면서 말했다.

「정말 큰 도움이 됐어요. 감사합니다.」

그러자 남자가 고마움이 배어 나오는 말투로 대답했다.

「감사해야 할 사람은 나예요. 이틀 동안 먹은 게 아무것도 없던 참이었거든요.」

목걸이

아름답고 매력적인 아가씨들이 운명의 실수처럼 월급쟁이 가정에서 태어나는 일이 있는데, 그 여자도 그런 경우였다. 그 여자는 지참금을 챙겨 갈 여유도, 장차 받게 될 유산도 없었다. 번듯한 집안에서 신붓감을 물색할 때에도 자신을 알릴 인맥이 없었고, 부유하고 고상한 남자를 만나 자신의 처지를 이해받고, 사랑받고, 결혼할 그 어떤 방법도 없었다. 그래서 그저 일이 흘러가는 대로 교육부 말단 직원과 결혼했다.

그 여자는 차림새가 소박했는데, 몸치장할 형편이 아닌 탓이었고, 그래서 일종의 낙오자가 된 듯 불행했다. 사실 여자들은 세습 계급이나 혈통의 족쇄가 없어서 각자의 아름다움, 우아함과 매력이 출신과 가문의 역할을 대신하곤 한다. 타고난 재치, 아름다움에 대한 본능, 사고의 민첩함이 그들 사이의 유일한 위계이며, 그런 위계에 따라 하층민의 딸들이 귀부인들과 동등해지기도 한다.

그 여자는 자신이 삶의 온갖 세련됨과 호사를 누리도록 태어났다고 느끼는 터라 늘 괴로웠다. 집이 궁상맞아서, 벽지가 더러워서, 의자들이 낡아서, 커튼이며 시트가 싸구려 천이어서 괴로웠다. 같은 계급에 속하는 다른 여자였다면 알아차리지도 못했을 이런 모든 것이 그 여자를 고통스럽고 화나게 했다. 보잘것없는 살림을 맡아 하는 브르타뉴 출신의 어린 하녀가 눈에 띄기만 해도 여자는 고개를 드는 아쉬움에 마음이 쓰라렸고, 다시금 깨어나는 꿈들에 가슴이 아렸다. 여자는 소음이 차단된 대기실을 꿈꾸었다. 그 대기실 사방 벽에 동양에서 건너온 직물 벽걸이를 걸고, 키 큰 청동 촛대로 환히 불 밝히기를 꿈꾸었다. 덩치 큰 하인이 두 명 있고, 무릎까지 오는 바지 차림의 그들이 난방 장치의 묵직한 열기로 노곤해져서 넉넉한 안락의자에 몸을 묻고 깜박 잠이 드는 여유로움을 꿈꾸었다. 사방에 고풍스러운 비단을 씌운 큰 응접실, 값을 매길 수 없는 골동품들을 장식으로 올려놓은 고급 가구들, 그리고 아기자기하게 멋을 풍기는 분위기에 향기도 풍기는 작은 응접실을 꿈꾸었다. 더없이 친밀한 친구들과 오후 5시의 담소를 즐기기에는 그런 작은 응접실이 제격인데, 그 친구들이란 모든 여자들이 선망하며 관심을 갈구하는 유명하고 인기가 많은 남자들이어야 했다.

식탁보를 사흘째 갈지 않은 둥근 식탁에 남편과 마주 앉아 저녁 식사를 할 때, 수프 그릇 뚜껑을 열고 좋아서 어쩔 줄 모르는 표정으로 〈아! 맛 좋은 포토푀[1]로군! 이게 최고지……〉라고 탄성을 지르는 남편을 보면서, 그 여자는 최고급 만찬, 반짝이는 은제 식기, 고대 인물들과 마법의 숲속 기이한 새

1 고기와 야채를 넣어 끓인 스튜.

들의 모습을 짜 넣은 장식 융단이 벽을 뒤덮은 연회장을 꿈꾸었다. 호사스러운 식기에 담겨 나오는 훌륭한 요리들, 연홍빛 송어 살이나 들꿩의 날갯죽지를 먹는 중에 곁의 누군가가 속살거려 오는 은근한 말들을 알쏭달쏭한 스핑크스의 미소를 입가에 띤 채 들어 주는 자신의 모습을 꿈꾸었다.

그 여자는 좋은 옷도 보석도 없었고, 그런 종류의 것은 아무것도 없었다. 그런데 좋아하는 것은 그런 것뿐이었다. 자신은 그런 것을 누려야 할 사람이라고 느꼈다. 처지만 달랐다면 사교계의 스타가 되어 욕망과 시샘을 불러일으키고 싶었다. 그럴 처지만 됐다면 정말이지 매력을 발산해 인기를 누리고 싶었다.

여자에게는 부유한 친구가 한 사람 있었다. 수녀원에서 운영하는 기숙 학교 시절 함께 지낸 동료였는데, 이제는 그 친구를 만나러 가고 싶지 않았다. 그만큼이나 그 친구를 만나고 돌아오는 길은 고통스러웠다. 그로부터 몇 날 며칠은 우울과 후회, 절망과 슬픔으로 눈물 바람을 하며 보내야 했다.

어느 날 저녁, 남편이 퇴근하면서 손에 큰 봉투를 들고 왔다. 뭔가 자랑스러워하는 표정이었다.

「받아요. 당신을 위해 가져온 거예요.」 남편이 말했다.

여자는 냉큼 봉투를 열어 카드 한 장을 꺼냈다. 카드에는 다음과 같은 초대의 글이 있었다.

〈조르주 랑포노 교육부 장관과 장관 부인의 이름으로 루아젤 부부께 청하건대, 1월 18일 월요일 장관 관저에서 열리

는 연회에 부디 참석해 주시기 바랍니다.〉

　남편의 기대와는 달리 아내는 기뻐하기는커녕 짜증을 냈다. 여자는 초대장을 탁자 위에 집어 던지고는 중얼거렸다.

「이걸 어쩌라는 거예요?」

「저런, 여보, 나는 당신이 좋아할 줄 알았어요. 바람을 쐬는 일도 없어서 이게 좋은 기회가 되겠구나 싶었는데! 이 초대장을 얻어 내느라 아주 고생했다고요. 모두 눈독을 들이고 있었거든. 다들 초대장을 손에 넣으려고 하는 통에 직원들에게 돌아오는 몫은 많지 않아요. 그 연회에 가면 교육부에 있는 사람들을 전부 볼 수 있을 텐데.」

　여자는 화난 눈으로 남편을 보다가 참지 못하고 소리쳤다.

「뭘 걸치고 가라는 거예요?」

　그 문제를 미처 생각하지 못한 남편이 우물거리며 대답했다.

「극장에 갈 때 입는 그 드레스를 입으면 되잖아요. 내가 보기엔 예쁘던데…….」

　그는 아내가 우는 걸 보고 깜짝 놀라 어쩔 줄 몰라 하며 입을 다물었다. 굵은 눈물 두 줄기가 아내의 눈 가장자리부터 입꼬리를 향해 천천히 흘러내렸다. 그가 머뭇거리며 물었다.

「왜 그래요? 무슨 일이 있어요?」

　아내는 남은 힘을 쥐어짜 가슴속의 고통을 억눌렀다. 그러고는 젖은 뺨을 닦으며 차분한 목소리로 말했다.

「일이 있기는요. 다만 제대로 차려입을 옷이 없어서 그 연회에 갈 수 없다는 말이죠. 초대장은 누군가 다른 동료에게 주도록 해요. 그 사람의 아내는 나보다 잘 차려입을 수 있겠죠.」

남편은 가슴이 아팠다. 다시 말을 꺼냈다.

「그러지 말아요, 마틸드. 괜찮은 옷을 한 벌 마련하는 데 얼마나 들까? 요란하지 않은 것으로 장만해 놓으면 다른 때도 입을 수 있지 않을까?」

여자의 머릿속이 잠시 분주해졌다. 옷값을 계산하는 한편으로, 근검절약하는 이 사무원이 기겁해서 신음을 토하며 당장 거절하는 일이 없게 하려면 어느 정도의 선에서 요구해야 할지를 가늠해 보았다.

이윽고 여자는 주저하면서 대답했다.

「정확히는 모르겠어요. 그런데 한 4백 프랑이면 되지 않을까 싶어요.」

남편의 얼굴이 다소 창백해졌다. 사실 그가 모아 둔 돈이 딱 그만큼의 액수였다. 일요일마다 낭테르 평원으로 가서 종달새 사냥을 즐기는 친구들이 있는데, 그도 내년 여름에는 엽총을 마련해서 그 친구들과 함께 그곳으로 사냥을 갈 계획이었다.

그렇지만 그는 말했다.

「좋아요, 4백 프랑을 줄게요. 예쁜 옷을 사도록 해봐요.」

연회가 열리는 날이 다가오고 있었지만, 루아젤 부인은 우울하고 불안해 보였다. 걱정거리가 있는 듯했다. 옷을 새로 마련해 놓았는데도 그랬다. 어느 날 저녁 남편이 아내에게 물었다.

「무슨 일이에요? 사흘 전부터 당신 좀 심상찮은걸.」

여자가 대답했다.

「장신구 하나, 보석 하나, 무엇 하나 걸칠 게 없다 보니 속상해요. 이래서야 더없이 초라해 보일 테죠. 연회에 가지 않는 편이 차라리 낫겠어요.」

남편이 말했다.

「생화를 달면 어떨까. 지금 같은 계절에는 꽃이 돋보이잖아. 10프랑이면 탐스러운 장미 두세 송이는 살 수 있을 텐데.」

아내는 수긍하는 기색이 전혀 없었다.

「싫어요. 있는 여자들 사이에서 없는 티를 내는 것보다 더 큰 수모는 없다고요.」

남편이 뭔가 생각났다는 듯 목소리를 높였다.

「당신 정말 꽉 막혔네! 친구 포레스티에 부인을 찾아가서 장신구를 좀 빌려달라고 해요. 가까운 사이니까 그 정도는 부탁할 수 있잖아.」

그 여자는 기쁨의 탄성을 올렸다.

「맞아요. 미처 그 생각을 못 했네.」

다음 날, 여자는 친구를 찾아가 자신의 고민을 털어놓았다.

포레스티에 부인은 거울 달린 옷장으로 가서 큰 보석함을 꺼내 들고 오더니, 루아젤 부인에게 열어 보이며 말했다.

「골라 보렴.」

여자는 우선 팔찌들을 살펴보았다. 이어서 진주 목걸이를 보더니, 다음에는 세공이 정교한 베네치아 십자가 펜던트,

금제 장신구와 다른 보석들에 눈길을 주었다. 거울 앞으로 가서 그 장신구들을 목에 걸어 보고 팔에 끼어 보면서 결정을 주저했고, 그러면서 어느 것 한 가지 포기하지도 내려놓지도 못했다. 여자는 번번이 물어 댔다.

「다른 건 더 없니?」

「왜 없겠니. 자, 찾아봐. 나는 네가 뭘 좋아하는지 모르니까.」

별안간 눈부신 다이아몬드 목걸이가 여자의 눈에 들어왔다. 그것은 검은 새틴 상자 안에 놓여 있었다. 심장이 강렬한 욕망으로 두방망이질 쳤다. 목걸이를 집어 드는데 손이 떨렸다. 여자는 목깃이 올라간 드레스 위로 그 목걸이를 두르고 거울 속 자신의 모습을 보며 황홀해했다.

잠시 후 여자는 주저하며 물었다. 불안감이 가득한 목소리였다.

「이걸 빌려줄 수 있니? 이것만. 그럼 다른 건 아무것도 빌려주지 않아도 돼.」

「물론이지, 빌려주고말고.」

여자는 기뻐서 친구를 얼싸안고 입을 맞춘 뒤, 소중한 보물을 품에 안고 돌아왔다.

연회가 열리는 날이 왔다. 루아젤 부인은 성공을 거두었다. 부인은 누구보다도 아름다웠고, 우아했고, 매력이 넘쳤다. 끊임없이 미소를 지으면서 미칠 듯한 기쁨에 취했다. 모든 남자가 그 여자를 바라보며 누구냐고 이름을 물었고, 소개받으려고 애썼다. 교육부에 소속된 사람들 전부가 그 여자와 춤을 추고 싶어 했다. 장관도 그 여자에게 눈길을 주었다.

여자는 기쁨에 취해 열정적으로 춤을 추었고, 쾌락에 들떠 아무 생각도 하지 않았다. 자신의 아름다움으로 이룬 승리, 그 성공의 영광에 푹 빠져 행복이라는 일종의 구름 속을 둥둥 떠다녔는데, 그것은 그 자신이 끌어모은 온갖 찬양과 찬사, 자신이 일깨운 모든 욕망, 여인네들에게는 더없이 충만하고 달콤한 승리로 빚어낸 구름이었다.

새벽 4시쯤 여자는 연회장을 나섰다. 남편은 자정부터 구석진 어느 작은 거실에서 몸을 웅크린 채 잠들어 있던 참이었는데, 그 작은 거실에는 그와 마찬가지로 아내가 연회를 무척 즐기는 세 남자가 함께 있었다.

남편은 부리나케 아내의 어깨에 외투를 둘러 주었다. 돌아오는 길에 걸치려고 그가 챙겨 온 것으로, 여자가 입은 우아한 무도회 드레스와는 어울리지 않는 수수한 일상복이었다. 자신의 어깨를 덮은 초라함을 느낀 여자는 값비싼 모피 코트를 두른 다른 여자들의 눈에 띄기 싫어 서둘러 그 자리에서 도망치려 했다.

루아젤이 아내를 붙들었다.

「당신은 잠시 여기서 기다려요. 바깥에 나가면 감기 걸릴지 모르니까. 내가 마차를 불러올게요.」

하지만 여자는 남편의 말은 아랑곳없이 빠른 걸음으로 계단을 내려갔다. 두 사람이 거리로 나왔을 때 손님을 기다리는 마차는 한 대도 눈에 띄지 않았다. 마차를 찾아 두리번거리며 걷다가, 멀리 지나가는 마차가 보일 때마다 소리쳐 마부를 부르곤 했다.

둘은 궁지에 몰린 심정으로 센강 쪽으로 걸어 내려갔다. 추워서 몸이 덜덜 떨렸다. 마침내 둑길에 낡은 야간 승합 마차 한 대가 보였다. 파리에서는 그런 마차들이 해가 있는 동안에는 그 초라한 몰골이 수치스러운지 어둠이 내리는 시각에만 모습을 드러낸다.

야간 승합 마차가 두 사람을 마르티르 거리에 있는 그들의 집 문 앞까지 태워다 주었다. 부부는 쓸쓸하게 집으로 올라왔다. 아내는 이제 다 끝나 버렸다는 생각에 사로잡혔다. 남편은 내일 아침 10시까지 교육부에 출근해야 한다는 생각을 하고 있었다.

여자는 화려한 자신의 모습을 한 번 더 보고 싶었다. 거울 앞으로 가서 어깨에 두른 외투를 벗었다. 그 순간 여자는 별안간 비명을 질렀다. 목에 걸려 있어야 할 목걸이가 보이지 않았다!

남편이 벌써 반쯤 옷을 벗은 채 건너다보며 물었다.

「왜 그래요?」

여자가 남편을 돌아보았다. 공황에 휩싸인 얼굴이었다.

「여기…… 여기…… 여기 있어야 할 목걸이가 없어요. 포레스티에 부인의 목걸이요.」

남편이 소스라쳐 놀라 몸을 일으키고는 정신 나간 사람처럼 중얼거렸다.

「뭐라고! ……무슨 소리야! ……그럴 리가!」

두 사람은 드레스 주름들, 외투의 접힌 부분들, 호주머니들을 일일이 뒤집어 가며 샅샅이 찾아보았다. 목걸이는 나오지 않았다.

남편이 물었다.

「무도회장을 나설 때까지는 목걸이를 하고 있었던 게 확실해요?」

「그럼요. 관저 현관에서 만져 보며 확인했는걸요.」

「하지만 거리에 나왔을 때 잃어버린 거라면 바닥에 떨어지는 소리를 들었을 텐데. 마차 안에서 떨어뜨렸나 보군.」

「그래요. 그랬을지도 몰라요. 마차 번호를 적어 두었어요?」

「아니. 당신은, 당신도 봐두지 않은 거예요?」

「나도 마찬가지예요.」

두 사람은 아연실색해서 서로를 마주 보았다. 결국 루아젤은 벗어 놓은 옷을 다시 주섬주섬 걸쳤다.

「우리가 온 길을 다시 거슬러 올라가 볼게요.」 그가 말했다. 「혹시 찾을 수 있을지도 모르니까.」

남편이 다시 거리로 나갔다. 여자는 드러누울 기운도 없어서 야회복 차림 그대로 의자 위에 축 늘어져 있었다. 불도 켜지 않았다. 머릿속이 멍했다.

남편은 7시쯤 되어서야 돌아왔다. 흔적조차 찾을 수 없었다고 했다.

그는 경찰서로 달려갔고, 분실물을 찾아 주는 사람에게 사례금을 내걸기 위해 신문사들을 찾아갔고, 소형 마차 회사들을 찾아다녔고, 여하튼 한 가닥 희망이 떠미는 대로 사방으로 돌아다녔다.

아내는 이 무서운 재앙 앞에서 여전히 혼이 나간 상태로
온종일 남편을 기다렸다.

밤이 되어 루아젤이 핼쑥하고 창백해진 얼굴로 돌아왔다.
흔적조차 찾아내지 못했다고 했다.

「당신 친구에게 편지를 써야겠어. 목걸이의 잠금 고리를
부러뜨려 수선을 맡겼다고. 그렇게 시간을 좀 벌어 놓고 나
서 해결해 봐야지.」

여자는 남편이 불러 주는 대로 편지를 썼다.

일주일이 지나자, 두 사람은 모든 희망을 잃었다.

그사이 5년은 더 늙어 버린 루아젤이 말했다.

「대체품을 구해서 잃어버린 걸 메꿔야 해.」

다음 날 두 사람은 목걸이가 들어 있던 상자를 들고, 그 안
에 적힌 이름의 보석상으로 찾아갔다. 보석상이 판매 장부를
차례차례 넘겨 보았다.

「제가 판매한 목걸이가 아닙니다, 부인. 이 보석 상자만 저
희 보석상의 것이에요.」

그래서 두 사람은 이 보석상 저 보석상으로 돌아다니며
기억을 더듬어 잃어버린 목걸이와 같은 것을 찾아보았다. 두
사람 모두 고통과 불안감으로 병이 날 지경이었다.

팔레루아얄의 한 보석상에 걸린 목걸이가 그들이 찾는 것
과 아주 똑같아 보였다. 마찬가지로 다이아몬드 알들을 줄줄
이 엮어 놓은 모양새였고, 가격은 4만 프랑이었다. 보석상은

3만 6천 프랑까지 깎아 줄 수 있다고 했다.

두 사람은 상점 주인에게 사흘만 그 목걸이를 팔지 말고 기다려 달라고 부탁했다. 잃어버린 목걸이를 2월 말 이전에 되찾게 되면 이곳의 목걸이는 3만 4천 프랑에 다시 사달라는 조건도 덧붙였다.

루아젤에게는 부친으로부터 상속받은 1만 8천 프랑이 있었다. 모자라는 돈은 빌려야 할 참이었다.

그는 이 사람에게 1천 프랑을, 저 사람에게 5백 프랑을 빌려달라고 부탁했다. 여기서 5루이를 빌리고, 저기서 3루이를 빌렸다. 어음을 써서 넘겨주었고, 고리를 무릅쓰고 저당을 잡혔다. 고리대금업자며 온갖 종류의 대부업자들에게 손을 벌렸다. 갚을 방법도 모르는 상태로 남은 생을 통째로 위험에 빠뜨리며 차용증에 서명했다. 이렇게 해서 그는 미래에 대한 불안과 앞으로 닥쳐올 암울한 가난에 겁을 먹고, 예견되는 갖가지 물질적 결핍과 온갖 정신적 고통을 두려워하면서, 새 목걸이를 찾아 보석상으로 가서 카운터 위에 3만 6천 프랑을 내려놓았다.

루아젤 부인이 포레스티에 부인에게 목걸이를 가져가 내밀자, 포레스티에 부인은 기분이 상했다는 듯 타박을 주었다.

「조금 더 일찍 돌려주었어야지. 내가 쓸 일이 있을 수도 있었잖아.」

포레스티에 부인은 친구가 두려워한 상황과는 달리 보석 상자를 열어 보지 않았다. 만약 목걸이가 바뀌었다는 사실을 알아차렸다면 어떻게 생각했을까? 뭐라고 말했을까? 친구를 도둑으로 여기지 않았을까?

　루아젤 부인은 가난한 사람들의 끔찍한 생활 속으로 발을 내디뎠다. 그뿐 아니라 별안간 영웅적으로 그 생활을 감수해 나갔다. 그 엄청난 빚을 갚아야 했다. 언젠가는 갚아 내고야 말겠다고 작정했다. 하녀를 내보냈다. 집도 옮겼다. 새로 얻은 집은 지붕 밑 다락방이었다.

　그 여자는 살림살이의 고된 노동, 진절머리 나는 주방 일을 직접 떠맡았다. 설거지하면서 도기에 낀 기름기와 눌어붙은 냄비 바닥을 자신의 분홍빛 손톱으로 긁어냈다. 더러운 속옷과 셔츠와 행주를 비눗물에 치대 빨아서 줄에 널어 말렸다. 매일 아침 오물을 들고 내려가 거리에 내놓았고, 물을 길어 올리느라 층계참마다 멈춰 서서 숨을 골랐다. 서민층 여자처럼 입고 장바구니를 팔에 걸고 과일 가게, 채소 가게, 정육점으로 가서 한 푼이라도 아끼려고 수모를 당해 가며 흥정을 하고 값을 깎았다.

　매달 돌아오는 어음을 갚고, 다른 어음들은 갱신하면서 시간을 벌어야 했다.

　남편도 퇴근 후 저녁에는 상점의 장부를 정리해 주는 일을 하고, 밤에는 장당 5수를 받고 대필 일을 했다.

　이런 생활이 10년간 이어졌다.

　10년이 지난 뒤 그들은 빚을 다 갚았다. 고리 이자, 누적 이자까지 합해서 전부 청산했다.

　루아젤 부인은 이제 나이가 들어 보였다. 억세고 투박하고 거친 여자, 가난한 가정주부가 되어 있었다. 빗질하지 않은 머리에 비뚜름하게 돌아간 치마, 붉게 트고 갈라진 손을 한 채 목청을 높여 말했고, 물을 퍼부어 가며 바닥 청소를 했다. 하지만 남편이 출근한 뒤 이따금 창가에 앉을 여유가 생기면 여자는 예전에 열린 그 연회, 그 무도회를, 그날 자신이 그토록 아름다웠고 인기를 모았던 일을 떠올리곤 했다.

그 목걸이를 잃어버리지 않았더라면 어땠을까? 그걸 어찌 알랴? 누가 알 수 있을까? 참으로 얄궂은, 종잡을 수 없는 게 바로 삶인 것을! 그 얼마나 사소한 일이 우리의 삶을 파멸과 구원으로 갈라 놓곤 하는지!

어느 일요일, 그 여자가 샹젤리제 거리로 나가 한 바퀴 거닐며 일주일의 고된 노동을 잠시 내려놓고 있을 때였다. 아이를 데리고 산책을 나온 한 여자가 별안간 눈에 들어왔다. 포레스티에 부인이었다. 여전히 젊고, 여전히 아름답고, 여전히 매력적인 모습이었다.

루아젤 부인의 가슴속에 뭔가 격렬한 파동이 일었다. 저 친구에게 인사를 건넬 것인가? 물론, 그래야지. 게다가 이제 모든 빚을 갚은 만큼 저 친구에게 전부 이야기해도 좋을 것이다. 안 될 이유가 무엇이겠는가?

그 여자는 다가갔다.

「안녕, 잔.」

상대방은 여자를 전혀 알아보지 못했다. 동네 아낙네가 이처럼 친근하게 자신의 이름을 부른다는 데 그저 놀라기만 했다.

포레스티에 부인이 머뭇거리며 말했다.

「글쎄요…… 부인…… 누구신지…… 사람을 잘못 보신 모양이에요.」

「아니, 나 마틸드 루아젤이야.」

맞은편 친구가 비명 같은 소리를 냈다.

「오! ……맙소사, 마틸드…… 너무 변했잖아!」

「그렇지, 널 만나지 않은 뒤로 아주 힘든 날들을 보냈어. 가난하게 살았지…… 그게 다 너 때문이란다!」

「나 때문이라니…… 어째서?」

「네가 나에게 다이아몬드 목걸이를 빌려주었던 일을 기억하지. 그 목걸이를 빌려 교육부 장관 관저에서 열리는 연회에 갔었잖아.」

「기억하지. 그런데?」

「그런데 그 목걸이를 잃어버렸거든.」

「그럴 리가! 그걸 내게 다시 가져다주기까지 했으면서.」

「네게 가져다준 건 모양이 똑같은 다른 목걸이었어. 그 목걸이 값을 갚는 데 10년이 걸렸지. 우리로선 쉬운 일이 아니었다는 걸 너도 알 거야. 우린 가진 게 없었잖아……. 어쨌거나 이제 다 끝난 일이고, 그래서 기분이 무척 홀가분해.」

포레스티에 부인은 굳은 듯 상대방을 빤히 쳐다보았다.

「내 다이아몬드 목걸이 대신 하나를 새로 사서 내게 주었다는 말이니?」

「그래, 너도 눈치채지 못했지? 정말 모양이 똑같은 목걸이였거든.」

그리고 나서 여자는 자랑스러움과 순진함이 묻어나는 기쁨의 미소를 지었다.

포레스티에 부인은 연민이 솟구친 나머지 친구의 두 손을 덥석 잡았다.

「오! 이를 어째, 마틸드! 내 것은 모조품이었어. 고작 5백 프랑짜리였다니까!」

귀환

바다가 짧게 무너지는 단조로운 파도로 해변을 때린다.
빠른 바람이 실어 오는 자잘한 흰 구름 조각들이 탁 트인 파
란 하늘을 가로질러 새처럼 금세 흩어진다. 그 마을은 바다
를 향해 뻗어 내린 계곡 자락에 안겨 따가운 볕을 쬐고 있다.

마을로 들어오는 입구, 마르탱-레베스크 가족이 사는 집이
길가에 덩그러니 서 있다. 어부의 조촐한 집이다. 흙벽에 초
가지붕을 얹었는데, 지붕에는 집치장 솜씨를 부려 본 양 푸
른 붓꽃 몇 줄기가 꽃을 피우고 있다. 문 앞에 일궈 놓은 보
자기 한 장 넓이의 텃밭에 양파, 양배추 몇 포기, 파슬리와 그
비슷한 것들이 자란다. 길을 따라 세운 울타리가 이 텃밭의
경계가 되어 준다.

남자는 고기잡이하러 바다로 나갔다. 여자는 집 앞에 나와
큰 갈색 어망을 벽에 걸어 거대한 거미줄처럼 펼쳐 놓고 그
눈코를 손본다. 열네 살 먹은 딸아이가 뒤로 기우뚱 기운 밀
짚 의자를 텃밭 가장자리 어름에 놓고 앉아 울타리에 등을 기
댄 채 속옷을 기운다. 가난한 이들의 속옷, 이미 몇 번은 천

을 덧대 기운 적이 있는 속옷들이다. 큰딸보다 한 살 아래인 여동생이 아직 몸을 뒤집지도, 말을 하지도 못하는 갓난아이를 안아 살살 어르고 있다. 각각 두 살과 세 살인 두 아이가 맨땅에 퍼질러 앉아 얼굴을 맞대다시피 한 채 어설픈 손놀림으로 흙장난을 하느라 서로의 얼굴에 흙먼지를 한 움큼씩 끼얹는다.

누구도 말을 하지는 않는다. 흔들어 재우려 하는 갓난아이만 날카롭고도 가냘픈 소리로 계속 울어 댄다. 고양이 한 마리가 창틀 위에서 잠이 들었다. 꽃무가 담 밑에 피워 낸 한 무더기의 탐스러운 흰 꽃 위를 파리 떼가 붕붕거리며 맴돌고 있다.

뜰과 길 중간에서 옷가지를 깁던 여자아이가 별안간 어머니를 부른다.

「엄마!」

어머니가 대답한다.

「왜 그래?」

「저기 또 왔어.」

어머니와 딸은 아침부터 불안해하던 참이다. 한 남자가 집 주위를 어슬렁거리고 있기 때문이다. 빈곤이 온몸에서 풍겨 나오는 나이 든 남자. 모녀는 배를 타고 바다로 나가는 아버지를 배웅하러 나가면서 그 남자를 보았다. 남자는 길가 도랑 위, 집 대문이 마주 보이는 자리에 앉아 있었다. 배웅하고 돌아오는 길에도 그가 여전히 같은 자리에서 집을 바라보고 있는 모습이 눈에 들어왔다.

남자는 병색이 완연했고 불행에 찌든 행색이었다. 한 시간 넘게 움직이지 않던 남자는 자신의 모습이 위협적으로 비친다는 사실을 알아차리자, 몸을 일으켜 무거운 다리를 끌며 자리를 떴다.

하지만 어머니와 딸은 그 남자가 집 쪽으로 다시 오는 걸 보았다. 피로에 지친 느릿느릿한 걸음걸이였다. 그는 마치 집 안의 가족을 염탐하는 듯 또다시 맞은편 길가에 자리 잡고 앉았지만, 이번에는 조금 떨어진 위치였다.

어머니와 딸들은 겁이 났다. 특히 어머니가 걱정으로 안절부절못했다. 천성이 겁이 많은 여자인 데다 남편인 레베스크는 날이 저물어야 돌아올 것이었기 때문이다.

남편은 레베스크라는 이름으로 불렸고, 여자는 마르탱이라는 이름으로 불리고 있었다. 그들 두 사람을 묶어 불러야 할 상황이 되자, 사람들은 이름 두 개를 나란히 붙여 마르탱-레베스크라는 이름으로 불렀는데, 거기에는 이유가 있었다. 여자는 전에 이미 결혼한 적이 있어서 남편이 있었고, 그 첫 남편이 바로 마르탱이라는 이름의 뱃사람이었다. 그는 해마다 여름이면 대구잡이 배를 타고 뉴펀들랜드로 떠나곤 했다.

여자의 첫 번째 결혼 생활은 2년간이었다. 남편을 태우고 디에프에서 출항한 세 돛대 범선 〈두 자매〉호가 실종되었을 때, 여자에게는 딸아이 하나와 뱃속에 6개월에 접어든 생명이 있었다.

실종된 배에 대해서는 아무 소식도 들을 수 없었다. 그 배에 오른 선원들 가운데 살아 돌아온 사람도 없었다. 그래서 사람들은 그 배가 바닷속에 완전히 가라앉아 버렸을 거라고 짐작했다.

마르탱 부인은 10년 동안 남편을 기다리며 힘겹게 두 아이를 키웠다. 그러다가 본래 심지가 곧고 성품도 좋은 여자였던 부인은 같은 고장의 어부 레베스크로부터 청혼을 받았다. 레베스크는 아들 하나를 키우던 홀아비였다. 마르탱 부인은 레베스크와 결혼했고, 이 결혼에서 3년 동안 두 아이를 더 얻었다.

그들은 가난했고, 먹고살기 위해 쉴 새 없이 몸을 놀려 일했다. 그들에게 빵은 비싼 음식이었고, 집 식탁에 고기가 오르는 일은 거의 없었다. 겨울철, 태풍이 부는 그 몇 달 동안은 빵집에 외상을 져야 할 때도 있었다. 그래도 아이들은 튼튼하게 잘 자랐다. 동네 사람들은 이렇게 말하곤 했다.

「마르탱-레베스크네는 참 성실해. 마르탱은 아무리 고생스러워도 단단하게 잘 버텨 내지. 또 레베스크야 고기잡이 솜씨가 둘째가라면 서러운 사람 아닌가.」

울타리에 등을 기대고 앉은 딸아이가 다시 한마디 꺼냈다.
「꼭 아는 사람처럼 우리를 쳐다보고 있네. 에프르빌이나 오즈보스크에서 온 가난뱅이인가 봐요.」
하지만 어머니는 그런 식으로 섣불리 넘겨짚지 않았다. 아냐, 아냐, 이 고장 사람이 아니야, 분명해!
남자가 박힌 말뚝처럼 그 자리에 붙어 앉아 마르탱-레베스크의 집을 끈질기게 쳐다보았기 때문에 마르탱은 불쑥 화가 났다. 두려움이 용기에 불을 지펴 주기도 하는 터라 마르탱은 삽을 집어 들고 문 앞으로 나가 섰다.

「거기서 뭘 하는 거요?」 마르탱이 떠돌이에게 외쳤다.

남자가 쉰 목소리로 대답했다.

「뭘 하긴, 바람 좀 쐬고 있구먼! 내가 뭐 해 끼친 게 있소?」

여자가 말을 받았다.

「대체 왜 남의 집 앞에 와서 들여다보는 건데?」

남자가 대꾸했다.

「누굴 해코지하는 것도 아니구먼. 길에 앉아 있는 것도 허락받아야 하는 일이오?」

대답할 말이 궁색해진 여자는 집으로 도로 들어갔다.

하루가 느리게 흘러갔다. 정오가 될 즈음 남자의 모습이 보이지 않았다. 하지만 5시가 되자 다시 나타났다. 해가 진 뒤에는 다시 자취를 감췄다.

레베스크는 날이 완전히 어두워져서야 집으로 돌아왔다. 낮에 있었던 일에 대해 듣고서 그가 말했다.

「남의 일을 캐는 데 재미를 들였거나 못된 장난기가 발동한 거겠지.」

그러고는 별로 신경 쓰는 기색 없이 잠자리에 들었다. 그렇지만 아내는 그처럼 심상찮은 눈길로 자신을 바라보던 그 부랑자의 모습이 머릿속에서 떠나지 않았다.

날이 밝았다. 그날은 바람이 세찼다. 바다로 나가는 게 무리라고 판단한 남편은 아내를 도와 그물을 손질했다.

9시경 이 집에서 마르탱이라는 성을 가진 또 한 명인 맏딸이 빵을 사러 갔다가 질겁한 얼굴로 뛰어 들어오며 소리쳤다.

「엄마, 그 사람이 또 왔어!」

어머니는 감정의 동요 탓에 창백해진 얼굴로 남편에게 말했다.

「가서 그 사람한테 말해요, 레베스크. 남의 집을 그렇게 들여다보고 있으면 어떡하냐고. 불안해서 일이 손에 잡혀야 말이지.」

그래서 검게 탄 얼굴에 다갈색 수염이 무성하고, 한가운데 검은 동공이 박힌 새파란 눈동자에 다부진 목과 큰 덩치를 지닌 뱃사람 레베스크는 바다에서 비바람을 만날 때를 대비해 늘 입는 모직 웃옷을 걸치고 말없이 바깥으로 나가 그 떠돌이에게 다가갔다.

두 남자는 말을 나누기 시작했다.

어머니와 아이들은 멀찍이 떨어져 두 사람을 걱정스럽게 바라보며 불안에 떨었다.

별안간 그 낯선 남자가 벌떡 몸을 일으켜 레베스크와 함께 집 쪽으로 걸어왔다.

마르탱 부인은 겁을 내며 뒷걸음질 쳤다. 남편이 아내에게 말했다.

「이 사람한테 빵을 좀 줘요. 그리고 능금주 한잔도. 그저께부터 아무것도 먹지 못했다는군.」

그리고 두 남자는 함께 집 안으로 들어갔다. 아내와 아이들도 뒤따라 들어갔다. 모두가 쳐다보는 가운데 떠돌이는 자리에 앉아 고개를 숙이고 음식을 먹기 시작했다.

어머니는 옆에 서서 떠돌이의 얼굴을 유심히 뜯어보았다. 성이 마르탱인 위의 두 딸은 문간에 기대어 서서, 둘 중 하나는 막내를 안은 채 삼킬 듯한 눈초리로 낯선 남자를 쏘아보았다. 어린 두 아이는 벽난로의 식은 재 위에 여전히 퍼질러 앉아 있긴 했지만, 거기에 걸린 검정 솥을 갖고 놀던 손을 멈추고 역시 이 이방인을 빤히 쳐다보았다.

레베스크가 의자 하나를 끌어당겨 걸터앉더니 남자에게 물었다.

「그러면 먼 곳에서 왔겠구먼?」

「세트에서 오는 길이오.」

「걸어왔다, 그 말이오?」

「그럼, 걸어와야지. 돈이 없으면 걷는 수밖에.」

「그래서 가려는 데는 어딘데?」

「왔지, 여기로.」

「여기 아는 사람이 있는 거요?」

「아마 그럴걸.」

두 남자 모두 침묵했다. 떠돌이는 몹시 굶주린 상태일 텐데도 느릿느릿 먹었다. 빵 조각을 입에 넣고 우물거린 다음에는 꼭 능금주도 한 모금 마셨다. 그의 얼굴은 지쳐 보였다. 주름투성이에 군데군데 홀쭉하게 팬 모습이 고생을 무척 많이 한 것 같았다.

레베스크가 불쑥 물었다.

「댁의 이름이 어떻게 되오?」

남자는 고개를 들지 않고 대답했다.

「마르탱이오.」

　심상찮은 전율이 아이들의 어머니를 흔들었다. 그리고 떠돌이를 더 가까이에서 보려는 듯 앞으로 한 걸음 옮겨 놓았다. 그렇게 그의 앞에 다가가 섰다. 두 팔이 할 일을 찾지 못한 채 축 늘어지고 입이 벌어져 있었다. 누구도 말을 꺼내지 않았다. 마침내 레베스크가 다시 입을 열었다.

「여기 사람이오?」

「여기 사람이오.」

　마침내 떠돌이가 고개를 들자, 여자의 눈과 그의 눈이 만났다. 두 사람의 눈은 서로 얽힌 채 움직일 줄 몰랐다. 마치 두 개의 시선이 서로에게 가서 걸린 것 같았다.

　별안간 여자가 달라진 목소리로, 나지막이 떨리는 목소리로 웅얼거렸다.

「당신이야, 여보?」

　남자가 천천히 대답했다.

「그래, 나야.」

　남자는 그대로 앉아 계속해서 빵을 씹었다. 레베스크는 마음이 다급해졌다기보다는 그저 몹시 놀란 탓에 말을 더듬었다.

「자네가 마르탱이라고?」

　상대방이 짧게 대답했다.

「그래, 나야.」

　두 번째 남편이 물었다.

「대체 어디 있다가 오는 건가?」

첫 번째 남편이 지난 사연을 들려주었다.

「아프리카 해안에서 암초와 부딪쳐 배가 가라앉았지. 우리 중에 살아남아 뭍으로 올라온 사람은 피카르, 바티넬, 그리고 나, 이렇게 셋뿐이었네. 그러다가 야만인들한테 붙잡혀서 12년 동안이나 오도 가도 못 하는 신세로 살았지. 그사이 피카르와 바티넬은 죽었어. 한 영국인 여행가가 지나가다가 나를 구해 주고 세트로 데려다주었네. 그래서 여기로 올 수 있었던 거야.」

마르탱 부인이 앞치마에 얼굴을 파묻고 울기 시작했다.

레베스크가 말했다.

「어째야 하지, 이제?」

마르탱이 물었다.

「자네가 집사람의 남편인가?」

레베스크가 대답했다.

「그래, 그렇게 되었네.」

두 남자는 마주 바라보았고, 둘 다 아무 말이 없었다.

그러다가 마르탱은 자신을 에워싼 아이들을 둘러보더니, 고갯짓으로 두 여자아이를 가리키며 물었다.

「내 아이들인가?」

레베스크가 대답했다.

「자네 아이들이야.」

마르탱은 자리에서 몸을 일으키지 않았다. 아이들을 안아주지도 않았다. 그저 이렇게만 말했다.

「제기랄, 많이 컸군!」

레베스크가 조금 전에 했던 말을 되풀이했다.

「어째야 하지?」

마르탱도 당황한 터라 어찌해야 할지 모르기는 마찬가지였다. 마침내 그가 마음을 정했다.

「나는 자네가 하자는 대로 하겠네. 자네에게 해를 끼치고 싶지는 않아. 그렇지만 이 집은, 이건 좀 어렵군. 내 아이가 둘이고, 자네 아이가 셋이니까 각자 자기 아이를 데려가도록 하지. 애들 엄마는 내가 데려가는 건가, 자네가 데려가는 건가? 이 문제는 자네가 원하는 대로 하겠네. 하지만 이 집은 내 것이네. 아버지한테서 물려받은 집이고, 내가 태어난 집이거든. 공증인한테 집 등기도 되어 있네.」

마르탱 부인은 여전히 울고 있었다. 얼굴을 묻은 파란 앞치마 안에 울음소리가 고여 있다가 가느다랗게 새어 나왔다. 위의 두 딸이 가까이 다가와서 불안한 듯 아버지를 쳐다보았다.

아버지가 식사를 끝냈다. 이번에는 그가 말했다.

「이제 어째야 하지?」

레베스크가 한 가지 생각을 해냈다.

「신부님한테 가보세. 결정을 해주실 거야.」

마르탱이 몸을 일으켰다. 그가 자기 아내 쪽으로 발을 떼어놓자, 아내는 흐느껴 울며 그의 가슴에 몸을 던졌다.

「여보! 돌아왔구나! 마르탱, 가엾은 마르탱, 돌아왔구나!」

아내는 남편을 두 팔로 부둥켜안았다. 별안간 과거로부터 불어온 한 줄기 바람, 요동치는 추억의 회오리가 그 여자를 감싸 20대 시절 그 첫 포옹의 감각을 불러일으켰다.

마르탱도 가슴이 울컥해서 고개를 숙여 아내의 머릿수건에 입을 맞췄다. 벽난로에서 놀던 두 아이는 어머니가 우는 소리를 듣더니 한꺼번에 울음을 터뜨렸고, 마르탱의 둘째 딸에게 안겨 있던 막둥이도 별안간 피리가 된 양 날카로운 소리를 뽑아내기 시작했다.

레베스크가 곁에 서서 기다리고 있다가 말했다.

「자, 정리를 좀 해보자고.」

마르탱이 아내를 놓아주었다. 그가 눈길을 두 딸에게로 돌리자, 어머니가 딸들에게 말했다.

「아버지한테 인사하지 않고 뭐 하니.」

놀라서 멀뚱멀뚱 쳐다보고 있던 두 딸이 동시에 다가왔다. 조금 겁을 먹은 얼굴들이었다. 그러자 그는 촌사람답게 푸진 소리를 내며 두 아이의 뺨에 차례차례 입을 맞추었다. 둘째 딸에게 안긴 막둥이는 낯선 사람이 다가오자 귀청이 떨어져나가라 악을 쓰고 우는 바람에 팔다리가 파들파들 떨릴 정도였다.

그러고 나서 두 남자는 함께 집을 나섰다.

그들이 코메르스 주막 앞을 지날 때 레베스크가 물었다.

「한잔하는 건 어때?」

「나야 좋지.」 마르탱이 대답했다.

두 사람은 안으로 들어가서 자리를 잡았다. 실내가 아직은 한가롭게 비어 있었다.

「어이! 시코, 브랜디 두 잔 주게, 좋은 걸로. 여기 마르탱이 돌아왔네. 마르탱, 내 안사람 남편. 왜 알잖나, 〈두 자매〉호를 타고 나갔다가 실종됐던 그 마르탱이 돌아왔어.」

그러자 배가 불룩 나오고 혈색 좋고 살집이 피둥피둥한 술집 주인이 한 손에 술 석 잔을 들고, 다른 손으로는 물병을 집어 든 채 다가와 태연하게 물었다.

「저런! 그러니까 돌아온 거야, 마르탱?」

마르탱이 대답했다.

「돌아왔지!」

투안 영감

1

사방 1백 리 안에 사는 사람들은 〈뚱뚱이 투안〉, 〈내 명품 투안〉, 이른바 화주(火酒) 앙투안 마슈블레, 투른방 주막 주인이라고 불리는 투안 영감을 잘 알고 있었다.

사람들 사이에 그의 이름이 돌다 보니 바다를 향해 뻗어 내린 골짜기 한구석에 파묻힌 마을, 좁은 계곡과 나무들이 둘러싼 가운데 노르망디식 집 열 채가 모여 있는 이 작은 산골 마을도 덩달아 유명해졌다.

이 마을 집들은 투른방[1]이라는 지명에서 알 수 있듯이 굽이쳐 돌아앉은 산등성이 뒤편, 풀 무리와 가시금작화들로 뒤덮인 골짜기 안자락에 들어앉아 있었다. 폭풍우가 몰아치는 날 새들이 밭고랑 속에 몸을 숨기듯이, 집들도 그 골짜기에서 숨을 곳을, 즉 세찬 바닷바람, 소금기를 머금은 따가운 바람, 넓은 바다에서 불어와 화염처럼 그슬고 불태우며 한겨울

1 Tournevent. 바람막이 굴뚝 갓을 가리키기도 한다.

서리처럼 시들고 황폐하게 만들어 놓는 바람을 피해서 숨을 곳을 찾으려 한 것 같았다.

그런데 그 작은 마을은 전체가 이른바 〈화주〉, 그러니까 대개는 투안, 내 명품 투안으로 불리는 앙투안 마슈블레의 사유지 같아 보였다. 이름 앞에 〈내 명품〉이 붙은 건 그가 〈내 명품이 프랑스에서 최고지〉라는 말을 입에 달고 살았기 때문이다.

〈그의 명품〉이란 물론 그가 빚은 코냑이었다.

20년 전부터 그는 자신이 제조한 코냑과 화주로 그 고장을 흠뻑 적셔 왔다. 사실 사람들이 그에게 〈뭘 마시면 좋을까, 투안 영감?〉이라고 물어볼 때마다 그의 대답은 한결같았다.

「그야 화주지, 우리 사위. 배 속을 후끈하게 데워 주고 머릿속을 깔끔하게 씻어 주잖나. 몸에는 화주보다 더 좋은 게 없어.」

보다시피 또한 그는 누구를 대할 때든 〈우리 사위〉라고 불렀는데, 습관이 그럴 뿐 그에게는 결혼한 딸도, 혼기가 찬 딸도 없었다.

아! 아무렴. 사람들은 화주 투안을, 면에서 제일 뚱뚱하고 심지어 군에서도 제일 뚱뚱한 그를 잘 알고 있었다. 그의 작은 주막집은 가소로울 만큼 좁고 낮아 도무지 주인을 품을 수 없어 보였는데, 그런 탓에 그가 문간에 나와 서서 온종일 시간을 보내는 모습을 볼 때마다 사람들은 그가 과연 집 안으로 들어갈 수 있을까 궁금해했다. 물론 그는 손님이 올 때마다 매번 안으로 따라 들어갔다. 〈내 명품 투안〉의 주막에서

는 손님이 어떤 술을 마시든 당연히 투안에게 자신의 술을
조금 따라 권하기 마련이었으니까.

그의 주막에는 〈친구들의 만남의 광장〉이라는 간판이 달
려 있었고, 또 투안 영감이야말로 그 고장 모든 사람의 친구
였다. 사람들은 그를 만나 그의 우스갯소리를 들으며 웃고 싶
어서 페캉에서도, 몽티빌리에에서도 찾아왔다. 이 뚱보 주막
주인은 묘지 비석까지 웃게 할 사람이었으니까. 그는 듣는 사
람의 기분을 거스르지 않으면서도 놀려 대는 재주가 있었고,
드러내 말하지 않으면서도 눈을 깜박거리거나 찡긋거리며
표현할 줄 알았다. 그는 흥이 오르면 자신의 허벅지를 철썩
내리쳤는데, 그 방식이 얼마나 찰떡같은지 그 소리가 들릴
때마다 누구든 자신도 모르게 웃음을 터뜨리곤 했다. 게다가
술을 들이켜는 그의 모습을 바라보는 것도 흥미진진했다. 그
는 누구든 권하기만 하면 어떤 술이든 넙죽넙죽 받아 마셨는
데, 그럴 때마다 약빠른 그의 눈 속에 기쁨이 차올라 넘실거
렸다. 우선은 술을 마셔서 즐겁고, 이어서 돈을 받아 그걸로
또 술을 마실 수 있어서 즐겁고, 이렇게 양쪽으로 즐겁다 보
니 저절로 솟아나는 기쁨이었다.

그 고장의 익살꾼들이 그에게 묻곤 했다.

「넘쳐나는 게 바닷물인데 그건 왜 안 마시는 거요, 투안
영감?」

그의 대답은 이랬다.

「두 가지 이유로 못 하고 있네. 첫째는 짠맛 때문이고, 둘
째는 병에 담겨 있지 않기 때문이야. 이 배를 갖고서야 몸을

굽힐 수 없으니 엎드려 벌컥벌컥 들이마시기는 틀렸잖나!」

그리고 또 그가 아내와 투덕거리는 소리를 꼭 들어 보기를! 그 장면은 그야말로 한 편의 희극이어서 기꺼이 자릿값을 치르고서라도 구경할 만했다. 혼인한 지 30년째였지만 그들은 매일 옥신각신 다투었다. 다만 투안이 실실거리는 편이라면, 그의 마누라는 발끈 화를 내는 편이었다. 투안 할멈은 키가 큰 시골 아낙으로, 학처럼 긴 다리로 경중경중 걸어 다녔는데, 납작하고 마른 몸통 위에 부엉이처럼 성난 얼굴이 얹혀 있었다. 할멈은 주막 뒤편 작은 뜰에서 닭을 기르며 시간을 보냈고, 또 나름대로는 닭들이 포동포동 살이 오르게 하는 비법이 있다고 명성이 자자했다.

페캉의 상류층 사람들이 집에서 만찬을 열 때 그 만찬이 먹음직했다는 소리가 나오게 하려면, 투안 할멈이 키운 닭을 식탁에 올려야 했다.

그렇지만 할멈은 타고난 성미가 심술궂고 만사가 늘 불만이었다. 온 세상에 화를 냈고, 그중에서도 특히 남편을 탓했다. 남편의 유쾌함을 탓했고, 그가 사람들 사이에 이름이 나 있다는 사실을 탓했고, 그의 건강과 불룩 튀어나온 배를 탓했다. 남편이 일하지 않고도 돈을 번다는 이유로 무능한 인간 취급을 했고, 보통 사람의 열 배는 먹고 마신다는 이유로 식충이 취급을 했다. 할멈이 화가 난 듯 목소리에 날을 세워 이런 말로 그를 구박하지 않고 지나가는 날은 단 하루도 없었다.

「영락없이 돼지인데, 차라리 돼지우리에 들어가는 게 더 낫지 않아? 그렇게 기름이 꼈으니 심장이 온전할 리가 있나.」

그러고는 곧바로 남편의 얼굴에 대고 악다구니를 퍼부었다.

「기다려 봐, 조금만 기다려 보라고. 어찌 될지 두고 보면 알지. 두고 보면 알고말고! 곡식 자루처럼 터져 버릴걸, 이 뚱보 영감탱이!」

투안은 너털웃음을 터뜨리고 불룩한 배를 두들기면서 대답했다.

「어이! 암탉 할망구, 우리 납작 빨래판, 임자도 저 닭들처럼 살을 좀 붙여 봐. 한번 해보라고, 어떤가 보게.」

그러고는 소매를 걷어 굵은 팔뚝을 드러내며 객설을 흘렸다.

「자고로 날개는 이래야지, 할망구, 날개란 이래야 한다고.」

그러면 주막의 손님들은 포복절도하면서, 탁자를 주먹으로 쿵쿵 내리치고 발로 땅바닥을 구르다가 유쾌함에 취해 바닥에 침을 뱉었다.

할멈은 발끈하며 되받았다.

「조금만 기다려 봐…… 조금만…… 어찌 될지 두고 보라고…… 곡식 자루처럼 터져 버릴 테지…….」

그러고는 술꾼들의 쏟아지는 웃음소리를 덮어쓴 채 화가 머리끝까지 나서 가버렸다.

사실 투안 영감은 보기에도 놀랄 정도로 뚱뚱하고 빵빵해진 모습이었고, 불그레한 얼굴로 숨을 가쁘게 몰아쉬고 있었다. 죽음은 엄청난 몸집을 한 인간들의 머리 꼭대기에 올라

앉아 잔꾀와 명랑한 만담과 짓궂고 익살맞은 장난으로 자신의 완만한 파괴 작업을 영락없는 희극으로 만들며 즐기는 듯한데, 투안도 그런 식으로 죽음의 장난감이 된 뚱보 가운데 하나였다. 죽음이라는 이 동냥아치는 여느 사람들한테서는 그 구질구질한 모습, 희끗희끗한 머리카락, 거죽만 남은 골격, 쪼글쪼글한 주름살을 통해 얼굴을 내비치고, 〈젠장, 못 알아보겠네!〉라는 탄식을 소스라치며 토해 놓게 만드는 그 점진적 쇠락 현상을 통해 자신이 가까이 다가가고 있음을 드러내곤 하지만, 투안 영감한테서는 반대로 그를 부풀리고, 뒤룩뒤룩 기묘하게 만들어 놓고, 푸르스름한 옷에 불그레한 얼굴을 울긋불긋 대비시키고, 바람을 불어 넣어 헐떡거리게 하고, 어떤 초인적인 건강 상태의 외양을 꾸며 주면서 즐거워했다. 죽음이 모든 존재에 부과하는 변형이 투안 영감의 경우에는 음울하고 처량한 것 대신, 우스꽝스럽고 익살스럽고 유쾌한 것이 되어 있었다.

「조금만 기다려 봐…… 조금만 기다려 보라고.」 투안 할멈은 매번 구시렁거렸다. 「어찌 될지 두고 봐.」

2

투안 영감이 중풍에 걸려 몸에 마비가 왔다. 사람들은 거구의 몸인 그를 주막 칸막이벽 뒤편 작은 방에 눕혀 주었다. 주막 손님들이 떠드는 이야기도 듣고, 친구들과 이야기도 나누라는 배려였다. 사실 그의 몸, 그 거대한 몸뚱이는 움직일 수도 일으킬 수도 없어서 꼼짝없이 자리를 지켜야 했지만, 머리만은 여전히 재바르게 돌아가고 있었다. 처음에는 그 굵은 두 다리에 힘이 돌아올 거라 기대했었는데, 그 기대가 곧 무너지고 말았다. 〈내 명품 투안〉은 밤낮으로 침대에 누워 지내야 했고, 일주일에 한 번 이웃 사람 넷이 한꺼번에 달려들어 이 주인장의 팔다리를 붙잡아 들어 올려 주면 그 틈을 타서 짚 매트를 뒤집어 꺼진 부분을 두드리고 침대를 정돈했다.

그렇지만 그는 여전히 유쾌했다. 다만 그 유쾌함이 예전과 달라서 더 소심하고 더 겸손해진 면이 있었다. 온종일 새된 소리를 퍼붓는 마누라 앞에서 어린아이처럼 움츠러든 탓이었다.

「그럼 그렇지, 이 뚱땡이 식충이. 그럼 그렇지, 이 무능해 빠진 인간, 게으름뱅이, 주정뱅이 인간아! 꼴좋다, 꼴좋아!」

그는 이제 아무 대꾸도 하지 않았다. 할멈이 돌아서면 그저 눈 한 번 흘기고 자리에서 돌아눕곤 했는데, 이것이 그가 유일하게 할 수 있는 동작이었다. 그는 이 동작을 〈북진〉 혹은 〈남진〉이라고 불렀다.

이제 그의 큰 소일거리는 주막에서 오가는 대화를 듣고 있다가 친구들의 목소리를 찾아내면 칸막이벽을 사이에 두고 말을 주고받는 것이었다. 그가 소리쳐 물었다.

「어이, 우리 사위, 자네 셀레스탱이지?」

그러면 셀레스탱 말루아젤이 화답했다.

「그려, 나야, 투안 영감. 어디 우리 뚱보 토끼, 다시 뛰어다니고 있나?」

〈내 명품 투안〉이 대답했다.

「뛰어다니는 건 아직 아냐. 그렇지만 살이 조금도 줄지 않았는지 가슴팍은 튼실하다네.」

투안 영감은 곧 가장 친한 친구들을 방으로 청해 들였다. 영감으로서야 자기를 빼놓고 술을 마시는 모습을 지켜봐야 한다는 아쉬움이 있긴 했지만, 그래도 모두 곁에 와서 말동무가 되어 주었다. 그는 매번 되뇌었다.

「이보게 내 사위, 가장 가슴 아픈 일이 뭐냐면 내 명품 브랜디를 마시지 못한다는 거야, 빌어먹을. 나머지 일이야 다 즐거운데, 한 모금도 마시지 못한다는 것에 영 마음이 울적해지네.」

투안 할멈의 부엉이 얼굴이 창가에 나타날 때가 있었다. 할멈은 이런 식으로 소리를 질렀다.

「저 보라고, 저 봐. 이제 저 뚱땡이 게으름뱅이를 먹이고 씻겨야 하네. 돼지 씻기듯 씻어 줘야 하네.」

할멈의 모습이 사라지고 나면 깃털이 붉은 수탉 한 마리가 이따금 창문턱에 날아올라 호기심 가득한 둥근 눈으로 방 안을 내려다보다가 목청 좋게 한 울음 뽑아냈다. 또 가끔은 암탉 한두 마리가 바닥에 떨어진 부스러기를 찾아 침대 발치까지 날아 들어올 때도 있었다.

얼마 안 가 〈내 명품 투안〉의 친구들은 주막 테이블을 내버려 두고 매일 오후 이 뚱뚱한 남자를 둘러싸고 수다를 떨고싶어 침대 곁에 자리를 잡았다. 비록 누워 지내는 처지였지만 익살꾼 투안은 여전히 그들에게 즐거움을 안겨 주었다. 이 나이 든 개구쟁이는 악마라도 웃음을 터뜨리게 할 수 있었을 것이다. 매일 침대로 찾아오는 친구는 셋이었는데, 사과나무처럼 몸통이 살짝 비뚤한 껑다리 말라깽이 셀레스탱 말루아젤, 짓궂고 여우처럼 꾀바른 데다 왜소한 체구로 족제비처럼 여기저기 코를 들이밀고 다니는 프로스페르 오를라빌, 말은 없지만 어쨌거나 흥이 많은 세제르 포멜이었다.

친구들은 마당에서 판자 하나를 들고 와서 침대 가장자리에 올려놓고 어김없이 도미노 게임을 했다. 오후 2시부터 6시까지 매번 가차 없는 게임이 벌어졌다.

그렇지만 얼마 안 가 투안 할멈이 이 꼴을 그냥 보아 넘기지 못하게 되었다. 뚱보 게으름뱅이 자기 집 남정네가 침대에 드러누워서도 도미노 게임을 하며 여전히 즐거워하는 모습이 눈꼴이 시었다. 그래서 도미노 판을 벌인 게 보일라치면 할멈은 버럭 화를 내며 뛰어 들어와 판을 뒤집어엎고는, 패를 싹싹 끌어모아 주막으로 다시 가져다 놓았다. 그러면서 저 비곗살 뚱땡이가 아무 일도 하지 않는데도 여전히 놀고 즐기는 꼴은 봐줄 수가 없으며, 그건 온종일 일하는 가난한 사람들을 비웃는 일이라고, 저 뚱땡이는 먹여 주는 것만으로도 감지덕지해야 한다고 잘라 말했다.

셀레스탱 말루아젤과 세제르 포멜은 고개를 숙이고 눈치를 봤지만, 프로스페르 오를라빌은 슬쩍 깐죽거리면서 할멈이 화내는 모습을 재미있어했다.

어느 날 할멈이 평소보다 더 화가 나 있는 걸 본 그가 말을 걸었다.

「여! 형수님, 제가 형수님이라면 꼭 했을 일이 있는데, 그게 뭔지 아세요?」

할멈은 그 부엉이 눈으로 상대방을 골똘히 쳐다보며 이어질 말을 기다렸다.

그가 다시 입을 열었다.

「저 친구는 몸이 화덕처럼 따뜻하잖아요. 침대를 벗어나는 법이 없으니 그럴 수밖에요. 그러니 저라면 저 친구에게 알을 맡겨 품게 할 텐데요.」

할멈은 어이가 없어 멍하게 있다가 상대방이 자신을 놀린다고 생각하고 그 촌 남자의 홀쭉하고 꾀바른 얼굴을 눈으로 빤히 훑었지만, 그는 말을 계속 이었다.

「암탉한테 알을 품게 해주고, 품기 시작하는 날 저 친구의 겨드랑이에도 한쪽에 알 다섯 개, 다른 쪽에 다섯 개, 이렇게 묻어 놓아 봐요. 그러면 같은 날 알을 깨고 나올 테니. 저 친구가 품은 알들이 부화되면 그 병아리들을 암탉에게 키우라고 갖다 주는 거죠. 그러면 그놈들이 다 형수님의 닭이 되잖아요!」

할멈이 어리둥절해서 물었다.

「그게 될까?」

대답이 돌아왔다.

「그게 될 것 같냐고요? 안 될 거라고 하는 이유는 뭔데요? 따뜻한 상자 속에서 알을 부화시킬 수 있으니 침대 속에서도 당연히 부화시킬 수 있죠.」

할멈은 이런 발상이 적잖이 놀라웠는지 말없이 생각에 잠긴 표정으로 자리를 떴다.

일주일 후 할멈이 앞치마에 달걀을 가득 담아 투안의 방으로 들어와서 말했다.

「방금 누런 암탉을 둥지에 넣고 알을 열 개 넣어 줬어. 여기 이 열 개는 영감 거요. 깨뜨리지 않게 조심해야 해.」

투안은 어이없어하며 물었다.

「뭘 어쩌려고?」

할멈이 대답했다.

「뭘 어쩌긴, 알을 품게 하려는 거지. 이 아무짝에도 써먹지 못할 인간아.」

그는 처음에는 웃었다. 이어서 할멈이 고집을 꺾지 않자 화가 나서 뻣뻣이 굴었다. 장차 닭이 될 그 씨앗들을 체온으로 부화시키기 위해 그 자신의 굵은 팔뚝 아래 파묻어 놓으면 된다는데도 그런 짓일랑 결단코 하지 않겠다며 버텼다.

할멈이 노기등등해서 선언했다.

「알을 품지 않겠다면 밥도 없을 줄 알아. 어찌 될지 두고 보라지.」

투안 영감은 불안한 마음에 아무 대꾸도 못 했다.

정오를 알리는 종소리가 들리자 영감이 소리쳐 불렀다.

「여보, 할멈! 수프는 다 끓었어?」

할멈이 부엌에서 소리 질렀다.

「당신한테 줄 수프는 없어, 뚱땡이 게으름뱅이.」

영감은 할멈의 심술이 그저 장난이겠거니 기대하며 기다렸다. 이어서 빌고, 애원하고, 욕을 퍼붓고, 필사적인 〈북진〉

과 필사적인 〈남진〉을 연거푸 실행하며 주먹으로 벽을 쿵쿵 쳐보기도 했지만, 결국은 체념하고 왼쪽 옆구리에 달걀 다섯 개를 받아들여 품어야만 했다. 그러자 수프가 나왔다. 주막 으로 모여든 친구들은 영감이 어딘가 탈이 났거니 생각했는데, 그만큼 영감의 모습은 묘했고 불편해 보였다.

이윽고 언제나처럼 게임판이 벌어졌다. 하지만 투안 영감 은 아무 재미도 느끼지 못하는 것 같았고, 손을 뻗어야 할 때 는 느릿느릿 한없이 조심스럽게 움직였다.

「자네 팔을 묶어 놓은 건가?」 오를라빌이 물었다.

투안이 대답했다.

「어깨가 어쩐지 묵직하니 쑤시는군.」

별안간 주막에 누군가 들어서는 소리가 들렸다. 게임을 하던 손들이 멈추면서 입도 닫혔다.

면장이 부면장과 함께 온 것이었다. 그들은 브랜디 두 잔을 주문하고, 그 고장의 몇몇 현안에 대해 의견을 나누기 시작했 다. 그들이 목소리를 낮춰 말하고 있었던 탓에 〈화주 투안〉 은 겨드랑이에 알이 있다는 사실을 깜박 잊고 급작스레 〈북 진〉 동작을 취해 벽에 귀를 바짝 댔고, 그 바람에 그가 누운 아래쪽으로 오믈렛이 만들어지고 말았다.

그의 입에서 욕설이 튀어나왔다. 그 소리를 듣고 뛰어 들 어온 투안 할멈은 대재앙이 벌어졌다는 걸 눈치채고 이불을 휙 젖혔다. 할멈은 처음에는 꼼짝도 하지 않고 가만히 서 있 었다. 남편의 옆구리에 찜질 고약처럼 들러붙은 노란 반죽 앞 에서 화가 치밀어, 너무나 화가 치밀어 그만 숨이 턱 막혔기 때문이다.

이윽고 할멈이 분노로 부들부들 떨면서 누워 꼼짝 못 하는 마비 환자에게 달려들어, 그의 배를 연못가에서 빨래를 두들길 때처럼 세차게 두들기기 시작했다. 할멈의 두 손이 북 치는 토끼 인형의 앞발처럼 한 손 한 손 번갈아 빠르게 허공을 가르며 떨어질 때마다 묵직한 북소리가 울렸다.

투안의 세 친구는 숨이 넘어가도록 웃어 대다가 기침을 했고, 재채기도 했고, 알아들을 수 없는 소리까지 꽥꽥 토해 냈다. 당황한 우리의 뚱보 영감은 아내의 공격을 어쨌거나 막아 보려 하고 있었는데, 그 몸짓이 조심스러웠던 이유는 다른 쪽 옆구리에 여전히 품고 있는 알 다섯 개를 깨뜨리지 않기 위해서였다.

3

투안 영감은 백기를 들었다. 그는 알을 품어야 했고, 도미노 게임이건 뭐건 모든 움직임을 포기해야 했다. 그가 알 하나를 깨뜨릴 때마다 할멈이 사납게 음식을 빼앗아 버렸기 때문이다.

그는 등을 대고 누워 눈길을 천장에 붙인 채 꼼짝도 하지 않았다. 날개처럼 쳐든 두 팔 아래에는 장래의 닭들이 흰 껍질 속에 들어앉아 맞닿은 그의 체온으로 따듯하게 생명을 틔우고 있었다.

영감은 움직임이 겁나는 만큼이나 소리 내기도 겁이 난다는 듯 목소리를 낮추어 말했고, 자신과 동일한 과업을 떠맡아 닭장에서 알을 부화시키고 있는 누런 암탉을 걱정했다.

그는 아내에게 묻곤 했다.

「누런 놈은 오늘 모이를 좀 먹었나?」

그러면 할멈은 침대 속에서, 또 닭장 둥지 속에서 무르익어 가고 있는 장래의 암탉들에 대한 걱정에 이끌리고 쫓겨서, 암탉에게로 갔다가 남편에게로 오고, 남편에게 왔다가 다시 암탉에게로 가는 등 양쪽을 분주히 오갔다.

이 사연을 알게 된 그 고장 사람들이 호기심 반 걱정 반으로 투안 영감의 안부를 물으러 왔다. 그들은 병실에 들어갈 때처럼 살금살금 걸어 들어와 궁금함을 억누르지 못하고 물었다.

「어디 보자! 잘돼 가나?」

투안이 대답했다.

「그럭저럭 견딜 만하네. 그런데 이쪽이 좀 덥다 보니 자꾸 근질근질하군. 개미들이 내 살 위로 기어다니는 것 같아.」

그런데 어느 날 아침, 그의 아내가 무척 감동한 표정으로 들어오더니 말했다.

「누런 놈은 일곱 마리를 까놓았네. 알들 가운데 실하지 못한 것들이 세 개 끼어 있었지 뭐야.」

투안은 심장이 두방망이질하는 걸 느꼈다. 과연 몇 놈일까, 투안 영감은?

그가 물었다.

「곧 나오겠지?」 말투에서 어떤 불안감, 이제 곧 어머니가 될 여자의 불안감이 배어 나왔다.

할멈은 대사를 그르칠 수도 있다는 두려움에 시달리던 참이어서 벌컥 화를 내며 대답했다.

「곧 나온다니까, 글쎄!」

그들은 기다렸다. 때가 임박했음을 알게 된 친구들도 나름대로 초조해하며 줄줄이 도착했다.

마을에서는 집집마다 이 이야기를 했고, 새로운 소식이 있는지 알아보려고 이웃집으로 달려가곤 했다.

3시경, 투안은 설핏 잠이 들었다. 이제 그는 하루의 절반을 잠으로 보내고 있었다. 별안간 오른팔 밑에서 어떤 낯선 근지러움이 일어 그는 퍼뜩 깨어났다. 곧바로 왼손을 오른팔 밑으로 밀어 넣어 보았다. 뭔가가 손에 잡혔다. 꺼내 보니 노란 솜털로 덮인 병아리였다. 병아리 한 마리가 가볍게 모아 쥔 그의 손가락들 한가운데서 꼼지락거리고 있었다.

얼마나 감동했던지 그는 소리를 지르기 시작했다. 그러면서 병아리를 내려놓자, 녀석은 그의 가슴팍 위로 쪼르르 내달았다. 마침 사람들이 주막에 한가득 모인 참이었다. 그 술꾼들이 너나없이 몸을 날려 방 안으로 들이닥쳐서는 재주 부리는 곡예사를 둘러싸듯 둥글게 자리 잡고 섰다. 한발 앞서 달려온 할멈이 남편의 수염 밑에 웅크리고 있는 병아리를 조심스럽게 거두어들였다.

아무도 입을 열지 않았다. 4월, 어느 따사로운 날이었다. 열린 창문으로 그 누런 암탉이 꼬꼬댁거리며 갓 태어난 병아리들을 불러 모으는 소리가 들려왔다.

투안은 흥분해서, 또 불안하고 초조해서 땀을 뻘뻘 흘리다가 문득 중얼거렸다.

「지금 왼팔 밑에 또 한 놈이 있어.」

할멈이 뼈만 남은 커다란 손을 쑥 집어넣어 침대에서 두 번째 병아리를 끄집어냈다. 아이를 받아 내는 산파처럼 조심스러운 동작이었다.

이웃들이 새로 태어난 놈을 보고 싶어 했다. 그들은 눈앞에서 진귀한 현상이라도 보는 양 갓 태어난 병아리를 손에서 손으로 넘겨받아 자세히 들여다보았다.

한동안 잠잠하더니 20분 후 네 마리가 동시에 알을 깨고 나왔다.

주위를 에워싸고 지켜보는 사람들 사이에 큰 웅성거림이 일었다. 투안은 자신의 성공이 흐뭇해 슬그머니 웃었다. 마침내 성취한 이 기묘한 부성에 대한 자부심이 그의 가슴에 차오르기 시작했다. 어쨌거나 이런 사람을 흔히 볼 수는 없잖은가! 이거야 원, 얼마나 엉뚱한지!

영감이 외쳤다.

「모두 합해 여섯! 젠장, 세례식은 어쩌누.」

구경꾼들 사이에서 큰 웃음이 터져 나왔다. 다른 사람들도 몰려와서 주막을 가득 채우고 있었다. 또 다른 이들은 문 앞에서 기다렸다.

그들이 서로에게 물었다.

「몇 놈이래?」

「여섯.」

투안 할멈이 이 새 식구들을 암탉에게 데려다주자, 암탉은 필사적으로 꼬꼬댁거리며 깃털을 곤두세우고 두 날개를 활짝 펼쳐 점점 늘어나는 새끼들을 보호하려 했다.

「한 놈 더 있어.」 투안이 소리쳤다.

영감이 잘못 알고 하는 말이었다. 한 놈이 아니라 세 놈이었으니까! 그야말로 대단한 성공이었다. 마지막 놈은 저녁 7시에 껍질을 까고 나왔다. 알들은 하나도 빠지지 않고 모두 실한 것들이었다! 투안 영감은 그동안의 노역에서 해방된 데다 대성공을 거둔 기쁨에 취해 그 연약한 병아리의 등에 입을 맞추다가 하마터면 입술로 새끼의 숨을 막아 버릴 뻔했다. 그는 자신이 생명을 준 작디작은 존재에게 어떤 모정 같은 것이 솟구친 터라 이 막내 병아리를 다음 날까지는 침대에 데리고 있고 싶어 했지만, 할멈은 남편의 간청을 귓등으로 흘려버리고 다른 새끼들과 마찬가지로 데리고 가버렸다.

모여들었던 사람들도 이런 성공이 기뻐서 이런저런 이야기를 신나게 떠들며 돌아갔다. 오를라빌이 맨 마지막까지 남아 있다가 물었다.

「어디 말해 보게, 투안 영감. 맨 처음 태어난 놈으로 프리카세[2]를 만들 때는 나를 부를 거지? 그렇지?」

프리카세를 만든다는 생각에 투안의 얼굴이 환해졌다. 이 뚱보 영감이 대답했다.

「물론이지, 초대하고말고, 우리 사위.」

---

2 닭 또는 송아지 고기 등을 화이트소스에 익힌 일종의 스튜.

마드무아젤 페를

1

그날 저녁 내가 마드무아젤 페를을 왕비로 뽑다니, 정말이지 얼마나 별난 발상이었는지.

해마다 주현절[1]이 되면 나는 아버지의 오랜 친구 샹탈 씨 집으로 간다. 내가 아주 어렸을 때부터 아버지는 내 손을 붙잡고 가장 허물없는 친구인 그분의 집으로 가서 저녁을 함께 보내곤 했다. 지금까지 그래 왔듯이 앞으로도 내가 살아 있고 샹탈 가족이 한 사람이라도 세상에 남아 있는 한, 나도 매년 그럴 것이다.

한편, 생각해 보면 샹탈 가족이 살아가는 방식은 독특한 면이 있다. 파리에 살면서도 마치 그라스나 이브토, 퐁타무송에서와 같은 시골살이를 떠올리게 한다.

그들의 집은 파리 천문대 옆, 작은 정원에 붙어 있는 가옥이다. 그 집에 들어앉아 마치 시골에서처럼 살아가는 것이다.

1 주님 공현 대축일, 1월 6일.

파리에 대해서는, 진짜 파리살이에 대해서는 아무것도 모르고 전혀 눈치채지도 못한다. 세상과 동떨어져 있으니, 세상으로부터 아주 멀찍이 거리를 띄우고 있으니 그럴 수밖에! 하지만 이따금 그들도 어떤 종류의 파리 행차에, 긴 행차에 나서기도 한다. 그들 가족이 하는 말을 빌리면 상탈 부인이 식료품 대량 구매에 나서는 것인데, 그 대대적인 식량 비축 행차의 과정은 이렇다.

주방 찬장 열쇠를 맡은 페를 양(리넨 제품들을 정리해 둔 장은 안주인이 직접 관리한다)이 설탕이 다 떨어져 간다고, 저장 식품이 바닥났다고, 커피가 자루에 아주 조금밖에 남지 않았다고 알려 온다.

굶주림에 대비해 이렇게 경보가 내리면 상탈 부인은 조사에 착수해 재고량을 수첩에 일일이 적어 나간다. 설탕, 쌀, 자두, 커피, 잼, 완두콩, 강낭콩, 바닷가재 통조림, 염장이나 훈제 생선 등등, 이 모든 것과 연관해 수많은 숫자를 적은 뒤 우선 긴 시간을 들여 계산을 해보고, 이어서 페를 양과 의논한다. 이것도 한참이 걸리는 일이지만 어쨌거나 결국은 의견 일치를 보고 각 식료품마다 석 달 치 분량을 가늠해 놓는다.

그런 후에 장을 볼 날을 정하고, 지붕에 짐칸이 있는 삯마차를 불러 타고는 다리 건너편 신시가지에 있는 큰 식료품점으로 간다.

상탈 부인과 페를 양은 이 행차를 비밀 임무 엄수하듯 함께 치러 내고 저녁 식사 시간에 늦지 않게 돌아오는데, 두 사람 모두 흥분이 남아 있긴 해도 이삿짐 마차처럼 지붕까지 꾸러미와 자루들로 뒤덮인 마차 안에서 흔들리며 온 터라 거의 녹초가 된 모습들이다.

샹탈 씨 가족이 보기에 파리는 센강을 건너기만 하면 어디나 새로 생긴 동네들이다. 그 신시가지마다 유난하고 소란스럽고 품위라고는 모르는 사람들이 모여 사는데, 이들은 낮에는 흥청망청 쇼핑하고 밤에는 흥청망청 파티를 벌이면서 무가치하게 돈을 낭비한다. 그래도 이따금 샹탈 씨는 구독하는 신문에서 추천하는 연극이 있으면 딸들을 센강 건너편의 극장들, 오페라 코미크나 코메디 프랑세즈로 데려가기도 한다.

딸들은 이제 각각 열아홉, 열일곱 살이다. 둘 다 예쁘고 키가 크고 싱그러움이 넘치며 아주 곱게 자란, 너무 곱게 자란 아가씨들로, 얼마나 곱게 자랐는지 구석에 놓인 두 개의 예쁜 인형처럼 있는지 없는지 모를 정도이다. 나는 샹탈 씨네 아가씨들에게 관심을 쏟거나 구애할 생각을 해본 적이 한 번도 없다. 한두 마디 말을 붙여 볼 엄두도 내지 못했는데, 그만큼이나 그들이 때 묻지 않은 존재들로 느껴지는 것이다. 그들에게 인사말을 건네는 행동조차 버릇없는 짓이 아닐까 겁이 나는 참이니까.

그들의 아버지 샹탈 씨로 말하자면 매력적인 사람으로 아주 교양 있고, 아주 너그럽고, 아주 다정한데, 그런 한편으로 무엇보다 휴식과 고요와 평온을 아주 좋아하는 탓에 가족들을 그처럼 잠잠하게, 그의 방식으로 고인 물처럼 살아가게 하는 데 큰 역할을 했다. 그는 많은 책을 읽고 대화를 즐기며 또한 쉽게 감동하곤 한다. 사람들과 접촉하고 부대끼고 충돌

하며 지내 본 경험이 없는 만큼 그의 표피, 정신의 표피가 아주 민감하고 섬세해진 것이다. 그래서 별것 아닌 일에도 흥분하고 동요하고 고통받는다.

그렇기는 하지만 샹탈 가족도 서로 교유하며 지내는 이들이 있다. 다만 주위 사람들 가운데 꼼꼼히 선별해서 사귀는 것뿐이다. 먼 곳에 사는 친척들과도 1년에 서너 번은 서로 방문한다.

내 경우, 해마다 8월 15일[2]과 주현절에 샹탈 가족의 집으로 가서 저녁 만찬을 함께한다. 이 일은 나에게는 일종의 의무로, 가톨릭 신자들이 부활절 영성체를 거르지 못하는 것과 비슷하다.

8월 15일에는 나 말고도 초대받는 사람이 몇 명 더 있지만, 이 주님 공현 대축일에는 내가 유일한 초대 손님이다.

2

올해도 여느 해와 마찬가지로 나는 주님 공현 대축일의 저녁 만찬을 위해 샹탈 가족의 집으로 갔다.

매번 하던 대로 샹탈 씨와 샹탈 부인, 페를 양의 볼에 입을 맞추고, 루이즈 양과 폴린 양에게는 머리 숙여 정중하게 인사했다. 식구들은 나에게 세상 온갖 일들에 대해, 시내에서 벌어진 사건들이며 정치 문제, 통킹 사건[3]에 대한 여론, 하원

2 성모 승천일.
3 1885년 3월 청불 전쟁 말기, 인도차이나 통킹만에 진출해 있던 프랑스

의원들에 대해 물어 왔다. 샹탈 부인은 투실투실한 체격과는 달리 꺼내 놓는 생각들마다 모두 다듬어진 석재처럼 네모나다는 인상을 던져 주곤 하는데, 정치 이야기가 나올 때면 매번 습관처럼 다음과 같은 말로 마무리하곤 했다. 「이 모든 게 싹수가 노랗다고요.」 어째서 나는 매번 샹탈 부인의 생각을 네모로 상상한 걸까? 이유는 모르겠다. 하지만 부인이 하는 모든 말은 내 머릿속에서 그런 형태로 떠오른다. 네모, 네 개의 각이 대칭을 이루는 큰 네모인 것이다. 반면 생각이 굴렁쇠처럼 둥글둥글 늘 굴러간다는 인상을 주는 사람들도 있다. 그런 사람들이 무언가에 대해 한마디 꺼내 놓으면 그것이 굴러서 앞으로 나아가는데, 그때부터 내 눈앞에는 열, 스물, 오십 개의 크고 작은 둥그런 생각들이 꼬리에 꼬리를 물고 지평선 끝까지 달려가는 모습이 떠오른다. 또 어떤 사람들의 생각은 끝이 뾰족한 형태를 하고 있는데…… 어쨌거나 이런 건 그리 중요한 문제가 아니다.

매번 그렇듯 모두 식탁에 자리를 잡았다. 특별히 기억에 남을 만한 이야기는 나오지 않았고, 그렇게 만찬은 끝이 났다.

주님 공현 대축일에 먹는 〈왕들의 갈레트〉[4]가 디저트로 나왔다. 그때까지 해마다 왕이 된 사람은 샹탈 씨였다. 연속된 우연의 결과였는지, 아니면 가족 간에 어떤 합의가 있었는지 나로선 알 수 없지만, 샹탈 씨는 자기 몫의 갈레트 속에

군에 대해 식민지 개척으로 이익을 내기는커녕 자국 병사를 이국에서 죽음으로 내몬다는 여론이 일어 쥘 페리 내각이 위기를 맞은 사건을 말한다. 이 사건을 계기로 쥘 페리 내각이 총사퇴했다.

4 보름달 모양의 둥글고 넓적한 과자로, 〈왕들〉은 동방 박사 3인을 가리킨다.

서 어김없이 페브[5]를 찾아내 왕이 되고, 샹탈 부인을 왕비로 선포하곤 했다. 그런 터라 나는 갈레트를 한입 베어 물다가 뭔가 아주 딱딱한 것이 걸려 이가 부러질 뻔한 바람에 깜짝 놀랐다. 입안의 그 이물질을 조심조심 꺼냈다. 작은 도자기 인형이라는 걸 알아볼 수 있었는데, 크기는 강낭콩만 했다. 예상 못 한 일이어서 〈아!〉 하는 감탄이 저절로 나왔다. 모두 가 나를 바라보았고, 이어서 샹탈 씨가 손뼉을 치며 외쳤다. 「가스통이네, 이번에는 가스통이야. 왕이여 만세! 만세!」

모두가 함께 외쳤다. 「왕이여, 만세! 만세!」 나는 귀까지 새 빨개졌다. 사람들은 다소 당황스러운 상황이 되면 대개 이유 없이 얼굴이 붉어지는데, 내가 그 짝이었다. 콩알만 한 그 도 자기 인형을 두 손가락으로 집어 든 채 눈을 내리깔고는 어 떻게 해야 할지, 무슨 말을 할지 몰라 그저 웃어넘기려고 애 쓰는 참인데, 샹탈 씨가 말했다. 「이제 왕비를 뽑아야지.」

나는 깜짝 놀랐다. 그 찰나의 순간에 수천 가지 생각, 수천 개의 가정이 머릿속을 스쳐 갔다. 샹탈 가족의 두 딸 중에서 고르게 하려는 걸까? 내가 누구를 더 좋아하는지 털어놓게 하려는 방법일까? 딸의 혼인 상대로 가능성이 있다 싶은 대 상을 향해 부모들이 은근히, 슬쩍, 눈치채지 못하게 압력을 넣는 경우가 바로 이런 걸까? 다 큰 딸들을 둔 집이라면 혼 처를 구할 생각에서 벗어나기 어려운 법이고, 또 그런 생각 은 온갖 형태를 띠고, 갖가지 가면을 덮어쓰고, 갖은 방식으

---

5 신성함과 풍요를 상징하는 잠두콩. 갈레트 안에 넣는 작은 도자기 인형 으로 행운을 의미한다.

로 나타나기 마련이다. 거기에 내가 말려들지도 모른다는 떨 떠름한 불쾌감이 덜컥 고개를 들었다. 게다가 루이즈 양과 폴린 양의 한결같이 깍듯하고 내성적인 그 태도 앞에서 나는 극도로 소심해졌다. 둘 중 한 사람을 선택하고 나머지 한 사람을 버리는 일은 나로서는 물방울 두 개 중 하나만 집어 드는 일만큼이나 어려워 보였다. 이어서 이 가족만의 이 하찮은 왕국처럼 조심스럽고 있는 듯 없는 듯 조용한 절차에 실려 가다가, 자신의 의사와는 상관없이 지극히 자연스레 결혼에 이르게 되는 어떤 과정에 발을 들여놓게 될까 봐 겁이 더럭 나서 허둥거렸다.

그때 별안간 한 가지 생각이 떠올랐다. 나는 페를 양에게 그 행운의 인형을 내밀었다. 모두 처음에는 놀랐지만 곧 나의 자상한 배려와 신중함을 칭찬했던 것 같다. 다들 열렬한 환호를 쏟아 냈으니까. 입을 모아 〈왕비 만세! 왕비 만세!〉 하고 외치는 소리가 울려 퍼졌다.

그 여자, 가엾은 그 노처녀는 침착성을 완전히 잃고 질겁해서 바르르 떨며 말을 더듬었다. 「안 돼요…… 안 돼요…… 그러지 말아요…… 나는 아니에요…… 제발…… 나는 못 해요…… 제발…….」

그 순간 나는 태어나서 처음으로 페를 양을 바라보았고, 그러면서 어떤 사람일까 궁금해졌다.

나는 이 집에 와서 페를 양을 보는 일에 익숙했는데, 그건 어릴 적부터 무심히 앉아 온 낡은 융단 의자를 바라볼 때와 같았다. 어느 날, 햇빛 한 줄기가 마침 그 위에 걸려 있어서

마드무아젤 페를 **259**

인지 이유를 알 수는 없지만, 별안간 이런 생각을 하게 된다. 〈이것 좀 봐, 아주 흥미로운데, 이 가구.〉 이렇게 해서 발견이 이루어진다. 그 의자의 나무틀은 어느 예술가가 공들여 다듬어 낸 것이고, 몸체에 씌운 융단은 빼어난 솜씨로 직조된 작품이라는 사실을 비로소 알아차리게 되는 것이다. 어쨌거나 이렇게 되기 전까지 나는 페를 양에게 관심을 기울였던 적이 단 한 번도 없었다.

그 여자는 샹탈 가족의 일원이었고, 그게 다였다. 그런데 어떻게, 무슨 관계이길래? 페를 양은 키가 크고 마른 체구로, 애써 눈에 띄지 않게 처신하지만 무시해도 좋을 사람은 아니었다. 식구들은 그 여자를 친근하게 대하면서, 집안일을 하는 하녀보다는 우대하고, 친척보다는 아래로 대했다. 그런 사실을 깨닫자 별안간 어법의 미묘한 차이들이 의식에 잡혔다. 그때까지 그런 일에는 전혀 관심을 두지 않았건만! 샹탈 부인은 그 여자를 〈페를〉이라고 부르고 있었다. 두 딸은 〈마드무아젤 페를〉이라고 불렀고, 샹탈 씨는 더 정중하게, 이름 없이 마드무아젤이라는 경칭만을 썼다.

나는 그 여자를 유심히 바라보았다. 몇 살일까? 마흔? 그래, 마흔 살. 늙은 건 아니었다. 그저 늙어 가고 있었다. 그때 다음과 같은 사실이 내 눈에 들어오면서 별안간 머리를 한 대 얻어맞은 느낌이었다. 페를 양의 머리 손질은 형편없었고, 입은 옷도 몸치장도 형편없었지만, 그 모든 것에도 불구하고 그 여자는 전혀 형편없지 않았다. 그만큼 그 여자에게는 단순한, 자연스러운 아름다움이 있었다. 공들여 가린, 애써 감춘 아름다움이었다. 정말이지 얼마나 묘한 사람인지! 어째서 나는 이런 사람을 단 한 번도 유심히 바라본 적이 없었던 걸까? 자잘한 웨이브들이 고풍스럽다 못해 우스운 별난 머리 모양새를 하고 있었는데, 곱게 늙은 성모 마리아 같은 그 머리 아래로 넓고 잔잔한 이마와 두 개의 깊은 주름, 오랜 슬픔이 만들어 낸 그 주름들이 있었고, 또 그 아래 크고 다정한 두 개의 푸른 눈이 있었다. 아주 소심하고 겁 많고 소박한, 아름다운 그 두 눈은 여전히 몹시 순진했고, 천진한 여자아이의 놀라움, 풋풋한 감각들과 함께 슬픔도 가득 담고 있었는데, 두 눈 속에 고인 그 슬픔에도 불구하고 눈빛은 탁해지기는커녕 그저 부드러워졌을 뿐이었다.

얼굴은 구석구석 단정하고 조심성이 배어 있었다. 다만 빛이 꺼져 버린 얼굴이었을 뿐, 삶의 피로나 격정으로 인해 닳거나 시든 흔적은 없었다.

입이 정말 예쁘구나! 치아도 고르네! 하지만 마치 웃을 엄두를 내지 못하는 사람처럼 보이는걸!

그러다 나는 문득 페를 양을 샹탈 부인과 비교해 보았다! 물론 페를 양이 훨씬, 백배는 더 나았다. 더 섬세하고, 더 고상하고, 더 의젓했다.

눈으로 얻어 낸 이 관찰 결과에 나는 깜짝 놀랐다. 축하의 샴페인이 내 앞에 왔다. 나는 그 샴페인 잔을 왕비에게 내밀고 건강을 기원하며 유려한 찬사를 곁들였다. 페를 양은 냅킨에 얼굴을 파묻고 싶은 눈치였다. 이윽고 페를 양이 샴페인 잔을 들어 입술을 적시자 모두가 외쳤다. 「왕비께서 마신다!

왕비께서 마신다!」 그러자 페를 양은 얼굴이 빨개지더니 그만 사레가 들리고 말았다. 모두 웃음을 터뜨렸다. 그렇지만 이 집 식구들이 페를 양을 무척 좋아하는 건 분명해 보였다.

3

만찬이 끝나자 샹탈 씨가 내 팔을 잡았다. 그가 시가를 피울 시간, 말하자면 신성불가침의 시간이었다. 혼자라면 그는 거리로 나가 피우겠지만, 식사에 초대한 손님이 있는 날에는 당구실로 올라가 당구를 치면서 시가를 음미했다. 그날 저녁에는 주현절을 맞아 당구실 벽난로에 불을 피워 놓기까지 했다. 오랫동안 나와 친밀감을 쌓아 온 이 나이 든 남자가 자신의 큐를 집어 들었다. 아주 가는 큐였는데, 그는 그 끄트머리에 정성스럽게 초크를 문지르더니 말했다.

「자네가 시작해!」

그는 나를 아주 어릴 적부터 봐온 터라, 내가 스물다섯 살이 된 지금도 말을 높이지는 않았다.

내가 먼저 게임을 시작했다. 공 두 개를 연달아 맞히는 캐넌을 몇 번은 성공시키고 몇 번은 실패했다. 그러다가 불쑥 물었다. 머릿속으로 계속 페를 양을 생각하고 있던 탓이었다.

「그런데 샹탈 씨, 페를 양은 친척인가요?」

그는 몹시 놀란 듯 손을 멈추고 나를 쳐다보았다.

「저런, 모르고 있었나? 페를 양의 사연을 모르고 있었던 거야?」

「전혀요.」

「자네 부친이 이야기해 주지 않았어?」

「네, 들은 적이 없어요.」

「저런, 저런, 희한한 일이군! 아, 정말, 희한한 일이야! 오! 이거야 원 대사건인데!」

샹탈 씨는 잠시 침묵했다가 다시 말했다.

「하필 오늘 주현절에 그 이야기를 묻다니, 우연치곤 정말 얄궂군!」

「왜요?」

*

아! 왜라니! 들어 보게. 어느덧 41년이 흘렀군. 지금으로부터 41년 전 오늘, 주현절의 일이었네. 우리는 그때 루이르토르, 그 성벽 지대에서 살았어. 우선 그 집의 구조를 설명해 줘야겠군. 그래야 쉽게 이해할 수 있을 테니까. 루이 성벽은 언덕 위에 축조되었어. 넓은 초원 지대를 굽어보는 언덕 꼭대기라고 하는 편이 정확하겠네. 그곳에 우리 집이 아름다운 정원에 맞붙어 있었어. 오래된 그 성벽을 축대로 삼아 언덕 꼭대기에 정원을 가꾸어 놓았지. 그러니까 집은 마을에, 거리에 면해 있고, 정원은 평원을 내려다보고 있었던 거야. 그 정원에서 들판으로 나가는 방법도 있었다네. 성벽 안에 나 있는 비밀 계단을 따라 내려가면 그 끝에 샛문이 하나 있었거든. 소설에 나오는 것처럼 말이지. 큰 종이 하나 달린 그 문을 열고 나가면 바로 앞이 길이었어. 농부들은 식료품을 나를 때면 한참 돌아가야 하는 길 대신에 그 문을 이용하곤 했네.

이제 그곳의 구조가 머릿속에 그려지지? 그런데 그해 주현절에는 일주일 전부터 눈이 내려 쌓이고 있었어. 누가 보면 세상의 끝이라고 했을 풍경이었네. 성벽으로 가서 들판을 내려다보면 우리의 영혼 속까지 얼어붙을 것 같았어. 그 끝없이 넓은 고장이 하얗게, 새하얗게 얼어붙어 니스를 칠한 듯 반짝이고 있었지. 선한 하느님이 이제 이 세계를 거두어 가시려고 흰 보자기로 몽땅 싸놓은 것 같았어. 그래서 낡은 세계들을 쌓아 두는 다락방에 치워 버리시려는 거야. 정말이지 음울한 풍경이었네.

그때는 우리 가족이 모두 모여 살고 있었네. 식구 수가 많았지. 아주 많았어. 아버지, 어머니, 이모부와 이모, 나의 형 둘과 이종사촌 누이 넷. 사촌 누이들은 예뻤지. 나는 그중 막내와 결혼했다네. 그 많던 식구 중 이제 남은 사람은 셋, 아내와 나, 그리고 마르세유에 사는 형수뿐이야. 제기랄, 한 가족이 그렇게 낱알 떨어지듯 사라져 가다니! 그 생각을 하면 몸이 떨릴 만큼 두렵다네! 지금 내가 쉰여섯 살이니까 당시에는 열다섯이었군.

어쨌거나 우리는 주현절을 쇨 참이었고, 모두 아주 즐거운 기분이었어. 아주 즐거웠지! 다들 거실에 모여 만찬을 기다리고 있는데 맏형 자크가 말했어. 「10분 전부터 개 한 마리가 저 들판에서 짖고 있어요. 주인 없는 불쌍한 개일 거야.」

형이 그 말을 미처 다 끝내기도 전에 정원 쪽 샛문의 종이 울렸네. 그 소리가 교회 종처럼 무겁게 울리는 바람에 망자들이 연상될 지경이었어. 모두 소스라쳤지. 아버지가 하인을 불러 나가 보라고 시켰네. 그러고는 모두 말없이 기다렸어. 우리는 눈이 이렇게 온 세상을 뒤덮고 있는데 찾아올 사람이 있을까 의아했네. 하인이 돌아와서 문간에는 아무것도 보이지 않는다고 자신 있게 말하더군. 개는 여전히 쉬지 않고 짖어 대고 있었네. 소리 나는 방향으로 보아 움직이지 않고 계속 같은 자리였어.

우리는 식탁에 둘러앉았지만 조금 편치 않은 기분이었네. 누구보다 아이들이 동요하고 있었지. 그래도 구운 고기가 나올 때까지는 그럭저럭 만찬 분위기를 냈는데, 다시 종이 울리기 시작하더군. 세 번 연속으로, 세 번 다 아주 세차게, 아주 길게 울려서 우리의 손가락 끝에까지 그 진동이 전해져 오는 듯했어. 모두 숨을 딱 멈추게 되는 소리였다니까. 우리는 포크를 허공에 멈춘 채 서로를 말없이 바라보면서 귀를 쫑긋 세웠네. 초자연적인 어떤 공포심이 엄습해 왔지.

어머니가 마침내 입을 열었어. 「이렇게 한참 시간이 지난 뒤에 되돌아와서 다시 종을 울리다니, 심상찮네. 혼자 나가 보려 하지 말아요, 바티스트. 누구든 남자 한 사람이 일어나서 같이 나가 봐요.」

이모부 프랑수아가 몸을 일으켰어. 일종의 헤라클레스라고 해야 할까, 자신의 힘에 대한 자부심이 대단해서 세상에 무서울 게 없는 분이었지. 그런 이모부를 향해 아버지가 말했어. 「총을 챙겨 가요. 무슨 일이 일어날지 모르니까.」

그렇지만 이모부는 막대기 하나만 챙겨 들고 곧바로 하인과 함께 나섰네.

우리는 식탁에 남아 먹지도 말하지도 않고, 두려움과 불안에 가슴을 졸이고 있었어. 아버지는 가족을 안심시키려 하셨네. 「분명 구걸하러 온 사람이거나, 아니면 눈 속에서 길을 잃은 사람일 거야. 처음에 종을 울리고 나서 곧바로 문을 열어 주지 않는 걸 보고는 혼자 헤쳐 나가려 했다가, 아무래도 무리라는 걸 깨닫고 다시 돌아와 종을 울린 거겠지.」

이모부가 자리를 비운 지 한 시간가량 지났을 거야. 마침내 돌아온 이모부는 화가 잔뜩 나서 욕설을 내뱉으셨어. 「아무것도 없던데, 젠장. 누군가 장난을 친 거예요! 성벽에서 백 미터쯤 떨어진 곳에서 저 빌어먹을 개가 짖어 대는 것 말고는 개미 한 마리 못 봤어요. 총을 들고 갔더라면 저놈을 쏘아 조용하게 만들었을 텐데.」

모두 다시 식사를 이어 갔지만 불안한 마음은 가시지 않았네. 다 끝난 게 아니라는, 무슨 일인가 일어날 거라는, 이제 금방이라도 종이 다시 울릴 거라는 느낌이 아주 선명했거든.

그리고 종이 울렸어. 주현절 갈레트를 자르려고 하는 바로 그 순간에 말이야. 남자들은 전부 일어섰어. 샴페인의 취기가 오른 프랑수아 이모부가 〈그놈〉을 때려죽이러 가겠다고 화를 펄펄 내는 바람에 어머니와 이모가 함께 달려들어 말려야 했네. 아버지는 아주 침착한 분으로 몸이 다소 불편했지만 (말을 타다가 떨어져 다리가 부러진 뒤로는 다리를 조금 절룩이셨거든) 이번에는 무슨 일인지 알아봐야겠다면서 같이

266

가보겠다고 하셨어. 각각 열여덟, 스무 살이었던 두 형이 달려가 총을 가져왔네. 모두 내게 신경 쓸 겨를이 없는 틈을 타서 나도 가벼운 정원용 소총을 챙겨 들고 탐험대에 끼어들 채비를 했다네.

탐험대는 곧 출발했어. 아버지와 이모부가 랜턴을 든 바티스트와 함께 앞장을 섰네. 자크 형과 폴 형이 그 뒤를 따랐고, 나 역시 어머니가 붙잡고 말리는데도 기어이 맨 끝에 따라붙었어. 어머니는 이모와 이종사촌들과 함께 문간에 서 있었지.

눈이 한 시간 전부터 다시 내리는 참이었네. 나뭇가지마다 눈을 무겁게 이고 있었지. 무거운 납빛 외투에 눌려 축 처진 전나무들의 모습은 하얀 피라미드 같기도 하고, 원추형의 거대한 설탕 덩어리 같기도 했어. 곱고 촘촘한 눈송이들의 회색 장막 너머로 조금 더 홀가분해 보이는 관목들이 어둠 속에 희멀겋게 떠올라 있었네. 눈이 얼마나 빽빽하게 쏟아붓는지 열 걸음 앞도 보이지 않을 정도였어. 그래도 우리의 발 앞에는 랜턴이 던져 주는 환한 빛이 있었네. 성벽 안에 설치해 놓은 나선형 계단을 따라 내려가기 시작하는데, 나는 정말로 겁이 났어. 누가 내 뒤에서 따라오는 느낌이었거든. 당장이라도 그자가 내 어깨를 움켜잡아 나를 어디론가 끌고 갈 것 같았지. 돌아가고 싶었지만, 그러자면 정원을 다시 가로질러 가야 할 판이었으므로 엄두가 나지 않았어.

들판으로 나가는 문을 여는 소리가 들려왔네. 곧이어 이모부가 욕설을 퍼붓더군. 「젠장, 또 가버리고 없네! 그 자식 그림자만 눈에 띄어도 당장 달려가 붙잡을 텐데. 빌어먹을 자식.」

들판을 바라보고 있으니 스산했네. 아니지, 바라보았다기
보다 앞에 있는 걸 느꼈다고 하는 편이 맞겠군. 들판이 보이
지는 않았으니까. 그저 끝없는 눈의 장막이었지. 위, 아래, 눈
앞에, 또 오른쪽, 왼쪽, 천지 사방에 눈뿐이었으니까.

이모부가 한마디 더 덧붙였네.「어럽쇼, 개가 다시 짖네. 놈
에게 내 총알 맛을 보여 줘야겠어요. 허탕을 치느니 그거라도
건져야죠.」

하지만 마음씨 고운 아버지는 이모부를 말리셨어.「저놈이
어디 있는지 찾아보는 게 좋겠소. 저 가엾은 짐승은 배가 고
파 우는 것일 텐데. 저렇게 짖어서 도움을 청하는 거지, 불쌍
한 것. 조난당한 사람처럼 소리치고 있네. 가봅시다.」

그 장막을, 줄기차게 쏟아지는 빽빽한 눈발을 뚫고 다시
발을 옮겨 놓기 시작했네. 어둠과 대기를 채운 그 흰 거품을
통과해서 나아가는 거지. 눈이 요동치고 이리저리 펄럭이면
서 내려와 살갗을 얼려 놓고 녹아내리는데, 느껴지는 감각은
마치 불에 덴 것 같았다네. 흰색의 작은 눈송이들이 살갗에
닿을 때마다 빠르고 격렬한 통증이 스쳤으니까.

그 차갑고 폭신한 눈밭은 우리의 무릎 높이까지 쌓였어. 걸
음을 떼어 놓으려면 발을 아주 높이 치켜들어야 했지. 한 걸
음 한 걸음 앞으로 나아가자 개 짖는 소리가 한층 크고 또렷
해지더군. 이모부가 소리쳤네.「저기 있다!」녀석을 살펴보려
고 일단 멈춰 섰네. 어둠 속에서 적을 맞닥뜨리면 다들 그럴
수밖에.

내가 있는 자리에서는 아무것도 보이지 않았어. 그래서 다른 사람들 곁으로 다가갔지. 그러자 녀석이 보이더군. 보기에도 겁나는 전설 속 문지기 같은 개였네. 큰 검둥개로 털은 긴데 머리만 보면 늑대 같은 목양견이었지. 그 개가 눈발 위로 길게 뻗어 나간 랜턴 불빛이 끝나는 지점에 네 다리로 우뚝 서 있었어. 개는 움직일 기색이 없었지. 짖기를 딱 멈추더니 우리를 마주 바라보더군.

이모부가 중얼거렸네. 「묘하네. 앞으로 달려들지도 뒷걸음질 치지도 않으니. 옆구리에 총알 한 방 박아 넣어 봐야겠구먼.」

아버지가 단호한 목소리로 이모부를 말렸어. 「그러지 말아요, 사로잡아야지.」

그때 자크 형이 말했어. 「혼자가 아닌걸요. 개 옆에 뭔가 있어요.」

정말로 뭔가가 개 뒤편에 있었어. 회색빛의 뭔가가 보이긴 했는데, 무엇인지 분간하기는 어려웠지. 우리는 조심스럽게 다가갔네.

사람들이 다가오는 것을 본 개가 엉덩이를 깔고 앉더군. 공격해 올 기미는 없었어. 오히려 사람들을 끌어들이는 일에 성공해서 기쁜 듯 보였지.

아버지가 곧장 다가가서 개를 쓰다듬었네. 개가 아버지의 손을 핥더군. 가까이 가서 보니 그 개는 작은 마차 바퀴에 묶여 있었어. 일종의 장난감 마차였는데, 서너 겹의 모포가 마차를 폭 둘러 감싸고 있었지. 그 모포들을 조심스럽게 벗겨

냈네. 바티스트가 랜턴을 들어 개집에 바퀴를 달아 놓은 듯이 보이기도 하는 그 작은 마차의 문을 비추자, 그 안에 잠들어 있는 아기가 보였네.

얼마나 놀랐는지 다들 말문이 막히고 말았어. 아버지가 가장 먼저 정신을 추슬렀네. 관대하고 어느 정도 호연지기도 있는 분이라 손을 뻗어 마차 지붕 위에 올리고는 말씀하셨지. 「가엾게도 버림받았구나. 넌 이제부터 우리 가족이다.」 그러고는 자크 형에게 우리 탐험대의 발견품을 앞장서서 밀고 가라고 시켰네.

아버지는 다시 입을 열어 당신이 짐작하신 바를 숨김없이 말씀하셨네. 「어긋난 사랑으로 태어난 아이일 테지. 주님 공현 대축일인 오늘 밤, 가엾은 그 어머니는 구유에 누운 아기 예수를 생각하며 우리 집 문의 종을 울렸겠구나.」

아버지는 또다시 말을 멈췄다가 밤하늘의 네 방향을 향해 각각 어둠을 뚫고 외치셨어. 「우리가 아이를 거두었습니다!」 그러고는 동서의 어깨에 손을 얹고 나지막이 중얼거리셨지. 「개를 샀더라면 어쩔 뻔했소, 프랑수아?」

이모부는 대답하는 대신 어둠 속에서 크게 성호를 그었네. 사실 이모부는 허세가 있기는 해도 신심이 깊은 사람이었어.

개를 풀어 주었더니 우리를 따라오더군.

아! 집으로 돌아가는 길은 참 볼만했는데, 우선 성벽 계단으로 마차를 끌고 올라가느라 애를 먹었네. 그래도 어쨌거나 해냈지. 그러고는 현관까지 마차를 밀고 갔어.

어머니의 표정이 얼마나 재미나던지. 한편으로는 좋고 한편으로는 당황스러우니, 그런 묘한 표정일 수밖에! 어린 사촌 누이 넷은(막내가 여섯 살이었네) 둥지 둘레에 모여든 네 마리 암탉 같았어. 여전히 잠들어 있는 아이를 마침내 마차에서 꺼냈네. 6주가량 된 여자아이였다네. 게다가 아기 배내옷 속에는 금화 1만 프랑이 들어 있었어. 그래, 1만 프랑! 아버지는 그 돈을 아이의 지참금으로 쓰려고 저금하셨지. 그러니까 가난한 사람의 아이가 아니었던 거야……. 아마도 어느 귀족과 읍내 부르주아 아가씨 사이에서 태어난 아이이거나…… 아니면…… 우리는 이런저런 가정을 수없이 해보았지만, 진실이야 알 수 없는 일이었지…… 아무것도…… 아무것도 알 수 없었어……. 그 개를 알아보는 사람도 없었네. 마을의 개는 아니었어. 어쨌거나 우리 집 문 앞으로 와서 종을 세 번이나 울렸던 남자 혹은 여자는 우리 부모님을 잘 아는 사람이었을 거야. 그랬으니 두 분을 택했겠지.

이런 사연으로 페를 양은 샹탈 집안에 들어오게 된 거라네. 태어나 6주가량 되었을 때 말이지.

그런데 페를 양이라고 부르게 된 건 나중이었어. 처음에는 〈마리, 시몬, 클레르〉라는 이름으로 세례를 주어서 클레르가 성처럼 쓰였지.

주현절 만찬을 나누던 방으로 데리고 들어온 아기가 눈을 떠서는 방심한 듯, 푸른색 같은데 확실하지는 않은 그 눈으로 사람들과 불빛을 둘러보던 장면은 정말이지 잊을 수가 없다네.

우리는 다시 식탁에 자리 잡고 갈레트를 나누었지. 내가 페브를 뽑아 왕이 되었어. 그리고 조금 전 자네가 그랬듯이 페를 양을 왕비로 뽑았다네. 페를 양은 그날 자신에게 주어진 그 영예를 짐작하지도, 기억하지도 못했을 테지만.

아무튼 그 아기는 우리 가족이 입양해 키우게 되었네. 아이는 성장했고, 세월은 흘러갔지. 페를 양은 상냥하고 다정다감하고 온순했어. 모두가 페를 양을 좋아했네. 만약 어머니가 규율을 세우지 않았더라면 우리 가족은 페를 양을 아주 응석받이로 만들고 말았을 거야.

어머니는 법도를 따지고 가족 내 상하 관계를 중요시하는 분이었어. 어린 클레르를 당신의 아들들과 똑같이 대우하는 데는 동의하셨지만, 우리 형제들과 클레르 사이에는 엄연한 거리가 있다는 사실을 분명히 밝히고 또 그런 상황을 못 박아 놓으려 하셨네. 그래서 아이가 이해할 수 있는 나이가 되자, 어머니는 아이에게 과거의 사연을 들려주었어. 그렇게 해서 어린 여자아이의 머릿속에 자신은 상탈네 가족이 입양한, 너그럽게 거두어 준 딸이라는 점을 서서히, 심지어는 행복감과 함께 스며들도록 했지. 그렇지만 그건 어쨌거나 자신이 이 집의 이방인이라는 사실을 마음에 새겨 두라는 의미였어.

클레르는 그런 상황을 놀랍도록 명민하게, 어떤 경이로운 본능에 따라 이해했네. 그러고는 자신에게 주어진 자리를 어찌나 영리하게, 우아하게, 상냥하게 받아들이고 또 선을 지키는지 아버지는 클레르에 대한 애틋함 때문에 눈물을 보일 정도였다네.

어머니 역시 이처럼 귀엽고 다정한 피조물이 뜨겁게 감사

272

하며 다소 겁먹은 듯 순종과 헌신을 보여 주자 감동해서 클레르를 〈내 딸〉이라고 부르기 시작했지. 간혹 어린 클레르가 무언가 갸륵한 행동, 겸손한 배려를 보여 줄 때면 어머니는 안경을 이마 위로 올리곤 했는데, 그 몸짓으로 어머니가 감동하고 있음을 매번 알 수 있었어. 그러면서 어머니는 몇 번이고 되풀이 말하곤 했네. 〈저 아이는 진주(페를)구나, 진짜 진주!〉 이 페를이라는 말이 어린 클레르를 부르는 호칭으로 계속 남아 있다가 우리에게는 페를 양이 되어 버린 거야.

4

샹탈 씨가 잠시 말을 멈췄다. 그는 당구대 위에 올라앉아 발을 건들거리며 왼손으로는 당구공을 놀리고 오른손으로는 석판에 쓴 점수를 지울 때 사용하는 헝겊, 〈분필 걸레〉라고 부르는 허드레 천을 만지작거렸다. 샹탈 씨의 얼굴은 조금 달아올랐고, 목소리는 나지막했다. 자신의 기억 속으로 길을 떠난 그는 머릿속에서 되살아난 옛 추억들과 오래된 사건들을 천천히 가로지르며, 이제 그 자신을 향해 이야기를 건네고 있었다. 마치 산책을 나갔다가 가족의 오래된 정원, 어릴 적 자신이 뛰어놀던 정원으로 어쩌다 들어가서는 한 걸음 옮겨 놓을 때마다 마주치는 나무 한 그루, 오솔길 하나, 풀 한 포기, 잎이 뾰족한 호랑가시나무, 향기로운 월계수, 탐스럽게 매달려 손가락으로 눌러 보면 과육이 터지는 주목나무의 빨간 열매들에서 지나간 삶의 자잘한 기억, 하찮지만 감미로운 추억

을 하나씩 떠올려 보는 모습 같았다. 그런데 사실 그런 자질
구레한 기억들이 우리 존재의 밑바탕, 삶의 씨실과 날실인 법
이다.

나는 그와 마주 보는 자리에서 벽에 등을 기댄 채 쓸모가
없어진 큐를 손으로 짚고 서 있었다.

잠시 후 그가 다시 말을 이었다. 「아! 이런, 그 사람 열여덟
살일 때 정말 예뻤는데…… 정말 우아하고…… 정말 눈부셨
어…… 아! 어여쁘고…… 어-여쁘고…… 어여쁘고…… 착하
고…… 너그럽고…… 매혹적인 사람! 그 사람의 눈은…… 그
눈은 푸르고…… 투명하고…… 맑고…… 그런 눈을 또 어디에
서 볼 수 있었겠어…… 세상 어디에도 없을 거야!」

그는 또다시 입을 다물었다. 내가 물었다. 「어째서 폐를 양
과 결혼하지 않으셨어요?」

그가 대답했다. 묻는 나를 향해 이야기해 준다기보다, 방금
지나간 〈결혼〉이라는 단어에 불현듯 터져 나온 대답이었다.
「어째서냐고? 어째서냐고? 그 사람이 원하지 않았으니
까…… 그 사람이 원하지 않았어. 다른 데서도 수없이 청혼이
들어왔지만…… 지참금이 3만 프랑이나 있으면서도 다 거절
했어! 그 무렵 그 사람은 슬퍼 보였어. 내가 이종사촌과 결혼
했을 무렵에 말이야. 내 아내 샤를로트 말이지. 6년 전에 이
미 약혼한 상황이었거든.」

나는 샹탈 씨를 바라보았다. 그의 정신 속으로, 조촐하면서
도 잔인한 어떤 비극 속으로 별안간 발을 들여놓은 느낌이었
다. 그것은 정직하고 올곧은 마음일수록, 흠잡을 데 없이 반

듯한 마음일수록 겪게 되는 비극, 입 밖으로 꺼낸 적도 없고 자초지종을 캐본 적도 없어서 아무도 알지 못하는, 그 비극의 당사자들조차 의식하지 못한 채 말없이 체념해 버리는 그런 비극이었다.

그러자 별안간 염치없는 호기심이 등을 떠미는 바람에 나는 또 한마디 물어보고야 말았다.

「다른 사람과 약혼한 상황만 아니었다면 페를 양과 결혼했을 거라는 말씀이죠, 샹탈 씨?」

그는 소스라치며 나를 바라보더니 되물었다.

「내가? 누구와 결혼한다고?」

「페를 양과요.」

「어째서 그런 말을 하는 거지?」

「사촌 누이보다 페를 양을 더 사랑하셨잖아요.」

나를 바라보는 그의 눈이 평소와는 달리 겁에 질린 듯 둥그레지더니, 이어서 더듬더듬 말했다.

「내가 그 사람을 사랑했다는 말인가…… 내가? 어떻게? 무얼 보고 그런 말을 하는 거지?」

「그냥 눈에 보이는걸요…… 심지어 사촌 누이와의 결혼을 그렇게 오래 미루었던 것도 페를 양 때문이잖아요. 그래서 사촌 누이는 6년이나 기다렸고요.」

그는 왼손에 쥐고 있던 당구공을 내려놓고 두 손으로 〈분필 걸레〉를 집어 올리더니, 거기에 얼굴을 묻고 흐느껴 울기 시작했다. 안쓰러우면서도 우스꽝스러운 방식으로, 누르면 물이 뚝뚝 떨어지는 스펀지처럼 눈과 코와 입으로 동시에 물을 뚝뚝 흘리며 울었다. 그러고는 기침을 하고, 침을 뱉고, 〈분필 걸레〉에 코를 풀고, 그걸로 눈을 닦고, 재채기를 한 다음, 물로 목을 헹굴 때 같은 그르렁 소리를 목구멍에서 뽑아 올리며, 또다시 눈과 코와 입으로 눈물과 콧물을 쏟아 냈다.

나는 당황하고 부끄럽기도 해서 그 자리에서 달아나고 싶었고, 무슨 말을, 어떤 행동을 어떻게 해야 좋을지 알 수 없었다.

갑자기 샹탈 부인의 목소리가 계단에서 울려 퍼졌다. 「시가 피우는 건 이제 다 끝나 가나요?」

나는 문을 열고 소리쳤다. 「네, 부인, 곧 내려가겠습니다.」

그러고는 부인의 남편에게로 달려가서 그의 팔꿈치를 잡았다.

「샹탈 씨, 샹탈 아저씨, 말 좀 들어 보세요. 부인께서 불러요. 정신을 추슬러야 해요. 어서요. 내려가야죠. 마음을 가라앉혀 보세요.」

그가 더듬더듬 대답했다. 「그래…… 그래야지…… 내려갈게…… 가엾은 사람! 내려갈게…… 곧 내려간다고 말해 주게.」

그러고 나서 그는 2, 3년 전부터 석판에 적힌 모든 점수를 지워 낸 그 허드레 천으로 얼굴을 꼼꼼히 닦기 시작했다. 그러고 나서 다시 드러난 얼굴은 반쯤 하애지고 반쯤은 붉게 상기된 데다 이마, 코, 양쪽 뺨, 턱에는 분필 가루가 묻어 있었고, 부어오른 두 눈에는 여전히 눈물이 그렁그렁했다.

나는 그의 손을 잡아 침실로 이끌면서 웅얼웅얼 사과했다. 「죄송해요, 정말 죄송해요, 샹탈 씨, 고통스러운 기억을 꺼내게 해서…… 하지만…… 저는 몰랐어요…… 그러신 줄은……
이해하시죠…….」

그가 내 손을 꼭 쥐었다. 「그럼…… 그럼…… 힘든 순간들
이야 있기 마련이지…….」

이어서 그는 세면대로 가서 얼굴을 담갔다. 그가 다시 나
왔지만, 내가 보기에 여전히 사람들 앞에 나설 수 있는 모습
은 아니었다. 하지만 나는 작은 꾀를 하나 냈다. 그가 거울을
들여다보면서 걱정하고 있을 때 내가 말했다. 「눈에 티끌이
들어갔다고 말씀하시면 문제없을 거예요. 그러면 모두가 보
는 앞에서도 울고 싶을 때 우실 수 있어요.」

실제로 그는 계단을 내려가면서 손수건으로 눈을 문질러
보였다. 모두 걱정했다. 저마다 티끌을 찾겠다며 들여다보았
지만, 아무것도 찾아내지 못했다. 그러자 다들 이와 유사한
경우를 찾아내 꺼내 놓았는데, 결국에는 의사를 찾아가야 했
었다는 이야기였다.

나는 페를 양 곁에 자리를 잡고서 그 여자를 바라보았다.
내 안에 어떤 뜨거운 호기심이 들끓어 이제 나를 고문하고 있
었다. 과연 페를 양은 예전에 무척 아름다웠을 게 틀림없었
다. 게다가 그 다정한 두 눈은 얼마나 크고 고요하고 넓은지,
다른 인간들과는 달리 도통 눈을 감지도 않을 것 같았다. 몸
치장이야 다소 우스꽝스러운, 영락없는 노처녀의 꾸밈새여
서 본래의 아름다움이 무색했지만, 그렇다고 거슬리지는 않
았다.

나는 조금 전 샹탈 씨의 마음속을 들여다보았듯이 페를

양의 내면도 들여다본 것 같았다. 이 겸손하고 단순하고 헌
신적인 삶을 머리부터 발끝까지 알아보았다는 생각이 들었
다. 그렇지만 어떤 욕구가 내 속에서 올라와 입술이 근질거
렸다. 페를 양에게 물어보고 싶다는, 페를 양 역시 그를 사랑
했는지 알고 싶다는 집요한 욕구였다. 그가 괴로워했듯이 페
를 양 역시 고통스러웠는지, 긴 세월 가슴을 에는 그 은밀한
고통, 눈에 보이지 않는 까닭에 그 누구도 모르고 짐작도 못
하지만 밤에 홀로 어두운 방에 누우면 찾아오는 그 고통을 느
꼈는지 알고 싶었다. 그렇게 페를 양을 바라보다가 목까지 올
라오는 그 얇은 블라우스 밑에서 가슴이 오르내리는 게 눈에
들어왔다. 저 온유하고 순진한 얼굴이 매일 밤 소리 죽인 울
음으로 베개를 축축이 적셨을까, 그러다가 뜨겁게 달구어진
침대 속에서 오열을 터뜨리며 온몸을 들썩였을까.

　나는 페를 양에게 나지막이 속삭였다. 보석 안에 무엇이 들
어 있을지 궁금해서 그걸 깨어 보려 하는 아이의 행동이었다.
「조금 전 샹탈 씨가 하염없이 우는 모습을 보셨더라면 가엾
은 마음이 드셨을 텐데.」

　페를 양이 깜짝 놀라며 되물었다. 「뭐라고요? 울었다고요?」

「오! 그래요, 우셨어요!」

「무엇 때문에?」

　그 여자는 무척 동요하는 것 같았다. 나는 대답했다.

「당신 때문에요.」

「나 때문이라고요?」

「그래요. 예전에 당신을 얼마나 사랑했는지, 당신 대신에

지금 아내와 결혼하는 것이 얼마나 고통스러웠는지 저에게 털어놓으시다가 그만…….」

여자의 창백한 얼굴이 조금 홀쭉해지나 싶더니 영원히 열려 있을 것 같던 두 눈이, 그 평온한 두 눈이 별안간 감겼다. 얼마나 순식간에 내리감겼는지 이제 영영 닫혀 버린 듯이 보일 정도였다. 여자의 몸이 의자에서 스르르 미끄러지면서, 스카프가 바닥에 떨어진다면 그랬을 것처럼 사뿐하게, 천천히 바닥으로 무너져 내렸다.

나는 소리를 질렀다. 「도와주세요! 좀 도와주세요! 페를 양이 몸이 불편하신가 봐요.」

샹탈 부인과 딸들이 달려왔다. 그러고는 다들 물과 수건을 가져오려고, 정신이 돌아오게 해줄 식초를 찾아오려고 달려간 사이 나는 모자를 챙겨 달아났다.

빠른 걸음으로 걸었다. 심장이 요동치고 머릿속은 뉘우침과 아쉬움으로 착잡했다. 이따금 만족감이 언뜻 치밀기도 했다. 칭찬받을 만한 일, 했어야만 할 일을 해낸 것 같기도 했으니까.

나 자신에게 물었다. 〈내가 잘못한 걸까? 잘한 걸까?〉 봉합된 상처 속에 남겨진 납 탄알처럼 그 두 사람의 영혼 속에도 그것이 박혀 있었다. 지금이라도 그들이 조금은 더 행복해질 수 없을까? 고통스러웠던 그들의 사랑을 다시 시작하기에는 이제 너무 늦었고, 그 사랑을 애틋하게 추억하기에는 아직 너무 일렀다.

어쩌면 내년 어느 봄날 밤, 나뭇가지 사이를 통과해 풀밭 위에, 그들의 발등에 내려앉은 달빛 한 줄기로 인해 마음이 흔들려서 두 사람이 서로를 끌어안을 수도 있을 것이다. 억눌러 온 그 잔인한 고통을 추억하며 서로의 손을 꼭 잡아 줄 수도 있을 것이다. 그리고 또 어쩌면 그 짧은 포옹이 두 사람의 혈관 속에 그들이 한 번도 경험해 보지 못했을 떨림을 얼마간 흘려 넣음으로써 그 한순간, 죽음에서 소생한 그들 두 사람에게 사랑의 도취, 그 미친 열정의 감각을 불러일으킬 수도 있을 것이다. 찰나의 그런 신성한 감각이란 연인들에게 다른 사람들이 평생을 통해 얻을 수 있는 행복 이상의 행복을 한순간의 전율을 통해 안겨 주는 법이니까.

오를라[1]

    정신병 전문의로서 높은 명성과 탁월한 실력을 자랑하는 마랑드 박사가 동료 의사 세 사람과 자연 과학 분야의 학자 네 사람에게 자신이 운영하는 정신 병원으로 와달라고 청했다. 환자 한 명의 증례를 소개하고 싶으니 한 시간만 내어 달라는 것이었다.

    친구들이 모이자 박사는 말했다.

    「제가 만나 본 가장 기묘하고 걱정스러운 환자를 여러분께 보여 드리고 의견을 구하고자 합니다. 하지만 저는 그 환자에 대해 드릴 수 있는 말이 없습니다. 환자가 직접 이야기를 들려드릴 겁니다.」

    박사가 종을 울렸다. 조수가 한 남자를 들여보냈다. 무척 야윈, 시체가 아닌가 싶을 정도로 야윈 남자였다. 어떤 강박적 생각에 시달리는 광인들 가운데 더러 그처럼 야윈 사람들을 볼 수 있는데, 사실 생각에 들어앉은 병으로 인해 육신이

---

    1 여기에 옮긴 작품은 1886년에 발표된 초판본이다. 작가는 이듬해 2판을 발표했다.

피폐해지는 정도는 열병이나 폐병으로 인한 경우보다 훨씬 심각하다.

남자가 인사를 하고 자리에 앉더니 입을 열었다.

*

여러분, 저는 여러분께서 이 자리에 모이신 이유를 알고 있으며, 주치의인 마랑드 박사님께 부탁받은 대로 제 이야기를 들려드릴 준비가 되어 있습니다. 오랫동안 박사님은 저를 광인으로 여기셨습니다. 지금은 그 판단을 의심하십니다. 제게도, 여러분께도, 세상 사람 모두에게도 불행한 일이지만, 이제 잠시 후 여러분은 제가 여러분만큼이나 정신이 온전하고 또렷하며 명석하다는 사실을 알게 되실 겁니다.

그렇지만 우선은 사실에 해당하는 것들부터, 아주 단순한 사실들부터 말씀드리겠습니다. 다음과 같은 것들입니다.

저는 마흔두 살입니다. 결혼은 하지 않았고, 재산은 어느 정도 사치를 부리며 살 만큼은 있습니다. 그래서 센강 기슭에 집을 한 채 마련해 살았는데, 루앙 근처 비에사르라는 곳이죠. 저는 사냥과 낚시를 좋아합니다. 마침 저는 뒤로는 집을 굽어보는 큰 암벽 너머에 프랑스의 아름다운 숲들 가운데 첫손에 꼽히는 루마르 숲을, 앞으로는 세상의 아름다운 강들 가운데 첫손에 꼽히는 그 강을 누리며 지내고 있었습니다.

제가 살았던 그 집은 아주 넓고, 외벽을 흰색으로 칠해서 아름답고 고풍스러웠습니다. 집 주위로 수려한 나무들이 우거진 큰 정원이 펼쳐져 루마르 숲까지 이어졌는데, 그리로 가자면 조금 전에 말한 큰 암벽을 올라가야 했죠.

집에는 마부, 정원사, 시종, 요리사와 집안일을 맡아 하는 세탁부가 있습니다. 아니, 있었다고 말해야겠지요. 그들 모두 저와 함께 지낸 시간이 10년에서 16년에 이르는 사람들로, 저를 잘 알고, 그 집, 그 고장, 제 삶을 둘러싼 모든 것을 잘 압니다. 선량하고 조용한 하인들이었어요. 이 점은 제가 지금부터 말씀드릴 이야기와 관련해서 미리 밝혀 둘 필요가 있습니다.

덧붙이고 싶은 점은 집 정원을 끼고 도는 센강의 배를 이용하면 아시다시피 루앙까지 갈 수 있다는 사실입니다. 저는 범선이든 증기선이든 세계 각지에서 온 큰 배들이 센강을 오르내리는 모습을 매일 보곤 했습니다.

그런데 1년 전인 지난가을, 별안간 저는 설명할 수 없는 묘한 불안감에 사로잡혔습니다. 처음에는 아침에 눈을 뜨자마자 일종의 신경성 불안 증상이 덮쳐 와 밤새도록 이어지곤 했죠. 작은 소리만 나도 소스라치는 과도한 흥분 상태 같은 것이었습니다. 예민해져서 걸핏하면 화를 냈죠. 이유 없는 분노에 갑작스레 휩싸이기도 했습니다. 의사를 청해 포타슘브로마이드[2]를 처방받고 샤워를 해보라는 조언을 들었습니다.

그래서 아침저녁으로 샤워를 했고, 처방받은 약을 먹었죠. 실제로 금방 효과가 있어서 다시 잠들 수 있었어요. 그렇지만 그것은 밤새 뜬눈으로 지새우는 일보다 훨씬 끔찍한 잠이

2 신경 안정제.

었습니다. 자리에 누워 눈을 감자마자 〈나〉라는 존재가 끝장 나곤 했으니까요. 그렇습니다, 무(無), 어떤 절대적인 무, 존재 전체의 죽음 속으로 빠져드는 겁니다. 그러다가 불현듯 그런 상태에서 빠져나오는데, 그 감각이 지독하거든요. 뭔가 육중한 것에 짓눌려 가슴께가 뻐근하고, 어떤 입 하나가 제 삶을 야금야금 먹어치우는 끔찍한 감각이 제 입에 맴돈단 말입니다. 오! 그 충격이라니! 이제껏 겪어 보지 못한 무시무시한 감각이었어요.

잠든 한 남자를 상상해 보십시오. 누군가 그 남자를 살해하려 했고, 그는 목에 단도가 꽂힌 채로 잠에서 깹니다. 피범벅이 되어 헐떡거리지요, 숨을 쉴 수 없어요. 이제 곧 숨이 멈출 참인데, 그는 상황을 이해하지 못하는…… 바로 그런 느낌이었어요!

저는 걱정스러울 정도로 계속 야위어 갔죠. 그러다가 문득, 무척 비만했던 마부가 저처럼 나날이 야위어 가고 있다는 사실을 알아차렸습니다.

마부에게 물어봤습니다.

「무슨 일이 있나, 장? 몸이 안 좋아 보이는데.」

마부가 대답하더군요.

「아무래도 제가 나리와 똑같은 병에 걸렸나 봅니다. 밤에 도통 잠을 자지 못하다 보니 낮에도 힘이 나지 않네요.」

저는 집이 강 바로 옆에 자리 잡은 탓에 열병을 유발하는 어떤 인자가 집 안에 스며들었나 보다고 생각했어요. 그래서 비록 한창 사냥을 즐길 계절이긴 했지만, 두세 달간 집을 떠나 있어 보기로 마음먹었습니다. 그런 참에 아주 기묘한 일을 우연히 목격하고, 그로부터 일련의 괴상하고 비현실적이며 소름 끼치는 경험을 하게 되었죠. 그래서 집에 계속 머물게 된 겁니다.

어느 날 저녁, 목이 말라 물을 반 컵 마시고는 침대 맞은편 서랍장 위에 물병을 놓아두게 했거든요. 그때는 그 물병의 수정 마개 바로 아래까지 물이 가득 채워져 있었어요.

그날 밤새도록 저는 조금 전에 말한 대로 잠에 들지 못하고 끔찍한 감각에 시달렸어요. 지독한 불안감에 사로잡혀 초에 불을 붙였죠. 그리고 다시 물을 마시려 했을 때, 물병이 비어 있다는 사실을 깨닫고 질겁했습니다. 제 눈을 믿을 수가 없었어요. 누군가 방에 들어왔던 걸까요, 제게 몽유병이 있었을까요.

다음 날 밤, 저는 같은 일이 일어나는지 실험해 보고 싶었습니다. 물병을 놓아두고 방문을 잠가 아무도 방으로 들어올 수 없도록 했죠. 잠이 들었고, 매일 밤 그랬듯이 깼습니다. 두 시간 전 제가 분명히 확인했던 물이 누군가 다 마셔 버리고 없더군요.

그 물을 누가 다 마셨을까요? 아마도 제가 그랬을 테죠. 그렇지만 저는 고통스럽게 잠에 빠져 있는 동안 제가 미동도 하지 않았다는 걸 확신했습니다. 절대적으로 확신했어요.

그래서 제가 그런 무의식적인 행동을 하지 않았다는 사실을 확인해 보려고 꾀를 냈습니다. 저녁에 물병 옆에 오래된 보르도산 포도주 한 병과 제가 싫어하는 우유 한 잔, 그리고 좋아하는 초콜릿 케이크를 놓아둔 겁니다.

포도주와 케이크는 그대로 놓여 있었고, 우유와 물은 사라지고 없었습니다. 음료수와 음식을 매일 바꿔서 놓아 보았죠. 고체들, 이로 씹어야 하는 음식들에는 손대는 적이 없고, 액체만, 특히 신선한 우유와 물만 마시더군요. 마시는 〈누군가〉가 있었다는 말이지요.

그런데 가슴 뜨끔한 의심이 제 마음속에서 완전히 가시지는 않았습니다. 제가 의식하지 못한 채로 우유 잔을 들어 올려, 싫어하는 것인데도 불구하고 마셔 버린 게 아닐까? 사실 잠든 상태에서 몽유병으로 움직였다면 감각이 마비되어 있었을 테니, 싫어하는 음료에 평소대로 반응하는 대신 바뀐 입맛을 보였을 수도 있으니까요.

그래서 저 자신을 상대로 새로 꾀를 내어 봤습니다. 반드시 만질 수밖에 없는 물건들을 전부 흰 모슬린 천으로 감싸고, 흰 삼베 수건으로 한 번 더 덮어 놓았죠.

그런 다음 잠자리에 들면서 손과 입술, 콧수염에 흑연을 문질러 놓았습니다.

잠에서 깨어 보니 어느 물건에도 얼룩이 생기지는 않았습니다만, 전부 누군가 손을 댄 흔적은 있었습니다. 수건도 제가 놓아둔 모양새와는 다른 방식으로 덮여 있었거든요. 게다가 물과 우유는 마셔 버리고 없었습니다. 그런데 방문은 쉽게 열 수 없도록 잠가 놓았고, 덧창들도 꼼꼼히 자물쇠를 채워 두었기 때문에 누군가 방 안으로 침투해 들어올 수는 없는 상황이었습니다.

이렇게 되자 다음과 같은 무서운 의문이 떠오르더군요. 대체 누가 밤새도록 내 곁에 있었던 걸까?

이런, 의문을 제가 여러분 앞에 너무 빨리 털어놓았나 봅니다. 웃고 계신 걸 보니 이미 생각을 정하셨군요. 〈미친 사람이군〉 하고 말입니다. 이런 식의 설명보다는 차라리 정신이 멀쩡한 한 남자가 집에 틀어박혀 자신이 잠든 사이에 물병에서 물이 얼마간 사라진 것을 보면서 느끼는 것들을 상세히 이야기하는 편이 좋았을 텐데. 매일 아침저녁으로 되풀이되는 그 고문, 그리고 손써 볼 도리 없이 당해야 하는 그 잠과 깨어났을 때 감당해야 하는 한층 더 끔찍한 기분을 여러분께 이해시켰어야 했는데.

어쨌거나 저는 이야기를 계속하겠습니다.

별안간 그 기이한 현상이 멈췄습니다. 누구인지 내 방 어떤 것에도 손대지 않더군요. 다 끝난 거죠. 제 상태도 한결 나아졌어요. 이웃인 르지트 씨가 제가 겪은 것과 똑같은 증상을 겪고 있다는 사실을 알았을 때는 다시 유쾌한 기분이 들기도 했죠. 그 고장에 열병을 유발하는 인자가 있다고 새삼 믿게 되었습니다. 한 달 전에 마부가 병이 악화되어 일을 그만두고 떠났거든요.

겨울이 가고 봄이 시작되었습니다. 어느 날 아침, 산책을 하다가 장미 화단 옆에서 저는 보았습니다. 분명히 보았어요. 아름다운 장미꽃들이 피어 있었는데, 제게서 아주 가까운 줄기 하나가 꺾이는 것을. 마치 보이지 않는 손이 뻗어 와 그것을 꺾는 것 같았습니다. 이어서 그 꽃은 누군가 그것을 입으로 가져갔다면 그려 냈을 법한 궤적을 따라 움직이더니 그대로 멈췄습니다. 그 꽃 한 송이만 달랑 내 눈에서 세 걸음쯤 떨어진 투명한 허공에 미동도 없이, 소름 끼치게 매달려 있는 겁니다.

미칠 듯이 겁이 난 저는 그 꽃을 잡으려고 몸을 던졌습니다. 아무것도 잡히지 않았어요. 꽃이 사라져 버린 겁니다. 저 자신에 대한 분노가 솟구쳤지요. 이성적이고 신중한 사람이 그런 환각에 놀아나다니 있을 수 없는 일이잖습니까!

그런데 그것이 정말 환각이었을까? 저는 꽃이 꺾여 나간 줄기가 있는지 살펴보았습니다. 눈앞의 장미 나무에서 바로 찾아낼 수 있었죠. 여전히 가지에 붙어 있는 다른 두 꽃송이 사이에 송이가 갓 잘려 나간 줄기 하나가 있더군요. 처음에 봤을 때 모두 세 송이였으니 숫자가 딱 들어맞았어요.

혼란스러운 심정으로 집으로 돌아왔습니다. 여러분, 자신 있게 말씀드리건대 저는 쉽게 흥분하는 성격이 아닙니다. 초 자연적인 게 있다고 믿지도 않으며, 그것은 지금도 마찬가지입니다. 그렇지만 그 순간부터 저는 확신했습니다. 제 곁에 눈에 보이지 않는 어떤 존재가 있어 저를 쫓아다니며, 잠시 떠났다가도 다시 돌아오곤 한다는 걸. 낮과 밤이 번갈아 온다는 걸 확신하듯, 저는 확신하게 되었습니다.

얼마 뒤에 그런 확신을 뒷받침하는 증거를 잡았습니다.

우선 하인들 사이에서 매일 격렬한 다툼이 일어났는데, 그냥 보기에는 하찮은 갖가지 일들이 그 이유였지만, 그런 일들이 이제 저에게는 아주 의미심장하게 다가왔습니다.

식당 식기장에 놓인 아름다운 베네치아산 유리잔 하나가 대낮에 저절로 깨졌습니다.

시종은 요리사를 탓했고, 요리사는 세탁부를 추궁했고, 세탁부는 또 누군가를 몰아세웠지요.

밤에 달아 놓은 문들이 아침이 되면 열려 있었습니다. 누군가 밤마다 찬방에 들어가 우유를 훔쳐 마셨어요. 아!

과연 어떤 자일까? 어떤 속성을 지닌 존재일까? 신경질적인 호기심에 분노와 공포가 뒤섞여 밤낮없이 저를 극도의 흥분 상태로 몰아넣었습니다.

하지만 이번에도 집은 또다시 평온해졌죠. 그러다가 다음과 같은 일이 일어났을 때 저는 갖가지 상상을 다시금 믿게 되었습니다.

그 일은 7월 20일 밤 9시에 일어났어요. 아주 더운 날이었죠. 창문을 활짝 열어 놓은 상태였습니다. 탁자 위 램프 불빛이 뮈세의 시집을 비추고 있었는데, 마침 펼쳐진 페이지는 「5월의 밤」[3]이었어요. 저는 큰 소파에 비스듬히 누워 있다가 잠이 들었습니다.

그렇게 한 40분가량 잠들어 있다가 뭔지 모를 혼란스럽고 기이한 감각에 휘말리며 눈을 떴습니다. 눈만 떴지 움직이지는 않고 가만히 있었어요. 처음에는 아무것도 보이지 않았죠. 그런데 별안간 시집의 페이지가 저절로 넘어간 것 같았습니다. 창문은 열려 있었지만 바람 한 줄기 불어오지 않았는데도요. 깜짝 놀랐죠. 기다렸습니다. 4분 정도 지났을 때 보였

3 뮈세가 조르주 상드로부터 실연당하고 쓴 시로 알려져 있다.

습니다. 보였어요, 예, 여러분. 넘어갔던 책의 페이지가 마치 누군가 손가락으로 집어 넘기는 듯 들리더니 다시 앞으로 넘어가는 것이 제 눈에 보였습니다. 맞은편 안락의자는 보기엔 비어 있는 듯했지만, 저는 알아차렸죠. 그자가 거기 있다는 걸! 저는 그자를 붙잡으려고, 그자를 만져 보려고, 할 수만 있다면 누구인지 파악하려고 탁자 건너로 몸을 날렸는데…… 하지만 안락의자는 제가 가닿기도 전에 뒤로 넘어갔습니다. 누군가 제 코앞에서 부리나케 달아났고, 그 서슬에 의자가 뒤집혀 버린 것이겠죠. 램프도 쓰러지면서 불이 꺼지고 유리가 깨어졌습니다. 불한당이 달아나며 건드렸는지 창문이 갑자기 휙 밀리면서 창문턱을 쳤습니다…… 아!

저는 부리나케 종을 울려 사람을 불렀죠. 하인이 나타나길래 제가 말했습니다.

「내가 어쩌다 보니 전부 뒤집어엎어서 깨져 버렸네. 불을 새로 켜주게.」

그날 밤은 잠을 이루지 못했습니다. 그렇지만 제가 또다시 환각에 농락당했던 것일 수도 있었죠. 자다 깨면 감각이 흐릿한 법이니까요. 바로 제가 미치광이처럼 몸을 날려서 안락의자와 램프를 쓰러뜨렸던 게 아니었을까요?

아닙니다, 제가 그랬던 게 아니었습니다! 저는 아니라는 사실을 알고 있었고, 거기에 일말의 의심도 없었어요. 그러면서도 동시에 제가 그랬다고 믿고 싶기도 했죠.

가만있자. 그 존재! 그를 대체 어떤 이름으로, 뭐라고 불러야 할까요? 보이지 않는 존재. 아니, 이런 말로는 다 표현이

안 됩니다. 저는 그 존재에 오를라라는 이름을 붙였어요. 왜 그런 이름이냐고요? 저도 모르겠습니다. 어쨌거나 오를라는 이제 제 곁에 붙어 떠나지 않았습니다. 저는 잡히지 않는 그 이웃이 곁에 있음을 느꼈고, 확신했어요. 그가 제 생명을 시시각각 앗아 가고 있다는 것도 의심할 바 없는 사실이었죠.

그를 눈으로 볼 수 없다는 게 분해서 집 안에 불을 전부 켜 놓았습니다. 그렇게 사방에 불을 밝혀 놓으면 그를 찾아낼 수 있기나 한 듯이 말입니다.

그리고 마침내 그가 보였습니다.

제 말을 믿지 않으시겠지만, 저는 그를 보았어요. 무슨 책인지 펴놓고 앉아 있을 때였습니다. 펴놓기만 했을 뿐 읽지는 않았죠. 그러는 대신 염탐하고 있었으니까요. 가까이에서 느껴지는 그자를 저의 모든 감각을 곤두세워 탐지해 내려 했습니다. 그는 분명 거기에 있었어요. 그런데 어디에? 무얼 하고 있을까? 어떻게 해야 그자를 붙잡을 수 있을까?

맞은편에는 침대가 놓여 있었습니다. 네 귀퉁이에 기둥이 있는 오래된 떡갈나무 침대였어요. 오른쪽에는 벽난로가, 왼쪽에는 단단히 잠가 놓은 문이 있었죠. 뒤에는 아주 큼지막한 옷장이 있었는데, 그 옷장에는 제가 매일 면도를 하고 옷을 입을 때 사용하는 거울이 달려 있었습니다. 그 거울 앞을 지날 때마다 머리부터 발끝까지 제 모습을 한 번씩 훑어보곤 하는 게 저의 습관이기도 했지요.

하여간 저는 책을 읽는 척했습니다. 그자를 속이려고요. 그 역시 저를 염탐하고 있었거든요. 그러다가 별안간 느낌이 왔습니다. 그자는 분명 거기, 저의 어깨너머에서 책을 훔쳐 읽느라 제 귀를 스칠락 말락 몸을 굽히고 있었습니다.

저는 벌떡 몸을 일으켰죠. 재빨리 뒤를 돌아보았는데, 그러느라 그만 균형을 잃고 휘청했습니다. 그런데 자! 그가 거기 있다는 건 대낮처럼 명명백백했습니다…… 그러니 거울 속에 제 모습이 보이지 않은 거죠! 거울 속은 텅 비어 있었어요. 그저 맑게, 빛으로 가득 차 있었습니다. 제 모습이 거울에 비치지 않는 겁니다…… 저는 바로 맞은편에 있었는데도 말이에요……. 보이는 것은 꼭대기부터 맨 아래까지 투명한 큰 유리뿐이었어요! 저는 그것을 겁에 질린 눈으로 바라보았죠. 나와 거울 사이에 그가 있다는 걸, 또다시 그가 달아나리라는 걸 느끼면서도, 감지할 수 없는 그의 몸이 거울에 비쳐야 할 내 영상을 중간에서 빨아들였다는 걸 알아차렸으면서도 앞으로 더 나아가 볼 엄두는 내지 못했습니다.

얼마나 겁이 났던지! 다음 순간 문득 뿌옇던, 수면 아래 물속을 내려다볼 때처럼 뿌옇던 거울 속에 제 모습이 보이기 시작했습니다. 그 물은 왼쪽에서 오른쪽으로 느리게 흘러가는 것 같았어요. 물이 흘러가면서 거울 속 저의 영상이 시시각각 또렷해졌거든요. 일식이 끝나 갈 때와 비슷했어요. 저를 가리고 있던 그 존재는 명확히 특정할 윤곽은 없는 듯했고, 불투명하지만 조금씩 맑아지는 일종의 투명성을 지닌 것 같았습니다.

마침내 저는 매일 그랬던 것처럼 거울 속의 제 모습을 온전히 볼 수 있었습니다.

제가 보이지 않는 동안 저는 그 존재를 봤던 겁니다. 그때의 공포감이 아직도 남아 저를 전율하게 합니다.

그다음 날, 저는 이 병원에 들어와서 저를 보호해 달라고 간청했지요.

*

「자, 여러분, 이제 저의 이야기를 끝맺겠습니다.

마랑드 박사님은 오랫동안 제 이야기를 믿지 못하시다가 결단을 내려 제가 사는 고장에 홀로 다녀오셨습니다.

현재 저의 이웃 세 사람이 저와 같은 증상을 보인다고 합니다. 그렇죠?」

의사가 대답했다. 「그렇소.」

「박사님은 그들에게 매일 밤 방에 물과 우유를 갖다 놓고 그 액체들이 사라지는지 살펴보라고 조언했습니다. 그들은 그렇게 했죠. 그 액체들이 제 경우처럼 사라졌다고 하던가요?」

의사는 진지함에 엄숙함을 섞어 대답했다. 「사라지고 없었다고 했소.」

「그렇습니다, 여러분, 이것은 명백히 어떤 존재의 증거입니다. 새로운 존재가 나타난 것이죠. 그 존재는 머지않아 우리 인간이 번식하듯 번식할 게 분명합니다.

아! 웃으시는군요! 어째서 웃으시는 걸까요? 그 존재가 지금은 눈에 보이지 않으니 웃으실 수 있는 거죠. 그렇지만 여러분, 인간의 눈은 지극히 기초적인 기관이라서 우리가 존

오를라 293

재하는 데 없어서는 안 될 것들만 간신히 식별해 낼 뿐입니다. 너무 작은 것은 우리 눈이 포착할 수 있는 범위를 벗어나죠. 너무 큰 것도, 너무 멀리 있는 것도 마찬가지입니다. 눈은 물 한 방울 속에 사는 미세한 생명체들에 대해 무지해요. 지구와 이웃한 행성들의 거주자, 그곳에서 자라는 식물들과 토양에 대해서도 무지합니다. 심지어 투명한 것은 보지도 못하거든요.

눈앞에 완벽히 투명한 유리 한 장을 놓아 보십시오. 우리는 그 유리를 식별하지 못할 것이고, 그래서 그것을 향해 무심코 돌진하겠지요. 집 안에 갇힌 새도 그런 식으로 유리창에 부딪혀 머리가 깨지는 겁니다. 다시 말해 우리의 눈은 단단하고 투명하지만 분명 존재하는 그 물체들을 보지 못한다는 겁니다. 눈은 우리가 숨 쉬는 이 공기를 보지 못해요. 자연의 가장 강력한 힘인 바람, 사람을 쓰러뜨리고, 건물을 부수고, 나무를 뿌리째 뽑아내고, 산더미 같은 파도를 일으켜 화강암 절벽을 무너뜨리는 그 바람도 보지 못하죠.

이러한 눈이 새로운 어떤 존재, 빛을 잡아 두는 성질이 아마도 없는 탓에 투명해진 한 존재를 보지 못한다는 게 놀라운 일은 아닙니다.

전기가 눈에 보입니까? 그렇지만 전기는 분명 존재하거든요!

제가 오를라라고 이름 붙인 그것 역시도 존재합니다.

그것은 어떤 존재일까요? 여러분, 이 지구가 인간 다음 순서로 기다리는 것이 바로 그입니다! 그는 우리 인간을 왕좌에서 끌어내리기 위해, 굴복시키고 길들이기 위해 왔습니다. 그러고는 분명 우리를 자양분으로 삼아 생명을 이어 가겠지요. 우리가 소와 멧돼지들의 고기에서 생명을 이어 갈 자양분을 얻듯이 말입니다.

수 세기 전부터 인간은 그 존재를 예감하고 두려워하고 예고했어요! 보이지 않는 그 존재에 대한 두려움은 늘 우리 조상들을 쫓아다녔죠.

그런 그가 왔습니다.

요정, 땅도깨비, 허공을 배회하며 불운을 퍼뜨리는 알 수 없는 정령들에 대한 모든 전설이 바로 그를 이야기한 것들입니다. 인간은 이미 그를 예감하고 불안감에 떨었던 거지요.

여러분, 여러분께서 여러 해 전부터 행하고 있는 모든 것, 최면술, 암시 요법, 자기 요법이라고 부르는 것도 그 존재와 연관되어 있습니다. 즉 여러분은 그에 대해 예고하고, 그를 점치고 계신 겁니다!

여러분께 말씀드리건대, 그가 왔습니다. 최초의 인간들이 그랬듯이 그 자신도 불안해하며, 아직은 자신의 힘과 능력을 알지 못한 채 배회하고 있습니다. 하지만 이제 곧, 이다음 순간에는 알게 될 테지요.

마지막으로 여러분, 여기 제 손에 들어온 신문 기사가 하나 있는데, 리우데자네이루의 소식입니다. 읽어 보겠습니다. 〈얼마 전부터 상파울루주에 광기라는 일종의 전염병이 창궐하고 있는 것으로 보인다. 여러 마을의 주민들이 이미 땅과 집을 버려두고 피난을 떠났는데, 그들의 주장에 따르면 눈에 보이지 않는 흡혈귀들이 먹이를 구하기 위해 그들을 쫓아다 녔다는 것이다. 그 흡혈귀들은 인간이 잠자는 동안 그 숨결을 빨아들여 자양분으로 삼으며, 그 외에는 물을 마실 뿐이지만 이따금 우유도 마신다고 한다!〉

이 기사에 덧붙여 저는 다음과 같은 사실을 말씀드리고자 합니다.

저를 죽을 뻔한 궁지로 몰아넣은 그 병의 첫 증상이 나타나기 며칠 전, 또렷이 기억하건대 센강을 따라 운항하는 큰 세 돛대 범선 한 척을 보았습니다. 배에 펄럭이는 깃발로 브라질에서 온 배라는 것을 알 수 있었죠…… 이미 말씀드린 대로 저의 집은 바로 강가에 있습니다…… 온통 흰색으로 칠한 집이죠…… 그자는 분명 그 배에 숨어 들어왔을 겁니다…….

이제는 더 할 이야기가 없습니다, 여러분.」

*

마랑드 박사가 일어나 나지막한 소리로 말했다.

「저 역시 덧붙일 말은 없습니다. 여기 이 사람이 미친 건지, 아니면 저를 포함해 둘 다 미친 건지 저는 잘 모르겠습니다…… 아니면…… 인간을 대신해 자연을 지배할 자가 정말로 도착한 것일 수도 있겠죠.」

파리
어느 뱃놀이꾼의 회상

그가 우리에게 말했다.

뱃놀이하며 지내던 시절, 나는 재미난 일들과 멋진 여자들을 보았지. 그 시절의 삶은 분주하면서 무사태평했고, 유쾌하면서 가난했고, 하루하루가 활기차고 떠들썩한 축제 같았어. 내 나이 스무 살 즈음부터 서른이 되기 전까지였네. 그 시절의 일을 〈센강에서〉라는 제목을 달아 조촐하게 책으로 써보고 싶다는 생각을 참 여러 번 했었는데.

그때 나는 한갓 사무원이었고, 호주머니는 늘 비어 있었지. 지금이야 성공한 덕분에 변덕스러운 한때의 즐거움을 위해 거액을 쏟아붓기도 하지만 말이야. 그 시절 내 가슴속은 수많은 갈망으로 가득했어. 거창한 것은 아니었고, 실현될 수 있는 것도 아니었지만, 그 갈망들은 이 세상에서의 내 삶을 갖가지 가상의 기다림으로 장식해 주었지. 안락의자에 파묻혀 졸기나 하는 지금은 그 어떤 분방한 욕망이 나를 의자에서 일으켜 세울 수 있을까, 정말 모르겠어. 파리의 사무실과 아르장퇴유의 강을 오가며 그런 식으로 산다는 건 얼마나 단순하고 좋은, 그러면서도 쉽지 않은 삶이었는지. 그 10년 동안 나는 온통 센강에 사로잡혀 있었어. 센강은 나의 뜨겁고 유일한 열정이었네. 아! 아름다운 그 강, 고요하면서도 변화무쌍하고 물비린내를 풍기던 그 강은 신기루와 쓰레기가 가득 널려 있었지. 나는 그 강을 무척 사랑했어. 아마도 그 강이 내게 살아 있다는 감각, 삶의 맛을 주는 것 같았기 때문일 거야. 아! 둑길을 따라 거닐던 그 강기슭은 꽃으로 덮여 있었네. 내 친구인 개구리들이 수련 잎사귀 위에 시원하게 배를 깔고 몽상에 빠져드는데, 버드나무 뒤편 키 큰 갈대 사이에 핀 교태롭고 위태로운 물백합들은 별안간 일본 판화집 한 면을 펼쳐 눈앞에 들이대는 것 같았고, 그럴 때면 물총새가 파란 불꽃처럼 내 앞에서 날아올랐지! 나는 그 모든 것을 사랑했네. 눈이 느끼는 본능적인 사랑이었어. 그 사랑이 내 몸 구석구석으로 퍼져 나가 자연스러우면서도 강렬한 기쁨으로 피어나곤 했네.

사람들이 감미로웠던 사랑의 밤을 기억하듯이 나는 새벽 안개 속의 그 일출을 기억해. 안개는 여명이 터오기 전에는 죽은 여인의 낯빛처럼 새하얗게 증기로 떠돌며 나부끼다가, 풀밭 위로 첫 햇살이 비치면서 장밋빛으로 환하게 물들어 심장을 요동치게 했지. 또 나는 흘러가는 잔물결을 은빛으로 덧씌우던 달, 그 한 줌의 미광을 기억하네. 그 아련한 빛에 온갖 꿈들이 피어나곤 했으니까.

영원한 환상의 표상인 이 모든 기억은 파리의 갖가지 오물을 바다로 실어 가는 그 썩은 물 위에서 나를 위해 태어난 것들이야.

게다가 친구들과 함께한 그 삶은 얼마나 즐거웠는지. 우리는 다섯 명이었는데, 지금은 모두 중요한 위치에 있지만, 그 시절엔 패거리로 몰려다녔어. 모두 가난하다 보니 아르장퇴유의 끔찍스러운 한 싸구려 식당을 아지트 삼아 함께 모이곤 했었네. 말할 수 없이 궁색한 곳이어서 공동 침실 격인 방이 단 한 칸 있었는데, 그곳에 죽치고 앉아 보낸 저녁들이 내 평생 가장 미치광이 같은 시간이었을 거야. 우리의 관심사란 그저 눈앞의 시간을 즐기고 노를 젓는 일 말고는 없었네. 사실 우리는 한 사람을 제외하고 모두 뱃놀이에 열광하고 있었거든. 우리 다섯 명의 불한당이 감행했던 그 기발한 모험들, 어이없는 소극들이 기억나는군. 요즘 사람들은 그런 이야기를 들어도 믿으려 하지 않을걸. 이젠 센강에서조차 그런 미친 짓을 하는 사람은 없어. 그 시절 우리를 숨차게 휘몰아 갔던 그 격렬한 갈망이 요즘 사람들에게서는 사라져 버렸으니까.

우리 다섯은 공동으로 배 한 척을 갖고 있었네. 각자 주머니를 탈탈 털어 가까스로 구입했지. 그 배에서 우리는 원 없이, 마치 그 순간이 지나면 다시는 웃지 못할 것처럼 웃어 댔다네. 여럿이 동시에 노를 저을 수 있고 돛을 펼칠 수도 있는 경주용 보트였는데, 다소 무겁긴 해도 튼튼하고 널찍하고 편안했어. 내 친구들을 하나하나 세세히 그려 보일 일이야 없고, 그저 대강만 이야기하겠네. 한 사람은 키가 작고 아주 꾀바른 친구로, 우리는 그를 〈애송이〉라고 불렀네. 다른 한 사람은 키가 크고 행동이 거침없고 회색 눈동자에 검은 머리카락을 가진 친구로, 별명이 〈도끼〉였지. 머리 쓰는 일에는 재바르고 몸을 쓰는 일에는 게으른 〈빵모자〉라는 친구도 있었는데, 그는 배를 타서도 절대로 노를 젓는 법이 없었어. 자기가 노를 잡았다가는 배가 뒤집힐 위험이 있다는 게 그 친구가 내세우는 명분이었네. 또 다른 한 명은 호리호리하고 우아하며 몸치장에 무척 신경을 쓰는 친구였는데, 우리는 당시 클라델이 발표한 한 소설에서 〈외눈박이〉라는 별명을 빌려 와 그에게 붙여 주었다. 그 친구가 외알박이 안경을 끼고 다녔거든. 마지막으로 조제프 프뤼니에로 불리는 내가 있었지. 우리는 서로 죽이 잘 맞았어. 다만 한 가지 아쉬웠던 건 키잡이 역할을 해줄 여자가 없다는 점이었네. 여자는 뱃놀이에 없어서는 안 될 존재잖아. 머리와 심장이 깨어 있게 해주는 존재, 생기를 불어넣고, 재미를 돋우고, 기분을 바꿔 주고, 짜릿한 맛을 끼얹는 데 더해, 진홍색 양산으로 푸른 강둑길 위를 수놓는 장식 효과까지 빚어내는 존재인데, 도저히 빼놓을 수 없잖아. 하지만 우리 다섯 명, 세상 여느 사람들과 닮은 데 없이 별난 우리가 원한 건 평범한 여자 키잡이가 아니었네. 우리에게는 뭔가 예측할 수 없는 색다른 존재, 어떤 일에도 몸을 사리지 않을 존재가 필요했어. 다시 말해 찾아보기 힘든 여자를 찾으려 한 거지. 우리는 꽤 여러 차례 그런 여자를 만나려 해봤지만 번번이 헛수고였어. 방향을 잡는 키잡이는커녕 뱃놀이를 나들이로만 아는 여자들, 보트에 올라 강물을 가르며 나아가는 일보다는 싸구려 포도주를 마시고 취해서 시시덕거리기를 더 좋아하는 멍청한 여자들만 보였으니까. 우리는 그런 여자들과 일요일 하루 시간을 보냈다가 매번 환멸을 느끼며 돌려보내곤 했지.

그러던 어느 토요일 저녁, 〈외눈박이〉가 가늘고 호리호리한 몸을 가진 자그마한 피조물 하나를 우리에게 데려왔네. 발랄하고 경쾌하고 장난도 잘 치고 농담도 잘 받아치는 여자였어. 그런데 파리의 보도 위에서 개화한 젊은 남녀들에게는 그런 식으로 농담을 되받아치는 재주가 재치를 대신하더군. 그 여자는 예쁘지는 않지만 사랑스러웠어. 모든 가능성이 아직 실현되지 않은 상태로 담겨 있는 밑그림 같은 여자, 화가가 카페에서 저녁 식사를 한 뒤 브랜디 한잔과 담배를 앞에 놓고 냅킨에 몇 개의 선으로 쓱쓱 그려 낸 소묘 같은 여자였네. 자연은 이따금 그런 존재를 빚어내곤 하지.

첫날부터 그 여자는 우리를 놀라게 했고, 즐겁게 했고, 완전히 두 손을 들게 했지. 그만큼이나 전혀 예측할 수 없는 사람이었거든. 온갖 미친 짓을 할 준비가 된 남정네들의 소굴에 굴러떨어졌는데도 곧바로 그 상황을 주도하더니, 다음 날이 되자 우리 모두를 깔고 앉아 승리의 깃발을 펄럭이고 있었지.

게다가 완전히 돌았다고 해야 할까, 뱃속을 압생트 술로 채우고 태어난 여자 같았네. 그 여자의 어머니가 해산하는 순간 한잔 들이켰던 게 분명해. 또 그렇게 태어난 뒤로도 내내 술에서 깬 적이 없었다는데, 그 여자의 말로는 아기일 적에 젖 유모가 몸을 후끈하게 하려고 싸구려 럼주를 목구멍에 털어 넣는 습관이 있었다는군. 그 여자도 술집 카운터 뒤에 늘어선 술들을 무조건 〈거룩한 내 가족〉이라고 부르곤 했지.

우리들 중 누가 그 여자에게 〈파리〉라는 별명을 붙였는지, 어째서 그런 별명을 생각해 냈는지는 모르겠네. 하지만 그 별명이 그 여자에게 잘 어울렸고, 그래서 계속 그렇게 부르게 됐어. 우리 배의 이름은 〈뒤집힌 나뭇잎〉이었는데, 유쾌하고 건장한 다섯 남자와 채색 종이 파라솔 밑에 앉아 그 다섯을 지휘하는 한 발랄한 미치광이 여자를 싣고 매주 센강을 따라 아스니에르와 메종라피트 사이를 오가곤 했지. 그 여자는 우리 다섯을 자기를 위해 노를 젓는 노예처럼 다루었고, 우리는 그런 그 여자를 무척 사랑했어.

우리 모두 그 여자를 사랑했네. 처음에는 수많은 이유로, 이어서 단 하나의 이유만으로도 사랑했지. 뱃고물에 자리 잡은 그 여자는 바람이 물 위를 스치기만 해도 말이 흘러나오는 일종의 작은 풍차였어. 미풍을 받아 쉼 없이 경쾌하게 돌아가는 풍차 소리처럼 그 재잘거림도 끝없이 이어지곤 했네. 무척이나 엉뚱하고 더없이 얄궂고 아주 놀라운 이야기들을 내키는 대로 늘어놓았지. 그 여자의 정신은 갖가지 성질, 갖가지 색깔의 헝겊들을 이어 붙인 조각 보자기, 게다가 박음질 대신 그저 시침질만 해놓은 보자기 같아서, 모든 부분이 제각각 따로 노는 듯이 보였어. 그런 머릿속에 동화 속 신데렐라의 욕망이, 명랑하고 분방한 골족의 기질이, 외설과 뻔뻔함이, 예기치 못한 것에 대한 목마름과 희극 본능이 들어 있었고, 또 탁 트인 대기와 바람과 풍경이 있었지. 기구를 타고 올라갔을 때 불어오는 바람과 눈앞에 펼쳐지는 풍경 같은 것이 말이야.

우리는 그 여자가 어딘지 모를 맥락에서 찾아내는 기발한 대답이 듣고 싶어서 질문을 던지곤 했네. 가장 자주 꺼낸 성가신 질문은 바로 이것이었어.

「왜 파리라고 부르는지 알아?」

그러면 그 여자는 정말이지 터무니없는 이유를 대서 우리가 노 젓는 손을 멈추고 배꼽을 부여잡도록 만들었지.

일면 여자로서 좋아한 것도 사실이야. 언젠가 한 번은 평소처럼 〈왜 파리라고 부르는지 알아?〉라는 질문을 던졌을 때, 배를 타서도 노 젓는 일과는 담을 쌓고 온종일 키잡이 자리의 그 여자 곁에만 붙어 있던 〈빵모자〉가 그 여자를 대신해 대답한 적이 있었네.

「스페인파리¹라서.」

맞아, 윙윙거리는 스페인파리, 몸을 달아오르게 만드는 그 작은 가뢰라서 그랬어. 등껍질이 반짝거리고 색깔도 다른 일반적 가뢰인 그 해충 말고, 적갈색 날개를 가진 작은 가뢰 말이야. 그런 작은 가뢰가 〈뒤집힌 나뭇잎〉호의 선원 전부를 묘한 방식으로 흥분시키기 시작했던 거야.

〈파리〉가 내려앉은 그 나뭇잎 위에서 또 얼마나 많은 어리석은 장난들이 벌어졌는지.

〈외눈박이〉는 배에 〈파리〉가 내려앉은 뒤로 우리 사이에서 일종의 주도자, 우월한 수컷의 역할을 선점한 참이었네. 말하자면 여자 없는 네 남자 옆에서 우쭐거리는, 여자 있는 남

---

1 딱정벌레목 곤충인 가뢰의 다른 이름. 칸타리딘이라는 물질을 지니고 있어 가루로 만들어 최음제로 사용했다.

자 역할이었어. 그는 이 지배적 역할을 남용해 이따금 우리가 보는 앞에서 〈파리〉에게 키스한다거나, 식사가 끝난 뒤 그 여자를 자기 무릎에 앉히려 한다거나, 그 밖에도 낯 뜨겁고 거북한 많은 특권을 행사해서 우리를 화나게 했어.

우리는 공동 침실에 칸막이 커튼을 쳐서 둘만 따로 떼어 놓았지.

하지만 곧이어 나를 포함해 네 명의 짝 없는 남자들은 서로가 머릿속에서 똑같은 결론에 도달했음을 알게 되었네. 바로 이런 결론이었지. 〈상류층 여자들도 남편에게 충실하지 않은 마당에, 그 어떤 기성도덕 관념에도 구애되지 않는《파리》가 대체 무슨 이유로 무슨 예외적 법칙, 수용 불가능한 원칙을 지키겠다고 자기 애인에게만 충실하겠는가?〉

다시 되짚어 봐도 옳은 결론이었어. 그런 확신에 도달하는 데는 그다지 시간이 걸리지 않았지. 단지 그동안 잃어버린 시간을 만회하기 위해 우리는 서둘러 이 결론을 실천에 옮겨야 했네. 〈파리〉와 〈뒤집힌 나뭇잎〉의 다른 네 선원이 함께 〈외눈박이〉를 속인 거지.

〈파리〉는 그 일을 어려움 없이, 별 저항도 없이, 우리 각자가 첫마디를 꺼내자마자 해치우더군.

아뿔싸, 몸가짐이 신중한 사람들은 무척이나 분개할 텐데! 어떻게 그럴 수 있느냐고? 인기 있는 화류계 여자 가운데 애인이 열두어 명쯤 없는 여자가 어디 있겠어? 게다가 그 애인들 가운데 그런 사실을 모를 만큼 꽉 막힌 남자도 있나? 이제 바야흐로 유행은 유명하고 인기 있는 화류계 여자의 집에 가서 하룻밤 즐기는 것이 아닌가? 그건 고전극만 무대에 올리겠다는 고집이 사라진 뒤로 오페라 극장이나 프랑세즈 극장, 혹은 오데옹 극장에 가서 하룻저녁 연극을 즐기는 것과 똑같은 일이야. 남자 열 명이 돈을 모아 경주마 한 마리를 공동으로 소유하듯이, 남자 열 명이 뭉쳐서 시간을 배분해 주기 어려운 매춘부 한 사람과 공동으로 교제하기도 하네. 경주마를 타는 사람이야 기수 한 명이지. 그러니 매춘부가 마음을 주는 애인을 기수에 비유하면 되겠군.

우리는 조심성을 발휘해 토요일 저녁부터 월요일 아침까지는 〈파리〉를 〈외눈박이〉에게 넘겨주었어. 뱃놀이하는 동안은 그의 차지로 놓아둔 거지. 우리가 그를 속인 건 주중에 파리에서 지낼 때, 즉 센강을 떠나 있을 때뿐이었는데, 이렇게 센강을 떠나 벌어지는 일은 우리 같은 뱃놀이꾼들로서는 속이는 것이라고 할 수도 없었어.

그 상황에서 흥미로운 점은 우리 네 사람의 서리꾼이 각자 〈파리〉의 총애를 나눠 갖고 있다는 사실을 다 알면서도 우리끼리 이야기할 때, 심지어 그 여자와 이야기를 나눌 때조차 고작 은근한 암시나 흘릴 뿐 서로 모른 척했다는 거야. 그러면 그 여자는 몹시 재미있어하며 웃음을 참지 못했지. 단 한 사람, 〈외눈박이〉만 까맣게 모르는 듯했네. 그의 위치가 이렇게 특별해지는 바람에 그와 나머지 넷 사이에 어떤 거북함이 빚어지게 됐어. 어쩐지 그와 거리를 두는 양상이 되고, 그를 따돌리는 상황이 되고, 그러면서 우리가 오랫동안 쌓아온 신뢰와 친밀감에 장벽 하나가 가로놓이는 듯했지. 우리를 위해 그에게 어렵고 다소 우스꽝스러운 역할, 부정한 애인을 둔 남자 혹은 오쟁이 진 남편 역할을 떠맡기고 만 거야.

〈외눈박이〉는 아주 영리한 친구였고, 시치미를 떼면서도 조롱을 던질 줄 아는 특별한 재주가 있었기 때문에 우리 넷은 이따금 그가 정말로 까맣게 모르는지 궁금해지곤 했네. 그러면서 얼마간 걱정스럽기도 했지.

이윽고 그가 이 문제에 관해 우리에게 신호를 보내왔는데, 그 방식이 우리로서는 거의 한 방 먹은 셈이었어. 점심을 먹으러 부지발로 갈 때의 일이었네. 다들 힘차게 노를 젓는 중이었는데, 그날 아침따라 만족감에 기가 산 남자의 태도로 〈파리〉와 나란히 키잡이 자리에 앉아 있던 〈빵모자〉가 나머지 친구들이 보기에 다소 지나치게 무람없이 그 여자에게 몸을 밀착시키는 것 같더니, 〈스톱!〉이라고 소리쳐 모두의 동작을 멈추게 했어.

노 여덟 개가 물 밖으로 올라왔지.

그러자 〈빵모자〉는 고개를 돌려 〈파리〉를 바라보며 물었어.

「왜 파리라고 부르는지 알아?」

〈파리〉가 미처 대답을 찾기도 전에 이물 쪽에 앉아 있던 〈외눈박이〉가 퉁명스러운 목소리로 말했네.

「온갖 썩은 시체에 내려앉는 화냥년이니까.」

처음에는 무거운 침묵이 흘렀지. 분위기가 거북했어. 하지만 다음 순간 웃고 싶은 욕구가 솟구치더군. 모두 웃음을 터뜨렸어. 〈파리〉 자신은 여전히 당황하고 있었지만 말이야.

그러고 나서 〈빵모자〉가 외쳤어.

「전진!」

우리는 다시 노를 젓기 시작했네.

한순간 일어났던 충돌은 우리 네 사람의 궁금증을 풀어 주면서 그렇게 마무리됐어.

그 작은 사건이 있긴 했지만, 우리 모두는 달라진 것 없이 여전했네. 다만 그 일로 〈외눈박이〉와 나머지 넷 사이의 우정 이 다시금 끈끈해졌지. 그는 토요일 저녁부터 월요일 아침까 지 〈파리〉의 주인이 되는 영광을 다시 얻었고, 그럼으로써 그 가 나머지 넷과 비교해 우월한 위치에 있다는 점이 확고해졌 어. 덧붙여 〈왜 파리라고 부르는가?〉라는 질문의 시대도 마 지막 그 대답과 함께 막을 내렸네. 나를 포함해 네 사람은 아 무런 이의 제기 없이 이제부터 분수를 알고, 주중의 날들을 신중하게 활용하는 조심성 많은 친구로서의 부차적 역할에 만족했어.

한 석 달간 이렇게 잘 지냈네. 그런데 별안간 〈파리〉가 우 리 모두에 대해 이해할 수 없는 태도를 보였어. 예전만큼 명 랑하지 않았고, 예전에 없던 신경질적인 모습이었지. 뭔가 불 안해 보였고, 걸핏하면 화를 냈다고 해야 할까. 그럴 때마다 계속 물었어.

「무슨 일 있어?」

그러면 〈파리〉는 대답했네.

「아무 일도 없어. 날 좀 가만히 내버려 둬.」

우리가 사정을 알게 된 것은 어느 토요일 저녁 〈외눈박이〉 를 통해서였어. 단골 교외 식당의 주인 바르비숑이 우리를 위

해 자신의 허름한 식당 한구석에 잡아 둔 작은 별실 테이블
에 막 자리 잡고 앉아 포타주를 먹고 생선튀김이 나오기를 기
다릴 때였지. 걱정스러운 얼굴을 하고 있던 〈외눈박이〉가 팔
을 뻗어 〈파리〉의 손을 잡고는 말을 꺼내더군.

「친구들, 알려야 할 중대한 문제가 있어. 시간을 들여 함께
의견을 모아야 할 일이야. 식사하면서 차분히 생각해 보자
고. 우리 가엾은 〈파리〉가 내게 한 가지 불행한 소식을 알려
주었고, 동시에 너희들에게도 전달할 임무를 맡겼어.

〈파리〉가 임신했어.

두 가지만 더 이야기할게.

〈파리〉를 나 몰라라 해서는 안 돼. 그리고 아이 아버지가
누군지 밝히려 들지 말았으면 해.」

그 이야기를 듣는 순간에는 깜짝 놀랐지. 이거 낭패로구나
싶었어. 이어서 누군가를 탓하고 싶은 마음이 치받쳐 서로를
바라보았지. 하지만 누구를 탓할 건데? 아! 대체 누구를? 남
자에게 자신이 아이의 아버지가 분명하다는 확신을 절대로
허락하지 않는 자연의 이 잔인한 익살극이 그때만큼 가증스
러웠던 적은 없었어.

이윽고 시간이 흐르면서, 모호하기는 해도 우리 사이에
존재하는 어떤 연대감이 오히려 일종의 위안을 안겨 주며 우
리를 격려하더군.

〈도끼〉는 거의 입을 열지 않고 있다가 말 한마디로 우리가
다시금 차분해질 수 있는 계기를 만들어 주었는데, 바로 이
말이었어.

「이거 참, 큰일이군. 이럴수록 함께 뭉쳐야지.」

식당 사환이 모래무지 튀김을 날라 왔어. 평소와는 달리 누구도 접시에 달려들지 않더군. 사실 어쨌거나 모두 마음이 복잡했거든.

〈외눈박이〉가 다시 입을 열었어.

「이런 상황에서 파리는 나에게 솔직히 털어놓기 미묘하고 조심스러웠을 거야. 친구들, 우리는 모두 이번 일에 책임이 있어. 함께 힘을 모아 우리 모두의 아이로 키우자.」

이 제안은 만장일치의 동의를 얻었어. 우리는 접시에 수북이 쌓인 모래무지 튀김을 향해 팔을 들어 올리고 맹세했네.

「우리 모두의 아이로 키우자.」

그러자 지난 한 달 동안 자신을 짓눌러 온 불안감에서 벗어나 단번에 구원을 얻은 〈파리〉, 사랑에 미친 그 다정하고 가없은 여자가 소리쳤어.

「오! 나의 친구들! 나의 친구들! 너희는 정말 착하구나…… 정말 착해…… 착하고말고…… 모두 고마워!」 그러고는 처음으로 우리 앞에서 울음을 터뜨렸어.

이후 우리가 배에서 나누는 이야기들은 아이에 대한 것이었어. 마치 아이가 벌써 태어나기라도 한 것 같았지. 우리 각자는 아이의 탄생에 자신이 참여한 분량을 저마다 부풀려 이야기할 만큼 애정을 품고, 느리게 그러면서 꾸준히 불러 오는 키잡이의 배에 관심을 기울였네.

이따금 노 젓는 팔을 멈추고 묻기도 했어.

「파리?」

그 여자가 대답했지.

「왜?」

「아들일까, 딸일까?」

「아들.」

「커서 어떤 사람이 될 것 같아?」

그러면 〈파리〉는 더없이 꿈같은 방식으로 자신의 상상력을 부풀렸어. 아이가 태어나는 날부터 시작해서 눈부신 성공을 거둘 때까지의 이야기를 끝없이, 놀라운 창의력으로 펼쳐놓았지. 아이는 자그마한 몸집의 이 여자, 이제 우리 다섯 친구에게 둘러싸여 우리를 〈다섯 아빠〉라고 부르며 정숙하게 지내는 이 독특한 피조물 안에서 무럭무럭 자라고 있는, 열렬해서 측은한 그 순진한 꿈속의 모든 것이었네. 〈파리〉는 그 아이가 장차 배를 타고 대양으로 나가 아메리카보다 더 큰 신세계를 발견하는 모습을 상상으로 그려 보이곤 했어. 또 장군이 되어 알자스와 로렌 지방을 프랑스에 되찾아 온 뒤 황제 자리에 올라 왕조를 세우고, 그 왕조가 배출하는 관대하고 지혜로운 통치자들이 우리 조국에 확고한 행복을 가져올 거라고 했지. 이어서 아이는 학자가 되어 우선 금을 제조하는 비법을 찾아낸 뒤 다음 순서로 영생의 비결을 밝혀낼 것이고, 또 하늘을 나는 기구 조종사가 되어 이 별에서 저 별로 여행할 방법을 개척하고 무한한 저 창공을 인간을 위한 광대한 산책로로 만들 거라고 했어. 〈파리〉가 그려 보이는 아이는 가장 놀랍고, 또 가장 찬란한 그 모든 꿈의 실현이었네.

아, 여름 내내 그 가엾은 작은 여자는 얼마나 사랑스럽고 재미있었는지! 하지만 그 여름은 끝나고 말았네.

9월 20일, 〈파리〉의 그 꿈이 부서지고 만 거야. 그날 우리는 메종라피트로 가서 점심을 먹고 센강을 따라 돌아오는 길이었어. 생제르맹앙레 앞을 지나자 〈파리〉는 갈증이 난다면서 르 페크에서 배를 세워 달라고 했어.

〈파리〉는 얼마 전부터 몸이 무거워지면서 불편해하고 있었지. 예전처럼 훌쩍 건너뛰거나, 늘 하던 습관대로 뱃전에서 강둑으로 폴짝 뛰어내리는 건 무리였어. 하지만 〈파리〉는 우리가 아우성을 치고 말리는데도 여전히 습관대로 하려고 했지. 우리가 팔을 뻗어 붙잡지 않았더라면 〈파리〉는 수없이 넘어졌을 거야.

그날 〈파리〉는 무모하게도 배가 완전히 멈추기도 전에 내리려고 했어. 이따금 운동선수들도 몸이 아프거나 피곤이 쌓였을 때 그런 허세를 부리다가 사고를 당하잖아.

〈파리〉가 미리 움직일 거라고는 짐작하지도 상상하지도 못한 채 우리가 노를 저어 배를 대는 순간, 〈파리〉가 벌떡 일어나 몸을 날렸어. 제방 위로 뛰어내리려 한 거지.

힘이 달린 〈파리〉는 발끝을 겨우 제방 돌 끄트머리에 걸쳤다가 미끄러지며 배를 날카로운 모서리에 부딪치고는 외마디 비명과 함께 강물 속으로 떨어졌네.

우리 다섯은 동시에 물속으로 뛰어들어 축 늘어진 〈파리〉를 건져 냈지. 그 가엾은 여자는 얼굴이 시체처럼 창백해져서 지독한 고통에 신음하고 있었어.

〈파리〉를 제일 가까운 여인숙으로 서둘러 옮기고 의사를 불러와야 했어.

열 시간 동안 이어진 사산의 끔찍한 고통을 〈파리〉는 영웅적인 용기로 견뎌 냈지. 우리는 그 여자 주위를 맴돌면서 마음 아파했네. 불안과 두려움에 들뜬 환자 같은 몰골들이었어.

마침내 그 여자의 몸에서 죽은 아이를 빼낼 수 있었네. 그러고도 꽤 여러 날 동안 〈파리〉가 생사를 오가는 바람에 우리의 가슴은 걱정으로 타들어 갔어.

어느 날 아침, 의사가 드디어 우리에게 말했네. 「내가 볼 땐 이제 살았소. 강철 같은 여자요.」 우리는 기뻐하며 방 안으로 몰려 들어갔지.

〈외눈박이〉가 우리 모두를 대표해서 말했어.

「위험한 고비는 넘겼대, 파리. 살아나서 정말 다행이야.」

그러자 〈파리〉는 우리 앞에서 울었어. 눈물을 보인 건 그때가 두 번째였네. 투명한 샘처럼 두 눈에 눈물을 가득 담은 채 그 여자가 더듬더듬 말했어.

「오! 아무도 모를 거야…… 아무도 모를 거야…… 얼마나 슬픈지…… 난 결코 다행일 수 없어.」

「왜 그런 생각을 해, 파리?」

「아이를 죽였잖아, 내가 아이를 죽였잖아! 오! 이렇게 될 줄은 몰랐는데! 너무 슬퍼!」

〈파리〉가 흐느껴 울었어. 우리는 위로할 말을 찾지 못한 채 가슴이 메어 주위에 둘러서 있었지.

〈파리〉가 다시 입을 열었어.

「아이를 봤어?」

우리 다섯은 한목소리로 대답했네.

「응.」

「사내아이였지?」

「응.」

「잘생겼지, 그렇지?」

다들 금방 대답하지 못했네. 그나마 능치기 잘하는 〈애송이〉가 마침내 마음을 다잡고 대답했어.

「아주 잘생겼어.」

그의 기대는 빗나갔네. 대답을 들은 〈파리〉가 절망으로 구슬피 울더니 곧이어 목 놓아 통곡하기 시작했으니까.

그러자 누구보다 〈파리〉를 사랑했을 〈외눈박이〉가 그 울음을 진정시키려고 기막힌 생각을 해냈어. 눈물로 흐려진 〈파리〉의 눈에 입을 맞추며 말한 거야.

「당신이 살아서 다행이지, 파리. 살아서 다행이야. 그래야 우리가 당신에게 아이를 또 하나 만들어 줄 수 있잖아.」

그 여자의 골수에 녹아 있는 희극 본능이 문득 되살아났어. 〈파리〉는 방금 들은 말을 반은 믿고 반은 의심하면서, 그리고 여전히 고통에 사로잡혀 눈물을 펑펑 흘리면서 우리를 쳐다보며 물었네.

「정말?」

우리는 입을 모아 대답했지.

「정말이고말고.」

쓸모없는 아름다움

1

멋진 검은 말 두 마리가 끄는 우아한 사륜마차가 저택 현관 계단 앞에서 대기하고 있었다. 6월 말이었고, 시간은 오후 5시 30분경이었다. 앞뜰을 둘러싼 지붕들 사이로 드러난 하늘은 빛과 열기로 가득 차 더없이 환해 보였다.

마스카레 백작 부인이 계단 위에 모습을 드러내는 참에, 마침 귀가하던 남편도 저택 정문에 도착했다. 남편은 잠시 멈춰 아내를 바라보았고, 그 순간 설핏 얼굴에 핏기가 가셨다. 아내는 무척 아름다웠다. 갸름한 계란형 얼굴, 금빛 도는 상아색 피부, 커다란 회색 눈과 검은 머리카락이 날씬한 몸매, 우아한 자태와 어우러졌다. 아내는 마차에 오르면서 남편에게 눈길 한 번 주지 않았다. 남편이 온 걸 아는 내색조차 없었다. 그런 아내의 거동까지 얼마나 기품이 넘치는지, 오래전부터 남편을 잠식해 온 그 몹쓸 질투가 또다시 그의 심장을 물어뜯었다. 남편은 다가가서 아내에게 인사를 건넸다.

「산책 가는 길인가?」 그가 물었다.

백작 부인은 경멸감을 내비친 입술 사이로 짧게 대답을 흘렸다.

「보시다시피!」

「숲으로 갈 건가?」

「그렇겠죠.」

「내가 함께 가도 될까?」

「이 마차는 당신 소유니까.」

그는 대답하는 아내의 말투에 놀라지도 않고 마차에 올라 아내 옆에 앉았다. 그러고는 마부에게 지시했다.

「숲으로 가세.」

시종이 마부 옆자리에 올라탔다. 말들은 늘 하던 대로 고개를 위아래로 꺼덕거리며 앞발로 땅바닥을 몇 번 걷어차다가 곧 거리로 들어섰다.

부부는 나란히 앉아 있었지만 서로 말 한마디 주고받지 않았다. 남편은 어떻게 해야 대화를 끌어낼 수 있을지 눈치를 보았지만, 아내가 고집스럽게도 굳은 얼굴을 풀지 않는 탓에 말문을 열 엄두를 내지 못했다.

마침내 그는 장갑 낀 백작 부인의 손 쪽으로 자신의 손을 슬그머니 미끄러뜨려 우연인 것처럼 갖다 댔다. 하지만 부인이 너무도 격렬한 동작으로, 너무도 역겹다는 듯이 팔을 빼는 바람에 그는 평소 몸에 밴 권위와 독단이 무색하게도 초조한 심정이 되었다.

그래서 백작은 웅얼거리듯 아내의 이름을 불렀다.

「가브리엘!」

부인은 고개를 돌리지도 않고 물었다.

「왜 그러죠?」

「당신은 사랑스러워.」

부인은 아무 대답 없이 기분을 망친 여왕의 표정으로 좌석 깊숙이 몸을 묻고 있었다.

그들은 이제 샹젤리제 거리에 들어서서 에투알 광장의 개선문을 향해 올라가고 있었다. 길게 뻗은 이 거리 끝에 그 거대한 기념물이 석양빛 하늘에 큰 아치를 열어 놓고 있었다. 태양이 개선문 위로 내려앉으며 지평선에 자잘한 불꽃 파편을 흩뿌리는 것 같았다.

마차의 동판, 은도금한 마구, 유리 초롱들이 쏟아지는 저녁 햇살을 다시 잘게 부수어 퍼뜨렸고, 이렇게 반짝이는 마차들의 행렬이 숲으로 가는 방향과 시내로 들어오는 방향의 두 줄기 흐름을 만들었다.

마스카레 백작이 다시 말을 걸었다.

「여보, 가브리엘.」

그러자 부인은 더 참지 못하고 발끈해서 날카롭게 쏘아붙였다.

「오! 날 좀 그냥 내버려 둬요, 제발. 이제 난 마차 안에 홀로 있을 자유조차 없군요.」

남편은 아내의 짜증을 못 들은 척하고 자기 말만 계속했다.

「당신이 오늘처럼 아름다운 적은 없었어.」

인내심이 바닥난 부인은 더 이상 참지 못하고 발칵 화를 내며 쏘아붙였다.

「그렇게 보인다니 잘못 짚었군요. 맹세컨대, 난 이제 결코 당신 것이 되지 않을 텐데.」

물론 백작은 놀라고 당황했다. 그래서 평소의 과격한 기질대로 냅다 소리를 질렀다.

「그게 무슨 말이야?」

그런 어투는 사랑에 빠진 남자라기보다는 난폭한 주인의 것이었다.

귀가 먹먹해질 만큼 요란한 마차 바퀴 소리 덕분에 두 사람의 말소리가 마부와 시종에게까지 들릴 리는 없었지만, 부인은 목소리를 낮게 깔았다. 그렇게 낮은 목소리로 남편의 말투를 그대로 받아 몇 번 반복했다.

「아하! 그게 무슨 말이야? 그게 무슨 말이야? 드디어 본모습이 나오네! 무슨 말인지 이야기해 줄까요?」

「이야기해 봐.」

「전부 다 말해 줘요?」

「그래.」

「당신의 잔인한 이기심의 희생물이 된 뒤로 내 가슴에 응어리진 것을 전부 다?」

백작은 놀라움과 분노로 얼굴이 붉어졌다. 그는 이를 악물고 으르렁거리듯 내뱉었다.

「그래, 말해 보라고!」

백작은 떡 벌어진 어깨에 키가 훤칠하고 적갈색 수염이 풍성한 남자, 말하자면 미남이었고, 신사였고, 완벽한 남편이

자 훌륭한 아버지라는 평판을 누리는 상류층 인사였다.

　부인은 저택을 나선 뒤 처음으로 몸을 돌려 그를 정면으로 응시했다.

　「아하! 듣기 유쾌하지 않을 텐데. 하지만 알아 둬요. 지금 난 못 할 말이 없고, 못 할 일이 없고, 아무것도 겁나지 않는다는 걸. 그리고 지금 당신을 티끌만큼도 겁내지 않는다는 걸.」

　백작 역시 부인을 똑바로 쏘아보았다. 이미 격렬한 분노가 그를 뒤흔들고 있었다. 그가 혼잣말처럼 중얼거렸다.

　「당신 미쳤군.」

　「아뇨. 나는 11년 전부터 당신이 내게 씌워 놓은 모성이라는 그 끔찍한 형벌에 더는 희생당하고 싶지 않은 거예요! 이젠 사교계 생활을 누리고 싶어요. 상류층 여자로서 나는 그럴 권리가 있어요. 여자는 누구나 그럴 권리가 있다고요.」

　별안간 얼굴에서 다시 핏기가 가신 백작이 말을 더듬었다.

　「이해할 수 없어.」

　「아뇨. 지금 이 말이 무슨 뜻인지 당신은 잘 알아요. 막내를 출산한 지 이제 석 달이 되었을 뿐인데도 나는 여전히 이렇게나 아름답죠. 당신이 그렇게나 애쓴 보람도 없이, 몸매도 그리 망가지지 않았어요. 그렇다는 걸 당신도 조금 전 계단 위에 서 있는 나를 보고 알아차렸고, 이제 다시 아이를 갖게 해야 할 때라고 생각했겠죠.」

　「어처구니없군!」

　「그럴 리가! 난 이제 서른 살인데 애가 일곱이에요. 결혼한 지 11년째이고, 이런 식으로 10년 더 끌고 나가려는 게 당신의 속셈이죠. 그 나이가 되어야 당신은 질투심을 가라앉힐 수 있을 테니까.」

백작은 부인의 팔을 움켜잡고 힘을 주었다.

「내게 계속 이런 식으로 말하도록 내버려 두지 않겠어.」

「그러든 말든 나는 끝까지 말할 거예요. 내 말을 막으려 들면 마부석의 저 두 하인에게 들리도록 소리를 지르겠어요. 당신이 마차에 탄다고 할 때 내버려 둔 이유는 바로 이것 때문이었어요. 저들이 눈과 귀가 되어 지켜보는 판이니, 당신도 어쩔 수 없이 성질을 죽이고 내가 하는 말을 듣고 있어야 할 테니까. 자, 계속 들어요. 난 당신이 한결같이 싫었고, 그런 마음을 매번 내비쳤어요. 난 거짓말을 못 하는 성격이니까요, 백작님. 그런 내 마음을 무시하고 당신은 나와 결혼했어요. 아주 부자라는 걸 이용해 형편이 궁한 우리 부모님에게 나를 당신에게 넘기라고 압력을 가한 거죠. 부모님은 내게 당신과의 결혼을 강요했고, 나는 울면서 복종할 수밖에 없었어요.

그렇게 해서 당신은 돈으로 나를 샀어요. 나는 당신의 손아귀에 굴러떨어졌지만, 충실한 반려자가 되려고 마음을 다잡기 시작했죠. 당신이 협박을 동원해 강제로 나와 결혼했다는 사실을 잊고, 오로지 헌신적인 아내가 되어 최선을 다해 당신을 사랑해야 한다는 것만 기억하려 했어요. 하지만 이미 그때부터 당신은 질투에 사로잡혔죠. 이제까지 그 어떤 남자도 그런 식으로 질투하지는 않았어요. 감시하고 염탐하는, 비열하고 천박한 질투였거든요. 그런 질투가 당신의 품격을 떨어뜨리고 내게 모욕감을 떠안겼죠. 결혼 생활 여덟 달 만에 당신은 내가 온갖 부정을 저지른다고 의심했어요. 심지어 내 귀에까지 들어오도록 그런 말을 흘리고 다녔죠. 얼마나 낯 뜨겁던지! 내가 아름다운 걸, 사람들의 마음을 끄는 걸 어찌 할 수는 없으니까, 사교계와 신문 지면이 나를 파리에서 가 장 아름다운 여인으로 거론하는 걸 막아 낼 수 없으니까, 당 신은 나를 쫓아다니는 남자들을 떼어 버리기 위해 자신이 상 상해 낼 수 있는 방식으로 생각을 짜냈어요. 그렇게 해서 남 자들이 내게 정나미가 떨어지도록 나를 끊임없는 임신 상태 로 살아가게 해야겠다는 역겨운 생각을 해낸 거죠. 오! 부인 하지 말아요! 그런 사실을 난 오랫동안 모르고 지내다 마침 내 알아차렸어요. 당신이 누이에게 자랑하기까지 해서 그 누 이가 내게 말해 주었거든요. 사실 시누이는 나를 좋아하는 데다 당신의 상스러운 만행에 분개했으니까.

아! 생각해 봐요, 우리가 다퉜던 일들을. 문짝이 부서지고 자물쇠가 망가졌던 그 일들을! 지난 11년간 당신이 내게 어 떤 삶을 강요했는지 생각해 봐요. 나는 종마 사육장에 갇힌 씨암말로 살았어요. 그러다 임신하면 당신 역시 내게 진저리 를 냈고, 몇 달이고 내 앞에 나타나지도 않았죠. 나는 시골의 영지로, 가문의 성으로, 그 밀밭, 풀밭으로 보내져 아이를 낳 았어요. 그러고 나서 영원히 망가지지 않을 듯이 싱싱하고 아름다운 모습으로 다시 나타나 여전히 매혹적으로 또 여전 히 찬사에 둘러싸일라치면, 사교계에 들어간 부유한 젊은 여 인의 삶을 마침내 어느 정도 누리기를 기대할라치면, 당신은 또다시 질투에 불타올라 그 비열하고 가증스러운 욕망으로,

이 순간 내 옆자리에서 당신이 토해 내는 바로 이 욕망으로 나를 좇기 시작했지요. 그런데 이 욕망은 나를 품고 싶어서가 아니거든요. 당신이 나를 품고자 했다면 나는 당신을 거부하지 않았을 거예요. 하지만 당신 속에 있는 건 나의 아름다움을 망가뜨리고자 하는 욕망이거든요.

한술 더 떠서 그 가증스러운 일이 일어났죠. 그 일은 정말 수수께끼 같은 것이어서 나도 이해하기까지 오랜 시간이 걸렸어요(하지만 이제는 단련이 되어 당신이 어떻게 움직이고 무슨 생각을 하는지 훤히 들여다볼 수 있어요). 어떤 일이냐 하면 당신이 아이들에게 애착을 품게 된 거예요. 내 배 속에 있는 동안 아이들이 당신을 안심시켜 주었다는 이유로 말이에요. 아이들에 대한 당신의 사랑은 나를 향한 반감으로, 내가 임신 중일 때만 일시적으로 잠잠해지는 그 천박한 두려움과 내 배가 불러 오는 것을 보며 얻는 그 득의에 찬 기쁨으로 빚어진 거예요.

아! 그런 식의 기쁨이라니. 나는 당신에게서 그걸 엿보았어요. 당신의 눈 속에서 보았고, 알아차렸죠. 당신은 아이들이 자신의 핏줄이어서가 아니라 자신이 거둔 승리여서 사랑하는 거예요. 내게서 거둔 승리, 내 젊음, 내 아름다움, 내 매력, 사람들이 나에게 바친 찬사들, 나를 둘러싸고 소곤거리면서도 직접 고백하지는 못한 그 찬사들에 대해 거둔 승리죠. 그래서 당신은 그 승리를, 아이들을 자랑스러워해요. 그래서 아이들을 데리고 다니며 으스대는 거예요. 마부석이 높이 올라 붙은 사륜마차에 아이들을 태워 불로뉴 숲을 산책하고, 나귀 등에 아이들을 올려 앉혀 몽모랑시를 돌아다녀요. 아이들을 데리고 낮에 하는 연극 공연을 보러 가서 아이들에게 둘러싸인 자신의 모습을 사람들 눈에 띄게 하죠. 그래서 사람들이 당신을 좋은 아버지라고 끊임없이 칭찬하게 만들죠……」

백작이 부인의 손목을 거칠게 움켜잡아 난폭하게 힘을 주었고, 그 서슬에 부인은 말을 끊고 목구멍으로 날카로운 신음을 토해 냈다.

그가 낮은 목소리로 말했다.

「나는 아이들을 사랑해, 잘 알아 둬! 당신이 방금 내게 쏟아 낸 말은 어머니로서 차마 입에 올리기에 낯 뜨거울 텐데. 어쨌건 당신은 내 것이야. 내가 주인이고…… 당신의 주인이라고…… 나는 내가 원하는 것을, 원할 때마다 당신한테 요구할 수 있어…… 그건 내 권리야…… 법으로 정해진 권리!」

백작은 근육질의 억센 손목에서 뻗어 나오는 악력으로 아내의 손가락들을 잡아 조였다. 부인은 고통으로 창백해졌다. 으스러뜨릴 듯 우악스럽게 조여드는 남편의 손아귀에서 손을 빼내려고 했지만 소용없었다. 고통 때문에 숨이 턱 막혔다. 두 눈에 눈물이 그렁그렁 맺혔다.

「잘 알겠지, 내가 주인이라는 걸.」백작이 말했다.「강한 쪽은 나야.」

백작이 손아귀의 힘을 조금 풀었다. 부인이 다시 입을 열었다.

「내가 믿음이 깊은 여자라는 걸 믿죠?」

이 뜻밖의 질문에 놀란 백작이 우물우물 대답했다.

「그야 물론.」

「내가 신을 믿는다고 생각하죠?」

「물론.」

「당신이 생각하기에 내가 그리스도의 성체를 모신 제단 앞에서 당신한테 거짓으로 맹세할 수 있을까요?」

「그럴 수는 없겠지.」

「나와 함께 성당으로 갈래요?」

「뭘 하려고?」

「가보면 알 거예요. 갈래요?」

「정 가야겠다면, 그러지.」

부인이 목소리를 높여 앞쪽의 마부를 불렀다.

「필리프.」

마부는 말들에게서 눈을 떼지 않고 귀만 주인마님에게 돌리듯 고개를 조금 기울였다. 부인이 일렀다.

「생필리프뒤룰 성당으로 가요.」

사륜마차는 불로뉴 숲 입구까지 왔다가 다시 파리 방향으로 말을 돌렸다.

아내와 남편은 새로운 목적지를 향해 길을 가는 동안 한마디의 말도 더 주고받지 않았다. 이윽고 마차가 성당 출입문 앞에 멈춰 섰다. 마스카레 부인이 마차에서 내려 성당 안으로 들어갔다. 백작이 몇 걸음 떨어져 뒤를 따랐다.

부인은 걸음을 멈추지 않고 성가대석 가로대가 있는 곳까지 가서 기도대에 무릎을 꿇었다. 그러고는 손에 얼굴을 묻고 기도를 올렸다. 부인의 기도는 길게 이어졌고, 그사이 백작은 뒤에 서 있었다. 마침내 백작은 부인이 울고 있다는 사실을 알아차렸다. 가슴이 찢어지는 듯한 슬픔을 주체할 수 없을 때 여자들이 그러듯 부인도 소리 없이 울었다. 그 울음은 온몸을 물결처럼 타고 흐르다가 마지막에는 작은 흐느낌이 되어 꼭 잡아 쥔 주먹 속에 감추어졌다.

하지만 마스카레 백작은 이 상황이 쓸데없이 늘어진다고 생각해서 아내의 어깨를 건드렸다.

백작의 손이 몸에 닿자 부인은 불에 데기라도 한 듯 번쩍 정신을 차렸다. 부인은 몸을 일으켜 세우면서 남편의 눈을 바라보았다.

「당신에게 해야 할 말이 있어요. 내 말을 들은 뒤에는 당신이 하고 싶은 대로 해요. 나는 그 어떤 일도 겁나지 않으니까. 그러고 싶다면 나를 죽여도 좋아요. 아이들 가운데 하나는 당신의 아이가 아니에요. 딱 한 아이. 맹세코 한 아이예요. 이 말이 사실이라는 걸 지금 여기서 듣고 계신 하느님 앞에서 맹세해요. 이것이 내가 당신에게 복수할 수 있는, 당신이 휘두른 역겨운 수컷의 그 폭정에, 당신이 내게 부과한 출산이라는 그 강제 노역에 복수할 수 있는 유일한 방법이었어요. 애인이 누구였냐고요? 결코 알아내지 못할 거예요. 당신은 모두를 의심해 보겠지요? 절대 찾아내지 못할걸요! 나는 사랑이나 쾌락 없이, 오로지 당신을 배반하려는 일념으로 그 사람에게 나를 내맡겼어요. 그렇게 해서 그 역시 나를 어머니로 만들어 주었죠. 누가 그의 아이인지 알고 싶겠죠? 당신은 절대 알 수 없을 거예요. 아이가 일곱이니 어디 한번 찾아내 보시든가! 나중에, 아주 나중에 이 일을 당신에게 밝힐 생각이었어요. 사실 복수를 위해 남자를 배신하는 방법을 쓸 때는 그 남자가 자신이 배신당했다는 사실을 알게 해야 하니까요. 그랬는데 오늘 당신이 나를 밀어붙이는 바람에 그만 이 이야기를 털어놓게 되었군요. 이게 다예요.」

말을 끝낸 부인은 성당 안을 가로질러 길 쪽으로 열린 문을 향해 내달았다. 달아나면서도 부인은 능멸당한 남편이 빠른 걸음으로 자신의 뒤를 따라잡는 소리가 곧 들려올 거라고, 이제 곧 그의 치명적인 주먹이 날아올 것이고, 자신은 그 일격으로 보도 위에 쓰러지게 될 거라고 예상했다.

하지만 부인은 아무 소리도 듣지 못한 채 마차까지 왔다. 뛰어들 듯 마차에 오른 부인은 불안으로 가슴 졸이며, 두려움에 숨을 헐떡이며 마부에게 소리쳤다. 「집으로 가요!」

말들이 빠른 걸음으로 내닫기 시작했다.

2

마스카레 백작 부인은 방 안에 틀어박혀 저녁 식사 시간이 되기를 기다렸다. 사형수가 처형 시간을 기다리는 심정이었다. 그는 어떻게 할 생각일까? 집에 돌아와 있을까? 폭군같아서 화가 나면 어떤 폭력이든 서슴없이 저지를 사람인 그가 과연 어떤 궁리를 했을까? 무엇을 마련해 놓고 어떤 결정을 내렸을까? 집 안은 쥐 죽은 듯이 고요했다. 부인은 매분

마다 괘종시계의 바늘을 쳐다보곤 했다. 하녀가 방으로 들어와 저녁 몸단장을 해준 뒤 다시 나갔다.

8시를 알리는 종이 울렸고, 거의 동시에 방 문을 두 번 두드리는 소리가 났다.

「들어와요.」

집사가 나타나 말했다.

「식사가 준비됐습니다.」

「백작님은 돌아오셨나요?」

「네, 식당에 계십니다.」

한순간 부인은 며칠 전에 구입한 소형 리볼버를 가져가야겠다는 생각이 들었다. 마음속으로 대비해 온 그 비극을 예견한 탓이었다. 하지만 아이들이 모두 그 자리에 있을 거라는 데 생각이 미치자, 기절할 경우 정신이 돌아오게 해줄 소금병만 챙겼다.

부인이 식당에 들어섰을 때, 백작은 앉지 않고 의자 옆에 서서 기다리고 있었다. 두 사람은 짧은 인사를 나누고 자리에 앉았다. 그러자 아이들도 각자 자리를 잡았다. 세 아들은 가정 교사인 마랭 신부와 함께 어머니의 오른쪽에 앉았고, 세 딸은 영국인 가정 교사 스미스 양과 함께 왼쪽으로 와서 앉았다. 태어난 지 석 달 된 막내만 유모가 방에 남아 돌보고 있었다.

세 딸은 모두 금발로 그중 맏이가 열 살이었고, 셋 모두 작고 하얀 레이스가 달린 푸른 옷을 입고 있어서 매혹적인 인형들 같았다. 셋 중 가장 나이 어린 딸이 세 살이었다. 세 딸 모두 이미 윤곽이 아름답게 자리 잡은 것으로 보아 어머니처럼 미인이 될 게 분명했다.

세 아들 중 둘은 머리카락이 밤색이었고, 아홉 살인 큰아들만 짙은 갈색을 띠었다. 셋 모두 키가 훤칠하고 어깨가 떡 벌어진 건장한 남자로 성장하리라는 걸 알 수 있었다. 가족 전체가 힘과 활기가 넘치는 하나의 핏줄인 게 눈에 보일 정도였다.

신부가 식사 기도를 올렸다. 저녁 식사에 초대한 손님이 없는 경우 늘 해오던 대로였다. 손님이 있으면 아이들은 식탁에 나오지 않고 따로 식사를 하곤 했다. 이어서 식사가 시작되었다.

백작 부인은 어떤 감정이 가슴을 짓누르는 탓에 눈을 내리깔고 있었다. 그런 감정에 휩싸이리라고는 부인 자신도 전혀 예상치 못했었다. 그러는 사이 백작은 세 아들을 찬찬히 살펴보다가, 또 세 딸을 이리저리 뜯어보고 있었다. 확신 없는 눈동자가 한 아이에게서 다른 아이에게로 옮겨 다니며 번민으로 흔들렸다. 별안간 백작이 목이 긴 잔을 앞에 내려놓다가 깨뜨리고 말았다. 붉은 액체가 식탁보를 적시며 번져 나갔다. 이 작은 사고가 빚어낸 가벼운 소리에도 백작 부인은 소스라치며 의자에서 벌떡 몸을 일으켰다. 두 사람은 비로소 서로를 바라보았다. 그렇게 되자 자신의 의지와는 반대로, 눈동자가 마주칠 때마다 각자 몸에 경련이 일고 심장이 오그라드는데도 불구하고, 마치 총구를 들이대듯 순간순간 서로 눈길을 주고받는 일을 그만두지 않았다.

신부는 백작 부부 사이에 도무지 이유가 짐작되지 않는 어
떤 불편한 분위기가 도사리고 있음을 느끼고, 뭔가 대화를 이
끌어 내려고 애썼다. 신부는 이런저런 주제를 연달아 꺼내 놓
았지만, 이 무익한 시도는 한 줌의 생각도 빚어내지 못했고,
한마디 의견조차 끌어내지 못했다.

　백작 부인은 상류 사교계 여성의 본능에 따라 두세 번 정
도는 여성들이 자주 활용하는 방식으로 대응해 보려 했지만,
무리한 시도였다. 머릿속이 혼란스럽다 보니 적절한 말을 찾
아낼 수 없었던 데다, 정적을 깨고 울리는 자신의 목소리에
부인이 거의 겁을 먹을 지경이었다. 그만큼 모두가 식사하고
있는 그 큰 방은 간혹 은식기와 접시가 살짝 부딪는 소리 말
고는 고요했다.

　별안간 남편이 앞으로 몸을 기울여 부인에게 물었다.

　「이 자리, 아이들이 있는 데서 오늘 오후에 내게 주장한 말
이 거짓이 아니라고 맹세할 수 있을까?」

　혈관 속에서 부글거리던 증오가 별안간 부인의 힘을 북돋
워 주었다. 그래서 부인은 남편의 눈길을 매섭게 맞받아치면
서 그의 질문에도 마찬가지로 기세등등하게 대답했다. 두 손
을 들어 오른손은 아들들의 이마를, 왼손은 딸들의 이마를
향하고는 단호하고 결의에 찬 목소리로 또박또박 말했다.

　「내 아이들의 머리에 대고 내가 한 말이 진실이라고 맹세
해요.」

　백작은 벌떡 일어나 분노에 찬 몸짓으로 냅킨을 식탁에
패대기치고는, 의자를 벽 쪽으로 거칠게 밀어붙이며 한마디

말도 없이 몸을 돌려 나가 버렸다.

그러자 부인은 첫 승리를 거두기라도 한 듯 긴 한숨을 내쉬고는 침착한 목소리로 말을 이었다.

「얘들아, 너무 걱정할 필요 없어. 아버지가 오늘 오후에 크게 상심할 일이 있었거든. 그래서 여전히 기분이 좋지 않으신 거야. 며칠 지나면 상심이 가실 테지.」

그리고 나서 부인은 신부와 이야기를 나누고, 스미스 양과도 말을 주고받았다. 아이들 모두에게 다정한 말을 건네고, 이런저런 일들을 상냥하게 챙겨 주며, 어린 마음을 부풀게 하는 모성의 포근한 품으로 응석들을 받아 주었다.

식사를 마친 뒤 부인은 아이들을 모두 데리고 거실로 갔다. 큰 아이들이 재잘대는 말들에 무한정 귀를 기울여 주고, 작은 아이들에게는 이야기를 들려주었다. 아이들이 자야 할 시간이 되자 긴 시간을 들여 아이들에게 입을 맞추었다. 아이들을 잠자리로 들여보낸 뒤 부인은 홀로 침실로 돌아갔다.

남편이 침실로 밀고 들어올 거라고 확신한 터라 부인은 기다렸다. 상류 사교계 여성으로서 자신의 삶을 지켜 내려 했듯이, 이제 인간으로서의 생명도 지켜 내기로 결심했다. 아이들을 곁에서 떼어 놓은 만큼 그러지 못할 이유도 없었다. 부인은 바로 며칠 전에 장만해 장전까지 해둔 소형 리볼버를 실내복 호주머니 속에 감추었다.

시간이 흘러갔다. 매시간을 알려 주는 종소리가 몇 차례 울렸다. 이윽고 집 안에서 나는 모든 소리가 잦아들었다. 거리를 오가는 삯마차 소리가 두툼한 벽걸이 천을 통과해 희미하고 은은하게 울리다가 멀리 사라지는 것이 귀에 들려올 뿐이었다.

부인은 기다렸다. 그러면서 힘이 솟았고 활기가 살아났다. 이제 남편에 대한 두려움은 없었다. 무슨 일이든 할 태세였고, 기분은 거의 승리의 도취감에 가까웠다. 그도 그럴 것이 부인은 남편에게 매 순간, 그리고 평생 치러야 할 형벌을 내린 참이었다.

그러나 첫새벽의 여명이 커튼 아랫단에 달린 장식 술 사이로 스며 들어오는데도 백작은 부인의 침실로 들어오지 않았다. 그제야 부인은 남편이 오지 않을 거라는 사실을 깨닫고 아연실색했다. 방문을 열쇠로 잠그고 하나 더 달아 놓은 빗장까지 단단히 지르고 나서야 침대에 몸을 눕혔다. 그러고는 생각에 잠겨 뜬눈으로 시간을 흘려보냈다. 남편이 이제 어떻게 나올지 도통 알 수도, 예상해 볼 수도 없었다.

하녀가 차를 가져오면서 부인에게 남편의 편지를 전했다. 꽤 오래 여행을 떠나 있을 거라는 내용이었고, 생활에 필요한 돈은 얼마든지 공증인에게 요청해 받으라는 말이 추신으로 덧붙여 있었다.

3

오페라 극장에서 「악마 로베르」[1]가 상연되는 막간이었다. 아래층 앞쪽 상등석의 남자들이 머리에 모자를 올려놓은 채

1 1831년 파리 오페라 극장에서 초연된 전 5막의 그랑 오페라.

일어서서 여인네들이 빼곡하게 앉은 칸막이 좌석 쪽을 목을 빼고 바라보고 있었다. 조끼 앞섶이 활짝 열려 있어 금장식 줄과 보석 단추가 반짝이는 새하얀 셔츠가 보였다. 칸막이 좌석의 여자들은 어깨를 훤히 드러낸 드레스를 입고 다이아 몬드와 진주로 치장한 터라, 빛이 가득한 온실 같은 그 공간 에서 꽃처럼 피어난 모습들이었다. 얼굴의 아름다움과 드러 낸 어깨의 광채는 그곳에서 만개하여 오페라의 음악과 인간 의 말소리 한가운데서도 사람들의 시선을 붙잡으려는 것 같 았다.

친구 사이인 상등석의 두 남자도 몸을 돌려 오페라글라 스를 눈에 대고 칸막이 좌석 쪽을 바라보고 있었다. 그들은 이 대극장을 둘러싸고 원형으로 펼쳐진 그 아름다움의 진열 실, 진품이든 모조품이든 우아함을 내걸고 값비싼 보석과 우 쭐한 과시를 진열한 그 전시회를 감상하며 이야기를 나누는 중이었다.

두 친구 가운데 한 명인 로제 드 살랭이 동행한 베르나르 그랑댕에게 말했다.

「마스카레 백작 부인을 좀 봐. 어쩌면 저리도 변함없이 아 름다울까.」

그러자 옆의 친구도 맞은편의 한 칸막이 좌석으로 오페라 글라스를 돌려 귀부인 한 사람을 바라보았다. 여전히 무척 젊어 보이는 그 여자는 눈부신 아름다움으로 극장 안의 모든 눈길을 끌어당기는 것 같았다. 상앗빛이 감도는 창백한 피부 색 때문에 마치 조각상 같은 분위기를 풍기면서도, 한밤의 어둠처럼 새까만 머리카락은 다이아몬드들이 촘촘히 박힌 무지개 모양의 가느다란 머리띠로 장식되어 은하수가 깔린 듯 반짝거렸다.

한동안 그 여자를 바라보다가 베르나르 그랑댕은 진지한 확신이 담긴 대답을 익살스러운 어조에 실어 꺼내 놓았다.

「정말 아름답고말고!」

「지금 몇 살이나 됐을까?」

「잠깐. 그건 내가 정확히 말해 줄 수 있어. 저 여자가 풋풋한 나이일 때부터 알았거든. 사교계에 첫발을 내디뎠을 때 보았지. 그러니까 지금은…… 서른…… 서른…… 서른여섯이 겠군.」

「그럴 리가?」

「확실해.」

「스물다섯 살로 보이는데.」

「게다가 출산을 일곱 번이나 했지.」

「믿기지 않는군.」

「심지어 한 아이도 잃지 않고 일곱을 모두 키워 냈는걸. 어머니로서도 대단히 훌륭해. 저 집에 가끔 가는데, 분위기가 아주 쾌적하고 아늑한 데다 무척이나 깔끔하지. 이 사교계에서 가정이라는 희귀한 현상을 실현하는 여자야.」

「거참 별나네? 게다가 저 여자한테는 따라다니는 뒷소문도 없잖아?」

「전혀 없지.」

「그럼 남편은 어때? 그 사람은 좀 이상하던데, 그렇잖아?」

「그렇다고도 아니라고도 할 수 있지. 아마 둘 사이에 뭔가 작은 불화가 있었나 봐. 부부 사이에 흔히 있을 수 있는 그런 갈등들이겠지. 그게 어떤 일인지 제삼자로서야 알 길이 없지만, 그래도 얼추 짐작해 볼 수는 있을 거야.」

「어떤 일인데?」

「나도 잘 모르겠어. 마스카레는 지금이야 도락으로 세월을 보내고 있지만, 그렇게 되기 전에는 완벽한 남편이었거든. 남편 역할에 충실하던 시절에는 의심도 많고 불평도 많은 끔찍한 성격이었지. 향락에 발을 들여놓은 뒤로는 아내에 대해 아주 무관심해졌네. 하지만 그에게는 어떤 근심이랄까 슬픔이랄까, 마음을 갉아먹는 뭔가가 있는 것 같아. 팍삭 늙어 버렸거든, 그 사람.」

그러고 나서 두 친구는 서로 간의 성격 차이라든가, 혹은 처음에는 눈치채지 못했던 잠자리 문제가 한 가정에 심어 놓는 은밀한 고통, 바깥에서는 알아차릴 수 없는 그 고통에 대해 잠시 생각을 주고받았다.

로제 드 살렝은 계속해서 오페라글라스를 눈에 대고 마스카레 부인을 훔쳐보다가 말을 이었다.

「이해할 수 없는 일인데, 저런 여자에게 아이가 일곱이나 있다는 건가?」

「그렇다니까. 11년간 출산이 이어졌지. 그러더니 서른 살이 되자 생산의 시기를 마무리하고 자신을 표현하는 이 빛나는 시기로 들어선 거야. 이 시기가 금방 끝날 것 같지는 않은걸.」

「가엾은 여인네들!」

「가엾다니, 어째서?」

「어째서냐고? 아! 친구, 생각해 보게! 저런 여자가 11년 동안이나 출산을 반복하다니! 이 무슨 지옥인가! 한 여자의 젊음, 아름다움, 성공에의 희망, 빛나는 삶에 대한 시적 이상, 이 모든 걸 번식 법칙에 내어 주고 마는 거야. 그렇게 해서 그 가증스러운 법칙은 정상적인 여자를 한갓 출산 기계로 만들어 버리잖아.」

「그래서 어쩌라고? 그게 자연인 것을!」

「그렇지. 하지만 내가 하고 싶은 말은 자연은 인간의 적이고, 우리는 늘 이 자연에 맞서 싸워야 한다는 거야. 자연은 우리를 끊임없이 동물 상태로 이끌어 가거든. 이 지상에 있는 깨끗하고 보기 좋은 것, 우아하고 이상적인 것은 신이 아니라 인간이 가져온 거야. 인간이 두뇌를 써서 만들어 놓은 것이지. 인간은 창조를 칭찬하고, 해석하고, 시인의 마음으로 찬미하고, 예술가의 정신으로 이상화해 왔네. 또 간혹 오류를 범하기는 해도 어쨌거나 다양한 현상의 원인을 재간 좋게 밝혀내는 학자의 창의성으로 창조를 설명해 왔어. 그럼으로써 우리 인간은 창조에 얼마간의 우아함, 아름다움, 미지의 매력과 신비를 담을 수 있었지. 신이 창조한 것은 병균을 잔뜩 품은 야만 상태의 존재에 그칠 뿐이야. 동물로서의 활력이 만개하는 얼마간의 시간을 보내고 나면 늙고 병들기 마련인 존재들이지. 그러면서 인간 노쇠의 그 온갖 추함과 무기력을 노출하거든. 신은 그런 존재들을 그저 〈불결하게 번식 행위〉를 하고 곧이어 죽음을 맞도록 만들어 놓았어. 마치 여름 저녁 하루살이들처럼 말일세. 내가 방금 〈불결하게 번식 행위〉를 한다고 했는데, 한 번 더 강조하고 싶어. 사실 존재들의 번식이라는 이 추잡하고 우스꽝스러운 행위보다 더 천한, 더 역겨운 게 뭐겠나? 섬세한 심성을 지닌 사람이라면 그런 행위에 대해 당장, 그리고 앞으로도 영원히 반발심이 들지 않을까? 쩨쩨하고 심술궂은 이 창조주가 번식 기관으로 창안해 낸 기관들은 모두 두 가지 목적에 공통으로 소용되는 것들인데, 그렇게 만들어 놓기보다 신은 불결하지도 않고 더럽혀질 계기도 없는 어느 다른 기관을 골라 그 신성한 임무, 인간 기능 가운데 가장 고상하고 가장 강렬한 열광을 불러일으킨다는 그 번식 기능을 맡겼어야 하는 게 아닐까? 입은 양식을 받아들여 몸에 자양분을 제공하는 기관이면서, 또 말과 사상을 퍼뜨리기도 해. 입을 통해서 육신이 원기를 얻고, 동시에 입을 통해서 사상이 전파되지. 후각은 생명의 공기를 폐에 불어 넣고, 세상의 모든 향기, 꽃, 숲, 나무, 바다의 내음을 뇌에 전달해 주거든. 귀로 말할 것 같으면 우리가 다른 사람들과 소통하게 해주지. 게다가 귀가 있는 덕분에 우리는 음악을 만들어 낼 수 있었어. 다시 말해 소리를 재료로 꿈과 행복, 무한, 심지어 육체의 쾌락까지도 빚어낼 수 있었다고! 그런데 창조주는 음흉하고 냉소적인지라, 남자가 여자와의 만남을 고상하고 아름답고 이상적인 것으로 여기지 못하게 하고 싶었던 게 아닐까. 그렇지만 인간은 사랑을 발견해 냈지. 사랑이란 음흉한 신에게 반박하는 방법으로 꽤 유용하거든. 그래서 남자는 시구를 동원해 사랑을 치장하고, 그 치장에 넘어간 여자는 눈앞의 접촉이 얼마나 불결한지를 종종 잊고 그런 처지에 내몰리곤 하지. 한편 우리 가운데 이처럼 스스로 속아 넘어가는 짓을 할 수 없는 사람들, 말하자면 사랑으로 고양되어 몸과 영혼이 달아오르기 어려운 사람들은 대신 불륜이니 부도덕을 창안해 내고 방탕을 세련되게 다듬었는데, 이 또한 신을 야유하고 아름다움을 찬양하는, 추잡하게 찬양하는 한 방식이야.

하지만 보통 사람은 자연법칙에 따라 짝짓기를 하는 짐승과 마찬가지 방식으로 자식을 만들어.

저 여자를 좀 보라고! 저 보석, 아름답기 위해 태어난 만큼 감탄과 찬양과 숭배를 누려야 마땅할 저 진주가 마스카레 백작에게 후계자를 낳아 주기 위해 인생의 11년을 흘려보냈다는 사실을 생각하면 화가 나잖아?」

베르나르 그랑댕이 웃으며 말했다.

「자네가 하는 말속에 많은 진실이 있기는 하지만, 그렇더라도 그걸 이해할 사람은 거의 없을걸.」

살랭은 열띤 어조로 말을 이었다.

「내가 생각하는 신은 어떤지 알고 있나? 신은 우리가 모르는 거대한 생식 기관이야. 단 한 마리의 물고기가 바다에 알을 까듯 신이 이 우주에 씨를 뿌려 무수히 많은 세계를 창조했지. 신은 창조를 하는데, 그건 창조가 신의 역할이기 때문이야. 그렇지만 정작 자신이 하는 일에 대해 무지하지. 신은 어처구니없이 다산성을 발휘할 뿐, 자기가 뿌리는 씨들로 생산될 온갖 종류의 조합에 대해서는 아무 생각이 없어. 인간의 사고는 신의 무작위적인 수정 작용이 어쩌다 우연히 빚어낸 유익한 작은 사건이야. 국지적이고 일시적이며 느닷없는 사건이지. 이 사건은 지상 세계와 더불어 사라질 수밖에 없지만, 새로 조합을 이루는 영원한 새 출발들이 있는 한 여기저기에서, 비슷하게 혹은 다르게 다시 시작될 수밖에 없을 거야. 이 작은 사건 덕분에 우리 인간은 인지력을, 다시 말해 이 세계에서 아주 불편하다는 느낌을 얻게 되었는데, 왜냐하면 이 세계는 애초에 우리를 위해 만들어진 게 아니거든. 사고력을 지닌 존재들을 받아들여 재우고, 먹이고, 기쁨을 주기 위해 마련된 세계가 아니거든. 그런 한편, 우리는 또한 이 작은 사건 덕분에 신의 섭리라고 불리는 것에 맞서 끊임없이 투쟁하게 되었거든. 우리가 진정 개화되고 문명화된 존재인 한에서는 말이야.」

그랑댕은 오래전부터 친구의 분방한 생각을 듣고 눈이 번쩍 뜨일 만큼 놀라움을 느껴 본 적이 있는 터라, 이번에도 귀 기울여 듣고 있다가 물었다.

「그렇다면 인간의 사고가 신의 창조라는 그 맹목적 분만 과정에서 저절로 생겨난 산물이라는 말인가?」

「아무렴! 우리 두뇌 속 신경 중추가 행하는 뜻밖의 기능이지. 그것은 물질들의 새로운 혼합으로 촉발되는 뜻밖의 화학 작용과 비슷해. 마찰이나 예기치 않은 접촉으로 생성되는 전기와도 비슷하고, 생물의 무한하며 비옥한 발효 작용으로 생겨나는 그 모든 현상과도 비슷해.

그런데 이보게, 그 증거는 주위를 둘러보기만 하면 누구의 눈에든 확연히 들어오는걸. 인간의 사고는 동물의 사고가 체념으로 이어지는 것과는 아주 달라서, 만족할 줄 모르고 계속해서 답을 찾고 번민하고 반성하는 속성을 보여 주는데, 이러한 속성을 지닌 인간의 사고가 만약 신이 의도한 결과라면, 오늘날 우리 인간 존재의 터전으로 삼기 위해 신이 창조한 세계가 곤충들이나 살기 좋은 이 불편한 작은 사냥터, 푸성귀가 자라는 이 들판, 숲과 바위로 뒤덮인 구형의 이 채소밭이었을까. 이런 장소는 미래를 내다볼 줄 모르는 신이 우리 인간을 동굴이나 나무 아래서 벌거벗은 상태로 동물을 사냥해서, 다시 말해 같은 동물끼리 사냥해서 얻은 고기를 먹고 살도록, 혹은 햇빛을 받고 비를 맞으며 저절로 자라는 생야채를 먹고 살도록 예정해 놓은 곳이 아닌가.

이 세계가 우리 같은 피조물들을 위해 마련된 게 아니라는 건 1초만 생각해 봐도 알 수 있는 사실이야. 우리 뇌의 기적 같은 신경 세포들에 의해 생성되고 전개되는 이 사고는 지극히 무력하지. 아는 게 없이 어리둥절해 있는 상태이고, 앞으로도 계속 그럴 거야. 그러니 우리 모두는, 지성을 지닌 인간들 모두는 이 지상에서 영원히 가엾은 유배자가 되는 거라네.

보게나, 이 지상의 모습을. 여기 거주하는 존재들에게 신이 마련해 준 모습 그대로 한번 보라고. 이 지상의 세계는 겉으로 봐도 분명 동물을 위해, 또 오로지 동물만을 위해 배치되어 초목이 자라고 숲이 우거지지 않나? 이 지상에 우리 인간을 위한 게 뭐가 있나? 아무것도 없어. 동물을 위한 것은?

전부 있지. 동굴, 삼림, 우거진 나뭇잎, 샘, 은신처, 먹을 것, 마실 것이 다 있어. 그러니 나처럼 깐깐한 사람은 이 지상에서 행복하다는 느낌을 얻을 수 없지. 동물에 가까운 방식으로 살아가는 사람들만 기분 좋은 만족감을 누릴 수 있어. 그러면 다른 사람들, 예를 들어 시인들이나 기질이 섬세한 사람들, 몽상가들은? 끊임없이 뭔가를 추구하는 사람들, 어떤 예감으로 늘 영혼이 불안한 사람들은? 아! 가엾은 사람들이지!

나는 양배추와 홍당무, 그리고 제기랄, 양파, 무, 래디시를 먹지만 그건 우리 인간이 그런 것에 익숙해져야, 심지어 그런 걸 좋아해야 했기 때문이고, 게다가 다른 것이 자라지 않기 때문이지. 그렇지만 그런 것들은 토끼와 염소의 양식이야. 풀과 클로버가 말과 암소의 양식이듯이 말이야. 황금색으로 여문 밀밭 이삭들을 바라볼 때면, 나는 그것이 내 입이 아니라 참새나 종달새의 부리에 적합한 형태로 땅에서 싹을 틔웠다는 사실을 의심치 않는다네. 말하자면 나는 빵을 씹음으로써 새들의 것을 훔치고, 닭고기를 먹음으로써 족제비와 여우의 식량을 훔치는 거야. 메추라기, 비둘기, 자고새는 본래 새매의 먹잇감이잖아? 양, 노루, 소는 송로버섯과 함께 구워져 인간의 식탁에 올리기 위해 살을 찌우는 짐승이기 이전에 본래 대형 육식 동물의 먹잇감이잖아? 그 송로버섯이야 오로지 인간이 먹기 위해 돼지를 시켜 땅을 파헤치게 해서 찾아냈을 테지만 말이야.

그런데 이보게, 동물들은 이 지상에서 살아가기 위해 반드시 무슨 일인가 해야 하는 건 아니거든. 각각의 보금자리에서 살아가며 먹기만 하면 돼. 본능에 따라 풀을 뜯거나 사냥을 하거나, 아니면 서로를 잡아먹기만 하면 되는 거지. 신이 온화함과 평화로운 풍습을 예정해 놓지는 않았으니까. 신이 예정해 놓은 건 서로를 죽이고 잡아먹는 데 광분하는 존재들의 죽음뿐이야.

우리 인간의 모습은 어떤가! 아! 아! 이 땅에서 나무뿌리와 돌을 걷어 내고 어느 정도 살 수 있는 곳으로 만들기 위해 인간은 노동을 해야 했어. 노력과 인내, 창의와 상상, 근면, 재주와 재능이 우리에게 요구되었네. 하지만 우리가 변변찮게나마 이 지상에 터전을 잡기 위해 청결, 안락, 우미함을 우리의 수준에는 부족하더라도 그나마 얻어 내기 위해 자연을 거슬러, 자연에 맞서 싸우며 이룩해 놓은 것을 생각해 보게.

우리는 문명을 발전시키고 지성을 일구고 행동 방식을 한층 더 세련되게 가다듬을수록 내면의 동물적 본능, 신의 의지의 표현인 그 본능을 억압하고 길들여야만 하지.

생각해 보게, 인간은 문명을. 양말에서부터 전화기에 이르기까지 온갖 종류의 무수한 사물들을 포함하는 이 문명 전체를 만들어 내야 했다는 사실을. 매일 자네 눈앞에 보이는 그 모든 것을, 갖가지 방식으로 우리를 편하게 만들어 주는 그 모든 것을 생각해 봐.

우리 인간은 동물로서의 처지를 완화하기 위해 온갖 것을 찾아내고, 또 가옥을 시작으로 진귀한 음식, 소스, 사탕, 케이크, 음료, 술, 피륙, 의복, 장신구, 침대, 침대 밑판, 자동차, 철도, 헤아릴 수 없이 많은 기계를 제작했어. 게다가 학문과 예술, 문자와 시구에 눈을 떴지. 그래, 우리는 예술을, 시와 음악, 회화를 창조했네. 모든 이상은 우리 인간에게서 나온 거야. 삶의 갖가지 멋부림들, 이를테면 여자들의 몸단장과 남자들의 말재주도 마찬가지지. 이런 것들 덕분에 우리의 삶이 마침내 조금은 아름다워 보이게 되었고, 덜 헐벗고, 덜 단조롭고, 덜 가혹한 것이 됐어. 신의 섭리대로라면 우리가 살아가는 유일한 목적은 그저 번식하기 위해서였을 텐데 말이야.

이 극장을 보게. 이 안에 우리가 창조한 한 세계, 신들은 예견하지도 못했고 알지도 못한, 오로지 인간의 정신으로만 이해할 수 있는 인간의 세계가 있지 않은가? 멋을 부려 맛을 낸 관능적이고도 지적인 오락거리, 오로지 인간이라는 불만 가득하고 불안에 찬 작은 짐승을 위해, 또 그에 의해 발명된 즐거움이 있잖아?

저기 마스카레 부인을 봐. 신이 저 여자를 빚을 때 예정한 삶은 동굴 속에서 벌거벗거나 짐승 가죽을 두른 채 살아가는 것이었어. 그런 몰골보다야 지금처럼 꾸민 모습이 더 낫지 않은가? 그건 그렇고, 저 여자의 남편이라는 그 짐승은 저런 아내를 곁에 놓아두고 어째서, 또 어떻게 매춘부들의 뒤꽁무니만 쫓아다니는 걸까? 특히 일곱 번이나 출산하게 할 정도로 야만의 욕구에 충실했다가 느닷없이 아내를 내버려 두고 말이야.」

그랑댕이 대답했다.

「하! 친구, 아마 딱 한 가지 이유일 거야. 매번 집에서 잠자리를 가지다가는 너무 값비싼 것을 망가뜨리게 된다는 사실을 마침내 깨달은 거지. 그러고 보니 그가 가정 경제의 측면에서 채택한 행동 원칙이 자네가 철학자로서 수립한 인간 세계의 원칙과 동일하군.」

종이 세 번 울리며 마지막 막의 시작을 알렸다. 두 친구도 다시 몸을 돌려 모자를 벗고 자리에 앉았다.

4

오페라 공연이 끝난 뒤 마스카레 백작과 부인은 집으로 가는 마차 안에 나란히 앉은 채 입을 다물고 있었다. 그러다가 별안간 남편이 아내의 이름을 불렀다.

「가브리엘!」

「내게 무슨 용건이 있나요?」

「이 정도면 충분히 오래 끌었잖아!」

「무엇을요?」

「6년 전에 당신이 내게 내린 끔찍한 형벌 말이야.」

「할 수 없죠. 나도 어쩔 수 없는 일인걸.」

「이제 말해 줘. 어느 아이지?」

「절대 말 못 해요.」

「생각해 봐. 아이들을 볼 때마다, 아이들이 곁에 있음을 느낄 때마다 바로 이런 의심 때문에 나는 심장이 찢겨 나간다는 걸. 어느 아이인지 말해 줘. 맹세컨대, 전부 용서할 테니까. 어느 아이가 되었든 다른 아이들과 똑같이 대할 테니까.」

「밝힐 수 없어요.」

「내가 이런 삶을, 나를 갉아먹는 이 생각을, 나를 끊임없이 따라다니는 이 질문을 더는 견딜 수 없다는 게 당신 눈에는 보이지 않는 건가? 아이들을 볼 때마다 이 질문이 나를 고문 하곤 해. 이러다간 미치고 말 것 같아.」

부인이 물었다.

「그러니까 많이 고통스러웠다는 거죠?」

「끔찍할 만큼. 끔찍이도 고통스러운 이 질문에 붙잡혀 있 지 않았다면, 내가 당신 곁에 머물러 있는 이 괴로운 상황을, 이 괴로움에 한술 더 떠서 아이들 중 내가 알 수 없는 한 아이 가 있다는 걸 알고 그 아이로 인해 다른 아이들을 사랑할 수 없음을 느끼는 이 처지를 감내했을 리 없잖아?」

부인이 똑같은 말을 한 번 더 물었다.

「그러니까 당신은 정말로 많이 고통스러웠다는 거죠?」

백작은 감정을 억누른, 그래도 고통이 배어 나오는 목소 리로 대답했다.

「이건 나로서는 견딜 수 없는 형벌이라고 누누이 말하고 있잖아. 이 질문에 붙잡혀 있지 않았다면 내가 돌아왔을까? 내가 아이들을 사랑하지 않는다면 이 집에, 당신 곁에, 그리 고 아이들 곁에 머물러 있었을까? 아! 당신은 내게 아주 지 독한 짓을 했어. 내 마음속의 유일한 사랑은 아이들을 향한 거야. 그건 당신도 잘 알잖아. 아이들에게 나는 구식 아버지 이지. 당신에게 옛 시대의 가부장적 남편이었듯이 말이야. 사 실 나는 본능을 따르는, 자연에 따라 살아가는 남자, 고리타 분한 남자에 머물러 있어. 그래, 솔직히 말할게. 당신은 나를 지독하게 질투로 몰아넣었어. 당신은 다른 종류에 속하는 여자니까. 다른 영혼, 다른 욕구를 지닌 여자니까. 아! 당신이 내게 한 그 말들을 결코 잊지 못할 거야. 게다가 그날 이후로 나는 당신을 향한 관심을 버렸어. 당신을 죽이지도 않았지. 그랬다가는 우리의…… 당신의 아이들 가운데 누가 내 아이가 아닌지 알아낼 방법을 이 지상에서는 영원히 놓칠 테니까. 나는 기다렸어. 그렇지만 당신의 짐작보다 훨씬 큰 고통을 겪어야만 했지. 더는 아이들을 사랑할 엄두가 나지 않거든. 그래도 위의 두 아이는 분명 아닐 거라는 생각이 들기는 해. 아무튼 더는 아이들을 바라보고, 아이들의 이름을 부르고, 품에 안아 줄 엄두가 나지 않거든. 한 아이를 들어 올려 내 무릎에 앉힐 때마다 〈이 아이가 아닐까?〉라는 질문이 어김없이 머릿속에 떠오르고 말아. 나는 지난 6년 동안 당신을 부당하게 대한 적이 없어. 심지어 온화했고, 너그럽기까지 했지. 이제 진실을 말해 줘. 해가 될 만한 짓은 하지 않겠다고 맹세할게.」

어두운 마차 안에서 백작은 아내가 마음을 누그러뜨린 것 같다고 생각했다. 마침내 아내가 진실을 이야기해 줄 거라는 느낌이 들었다.

「이제 말해 줘.」 그가 말했다. 「제발…….」

부인이 입을 열었다. 입속말처럼 낮은 소리였다.

「아무래도 난 당신이 생각하는 것보다 더 큰 죄를 지은 것 같아요. 그렇지만 끊임없이 임신하는 그 끔찍한 삶을 계속할 수는 없었어요. 더는 그런 식으로 살 수 없었던 거죠. 방법은 단 하나, 당신을 내 잠자리에서 내쫓는 수밖에 없었어요. 그래서 나는 하느님 앞에서 거짓말을 했어요. 또 아이들의 머리에 손을 올리고도 거짓말을 했어요. 내가 당신을 배신한 적이 없는데도 거짓으로 그렇게 말했죠.」

어둠 속에서 백작이, 그들이 마차를 타고 숲으로 산책 가던 그 끔찍한 날 그랬듯이 부인의 팔을 세차게 움켜잡았다. 더듬더듬 목소리를 쥐어짜서 물었다.

「사실인가?」

「사실이에요.」

하지만 백작은 번민에 사로잡혀 고통스러운 한숨을 내쉬었다.

「아! 이제 난 또 다른 의심에 빠져들겠군. 이 의심은 끝나지 않을 테지! 과연 어느 쪽이 당신의 거짓말일까. 저번에 한 이야기일까, 아니면 오늘 한 말일까? 그러니 여자라는 존재를 과연 믿을 수 있는 걸까? 나는 이제 내가 어떻게 생각해야 하는지도 모르겠어. 차라리 당신이 자크는 당신의 아이가 아니라거나, 잔이 당신의 아이가 아니라는 식으로 말해 줬더라면 좋을걸.」

마차는 저택 안마당으로 들어섰다. 현관 계단 앞에 멈춰 서자, 백작이 먼저 내려 늘 그랬듯이 아내를 향해 팔을 내밀었다. 부인은 남편의 에스코트를 받아 계단을 올라갔다.

잠시 후 두 사람이 2층에 도달했을 때 백작이 물었다.

「잠시 더 이야기할 수 있을까?」

부인이 대답했다.

「그럼요.」

그들은 작은 거실로 들어갔다. 시종이 조금 놀라며 거실에 불을 밝혔다.

이어서 두 사람만 남게 되자 백작이 말을 이었다.

「진실을 알려면 어떻게 해야 할까? 말해 달라고 수없이 여러 번 당신에게 애원해 왔지만, 당신은 변함없이 묵묵부답이었어. 완강하고 단호하고 무정했지. 그래 놓고 오늘은 그 말이 거짓이었다고 하는 거야. 6년 동안이나 내가 그렇게 믿고 있도록 내버려 두었으면서! 아냐, 오늘 당신이 한 말이 거짓일 거야. 하지만 그 이유를 모르겠어. 혹시 나를 동정하느라 그런 건가?」

부인은 진지하면서도 확신에 찬 표정으로 대답했다.

「그러지 않았더라면 지난 6년 동안 나는 아이 넷은 더 낳았을 테죠.」

백작이 소리쳤다.

「어머니로서 그런 식으로 말할 수 있는 건가?」

「아! 나는 태어나지 않은 아이들에 대해서까지 모성을 느끼지는 않아요. 지금 있는 아이들의 어머니로서, 그 아이들을 온 마음으로 사랑하는 것에 만족해요. 나는, 나를 포함해 여자들은 이제 문명 세계에 살고 있답니다. 이 지상의 인구를 늘려 주는 일개 암컷들이 아니라는 거죠. 이제 여자들은 그런 단순한 암컷이기를 거부해요.」

부인이 몸을 일으키려 하자, 백작이 아내의 손을 붙잡았다.

「한마디만, 한마디만 더, 가브리엘. 진실을 말해 줘.」

「이미 말했어요. 나는 당신을 배신한 적이 없다는 걸.」

그가 아내를 똑바로 마주 보았다. 아내는 아름다웠다. 그 회색 눈동자는 차가운 하늘 같았다. 아내의 검은 머리카락 속에서, 칠흑 같은 머리카락이 펼쳐 놓은 밤의 그 짙은 어둠 속에서 다이아몬드를 뿌린 왕관 모양의 머리띠가 은하수처럼 반짝였다. 별안간 그는 깨달았다. 그것은 일종의 직관이었다. 눈앞에 있는 이 존재는 그저 가문의 영속이라는 목적에 이바지할 여자가 아니라 인간의 복잡한 욕망, 세월에 따라 우리 안에 축적되면서 신이 의도한 최초의 목적에 등을 돌려 어떤 신비한 아름다움, 언뜻 엿볼 수는 있어도 붙잡을 수 없는 아름다움을 찾아 방랑길에 나선 그 모든 인간의 욕망이 빚어낸 오묘하고 불가사의한 산물이었다. 이처럼 오로지 우리 인간의 꿈을 위해 피어난 여자들이 있다. 이런 여자들은 이제까지 문명이 여자에게 둘러 놓은 것들, 시와 이상적 사치, 멋스러움과 심미적 매력, 이 모든 것으로 치장하고 있는데, 사실 이럴 때 여자란 살로 빚어진 조각상이기도 해서 관능의 열병을 초래하는 것만큼이나 비물질적인 욕구도 불러일으키는 법이다.

남편은 뒤늦게 얻은 이 어렴풋한 깨달음에 놀라 얼어붙은 듯이 아내 앞에 서 있었다. 예전에 자신을 괴롭힌 그 질투가 어디에서 온 것인지 막연히 짐작하면서도 그 모든 걸 전부 이해하기는 어려웠다.

마침내 그가 입을 열었다.

「당신을 믿어. 지금은 당신이 하는 말이 거짓이 아니라는 걸 알겠어. 사실 난 예전에는 당신이 하는 말이 늘 거짓말 같았거든.」

부인이 그에게 손을 내밀었다.

「그렇다면 이제 우리는 적이 아닌 거죠?」

그는 부인의 손을 잡아 입을 맞추며 대답했다.

「우린 친구야. 고마워, 가브리엘.」

그러고 나서 그는 몸을 돌리는 순간까지 아내에게서 눈을 떼지 못한 채 그 자리를 떠났다. 감탄할 만큼 아내는 여전히 너무나 아름다웠다. 백작은 가슴속에 묘한 파동이 이는 걸 느꼈다. 파동 치는 그 감흥은 어쩌면 예전의 그 단순한 사랑보다 더 무서운 힘을 지닌 것일지도 몰랐다.

누가 알랴?

1

이런! 제기랄! 그 일을 글로 써보겠다는 것이지. 어쨌거나 내게 일어난 일이니까! 그런데 내가 할 수 있을까? 그럴 용기가 있을까? 그건 정말이지 기이한, 도무지 설명할 수도 이해할 수도 없는, 그야말로 돌아 버릴 일이었는데!

내 눈으로 봐놓고도 확신이 들지 않는 경우라면, 내 추론에 한 치의 오류도 없고 검증에 한 점 실수도 없고 일련의 엄밀한 관찰에 빈틈이 없다는 확신이 들지 않는 경우라면, 내가 그저 환각에 빠져 있었다고, 이상한 환영의 노리개였다고 생각하고 말 것이다. 아무튼 누가 알랴?

지금 내가 있는 곳은 정신 병원이다. 이곳에는 내 발로 걸어 들어왔다. 아무래도 조심하는 편이 좋겠다 싶었고, 또 겁이 나기도 했으니까! 내 사연을 아는 사람은 딱 한 명, 이 병원의 의사다. 이제 내 사연을 글로 쓰겠다. 굳이 쓰려는 까닭은 나도 잘 모르겠다. 그 일을 떨쳐 내고 싶어서일 것이다. 사실 나는 그 사건이 견딜 수 없는 악몽처럼 내 안에 들러붙은 느낌이다.

사건의 자초지종은 이렇다.

나는 늘 혼자 있기를 즐겼다. 몽상가, 일종의 고독한 철학자였다. 너그러웠고, 매사에 만족했으며, 인간을 상대로 앙심을 품거나 하늘을 원망하는 일은 없었다. 줄곧 혼자 살았는데, 타인이 곁에 있으면 어쩐지 거북해지는 탓이었다. 이런걸 어떻게 말로 설명하겠는가? 누군가에게 이해시킨다는 건 그저 욕심이다. 사람들을 만나고, 이야기를 나누고, 친구들과 함께 저녁 식사하는 일을 거부하는 건 아니다. 하지만 그들이 비록 제일 친한 친구들일지라도, 너무 오래 내 곁에 있다고 느껴질 때면 지치고 피곤하고 짜증이 난다. 그러면서 그들을 떠나게 하든, 아니면 내가 떠나든 혼자가 되고 싶다는 욕망이 싹트고, 그 욕망이 점점 커지면서 나를 들볶는 것이다.

이 욕망은 단순한 욕구 이상의 것, 억제할 수 없는 일종의 생리 현상이다. 만약 사람들이 내 곁에 계속 머문다면, 내가 귀 기울이는 게 아닌데도 그들이 나누는 말소리를 오랫동안 듣고 있어야 한다면, 분명 내게 사고가 생기고야 말 것이다. 어떤 사고냐고? 아! 누가 알랴? 그저 기절해 버리려나? 그렇겠지! 십중팔구!

이처럼 혼자 지내는 게 좋다 보니 다른 사람들이 같은 지붕 아래 나와 이웃해서 잠든다는 사실조차 견딜 수 없다. 나는 파리에서는 살 수 없는 사람이다. 그곳에서는 끝없이 괴로워해야 하니까. 그 도시에 들어차 우글거리는, 내 주위에 살며 심지어 잠도 내 주위에서 자는 그 엄청난 수의 사람들 때문에 나는 정신적으로 죽어 가고, 또 몸과 신경은 죽도록 고문당할 것이다. 아! 타인의 잠은 그들의 말소리보다도 더욱 나를 고통스럽게 한다. 잠이라는 정기적인 이성 공백기를 맞아 중지된 존재들이 벽 너머에 있다는 걸 아는 한, 그걸 느끼는 한, 나는 결코 마음의 안정을 얻을 수 없다.

대체 나는 왜 이런 걸까? 누가 알랴? 어쩌면 이유는 아주 단순할 것도 같다. 내 안에서 벌어지는 일이 아닌 그 어떤 일에 대해서든 금방 지쳐 버리기 때문이다. 그런데 나 같은 사람들은 꽤 많다.

지구상의 인간은 두 종족으로 나뉜다. 한쪽에는 타인을 필요로 하는 사람들, 타인을 즐거움과 관심사와 휴식의 원천으로 삼는 사람들이 있는데, 이들은 고독한 상태에 처하면 가파른 빙벽을 오른다거나 사막을 횡단할 때처럼 피로를 느끼고 기진맥진하며 생기를 잃어버린다. 다른 한쪽에는 타인과 함께 있으면 오히려 싫증이 나고 지루해지고 거북해지고 기운까지 쭉 빠지지만, 혼자일 때는 마음에 여유가 생기는 사람들이 있다. 그럴 때 이들은 분방하고 기발한 생각을 자유롭게 펼치며 휴식을 누린다.

요컨대 이런 것은 정상적인 심리 현상이다. 외향적으로 살도록 태어난 사람들이 있는가 하면, 내향적으로 사는 게 적합한 사람도 있다. 내 경우, 타인을 향한 관심은 지속 시간이 짧고 금세 무뎌지는 데다, 그것이 한계에 도달하는 순간부터 온몸이 견딜 수 없이 쑤시고 판단력은 주체할 수 없이 흔들린다.

내가 생명 없는 물체에 애착을 갖는 건, 아니 애착을 가졌던 건 그런 사정 때문이다. 무생물이 나에게는 존재의 중요성을 대신한다. 가구들과 자질구레한 장식품들은 사람의 얼굴처럼 친근하고 다정하게 다가오는 것들로, 내 집은 그런 사물들 사이에서 내가 홀로 활력 있게 살아가는 하나의 세계가 된다. 아니, 그런 세계가 된 적이 있었다. 나는 집을 사물들로 차근차근 채워 나갔고, 사물들로 장식했다. 그러고는 집안에 들어앉아 사랑하는 여자의 품 안에 안겨 있는 것처럼 기분 좋고 흡족하고 행복한 느낌을 누렸다. 사랑하는 여자의 익숙한 애무가 일깨우는 욕구는 느긋하고 온유한 법이다.

그런 집을 나는 아름다운 정원 안에 지었고, 주위를 에워싼 정원이 큰길과의 사이에 가림막 역할을 하게 했다. 게다가 시내로 들어가는 어귀에 터를 잡은 터라 필요할 경우 사교계의 향락거리를 즐길 수 있었다. 이따금 그런 욕구가 생길 때도 있었으니까. 하인들은 모두 멀찍이 떨어진 별채에서 지냈는데, 그 별채는 높은 벽을 둘러놓은 채소밭 한쪽 귀퉁이에 있었다. 잎이 우거진 아름드리나무 아래 파묻혀 눈에 띄지 않는 내 외딴집의 고요를 어두운 밤의 장막이 감싸면, 나는 정말이지 아늑하고 편안한 기분에 잠겼다. 그런 기분을 더 오래 맛보고 싶어서 매일 밤 몇 시간이고 잠자리에 들기를 미루기도 했다.

그런데 그날, 시내 극장에서 「지크프리트」를 상연했다. 그날 나는 그 아름답고 몽환적인 오페라 작품을 처음 접했고,

아주 강렬한 즐거움을 느꼈다.

극장에서 돌아오는 발걸음은 가벼웠다. 머릿속은 악절이 며 노랫가락으로 가득했고, 눈앞에는 매혹적인 무대 장면들 이 어른거렸다. 밤은 아주 캄캄하고 또 캄캄했는데, 얼마나 캄캄했냐 하면 발밑의 큰길이 잘 보이지 않을 정도여서 나는 몇 번이나 길가 도랑 속으로 곤두박질할 뻔했다. 입시세관(入 市稅關)을 지나면 집까지 남은 거리는 대략 1킬로미터, 그보 다는 조금 더 멀까. 느린 걸음인 만큼 하여간 20분 정도는 더 가야 할 참이었다. 시간은 새벽 1시였다. 1시 아니면 1시 반. 앞쪽 하늘이 조금 환해지며 반쪽 달, 우울한 하현달이 얼굴을 내밀었다. 반쪽이라도 상현달, 그러니까 오후 4, 5시쯤에 뜨 는 달이라면 은을 칠한 듯 밝고 유쾌하지만, 자정 이후에 뜨 는 하현달은 불그무레하고 울적하고 불길하다. 마녀들이 푸 닥거리할 때 떠 있던 바로 그 달이다. 밤에 나다니기 좋아하 는 사람이라면 누구나 다음과 같은 사실을 알아차렸을 것이 다. 초승달은 실처럼 가늘어도 그 조촐한 빛이 명랑한 까닭에 마음을 즐겁게 해주고, 또한 땅 위로 선명한 그림자를 그려 내지만, 그믐달은 스러져 가는 빛을 겨우 흘리며, 그 빛이 너 무 흐릿한 탓에 그림자도 거의 그려 내지 못한다.

저 멀리 내 집 정원일 듯한 검은 덩어리가 보였다. 그리로 들어갈 생각을 하자 웬일인지 거북했다. 일종의 꺼림칙함이 었다. 걸음을 늦추었다. 대기는 아주 온화했다. 정원에 울창 하게 우거진 나무숲이 마치 내 집이 파묻힌 무덤처럼 느껴 졌다.

울타리 문을 열고 집까지 길게 이어진 오솔길로 들어섰다. 양옆으로 백단풍나무들이 늘어서서 활처럼 휜 가지로 천장 높은 터널 같은 궁륭을 만들어 주었다. 이 오솔길은 빽빽하게 우거진 나무숲을 가로지른 뒤 잔디밭을 에두르고 있었다. 꽃핀 화단들이 창백한 달빛 아래서 희멀건 색조의 타원형 얼룩을 잔디밭에 발라 놓은 듯해 보였다.

집에 다가갈수록 묘한 불안감이 나를 붙잡았다. 걸음을 멈추었다. 아무 소리도 들리지 않았다. 나뭇잎 사이로 스쳐 가는 바람 한 점 없었다. 「내가 왜 이러지?」 나 자신도 의아했다. 10년 전부터 늘 이런 식으로 귀가했지만 조금이라도 불안감이 든 적은 없었다. 겁을 먹었을 리야 있나. 나는 밤길에도 겁먹어 본 적이 없다. 그때도 사람 형상이 보였다면 서리꾼이거나 도둑이겠거니 싶어 온몸이 불끈해서 주저 없이 덮쳤을 것이다. 게다가 그때 나는 맨손도 아니었다. 리볼버를 지니고 있었다. 하지만 총에 손을 대지는 않았다. 내 안에서 싹트고 있는 이 생생한 불안감에 맞서 보고 싶었다.

그게 무엇이었을까? 어떤 예감? 설명할 수 없는 것이 눈앞에 나타나려 할 때 인간의 오감을 서둘러 엄습하는 그 신비로운 감각? 그렇겠지? 누가 알랴?

한 걸음 한 걸음 나아갈수록 몸에 소름이 돋았다. 이윽고 널찍한 내 집에 이르러 차양들이 전부 닫힌 벽 앞에 서자, 문을 열고 안으로 들어가기 전에 잠시 기다려야 할 것 같았다. 거실 창문 아래 벤치에 앉았다. 몸이 조금 떨렸다. 뒷머리는 벽에 기대고 활짝 뜬 두 눈은 검은 잎 무리를 향해 던졌다. 처음 얼마 동안 내 주위에 이상한 낌새는 없었다. 귓속에서 윙윙 소리가 났지만, 그건 종종 겪는 증상이다. 이따금 기차가 지나가는 소리, 종이 울리는 소리, 사람들이 떼 지어 걸어가는 소리가 들리는 것 같을 때도 있다.

곧이어 귓속의 윙윙 소리가 더욱 또렷해졌다. 한층 더 선명해져서 정확히 분간할 수 있었다. 내가 착각한 것이었다. 귓속에서 울리는 그 소리는 평소처럼 동맥에서 옮겨 온 것이 아니라, 집 안에서 들려오는 아주 특별한, 한편으로는 아주 혼란스러운 소리였다.

벽 너머에서 들려오는 그 소리, 그치지 않는 그 소음을 식별해 보려고 했다. 그것은 소리라기보다는 일종의 소동이었다. 사물들이 무더기로 움직일 때 동반되는 희미한 소음, 누군가 집 안의 모든 가구를 흔들고, 자리를 바꾸어 놓고, 이리저리 슬슬 밀고 다니는 듯한 소리였다.

오! 나는 또다시 꽤 한참이나 내 귀를 의심했다. 내 집 안에서 벌어지는 그 기이한 소동을 좀 더 파악해 보려고 덧창에 귀를 대고 있다가 뭔가 비정상적이고 이해할 수 없는 일이 벌어지고 있다는 걸 믿게, 믿어 의심치 않게 되었다. 겁을 먹었을 리야 있나. 하지만…… 어떻게 표현해야 할까? 섬뜩했다고 할까. 리볼버를 꺼내 들지는 않았다. 권총이 필요한 일이 아니라는 걸 분명히 알 수 있었으니까. 그저 기다렸다.

나는 한참 기다렸다. 그 어떤 결정도 내릴 수 없었다. 정신은 또렷했지만 미칠 듯이 불안했다. 서서 기다리며 계속해서 소리에 귀를 기울였다. 그 소리는 점점 커졌고, 이따금 아주 강렬해졌는데, 그럴 때마다 초조한 신음, 분노의 포효, 불가해한 소요의 굉음이 되는 것 같았다.

그러다가 별안간 내 비겁함이 부끄러워졌다. 나는 열쇠 꾸러미를 꺼내 필요한 열쇠를 찾아 구멍에 꽂아 넣었다. 열쇠를 두 번 돌렸다. 그러고는 힘껏 문을 열어젖혔는데, 그 바람에 문짝이 벽을 쳤다.

그 소리가 마치 총소리처럼 울려 퍼졌다. 그러자 이 폭발음에 화답하여 위층에서 아래층까지 집 전체에서 엄청난 소음이 일었다. 너무나 급작스럽고 끔찍하고 귀가 먹먹할 정도로 시끄러워서 뒤로 몇 걸음 물러섰고, 역시나 쓸데없는 행동임을 알면서도 권총집에서 총을 뽑아 들었다.

또다시 기다리려는데, 오! 거의 그러려는 찰나였다. 이제 계단, 마룻바닥, 양탄자 위에서 묘한 방식으로 발을 구르는 소리가 나고 있었다. 인간의 신발 소리, 구두를 신고 저벅거리는 소리가 아니라 목발, 나무 목발이나 심벌즈처럼 울리는 철제 목발로 딛는 소리였다. 그러다가 별안간 내 안락의자, 독서용 큰 안락의자가 뒤뚱거리며 내 방 문턱을 나서는 모습이 눈에 들어왔다. 그 안락의자는 계속 전진해 정원을 가로질렀다. 다른 안락의자들이 그 뒤를 따라갔다. 거실에 놓여있던 의자들이었다. 이어서 키 낮은 소파들이 악어처럼 짧은 다리로 기어갔고, 다음 차례로 집 안의 모든 의자가 염소처럼 겅중거리며 갔고, 등받이 없는 의자들은 토끼처럼 깡충깡충 뛰어갔다.

오! 얼마나 흥분이 되던지! 나는 빽빽한 나무들 사이로 들어가서 웅크린 채 가구들의 그 행렬을 계속 지켜보았다. 사실 집 안의 가구들 전부가 각각의 크기와 무게에 따라 빠르거나 느린 속도로 꼬리를 물고 떠나가고 있었다. 피아노, 나의 그랜드 피아노는 옆구리로 선율을 흘리며 성난 말처럼 달려갔고, 자질구레한 물건들은 모래땅 위를 개미처럼 기어갔는데, 그중에 솥, 크리스털 잔, 컵 등에는 달빛이 던져 주는 야광충의 인광이 붙어서 반짝였다. 직물들은 바다 문어가 움직이듯 바닥에 물웅덩이처럼 고였다가 단번에 쫙 퍼지는 방식으로 기어가고 있었다. 내 책상이 눈앞에 나타났다. 지난 세기의 희귀한 골동품인 그 책상에는 그동안 내가 받은 편지들이 전부 들어 있었다. 내 심장의 이야기, 격렬한 가슴앓이를 안겨 준 오래된 어떤 이야기가 전부! 게다가 사진들도 거기 있었다.

별안간 나는 겁먹은 걸 깜박 잊고 책상 위로 몸을 날려 도둑을 붙잡듯, 달아나는 여인을 붙잡듯 책상을 부여잡았다. 하지만 놈은 막무가내로 계속 달렸다. 아무리 힘을 써봐도, 아무리 화를 내봐도, 놈의 달음박질을 늦출 수조차 없었다. 그 가공할 힘에 필사적으로 저항하며 놈과 드잡이하다가 나는 그만 땅바닥에 넘어지고 말았다. 그러자 놈은 자신에게 매달린 나를 흙모래 위로 굴리며 질질 끌고 갔다. 뒤따라오던 가구들이 내 두 다리가 시퍼렇게 멍들도록 밟아 대며 이미 나를 타고 넘어가기 시작했다. 내가 놈을 붙잡은 손을 풀자, 다른 가구들이 내 몸 위로 지나갔다. 기병대가 말에서 떨어진 병사를 짓밟고 지나가는 꼴이었다.

마침내 나는 미칠 듯이 두려워져서 몸을 질질 끌어 길 바깥으로 벗어났다. 나무들 사이로 다시 들어가 몸을 숨기고 그것들, 내가 가진 가장 미미하고 가장 소소하고 가장 보잘것없는 것들, 내 것인데도 눈길 한 번 주지 않았던 것들이 사라져 가는 광경을 지켜보았다.

이어서 저만큼 떨어진 내 집, 이제 빈집으로 남아 큰 울림통이 된 그곳에서 문이 닫히는 무시무시한 소리가 들려왔다. 위층에서 아래층까지 온 집 안의 문들이 닫히더니 마지막으로 현관문까지 꽝음을 내며 닫혔다. 물건들이 달아나는 모습에 넋이 나가서 열어젖힌 채로 놓아두었던 문이었다.

나도 역시 달아나 시내 방향으로 내달렸다. 거리에 들어서서 밤늦게 나다니는 사람들과 마주치게 된 다음에야 냉정을 되찾을 수 있었다. 나를 아는 한 호텔로 가서 현관의 종을 울렸다. 옷에 붙은 흙먼지를 손으로 털어 내고 들어가 열쇠 꾸러미를 잃어버렸노라고 말했다. 하인들은 채소밭에 붙은 별채에 잠들어 있으며, 그 채소밭은 과일과 채소를 탐내는 서리꾼들이 들어오지 못하도록 울타리 벽을 쳐놓은 터라 열쇠로 열고 들어가야 하는데, 그 열쇠 역시 잃어버린 꾸러미에 들어 있다고 사연을 꾸며 댔다.

하룻밤을 지낼 침대를 얻어 몸을 뉘었다. 이불을 뒤집어쓰고 눈만 내놓았다. 잠을 이룰 수 없었다. 심장이 쿵쾅거리는 소리를 들으며 날이 밝기를 기다렸다. 호텔에 부탁해서 동이 트자마자 하인들에게 기별하게 해둔 터라, 아침 7시가 되자 내 시종이 방문을 두드렸다.

시종은 당황한 얼굴이었다.

「지난밤에 큰 낭패가 벌어졌습니다, 나리.」

「무슨 일?」

「집 안의 가구를 전부 도둑맞았습니다. 전부, 전부 다요. 자질구레한 물건들까지 전부 가져갔어요.」

시종이 가져온 이 소식이 나를 유쾌하게 만들었다. 왜냐고? 누가 알랴? 나는 감정에 흔들리지 않았다. 내가 본 광경을 감춰야 한다고, 아무에게도 말하지 말아야 한다고 확신했다. 그것은 숨겨야 할, 내 의식 속에 깊숙이 파묻어 버려야 할 끔찍한 비밀 같은 것이라고 믿었다. 그래서 대답했다.

「그렇다면 열쇠를 훔쳐 간 자들과 동일인이라는 말이군. 당장 경찰에 가서 알리게. 난 지금 겨우 일어난 참이니 잠시 후 뒤따라가겠네.」

경찰 수사는 다섯 달을 끌었다. 밝혀낸 것은 없었다. 잃어버린 자질구레한 물건들 가운데 가장 작은 한 점조차, 도둑의 가장 희미한 흔적조차 찾아내지 못했다. 그럴 줄 알았지! 내가 아는 사실을 경찰에게 이야기했어야만 할까…… 만약 이야기했더라면…… 나를 잡아 가두었을 것이다. 도둑이 아니라 나를, 그런 일을 눈으로 볼 수 있었던 사람을 말이다.

오! 나는 입을 다물 줄 알았다. 그렇지만 집에 다시 가구를 들이지도 않았다. 그것은 쓸데없는 짓이었다. 그런 일이 또 일어날 게 뻔했으니까. 집에 돌아가고 싶지 않았다. 돌아가지 않을 작정이었다. 나는 그 집을 다시 찾지 않았다.

파리로 갔고, 호텔에 묵었다. 의사들을 찾아다니며 신경

과민증에 대해 진료를 받았다. 유감천만인 그날 밤 이후로 내 신경 상태가 아주 걱정스러웠다.

의사들은 내게 여행을 권했고, 나는 그들의 처방에 따랐다.

2

이탈리아부터 돌아보기로 했다. 이탈리아의 태양은 건강에 도움이 되었다. 여섯 달 동안 제노바에서 베네치아로, 베네치아에서 피렌체로, 피렌체에서 로마로, 로마에서 나폴리로 떠돌아다녔다. 그러고는 시칠리아로 가서 그 자연과 기념물들, 그리스인과 노르망디인이 남겨 놓은 유적들로 감탄을 자아내는 그 땅을 답사했다. 아프리카로 건너가서 고요한 황금빛 대사막을 평화롭게 횡단했다. 낙타와 가젤, 아랍 유목민이 떠돌며 살아가는 사막은 대기가 가볍고 투명해서 밤이건 낮이건 그 어떤 망상도 떠돌아다닐 수 없었다.

마르세유를 통해 다시 프랑스로 들어왔다. 프로방스의 유쾌한 분위기에도 불구하고 햇빛의 양이 줄어들자 기분이 울적해졌다. 유럽 대륙으로 돌아와서 느낀 기분은 묘했다. 완쾌된 줄 알았다가 희미한 통증이 고개를 드는 바람에 병의 뿌리가 남아 있음을 예감하게 되는 환자라면 그런 기분일 것 같았다.

그리고 나서 파리로 돌아왔다. 한 달이 지나자 이 도시가 지루하게 느껴졌다. 계절은 가을이었다. 겨울이 오기 전에 노르망디를 두루 돌아보고 싶었다. 가보지 못한 고장이었다.

첫 행선지는 물론 루앙이었다. 일주일에 걸쳐 이 중세 도시, 기이한 고딕 양식 기념물들의 경이로운 박물관 같은 이 도시를 발길 닿는 대로 돌아다니며 즐거움과 매혹과 흥분을 느꼈다.

그러던 어느 날, 오후 4시경이었다. 잉크처럼 시커먼 개울물이 흐르는 이상야릇한 어느 거리로 접어들게 되었다.[1] 개울의 이름은 〈로벡의 물〉이었다. 나는 그 거리에 늘어선 가옥들의 기괴하고 고풍스러운 외관에 눈길이 쏠려 있었다. 그러다가 눈앞에 줄지어 나타난 상점들에 별안간 관심을 빼앗겼다. 한 집 한 집 연달아 골동품점들이 늘어서 있었다.

아! 그들, 온갖 고물을 거래하는 그 더러운 장사치들은 터를 고르는 안목이 있었다. 그 기이한 골목길, 음산한 개울가, 기와와 청석돌을 얹은 뾰족지붕에서 과거의 풍향계가 여전히 삐걱대며 돌아가는 곳이라니!

그 상점들의 어둑한 안쪽으로 조각 장식이 붙은 궤짝, 루앙과 느베르와 무스티에서 생산된 자기(瓷器), 그리스도와 성모 마리아와 성자들의 채색 조각상과 떡갈나무 조각상, 교회 장식품, 상제의(上祭衣), 제의(祭衣), 심지어 성기(聖器)며, 신은 벌써 떠나고 비어 있을 낡은 금박 목제 감실(龕室)들까지 쌓여 있는 게 보였다. 오! 위로 뾰족 솟구친 가옥마다 입을 벌린 이 기이한 동굴들이라니. 그 높은 가옥들은 지하실부터 다락에 이르기까지 온갖 종류의 물건들로 가득 채워져

1 노르망디의 중심 도시 루앙은 섬유 산업의 중심지이기도 해서, 19세기에는 시내 하천이 염료에 오염되어 있는 경우가 많았다.

있었고, 그 물건들은 생명이 다한 듯 보여도 원래 주인들보다, 그것이 만들어지고 사용되던 세기와 시절보다, 그것이 누리던 인기와 유행보다도 더 오래 살아남아 새로운 세대에게 골동품으로 팔려 나갈 터였다.

고가구며 고미술품들이 모인 이 거리에 서자, 골동품에 대한 내 애정이 되살아났다. 〈로벡의 물〉이라는, 악취 풍기는 그 개울 위로 다리 삼아 걸쳐 놓은 듯 썩어 가는 널판 네 장이 있었다. 나는 그 널판 다리들을 큰 걸음 두 번으로 펄쩍 뛰어 건너 이 상점에서 저 상점으로 돌아다녔다.

맙소사! 이런 충격이! 내가 잃어버린 훌륭한 옷장들 가운데 하나가 물건들이 잔뜩 널린 궁륭 입구에 놓여 있는 게 눈에 들어왔다. 그 궁륭은 고가구 묘지의 지하 납골당 입구처럼 보였다. 나는 옷장 앞으로 다가갔다. 사지가 부들부들 떨렸다. 어찌나 떨리는지 옷장을 만져 볼 엄두가 나지 않았다. 손을 뻗어 보기는 했다. 그러다가 망설였다. 그렇지만 그것은 분명 내 옷장, 루이 13세 양식의 조각 장식이 있는, 한 번이라도 본 적이 있는 사람이면 알아보지 못할 리가 없는 독특한 옷장이었다. 문득 눈길이 조금 더 먼 곳에 가서 멎었다. 이 진열실 안쪽 더 어둑한 구석이었다. 촘촘히 직조한 장식 융단을 씌운 내 안락의자 세 개가 거기에 놓여 있었다. 게다가 눈길을 조금 더 구석으로 옮기자, 내 탁자 두 개가 보였다. 그걸 구경하려고 파리에서 사람들이 달려올 정도로 귀한 앙리 2세 양식의 탁자들이었다.

상상해 보라! 내 심정이 어떠했을지!

나는 발걸음을 앞으로 떼어 놓았다. 엄청난 충격으로 정신이 멍해지고 곧장 쓰러질 지경이었지만, 그래도 기어이 나아갔다. 사실 나는 용감한 사람이니까. 암흑기의 기사 하나가 마법의 성으로 쳐들어가듯 앞으로 나아갔다. 한 걸음 한 걸음 옮겨 놓을 때마다 내가 소유했던 모든 것, 내 샹들리에들, 내 책들, 내 그림들, 내 피륙들, 내 무기들까지, 책상만 빼고 모든 것을 찾아낼 수 있었다. 편지들을 가득 품은 채 달아난 내 책상만 어디에서도 보이지 않았다.

그런 식으로 아래로 내려가며 어둑한 진열실들을 돌아보고, 다시 한 층 한 층 올라가며 둘러보았다. 사람은 나뿐이었다. 소리 내어 주인을 불러 보았지만 돌아오는 대답이 없었다. 나뿐이었다. 복도가 미로처럼 구불구불 뻗은 이 넓은 집에 나 말고는 아무도 없었다.

해가 졌다. 나는 어둠에 잠겨 있어야 했다. 내 의자들 가운데 하나로 가서 앉았다. 이대로 그냥 가고 싶지는 않았다. 이따금 큰 소리로 사람을 불러 보았다. 「이보시오! 이보시오! 누구 없소?」

그곳에 머문 지 분명 한 시간도 넘었을 때였다. 발소리가 들렸다. 가볍고 느린, 어디서 나는지 알 수 없는 발소리였다. 나는 하마터면 달아날 뻔했다. 하지만 안간힘을 써서 버티며 다시 한번 소리 내어 불렀다. 그리고 옆방에 불빛 하나가 있다는 걸 알아차렸다.

「누구요?」 어떤 목소리가 물어 왔다.

그 목소리를 향해 대답했다.

「물건을 사러 왔소.」

대꾸가 날아왔다.

「너무 늦은 시각이라 이런 식으로 가게에 들어오는 건 곤란하오.」

그 말에 응수했다.

「기다린 지 한 시간도 넘었소.」

「내일 다시 오시오.」

「내일은 루앙을 떠나야 하오.」

나는 앞으로 나아갈 엄두가 나지 않았고, 그도 내 쪽으로 오지 않았다. 그가 들고 있는 불빛이 여전히 보였다. 그 불빛이 흘러나와 장식 융단 하나를 어렴풋이 비추었다. 전장에 널린 전사자들의 시신 위로 두 천사가 날아다니는 장면을 짜 넣은 융단이었다. 그것 역시 내 소유물이었다. 내가 말했다.

「자! 좀 나와 보시겠소?」

그가 대답했다.

「이리로 오시오.」

나는 일어나서 그가 있는 쪽으로 건너갔다.

넓은 방 한가운데에 키가 아주 작은 남자가 있었다. 키가 작고 아주 뚱뚱한, 놀랄 만큼 보기 흉하게 뚱뚱한 남자였다.

누리끼리하고 성긴 수염이 비죽비죽 뻗쳤고, 드문드문 돋은 그 수염에 한술 더 떠서 머리카락은 한 올도 없는 게 아닌가! 정말 한 올도 없는 걸까? 남자가 내 모습을 보려고 촛불을 든 팔을 위로 치켜든 탓에 그의 머리통은 고가구가 잡다하게 들어찬 이 널따란 방에 둥실 떠오른 작은 달처럼 보였다. 얼굴이 온통 쭈글쭈글한 데다 붓기까지 한 터라, 그의 눈은 살 속에 파묻혀 보이지도 않았다.

나는 원래 내 소유인 그 의자 세 개를 사겠노라 흥정해 그 자리에서 큰돈을 지불하고는, 내가 묵고 있는 호텔방 번호를 적어 주었다. 의자 세 개는 다음 날 아침 9시 전에 배달해 주기로 했다.

그러고 나서 그곳을 나왔다. 그는 무척 정중하게 나를 문간까지 배웅해 주었다.

그 길로 곧장 경찰서로 갔다. 가구들을 도둑맞았는데, 방금 찾아냈다는 이야기를 서장에게 했다.

서장은 앞서 내 집의 절도 사건을 심리한 검찰에 곧장 전보를 보내 정보를 요청했고, 내게는 검찰로부터 답이 올 때까지 기다려 달라고 양해를 구했다. 한 시간 뒤 답이 왔는데, 그 내용이 나로서는 지극히 만족스러웠다.

「당장 그자를 체포해서 심문해야겠습니다.」

경찰서장이 말했다. 「낌새를 알아채고 도난품들을 어딘가에 숨겨 버릴 수도 있으니까요. 돌아가서 저녁 식사를 하시고 두 시간 뒤에 다시 오시면 그자가 여기 잡혀 와 있을 겁니다. 선생이 입회한 자리에서 새로 심문해 봐야죠.」

「그러고말고요, 서장님. 진심으로 감사드립니다.」

나는 호텔로 가서 저녁 식사를 했다. 의외로 식욕이 당겼다. 어쨌거나 기분이 아주 좋았다. 도둑을 잡은 것이다.

두 시간 뒤, 경찰서로 갔다. 서장이 나를 기다리고 있었다.

「이럴 수도 있다니! 선생.」 나를 보자마자 그가 말했다. 「말씀하신 그자를 찾지 못했습니다. 부하들이 찾아갔는데 허탕을 쳤어요.」

「아!」 나는 발밑이 꺼지는 것 같았다.

「그런데…… 그 상점은 제대로 찾아간 거겠죠?」 내가 물었다.

「그럼요. 집에 감시를 붙여 그자가 돌아올 때까지 지켜볼 예정입니다. 그자가 사라졌거든요.」

「사라져요?」

「사라졌죠. 대개는 저녁에 이웃 고가구 상인에게 가서 시간을 보낸다더군요. 비두앵이라는 과부인데 아주 괴팍해요. 그 여자 말인즉, 오늘 저녁에는 그자를 보지 못해서 뭔가 알려 주고 싶어도 아는 게 없답니다. 내일까지 기다려 봐야겠어요.」

그냥 돌아가는 수밖에 없었다. 아! 루앙의 골목길들이 얼마나 음산하고 불안하게 느껴지던지. 귀신이 붙은 곳 같았다.

잠자리가 편치 않았다. 악몽에 소스라쳐 깨어나길 반복했다.

다음 날, 너무 초조해하거나 조급해 보이지 않으려고 10시가 되기를 기다려 경찰서로 갔다.

그 골동품상은 나타나지 않았다고 했다. 상점도 문이 잠긴 그대로였다.

경찰서장이 말했다.

「필요한 조치는 다 해놓았어요. 검찰에도 이미 사건이 넘어가 있습니다. 그 골동품점에 함께 가십시다. 문을 열고 들어가 봐야죠. 거기 물건들 가운데 선생이 도난당한 것들을 전부 알려 주시기 바랍니다.」

승합 마차를 타고 갔다. 경찰관들이 열쇠공을 대동하고 그 골동품점 앞에서 대기하고 있었다. 상점 문이 열렸다.

안으로 발을 들여놓았지만 내 옷장도, 내 안락의자들도, 내 탁자들도, 아무것도 보이지 않았다. 내 집 가구였던 것들을 전날 저녁에는 한 걸음 떼어 놓을 때마다 마주쳤건만, 이제 거기에 내 것은 아무것도 없었다.

경찰서장은 뜻밖의 상황에 놀라 처음에는 나를 의심쩍다는 듯 쳐다보았다.

「맙소사, 서장님.」내가 말했다. 「가구들도 사라지고, 그 상인도 사라지고, 이상하게도 아귀가 맞네요.」

의문이 풀렸다는 듯 서장의 입꼬리가 올라갔다.

「그렇군요! 어제 선생이 실수하신 게 선생 소유였던 물건을 사고 돈을 내민 일이에요. 그러는 바람에 냄새를 맡은 거죠.」

내가 다시 말했다.

「이해할 수 없는 건 내 가구들이 있던 자리에 지금은 다른 가구가 빠짐없이 놓여 있다는 점이에요.」

「오!」서장이 대답했다. 「밤새도록 가구를 갈아 치웠겠군요. 분명 공범들이 있었을 겁니다. 이 상점에서 이웃 상점들로 통하는 비밀 통로가 있는 게 틀림없어요. 걱정하지 마세요, 선생. 제가 이 사건을 열심히 풀어 볼 테니. 그 불한당은 머지않아 우리 손아귀 안에 들어올 겁니다. 우리가 이 굴을 지키고 있는데 놈이 어쩌겠어요.」

*

아! 내 심장, 내 심장, 내 가엾은 심장, 부질없이 그리도 세차게 뛰다니!

*

나는 루앙에 보름간 머물렀다. 그 남자는 다시 나타나지 않았다. 아무렴! 그럼 그렇지! 대체 누가 그런 남자를 덫에 몰아넣거나 붙잡을 수 있겠는가?

그런데 16일째 되던 날 아침, 묘한 편지를 받았다. 도둑맞은 뒤 그 상태 그대로 비워 놓은 집을 지키고 있던 정원사가 써 보낸 것이었는데, 내용은 다음과 같았다.

주인 나리,

지난밤에 정말로 모를 일이 생겼습니다. 저희도 그렇지만, 경찰도 어찌 된 영문인지 이해 못 할 겁니다. 가구들이 전부 돌아왔거든요. 하나도 빠짐없이, 자잘한 것들까지 전부요. 지금 집 안은 도둑을 맞기 전의 모습과 똑같아졌습니다.

그야말로 얼이 빠져 달아날 지경입니다. 금요일에서 토요일 사이 밤중에 벌어진 일이에요. 길이 여기저기 움푹 파였는데, 울타리에서 현관문까지 가구들을 전부 끌고 오기라도 한 모양입니다.

가구들을 도둑맞은 날도 이런 지경이었습죠.

저희는 나리께서 돌아오시기를 기다리고 있습니다.

나리의 충실한 하인

필리프 로댕 올림

아! 천만에, 아! 천만에, 어림도 없지. 절대 돌아가지 않겠어!

나는 그 편지를 가지고 루앙의 경찰서장에게 갔다.

「이렇게 반환하다니 아주 약삭빠른 행동이군요.」서장이 말했다. 「아무 반응도 보이지 맙시다. 그자를 조만간 붙잡을 수 있을 겁니다.」

*

하지만 그자를 붙잡지 못했다. 붙잡다니 턱도 없는 소리. 그는 붙잡히지 않았고, 이제 나는 그가 두렵다. 흡사 사나운 짐승 한 마리가 줄에서 풀려나 내 뒤를 쫓아오는 기분이다.

찾아낼 수 없을 것이다! 찾아내기란 틀린 일이다. 그 악당의 머리통이 만월처럼 환할지라도! 그자가 붙잡힐 리는 만무하다. 그 상점으로 돌아갈 일은 결코 없을 테니까. 그에게 중요한 게 무엇이겠는가. 마주쳐서 그를 알아볼 수 있는 사람은 나밖에 없지만, 나는 그와 마주치고 싶지 않다.

그와 마주치고 싶지 않다! 마주치고 싶지 않아! 그러고 싶지 않다고!

그가 돌아간다 한들, 그 자신의 골동품점으로 돌아간다 한들, 내 가구들이 그 상점에 있었다는 사실을 누가 증언해

줄 수 있겠는가? 그의 유죄를 주장할 근거라고는 내 증언밖에 없으니, 그는 용의자로 그칠 게 뻔하다.

아! 절대 안 돼! 그런 식으로 살기란 더는 어려웠다. 게다가 내가 본 것을 없었던 일인 양 비밀로 묻어 둘 수 없었다. 그런 일이 다시 일어날지도 모른다는 두려움을 안은 채 계속 다른 사람들처럼 살아갈 수도 없었다.

나는 이 정신 병원을 운영하는 의사를 찾아왔고, 그에게 모든 걸 털어놓았다.

의사는 긴 시간을 들여 나에게 이런저런 질문을 하고 나서 말했다.

「이 병원에 당분간 입원해서 지내는 데 동의하시겠어요?」

「물론이죠, 선생님.」

「지불 능력은 있으시죠?」

「그럼요, 선생님.」

「별채를 마련해 드릴까요?」

「좋습니다.」

「방문객을 받으실 건가요?」

「아뇨, 선생님. 싫습니다. 아무도 만나고 싶지 않아요. 루앙의 그 남자가 내게 복수할 마음으로 이곳까지 쫓아올 수도 있으니까요.」

*

이렇게 해서 나는 석 달 전부터 혼자 있다. 완전히 혼자다.

거의 평온한 셈이다. 어떤 일 하나가 두렵다는 점만 빼면……
만약 그 골동품상이 미치광이가 된다면…… 그래서 이 정신
병원에 들어오게 된다면…… 유폐된 공간조차도 안전하지는
않다.

뜨거운 냉소를 지닌 작가

학창 시절 교과서에서 마주치게 되는 작가가 있다. 세계문학 전집마다 그의 작품 한두 권은 들어 있고, 공공 도서관의 서가에서도 어김없이 만날 수 있는 작가, 영화나 교양 강의, 신문 칼럼 등에서 자주 인용되는 덕분에 읽은 적이 없더라도 읽은 듯한 느낌을 주는 작가가 있다. 기 드 모파상은 그렇게 우리에게 친숙한 작가다. 모파상이 19세기 프랑스 사실주의와 자연주의 문학을 대표하며, 에드거 앨런 포, 안톤 체호프와 함께 단편소설의 아버지로 불린다는 사실에는 큰 관심이 없더라도, 「비곗덩어리Boule de Suif」나 「목걸이La Parure」 같은 작품의 줄거리와 여운은 많은 이들의 기억 속에 자리 잡고 있을 것이다.

모파상의 단편들은 많이 읽히는 만큼이나 여러 차례 새로 번역되어 왔고, 또 번역될 때마다 기존 번역의 빈틈을 메우며 완성에 한 걸음 더 다가가려 했다. 이 책 역시 그런 번역 작업의 연장선상에 있다. 모파상은 43년이라는 길지 않은 생에서 6편의 장편소설과 3백 편 이상의 단편소설을 썼고,

게다가 그 대부분을 불과 10여 년 사이에 쏟아 냈다. 그는 빠르게, 쉴 새 없이 글을 쓰는 작가였다. 하지만 빠르게 써내는 글이라고 해서 그 무게가 줄어드는 건 아니다. 감정이 배제된 표현의 이면에 오히려 더욱 예민한 감수성이 숨어 있을 때도 있다. 군더더기 없는 어떤 문체가 인간과 삶의 본질을 겨냥하며 섬광처럼 내달릴 때, 번역자로서 그 섬광을 붙잡자면 초긴장 상태로 길목을 지키는 수밖에 없다. 모파상의 작품 속에 흩뿌려져 있는 섬광들, 우리말로 옮기는 작업의 한계 탓에 자주 놓쳐 온 그것들을 최대한 붙잡아 보고 싶다는 소망이 이 번역 작업의 출발점이었고, 그렇게 해서 스무 편의 단편을 새로운 번역으로 내놓게 되었다.

모파상은 삶을 분석하거나 판정하려 하지 않았다. 소설가는 인물의 행위 아래 심리적 원인을 파고들기보다 그 행위를 묵묵히 보여 주는 것으로 충분하다고 보았다. 한 사람의 생각과 감정에 타인이 접근한다는 건 근본적으로 불가능하며, 심리 분석이 포착하는 것 역시 실상 작가의 상상과 주관의 혼합물에 불과해서 오히려 진실로부터 멀어질 뿐이라고 생각했다. 모파상은 대상에 감정을 투사하는 대신 거리를 띄우고 관찰했고, 그렇게 해서 자신의 눈에 비친 그대로의 인간과 갖가지 욕망을, 보잘것없거나 평범한 삶을, 움직임과 행위의 재현을 통해 그려 냈다. 이러한 소설관은 당대 자연주의 작가들과 공유하는 것이긴 했지만, 모파상은 자신의 작품이 자연주의로 규정되는 데 거부감이 있었다. 사실 모파상의 작품 세계는 특정한 미학의 틀 안에 가둘 수 없는 다양한 면모를 지닌다. 인간과 삶을 대상화하여 냉정하게 관찰하는 시선과 나란히 작가의 개인적 경험이 밑그림으로 깔려 있어서, 마치 자서전이나 일기처럼 읽히기도 한다. 모파상의 단편들은 이야기가 주는 재미가 크지만 언어가 불러일으키는 쾌감도 강렬하다. 단 몇 개의 어구만으로 사물과 분위기를 잡아내는 묘사, 인물을 단숨에 형상화하는 정교하고도 강렬한 표현들은 한 시대의 미학을 넘어서는 모파상만의 개성이다. 이 책에 실은 작품들은 모파상의 세계의 다채로움을 최대한 담아 보려는 의도로 선정한 것으로, 목차는 발표 연대순이다.

우선 전쟁을 소재로 삼은 작품으로, 인간의 이기심과 위선에 희생되는 매춘부를 그린 「비곗덩어리」와 정교한 언어와 구성으로 전쟁의 비정함을 형상화한 「두 친구Deux Amis」가 있다. 특히 작가의 대표작으로 손꼽히는 「비곗덩어리」는 보불 전쟁으로부터 10년이 지난 1880년, 졸라를 중심으로 모인 자연주의 작가들이 그때까지 이 전쟁에 덧씌워졌던 국수적이고 애국적인 포장을 문학을 통해 벗겨 내자는 데 뜻을 모아 펴낸 단편집 『메당의 저녁나절 Les Soirées de Médan』에 실려 세상에 나왔다. 첫머리부터 전쟁의 허상을 들추는 모파상의 언어를 통해, 프랑스 군대는 그저 퇴각하는 패잔병에 불과할 뿐 조국에 대한 열정이나 고귀한 헌신 같은 이미지는 허구임이 드러난다. 프로이센군이 점령한 루앙을 떠나 르아브르로 향하는 마차에 함께 몸을 실은 승객들, 당시 지배 계층인 대귀족과 부르주아, 신흥 세력이지만 당장은 헛물켜는 것이

본업이 된 공화정 투사, 사회의 정신적 축인 가톨릭 종교를
대표하는 수녀, 그리고 한 매춘부, 이 인물들은 한 사회의 축
소판을 구성한다. 고상함과 애국심으로 자신을 포장하는 인
물들은 막상 위기가 닥치자 서슴없이 가면을 벗고 자기 이익
을 위해 타인의 희생을 요구하는 뻔뻔함을 드러낸다. 애국심
은 오히려 손가락질받는 매춘부에게서나 고개를 들지만, 그
애국심이란 순수한 만큼이나 무의미한 것이어서 결국 이 매
춘부는 위선자들의 먹잇감이 되고 만다. 「비곗덩어리」의 가
장 큰 매력은 이러한 줄거리를 효과적으로 펼쳐 놓는 작가의
문체와 소설 구성에 있다. 예를 들어 지배 계층의 위선과 대
비되게 비곗덩어리라는 인물에게 동물성과 관능성을 부여하
면서, 또한 이런 대상에 대한 식욕을 환기함으로써 결국은 먹
잇감이 될 운명임을 암시해 보이는 것이다.

　거짓말쟁이를 비난하는 거짓말쟁이들을 보여 주는 「쥘 삼
촌Mon Oncle Jules」은 일상적인 소재를 통해 삶의 속살을
노출하는 모파상의 방식을 잘 보여 준다. 「목걸이」는 모파상
의 단편 가운데 가장 널리 알려진 작품일 것이다. 허영심이
불러온 비극이 마지막 반전에 의해 급작스레 광대극으로 바
뀌는 경험이라니! 인간은 그저 삶이 시키는 대로 재주를 넘
는 광대가 아닌가. 나약한 인간인 만큼 허영을 부릴 때도 있
다. 그렇게 허영을 부린 값을 가혹하게 치르는 일도 받아들
일 수 있다. 어쨌거나 값은 치러야 하니까. 하지만 그렇게 가
혹하게 치른 값이 알고 보니 가짜의 값이었다는 지독한 반전
은 인간은 본래부터 삶에 얻어맞는 신세일 뿐이라고 바로 우

리 코앞에서 약을 올리는 것 같다. 삶의 의미란 삶에 배신당하는 데 있다는 이 말을 받아들여야 할까. 모파상의 염세에 전염될 지경이다.

모파상의 염세가 드러나는 또 하나의 작품으로 「의자 갈이하는 여자La Rempailleuse」가 있다. 모파상은 이 작품에서 부르주아의 위선과 속물성을 꿰뚫으면서도 삶 앞에서 인간의 무력함을 놓치지 않는다. 연민을 불러일으키는 인물을 그릴 때도 냉소를 빠뜨리는 법이 없는 모파상이지만, 의자 갈이가 업인 이 여자의 단순한 사랑에 대해서만은 잠시 냉소를 멈추는 듯하다. 대신에 작가가 가차 없는 시선으로 훑는 대상은 약사 수케와 그의 아내이다. 사실 수케는 그 탐욕스러움, 타인에 대한 공감의 결여, 편협함과 속물성으로 플로베르의 『마담 보바리Madame Bovary』에 등장하는 약사 오메를 떠올리게 한다.

「여로에서En Voyage」는 한 여자의 생의 마지막 시간을 창밖에서 지켜보는 남자와 그가 창문 너머에 있음을 확인하며 행복해하는 여자가 등장한다. 열차에 실려 세상 바깥으로 유배당하던 백작 부인 마리와 쫓기다가 열차 객실로 뛰어든 정체불명의 남자. 이렇게 마주친 두 사람이 시작한 사랑은 실제 현실과는 관계없는 또 하나의 현실이자, 현실이라는 이 삭막한 동토에서 구원의 역할을 행하는 가짜 사랑이다. 현실이 마음에 들지 않으면, 진짜보다 더 진짜 같은 가짜를 활용하는 것도 한 방법일 것이다. 가짜가 실재보다 더 실재일 수도 있다는 장 보드리야르의 〈시뮬라시옹〉 개념이 어느새 떠오르는 작품이다.

이와는 반대로 「마드무아젤 페를Mademoiselle Perle」에
는 존재하는 사랑을 없다고 여기는, 혹은 없는 것처럼 연기
하는 인물들이 등장한다. 그들이 의식하지 못했거나 의식하
지 않으려 하는 그 사랑이 현실의 표면으로 끌어 올려지는
순간, 그들로서는 분필 걸레로 문지른 얼굴의 우스꽝스러움
을 감수하거나 기절이라는 방법을 발휘해 달아나 버리는 수
밖에 없다. 사랑의 무기력한 체념은 사랑은 본래 허상이라는
냉소만큼이나 뻔뻔한 진실이다.

노르망디의 시골 사람을 그려 낸 「시골살이Aux Champs」
와 「노인Le Vieux」은 시골 생활에 대해 흔히 기대하는 순박
함이라든가 자연스러운 활기의 이미지를 걷어치우고, 어느
새 본능적 이기심을, 타산과 인색을 눈앞에 들이민다. 부모
의 이혼으로 아버지 없이 자란 모파상 자신의 유년을 떠올리
게 하는 「시몽의 아빠Le Papa de Simon」에서도 작가는 동
심에 덧씌워진 포장을 벗겨 낸다. 약한 것을 골라 공격하는
아이들의 잔인성을 어김없이 가리켜 보이니 말이다. 시골 사
람과 촌 생활을 그린 작품 가운데 특히 「투안 영감Toine」은
익살과 해학이 매력적인 작품이다. 삶에 도사린 예기치 않은
함정을 응시하는 「귀환Le Retour」과 「달빛Clair de Lune」,
「보석Les Bijoux」에서도 확인할 수 있지만, 모파상은 복잡
한 현실을 대담한 단순화를 통해 바닥까지 뒤집어 보인다.

모파상의 작품 중에는 환상 소설로 묶을 수 있는 것들이 있
다. 초자연적이고 병리적인 수수께끼, 합리의 세계 너머 통제

불가능한 충동과 파괴성이 지배하는 세계를 그린 작품들로, 이 책에는 초자연적 현상을 묘사한 「오를라La Horla」와 「손 La Main」, 정상인과 광기의 경계, 현실과 초현실의 차이를 묻는 만년작 「누가 알랴?Qui sait?」를 골라 실었다. 모파상은 당시 급격히 발전하던 정신 의학 분야에 관심이 많아서 장 마르탱 샤르코Jean Martin Charcot의 공개 강의에 참석하기도 했다. 또 점차 피폐해지기 시작한 작가의 신경이 모종의 환각을 그에게 떠안기기도 했을 것이다. 그런 만큼 모파상이 그려 내는 초자연적 현상은 종종 인물의 불안한 심리, 어떤 정신적 문제를 암시하곤 한다.

「쓸모없는 아름다움L'inutile Beauté」은 냉정한 시선을 삶에 직접 들이대는 모파상의 여느 작품들과는 달리 철학을 소설에 끌어들이는 색다른 시도를 보여 준다. 이 작품에서 작가는 남성과 여성이라는 서로 다른 성 사이에 놓인 본질적 갈등이라든가 인간관계를 좀먹는 의심의 힘 같은 자신의 중심 주제들을 풀어놓는다.

〈어느 뱃놀이꾼의 회상Souvenir d'un canotier〉이라는 부제가 붙은 「파리Mouche」는 센강에서 뱃놀이하던 모파상의 20대 시절 추억을 담은 작품으로, 작가가 필명으로 사용하던 조제프 프뤼니에Joseph Prunier라는 이름을 말고도 친구 레옹 퐁텐Léon Fontaine를 비롯해 당시 함께 어울리던 인물들이 각자 그들의 별명으로 등장한다. 〈발랄하고 경쾌하고 장난도 잘 치고 농담도 잘 받아치는 여자〉, 〈모든 가능성이 아직 실현되지 않은 상태로 담겨 있는 밑그림 같은 여자〉인

파리는 주변인이라는 그 위치 덕분에 사회 규범의 구속을 벗어난 인물이자, 또한 조제프 프뤼니에의 무리가 사회에 편입되어 받아들이게 될 부르주아의 가치관을 웃어넘길 수 있는 인물이다. 말하자면 사회에 자리 잡은 훗날의 조제프 프뤼니에의 입장에 볼 때 파리는 그가 잃어버린, 혹은 애초에 가닿을 수 없었던 자유의 상징이다. 이 여성 인물은 곧이어 열릴 벨에포크와 광란의 시대에 자유의 인위적 연출을 무기로 삼아 시대의 구속에 저항할 일군의 여성들을 예감하게 한다. 가부장제 사회에서 남자를 위해 출산과 양육을 담당해야 했던 당시 여성의 위치를 뒤집어 다섯 남자가 한 여자의 행복을 위해 열심히 아이를 만들어 주겠다고 약속하는 장면은 비극 속에서도 유쾌하게 전복적이다.

모파상은 1850년 프랑스 노르망디의 소도시 투르빌쉬르 아르크에서 귀스타브 드 모파상Gustave de Maupassant과 로르 르 푸아트뱅Laure Le Poittevin의 장남으로 태어났다. 아버지 귀스타브 드 모파상은 18세기에 로렌 지방에서 노르망디 지방으로 옮겨 와 정착한 집안 출신으로, 1846년 결혼을 앞두고 신부 집안의 요청에 따라 루앙 민사 재판소에 한 세기 전 조상 장바티스트 모파상Jean-Baptiste Maupassant이 작위를 받았다는 근거를 제출해 승인을 받았고, 이렇게 해서 4년 뒤에 태어날 장남과 6살 터울의 차남 에르베Hervé의 이름 앞에 귀족 신분을 나타내는 〈드〉를 붙여 줄 수 있었다. 방탕한 한량 기질이 있는 아버지와 달리 어머니 로르 르 푸아트뱅은 교양을 중시하는 유복한 부르주아 가정에서 태어나 영어와 이탈리아어를 배웠고, 고전주의 문학, 특히 셰익스피어에 조예가 깊었다.

주관이 뚜렷했던 어머니는 불성실한 남편과 불화를 빚다가 모파상이 10살일 때 이혼하고 두 아들과 함께 노르망디 해안의 소도시 에트르타로 옮겨 갔다. 아름다운 해안 절벽과 굵은 자갈이 깔린 바닷가가 있는 이 어촌 마을의 자연 속에서 보낸 어린 시절의 기억은 문학을 사랑한 어머니의 영향과 더불어 작가로서 모파상이 형성되는 토대가 되었다. 모파상은 어머니의 뜻에 따라 13살에 이브토의 신학교에 입학하지만, 구속이 많은 신학교 생활과 종교 교육에 반감을 느끼고 일부러 몇 가지 교칙을 위반해 퇴학당했다. 이 신학교 생활의 경험은 모파상이 끝까지 가톨릭에 거부감을 품게 되는 계기가 되었다. 이어서 루앙 국립 중고등학교에 들어간 그는 외조부의 대자(代子)이자 어머니 로르, 외삼촌 알프레드 르 푸아트뱅Alfred Le Poittevin 남매와 우정을 나눈 작가 귀스타브 플로베르Gustave Flaubert를 만나 평생 스승으로 삼게 된다.

1869년 대학 입학 자격시험에 합격한 모파상은 어머니와 플로베르가 권하는 대로 이듬해 파리로 가서 법학 공부를 시작했다. 하지만 보불 전쟁이 터지는 바람에 학업을 중단하고 프랑스군에 자원입대하는데, 이때 전투에 참여했다가 패하고 퇴각했던 경험은 그가 여러 작품에서 전쟁을 그려 내는 밑바탕이 되었다.

모파상은 군에서 제대한 뒤 노르망디를 떠나 파리에 정착했고, 생계를 위해 해군성에서 사무직원으로 일하면서 글을 쓰기 시작했다. 25세 무렵에 처음으로 신경증 발작을 경험하지만, 당시에는 심장 이상으로 진찰을 받은 그는 플로베르에게 문학 수업을 받으며 본격적으로 작가의 길로 들어섰다. 플로베르는 파리에 와서 머물 때마다 모파상을 일요일 오찬에 초대해 문학을 가르치고 습작을 고쳐 주곤 했다. 플로베르의 주선으로 모파상은 졸라, 위스망스, 도데, 투르게네프 등의 작가들과 교류하고 졸라의 자연주의 그룹에 참여하는 한편 여러 잡지에 글을 기고했다. 1880년 1월 모파상은 「비곗덩어리」를 써서 플로베르에게 보이고 칭찬을 받았다. 두 달 후 이 작품을 졸라를 중심으로 자연주의 작가 여섯 사람이 보불 전쟁을 소재로 펴낸 단편집 『메당의 저녁나절』에 실었고, 이렇게 세상에 선보인 「비곗덩어리」가 큰 호평을 받아 문단에 자리를 잡게 되었다. 같은 해 5월 스승이자 거의 양아버지의 역할을 한 플로베르가 뇌출혈로 세상을 떠나 큰 충격을 받았지만, 또한 이 시기부터 1890년까지 10년간 작품 활동에서 가장 비옥한 결실을 거두게 된다. 특히 6년에 걸쳐 집필한 첫 장편 『어느 인생 Une Vie』은 대성공을 거두었고, 그때까지 모파상의 자연주의 색채를 못마땅하게 여기던 레프 톨스토이로부터도 찬사를 이끌어 냈다. 20대부터 앓은 매독이 이미 심각하게 건강을 위협하는 가운데 1885년 발표한 장편 『벨아미 Bel-Ami』는 그에게 연달아 상업적 성공을 안겨 주었고, 신문사와 출판사들이 그의 작품 판권을 얻기 위해 경쟁을 벌일 만큼 작가로서의 명성도 확고해졌지만, 모파상 자신은 염세적인 태도와 건강 문제로 인해 사람들과 어울리기보다 홀로 칩거하거나 북아프리카, 이탈리아 등지로 긴 여행을 떠나는 경우가 많았다. 그의 건강 상태는 눈병과 두통을 넘어 몸과 정신 양쪽이 나날이 피폐해지다가 41세에 접어들면서 글을 쓰기 힘들 정도로 악화되었다. 남프랑스 니스 요양지에서 모르핀에 의지해 고통을 견디며 환각과 자살 충동에 시달리던 그는 1891년 마지막 날인 12월 31일 세상에 작별을 고하는 편지를 의사에게 보낸 후 1892년 1월 1일에서 2일로 넘어가는 밤, 권총으로 자살을 시도했다. 하지만 하인이 실탄을 미리 빼놓은 덕분에 뜻을 이루지 못하자 유리창을 깨 파편으로 목을 찌르려다가 실패하고 상처를 입은 몸으로 파리로 이송되어 1월 7일 정신 분석 의사 에밀 블랑슈 Émile Blanche가 운영하는 정신 병원에 입원했고, 그로부터 대체로 혼수상태로 18개월을 지내다가 마흔세 번째 생일을 한 달여 앞둔 7월 6일 숨을 거두었다. 그의 유해는 몽파르나스 묘지에 묻혔다.

모파상은 살아생전 작가로서 대중과 평단의 갈채를 누렸고, 작품의 상업적 성공에 노르망디 사람다운 수완까지 더해 상당한 부를 쌓은 것도 사실이다. 하지만 젊은 시절 발병한 매독과 신경증은 해가 갈수록 그의 존재를 위협했다. 만년에 이르러 병마는 시시각각 그를 짓누르며 절망에 빠뜨렸다. 그가 명철한 정신으로 글을 쓸 수 있었던 생의 시간은 짧았다. 이 시간 동안 그는 삶에서 눈을 떼지 않았다. 삶을 떠나야 할

순간을 절절하게 예감했던 만큼 삶에 더욱 철저하게, 또 끈질기게 눈을 들이댔다. 이렇게 해서 이어 간 글쓰기란 그에게 일종의 생명 확인 방식, 소진되어 가는 삶을 움켜잡는 방식이었다. 세상과 어울리기를 좋아하지 않았던 태도와는 별개로 작가 모파상의 정신은 인간과 삶을 향한 관심을 내려놓은 적이 없다. 현실에 덧씌운 포장을 벗겨 내고, 그렇게 드러난 단면들에 냉소와 조롱을 던진다 해도 그의 시선은 인간을 떠나지 않았다. 모파상 작품은 이렇게 인간과 인간의 삶이 그 중심에 있다. 인간 내면에 깃든 비루함을, 혹은 삶의 비정함을 꿰뚫어 보는 작가의 시선은 진실을 추구하겠다는 열정으로 빛난다. 그의 문장에 냉소가 배어 있을지라도 그것은 삶에 자신의 무엇인가를 매어 놓은 사람의 냉소다. 말하자면 이면에 뜨거움을 숨긴 냉소다. 인간과 삶을 대하는 진심이야말로 문학 작품이 우리에게 불러일으키는 어떤 울림의 본질일 것이다. 그래서 모파상은 한 세기가 넘는 시간이 흘렀어도 매번 새롭게 읽히며 우리를 사로잡는다.

번역 원본으로는 루이 포레스티에Louis Forestier가 갈리마르 출판사에서 편찬한 플레이아드판『모파상 전집, 콩트 및 단편집*Maupassant, Contes et nouvelles*』vol. I(1974), vol. II(1979)를 사용하였다.

2021년 11월
임미경

기 드 모파상 연보

1850년 출생 8월 5일, 프랑스 노르망디의 소도시 투르빌쉬르아르크에서 하층 귀족 귀스타브 드 모파상Gustave de Maupassant과 유복한 부르주아의 딸로 영어와 이탈리아어를 배우고 문학을 사랑한 로르 르 푸아트뱅Laure Le Poittevin의 장남으로 태어남.

1854년 4세 가족이 르아브르에서 가까운 블랑 드 그랭빌이모빌 성관으로 이사.

1856년 6세 남동생 에르베Hervé de Maupassant가 태어남.

1859년 9세 아버지가 파리 스톨츠 은행에 입사하면서 가족이 파리로 이주. 나폴레옹 황제 중고등학교(앙리 4세 중고등학교의 전신)에 입학.

1860년 10세 어머니 로르가 바람기 많은 남편과 이혼하고 두 아들 모파상과 에르베를 데리고 노르망디 해안의 소도시 에트르타로 옮겨 감. 문학을 사랑한 어머니의 영향과 더불어 바다를 바라보는 이 고장의 자연 속에서 보낸 유년의 기억은 작가로서 모파상이 형성되는 토대가 됨.

1863년 13세 이브토의 신학교에 입학. 구속이 많은 신학교 생활과 종교 교육에 반감을 느끼고 외설적인 시구를 써서 퇴학당함. 이때의 경험으로 가톨릭에 적의를 품게 됨.

1867년 17세 루앙 국립 중고등학교에 들어감. 외삼촌 알프레드Alfred

Le Poittevin와 어머니 로르, 이 푸아트뱅 남매와 친분이 깊은 작가 귀스타브 플로베르Gustave Flaubert를 만나 평생의 스승으로 삼음.

1868년 18세 에트르타로 돌아가 여름 방학을 보내던 중 바닷가에서 물에 빠진 영국 시인 스윈번Charles Algernon Swinburne을 구해 줌. 대가로 식사 초대를 받아 시인의 집에 갔다가 잘린 손을 봄. 이 기억을 모티프로 7년 후 단편 「박제된 손La Main d'écorché」을 씀(이 작품을 고쳐 쓴 것이 1883년 발표한 단편 「손La Main」).

1869년 19세 대학 입학 자격시험에 합격.

1870년 20세 어머니와 플로베르가 권하는 대로 파리에서 법학 공부를 시작함. 보불 전쟁의 발발로 학업 중단. 프랑스군에 입대해 전투에 참여하지만 패하고 퇴각. 이때의 경험이 「비곗덩어리Boule de Suif」, 「두 친구Deux Amis」를 비롯한 많은 작품의 밑바탕이 됨.

1871년 21세 11월에 제대하고 노르망디를 떠나 파리에 정착.

1872년 22세 해군성에 취직. 생계를 위해 사무직원으로 일하는 중에 글을 쓰기 시작함. 이때부터 1880년까지 주말과 여름마다 센강 뱃놀이와 야유회에 몰두하는 시절을 보냄.

1875년 25세 1월, 단편 「박제된 손」을 조제프 프뤼니에Joseph Prunier라는 필명으로 발표.

1876년 26세 불안증을 경험. 심장 이상으로 진찰을 받음.

1878년 28세 플로베르에게 문학 수업을 받으며 본격적으로 작가의 길로 들어섬. 플로베르의 집에 드나들며 졸라Émile Zola, 위스망스Joris-Karl Huysmans, 도데Alphonse Daudet, 투르게네프Ivan Turgenev 등의 작가들과 교류함. 졸라의 자연주의 그룹에 참여하는 한편, 『르 피가로Le Figaro』, 『질 블라스Gil Blas』, 『르 골루아Le Gaulois』지 등에 기고. 플로베르의 주선으로 문부성으로 직장을 옮김.

1880년 30세 1월, 「비곗덩어리」를 플로베르에게 보이고 칭찬을 받음.

3월, 졸라를 중심으로 자연주의 작가 6인이 보불 전쟁을 소재로 펴낸 단편집 『메당의 저녁나절 *Les Soirées de Médan*』에 실은 「비곗덩어리」가 호평을 받아 문단에 자리를 잡음. 이때부터 1890년까지 10년간 장편소설 6권, 단편소설 3백 편 이상을 발표. 5월 플로베르 사망. 스승의 죽음에 큰 충격을 받음.

1881년 31세   첫 단편집 『텔리에의 집 *La Maison Tellier*』 출간. 6월, 북아프리카 여행. 문부성 사직.

1883년 33세   6년에 걸쳐 집필한 첫 장편 『어느 인생 *Une Vie*』을 발표. 1년 동안 2만 5천 부가 팔리는 대성공을 거둠과 동시에 톨스토이 Lev Tolstoi에게 인정받을 정도로 명성을 얻음. 재단사 조제핀 리첼만 Joséphine Litzelmann과의 사이에서 아들이 태어나지만 자식으로 인정하지 않음. 단편집 『멧도요새 이야기 *Contes de la bécasse*』, 『달빛 *Clair de Lune*』 출간.

1884년 34세   죽을 때까지 고통을 준 눈병과 편두통이 시작됨. 6월부터 에트르타에 머물며 두 번째 장편 『벨아미 *Bel-Ami*』를 씀. 단편집 『미스 해리엇 *Miss Harriet*』 출간.

1885년 35세   4, 5월, 『벨아미』를 『질 블라스』에 연재. 「목걸이 *La Parure*」가 실린 단편집 『낮과 밤의 이야기 *Contes du jour et de la nuit*』, 『투안 영감 *Toine*』 출간. 『벨아미』를 단행본으로 출간해 4달간 37쇄를 찍는 성공을 거둠. 11미터 길이의 개인 요트를 사서 〈벨아미〉로 명명.

1887년 37세   작가로서 명성을 누리는 가운데 신문사와 출판사들이 그의 작품 판권을 놓고 경쟁을 벌임. 뒤마 피스 Alexandre Dumas fils가 그를 아카데미 프랑세즈 회원으로 추천. 공쿠르 Goncourt 형제와의 불화가 시작됨. 단편집 『오를라 *Le Horla*』 출간. 불안 증세가 심해져 북아프리카로 요양차 여행을 떠남.

1888년 38세   1월에 북아프리카 여행에서 돌아옴. 눈병과 두통이 심해짐. 4월에 칸, 6, 7월에 스위스 온천지를 여행함. 장편 『피에르와 장 *Pierre et Jean*』, 기행문 『물 위 *Sur l'eau*』를 출간.

1889년 ³⁹세 장편『죽음처럼 강한*Fort comme la mort*』출간. 동생 에르베가 8월에 또다시 정신 병원에 입원했다가 11월 33세의 일기로 사망. 단편집『왼손*La Main gauche*』출간.

1890년 ⁴⁰세 5, 6월 마지막 장편『우리의 마음*Notre cœur*』을『르뷔 데 되 몽드*Revue des deux mondes*』에 연재하고, 이어서 단행본으로 출간, 호평을 받음. 7월, 의사의 권유에 따라 스위스 온천지로 요양을 떠남. 11월, 루앙에서 열린 플로베르 기념상 제막식에 참석. 그 자리에서 에밀 졸라, 에드몽 드 공쿠르 등을 만남. 단편집『쓸모없는 아름다움*L'Inutile Beauté*』출간. 몸과 정신이 나날이 피폐해짐.

1891년 ⁴¹세 건강이 악화되는 와중에도 소설『삼종 기도*L'Angélus*』를 쓰기 시작했다가 결국 미완성으로 남김. 니스에 머물며 요양. 모르핀에 의지해 고통을 견디지만, 환각과 과대망상 증세가 나타나고 자살 충동에 시달림. 12월 31일 카잘리스Cazalis 박사에게 이 세상에 작별을 고하는 편지를 보냄.

1892년 ⁴²세 1월 1일에서 2일로 넘어가는 밤, 권총으로 자살을 시도하지만 하인이 실탄을 미리 빼놓은 덕분에 불발, 이어서 유리창을 깨 파편으로 목을 찌르려다가 실패하고 상처를 입음. 파리로 이송되어 1월 7일 정신 분석 의사 에밀 블랑슈Émile Blanche가 운영하는 정신 병원에 입원.

1893년 사망 맑은 정신이 돌아오는 적도 있지만 대체로 혼수상태로 18개월을 지내다가 마흔세 번째 생일을 한 달여 앞둔 7월 6일 숨을 거둠. 몽파르나스 묘지에 안장됨.

모파상 단편선

옮긴이 임미경 서울대학교 불어불문학과를 졸업하고 동 대학원에서 박사 학위를 받았다. 2004년 『세계의 문학』에 단편소설을 발표하며 등단했다. 장편소설 『미고, 내 거울 속의 지옥』이 있으며, 옮긴 책으로 마리 다리외세크의 『남자를 사랑해야 한다』, 쥘리아 크리스테바(공저)의 『여성과 성스러움』, 스탕달의 『적과 흑』, 그웨나엘 오브리의 『페르소나』, 비톨트 곰브로비치의 『포르노그라피아』, 르 클레지오의 『열병』 등이 있다.

지은이 기 드 모파상 **옮긴이** 임미경 **발행인** 홍예빈 · 홍유진
발행처 주식회사 열린책들 **주소** 경기도 파주시 문발로 253 파주출판도시
전화 031-955-4000 **팩스** 031-955-4004 **홈페이지** www.openbooks.co.kr
Copyright (C) 주식회사 열린책들, 2021, 2024, *Printed in Korea.*
ISBN 978-89-329-2394-9 04860 **ISBN** 978-89-329-2390-1 (세트)
발행일 2021년 11월 30일 세계문학판 1쇄 2023년 4월 15일 세계문학판 3쇄 2024년 3월 15일 세계문학 모노 에디션 1쇄 2024년 7월 25일 세계문학 모노 에디션 2쇄